金庸作品集

神雕侠侣

壹

广州出版社
花城出版社

图书在版编目(CIP)数据

神雕侠侣/金庸编.—广州:广州出版社,2002.11

ISBN 7—80655—332—0

Ⅰ.神… Ⅱ.金… Ⅲ.侠义小说—中国—当代 Ⅳ.1247.5

中国版本图书馆 CIP 数据核字(2001)第 070621 号

广东省版权局版权合同登记图字:19－2001－173 号

神雕侠侣

广州出版社　**出版发行**

(地址:广州市人民中路同乐路 10 号　邮编:510121)

花城出版社

(地址:广州市水荫路 11 号　邮编:510075)

中国人民解放军第四二三二工厂　印刷

(地址:广东省湛江市霞山区荨塘路 61 号　邮编:524002)

开本:880×1230 毫米　1/32　字数:1123 千　印张:56.125

印数:15001－21000 册·

2002 年 11 月第 1 版　2003 年 2 月第 2 次印刷

策　划:欧阳群　　　　　责任编辑:朱　顺

责任校对:柳宗慧　梁笑玲　　封面设计:张　朋

发行专线:020—83793214　020—83781097

ISBN 7－80655－332－0/Ⅰ·46

定价:76.00 元(共四册)

《金庸作品集》广州版新序

　　我的小说出了许多版本。正式授权的版本在香港是明河版，新加坡与马来西亚是明河版的简体字版，台湾先后是远景版和远沆版，中国内地是天津的百花文艺版，三联书店版。（北京的文化艺术仕本来曾正式授权，但因转授权第三者的纠纷而引起诉讼）百花版早已结束，三联书店与文艺社的授权也都已于2001年年底终止，不再续约，从2002年开始，授权广州出版社独家出版。

　　这次的广州新版，改正了不少错字、漏字。现在我正在进行第三次的重新校订，主要是接受了读者们的指正。有儿段长的改写，是吸收了评论者以及研讨会中讨论的结果。修订后的版本，也将由广州I出版社出版。

　　所以授权广州社出版，因为广州与香港相距很近，业务上容易联系，广州出版社给予很多合作与优惠，对于书籍质量的保证，盗印的取缔，版权的保护等作了许多令作者十分满意的努力，使我们对合作的前途怀有良好的展望。欢迎读者们继续赐予批评指教，可请由广州出版社转交。

金庸

二〇〇一·十一·十三

目录

「越女采莲秋
水畔……芳心只
共丝争乱」……「风月
无情人暗换，旧游如梦空肠断……」

第一回　风月无情

　　"越女采莲秋水畔，窄袖轻罗，暗露双金钏。
　　照影摘花花似面，芳心只共丝争乱。
　　鸡尺溪头风浪晚，雾重烟轻，不见来时伴。
　　隐隐歌声归棹远，离愁引着江南岸。"

　　一阵轻柔婉转的歌声，飘在烟水蒙蒙的湖面上。歌声发自一艘小船之中，船里五个少女和歌嬉笑，荡舟采莲。她们唱的曲子是北宋大词人欧阳修所作的"蝶恋花"词，写的正是越女莲的情景，虽只寥寥六十字，但季节、时辰、所在、景物以及越女的容貌、衣着、首饰、心情，无一不描绘得历历如见，下半阕更是写景中有叙事，叙事中挟抒情，自近而远，余意不尽。欧阳修在江南为官日久，吴山越水，柔情密意，尽皆融入长短句中。宋人不论达官贵人，或是里巷小民，无不以唱词为乐，是以柳永新词一出，有井水处皆歌，而江南春岸折柳，秋湖采莲，随伴的往往便是欧词。
　　时当南宋理宗年间，地处嘉兴南湖。节近中秋，荷叶渐残，莲肉饱实。这一阵歌声传入湖边一个道姑耳中。她在一排柳树下悄立已久，晚风拂动她杏黄色道袍的下摆，拂动她颈中所插拂尘的万缕柔丝，心头思潮起伏，当真亦是"芳心只共丝争乱"。只听得歌声渐渐远去，唱的是欧阳修另一首"蝶恋花"词，一阵风吹来，隐隐送来两句："风月无情人暗换，旧游如梦空肠断……"歌声甫歇，便是一阵格格娇笑。

5

那道姑一声长叹,提起左手,瞧着染满了鲜血的手掌,喃喃自语:"那又有什么好笑?小妮子只是瞎唱,浑不解词中相思之苦、惆怅之意。"

在那道姑身后十余丈处,一个青袍长须的老者也是悄直立不动,只有当"风月无情人暗换,旧游如梦空肠断"那两句传到之时,发出一声极轻极轻的叹息。"

小船在碧琉璃般的湖面上滑过,舟中五个少女中三人十五六岁上下,另外两个都只九岁。两个幼女是中表之亲,表姊姓程,单名一个英字,表妹姓陆,名无双。两人相差半岁。

三个年长少女唱着歌儿,将小舟从荷叶丛中荡将出来。程英道:"表妹你瞧,这位老伯伯还在这儿。"说着伸手指向垂柳下的一人。

那人满头乱发,胡须也是蓬蓬松松如刺猬一般,须发油光乌黑,照说年纪不大,可是满脸皱纹深陷,却似七八十岁老翁,身穿蓝布直缀,颈中挂着个婴儿所用的锦缎围涎,围涎上绣着幅花猫扑蝶图,已然陈旧破烂。

陆无双道:"这怪人在这儿坐了老半天啦,怎么动也不动?"程英道:"别叫怪人,要叫'老伯伯'。你叫他怪人,他要生气的。"陆无双笑道:"他还不怪吗?这么老了,头颈里却挂了个围涎。他生了气,要是胡子都翘了起来,那才好看呢。"从小舟中拿起一个莲蓬,往那人头上掷去。

小舟与那怪客相距数丈,陆无双年纪虽小,手上劲力竟自不弱,这一掷也是甚准。程英叫了声:"表妹!"待要阻止,已然不及,只见那莲蓬迳往怪客脸上飞去。那怪客头一仰,已咬住莲蓬,也不伸手去拿,舌头卷处,咬住莲蓬便大嚼起来。五个少女见他竟不剥出莲子,也不怕苦涩,就这么连瓣连衣的吞吃,互相望了几眼,忍不格格而笑,一面划船近前,走上岸来。

程英走到那人身边,拉一拉他衣襟,道:"老伯伯,这样不好吃的。"从袋里取出一个莲蓬,劈开莲房,剥出十几颗莲子,再将莲子外的青皮撕开,取出莲子中苦味的芯儿,然后递在怪客手里。那怪客嚼了几口,但觉滋味清香鲜美,与适才所吃的大不相同,裂嘴向程英一笑,点了点头。程英又剥了几枚莲子递给他。那怪客将莲子抛入口中,一阵乱嚼,仰天说:"跟我来!"说着大踏步向西便走。

陆无双一拉程英的手,道:"表姊,咱们跟他去。"三个女伴胆小,忙道:"快回家去罢,别走远了惹你娘骂。"陆无双肩肩嘴扮个鬼脸,见那怪客走得甚快,说道:"你不来算啦。"放脱表姊的手,向前追去。程英与表妹一同出来玩耍,不能撇下她自归,只得跟去。那三个女伴虽比她们大了好几岁,但个个怕羞胆怯,只叫了几声,便见那怪客与程陆二人先后走入了桑树后。

那怪客走得甚快,见程陆二人脚步小跟随不上,先还停步等了几次,到后来不耐烦起来,突然转身,长臂伸处,一手一个,将两个女孩儿挟在腋下,飞步而行。二女只听耳边风声飒然,路上的石块青草不住在眼前移动。陆无双害怕起来,叫道:"放下我,放下我!"那怪客那里理她,反而走得更快了。陆无双仰起头来,张口往他手掌缘上猛力咬去。那怪客手掌一碰,只把她牙齿撞得隐隐生痛。陆无双只得松开牙齿,一张嘴可不闲着,拚命的大叫大嚷。程英却是默不作声。

那怪客又奔一阵,将二人放下地来。当地是个坟场。程英的小脸吓成惨白,陆无双却胀得满脸通红。程英道:"老伯伯,我们要回家了,不跟你玩啦!"

那怪客两眼瞪视着她,一言不发。程英见他目光之中流露出一股哀愁凄惋、自怜自伤的神色,不自禁的起了同情之心,轻轻道:"要是没人陪你玩,明天你再到湖边来,我剥莲子给你吃。"那怪客叹道:"是啊,十年啦,十年来都没人陪我玩。"突然间目现凶光,恶狠狠的道:"何沅君呢?何沅君到那里去了?"

程英见他突然间声色俱厉,心里害怕,低声道:"我……我……

我不知道。"那怪客抓住她手臂,将她身子摇了几摇,低沉着嗓子道:"何沅君呢?"程英给他吓得几欲哭了出来,泪水在眼眶中滚来滚去,却始终没有流下。那怪客咬牙切齿的道:"哭啊,哭啊!你干么不哭?哼,你在十年前就是这样。我不准你嫁给他,你说不舍得离开我,可是非跟他走不可。你说感激我对你的恩情,离开我心里很是难过,呸!都是骗人的鬼话。你要是真的伤心,又为什么哭?"

他狠狠的凝视着程英。程英早给吓得脸无人色,但泪水总是没掉下来。那怪客用力摇幌她身子。程英牙齿咬住嘴唇,心中只说:"我不哭,我不哭!"那怪客道:"哼,你不肯为我掉一滴眼泪,连一滴眼泪也舍不得,我活着还有什么用?"猛然放脱程英,双腿一弯,矮着身子,往身旁一块墓碑上撞去,砰的一声,登时晕了过去,倒在地下。

陆无双叫道:"表姊,快逃。"拉着程英的手转身便走。程英奔出几步,只见怪客头上泊泊冒血,心中不忍,道:"老伯伯别撞死啦,瞧瞧他去。"陆无双道:"死了,那不变了鬼么?"程英吃了一惊,既怕他变鬼,又怕他忽然醒转,再抓住自己说些古里古怪的疯话,可是见他满脸鲜血,实在可怜,自己安慰自己:"老伯伯不是鬼,我不怕,他不会再抓我。"一步步的缓缓走近,叫道:"老伯伯,你痛么?"

怪客呻吟了一声,却不回答。程英胆子大了些,取手帕给他按住伤口。但他这一撞之势着实猛恶,头上伤得好生厉害,转瞬之间,一条手帕就给鲜血浸透。她用左手紧紧按住伤口,过了一会,鲜血不再流出。怪客微微睁眼,见程英坐在身旁,叹道:"你又救我作甚?还不如让我死了乾净。"程英见他醒转,很是高兴,柔声道:"你头上痛不痛?"怪客摇摇头,凄然道:"头上不痛,心里痛。"程英听得奇怪,心想:"怎么头上破了这么一大块,反而头上不痛心里痛?"当下也不多问,解下腰带,给他包扎好了伤处。

怪客叹了口气,站起身来,道:"你是永不肯再见我的了,那么咱们就这么分手了么?你一滴眼泪也不肯为我流么?"程英听他这话说得伤心,又见他一张丑脸虽然鲜血斑斑的甚是怕人,眼中却满是求恳之色,不禁心中酸楚,两道泪水夺眶而出。怪客见到她的眼泪,脸上神色又是欢喜,又是凄苦,哇的一声哭了出来。

程英见他哭得心酸,自己眼泪更如珍珠断线般从脸颊上滚将下来,轻轻伸出双手,搂住了他的脖子。陆无双见他二人莫名其妙的搂着痛哭,一股笑意竟从心底直透上来,再也忍耐不住,纵声哈哈大笑。

那怪客听到笑声,仰天叹道:"是啊,嘴里说永远不离开我,年纪一大,便将过去的说话都忘了,只记着这个新相识的小白脸。你笑得可真开心啊!"低头仔细再瞧程英,说道:"是的,是的,你是阿沅,是我的小阿沅。我不许你走,不许你跟那小白脸畜生走。"说着紧紧抱住了程英。

陆无双见他神情激动,却也不敢再笑了。

怪客道:"阿沅,我找到你啦。咱们回家去罢,你从今以后,永远跟着爹爹在一起。"程英道:"老伯伯,我爹爹早死了。"怪客道:"我知道,我知道。我是你的义父啊,你不认得了吗?"程英微微摇头,道:"我没有义父。"怪客大叫一声,狠狠将她推开,喝道:"阿沅,你连义父也不认了?"程英道:"老伯伯,我叫程英,不是你的阿沅。"

那怪客喃喃的道:"你不是阿沅?不是我的阿沅?"呆了半晌,说道:"嗯,二十多年之前,阿沅才似你这般大。现今阿沅早长大啦,早大得不要爹爹啦。她心眼儿中,就只陆展元那小畜生一个。"陆无双"啊"的一声,道:"陆展元?"

怪客双目瞪视着她,问道:"你认得陆展元,是不是?"陆无双微微笑道:"我自然认得,他是我大伯。"那怪客突然满脸都是狠戾之色,伸手抓住陆无双两臂,问道:"他……他……这小畜生在那里?快带我去找他。"陆无双甚是害怕,脸上却仍是带着微笑,颤声道:"我大伯住得很近,你真的要去找他?嘻嘻!"怪客道:"是,是!我在嘉兴已整整找了三天,就是要找这小畜生算帐。小娃娃,你带我去,老伯伯不难为你。"语气渐转柔和,说着放开了手掌。陆无双右手抚摸左臂,道:"我给你得抓得好痛,我大伯住在那里忘记了。"

那怪客双眉直竖,便欲发作,随即想到欺侮这样一个小女孩甚是不该,丑陋的脸上露出了笑容,伸手入怀,道:"是公公不好,给你陪不是啦。公公给糖糖你吃。"可是一只手在怀里伸不出来,显是摸不到什么糖果。

陆无双拍手笑道:"你没糖,说话骗人,也不害羞。好罢,我跟你说,我大伯就住在那边。"手指远处两株高耸的大槐树,道:"就在那边。"

怪客长臂伸出,又将两人挟在腋下,飞步向双槐树奔去。他急冲直行,遇到小溪阻路,踪跃即过。片刻之间,三人已到了双槐之旁。那怪客放下两人,却见槐树下赫然并列着两座坟墓,一座墓碑上写着"陆公展元之墓"六字,另一碑下则是"陆门何夫人之墓"七字。墓畔青草齐膝,显是安葬已久。

怪客呆呆望着墓碑,自言自语:"陆展元这小畜生死了?几时死的?"陆无双笑嘻嘻的道:"死了有三年啦。"

那怪客冷笑道:"死得好,死得好,只可惜我不能亲手取他狗命。"说着仰天哈哈大笑。笑声远远传了出去,声音中充满哀愁愤懑,殊无欢乐之意。

此时天色向晚,绿杨青草间已笼上淡淡烟雾。陆无双拉拉表姊的衣袖,低声道:"咱们回去罢。"那怪客道:"小白脸死了,阿沅还在这里干么?我要接她回大理去。喂,小娃娃,你带我去找你……找你那个死大伯的老婆去。"陆无双向墓碑一指,道:"你不见吗?我大妈也死了。"

怪客纵身跃起,叫声如雷,猛喝:"你这话是真是假?她,她也死了?"陆无双脸色苍白,颤声道:"爹爹说的,我大伯死了之后,大妈跟着也死了。我不知道,我不知道。你别吓我,我怕!"怪客捶胸大叫:"她死了,她死了?不会的,你还没见过我面,决不能死。我跟你说过的,十年之后我定要来见你。你……你怎么不等我?"

他狂叫猛跳,势若疯虎,突然横腿扫出,喀的一声,将右首那株大块树只踢得不住摇幌,枝叶簌簌作响。程英和陆无双手拉着手,退得远远的,那敢近前? 只见他忽地抱住那株槐树用力摇幌,似要拔将起来。但那槐树干粗枝密,却那里拔得它起? 他高声大叫:"你亲口答应的,难道就忘了吗? 你说定要和我再见一面。怎么答应的事不算数?"喊到后来,声音渐渐嘶哑。他蹲下身子,双手运劲,头上热气缓缓冒起,有如蒸笼,手臂上肌肉虬结,弓身拔背,猛喊一声:"起!"那槐树始终未能拔起,可是喀喇一声巨响,竟尔从中断为两截。他抱着半截槐树发了一阵呆,轻声道:"死了,死了!"举起来奋力掷出,半截槐树远远飞了出去,有如在半空张了一柄伞。

他呆立墓前,喃喃的道:"不错,陆门何夫人,那就是阿沅了。"眼睛一花,两块石碑幻成了两个人影。一个是拈花微笑、明眸流盼的少女,另一个却是长身玉立、神情潇的少年。两人并肩而立。

那怪客睁眼骂道:"你诱拐我的乖女儿,我一指点死你。"伸出右手食指,欺身直进,猛往那少年胸口点去,突觉食指剧痛,几欲折断,原来这一指点中了石碑,那少年的身影却隐没不见了。怪客大怒,骂道:"你逃到那里去?"左掌随着击出,一掌双发,拍拍两响,都击在碑上。他愈打愈怒,掌力也愈来愈是凌厉,打得十余掌,手掌上已是鲜血淋漓。

程英心中不忍,劝道:"老伯伯,别打了,你可打痛了自己的手。"那怪客哈哈大笑,叫道:"我不痛,我要打死陆展元这小畜生。"

他正自纵身大笑,笑声忽尔中止,呆了一呆,叫道:"我非见你的面不可,非见你的面不可。"双手猛力探出,十根手指如锥子般插入了那座"陆门何夫人"坟墓的坟土之中,待得手臂缩回,已将坟土抓起了两大块。只见他两只手掌有如铁铲,随起随落,将坟土一大块一大块的铲起。

程陆二人吓得脸无人色,不约而同的转身便逃。那怪客全神贯注的挖坟,浑没留意。二人急奔一阵,直到转了好几个弯,不见怪客追来,这才稍稍放心。二人不识途径,沿路向乡人打听,直到天色大黑，方进陆家庄大门。

陆无双张口直嚷："不好啦，不好啦！爸爸、妈妈快来，那疯子在挖大伯大妈的坟！"飞跑着进大厅，只见父亲陆立鼎正抬起了头，呆呆的望着墙壁。

程英跟着进厅，和陆无双顺着他眼光瞧去，却见墙上印着三排手掌印，上面两个，中间两个，下面五个，共是九个。每个掌印都是殷红如血。

陆立鼎听着女儿叫嚷，忙问："你说什么？"陆无双叫道："那个疯子在挖大伯大妈的坟。"陆立鼎一惊，站起身来，喝道："胡说！"程英道："姨丈，是真的啊。"陆立鼎知道自己女儿刁钻顽皮，精灵古怪，但程英却从不说谎，问道："什么事？"陆无双咭咭咯咯的将适才的事说了一遍。

陆立鼎心知不妙，不待她说完，从壁上摘下单刀，朝兄嫂坟上急奔而去。奔到坟前，只见不但兄嫂的坟墓已被破，连二人的棺木也都打开了。当他听到女儿说起有人挖坟，此事原在意料之中，但亲眼见到，仍是不禁心中怦怦乱跳。棺中尸首却已踪影全无，棺木中的石灰、纸筋、棉垫等已凌乱不堪。他定了定神，只见两具棺木的盖上留着许多铁器斩凿印痕，不由得既悲且愤、又惊又疑，刚才没细问女儿，不知这盗尸恶贼跟兄嫂有何深仇大怨，在他们死后尚来毁尸泄愤？当即提刀追赶。

他一身武功都是兄长陆展元所传，生性淡泊，兼之家道殷实，一生席丰履厚，从不到江湖上行走，可说是全无阅历，又乏应变之才，不会找寻盗尸贼的踪迹，兜了个圈子后又回到坟前，更无半点主意，呆了半晌，只得回家。

他走进大厅，坐在椅中，顺手将单刀挂在椅边，望着墙上的九个血手印呆呆出神。心中只是想："哥哥临死之时曾说，他有个仇家，是个道姑，名叫李莫愁，外号'赤练仙子'，武功既高，行事又是心狠手辣。预料在他成亲之后十年要来找他夫妻报仇。那时他说：'我此病已然不治，这场冤仇，那赤练仙子是报不成的了。在过三年，便是她来报仇之期，你无论如何要劝你嫂子远远避开。'我当时含泪答应，不料嫂子在我哥哥逝世当晚便即自刎殉夫。哥哥已去世三年，算来正是那道姑前来报仇之期，可是我兄嫂既已去世，冤仇什么的自也一笔勾销，那道姑又来干什么？哥哥又说，那道姑杀人之前，往往先在那人家中墙上或是门上印上血手印，一个手印便杀一人。我家连长工婢女总共也不过七人，怎地她印上了九个手印？啊，是了，她先印上血手印，才得知我兄嫂已死，便再派人去掘坟盗尸？这……这女魔头当真恶毒……我今日一直在家，这九个血手印却是几时印下的？如此神不知鬼不觉的下手，此人……此人……"想到此处，不由得打了个寒噤。

背后脚步细碎，一双柔软的小手蒙住了他双眼，听得女儿的声音说道："爹爹，你猜我是谁？"这是陆无双自小跟父亲玩惯了的玩意，她三岁时伸手蒙住父亲双目，说："爹爹，你猜我是谁？"令父母大笑了一场，自此而后，每当父亲闷闷不乐，她总是使这法儿引他高兴。陆立鼎纵在盛怒之下，被爱女这么一逗，也必怒气尽消。但今日他却再无心思与爱女戏耍，拂开她双手，道："爹爹没空，你到里面玩去！"

陆无双一呆，她自小得父母爱宠，难得见他如此不理睬自己，小嘴一撅，要待撒娇跟父亲不依，只见男仆阿根匆匆进来，垂手禀道："少爷，外面来了客人。"陆立鼎挥挥手道："你说我不在家。"阿根道："少爷，那大娘不是要见你，是过路人要借宿一晚。"陆立鼎惊道："什么？是娘们？"阿根道："是啊，那大娘还带了两个孩子，长得怪俊的。"陆立鼎听说那女客还带着两个孩子，稍稍放心，道："她不是道姑？"阿根摇摇头道："不是。穿得乾乾净净的，瞧上去倒是好人家的大娘。"陆立鼎道："好罢，你招呼她到客房安息，饭菜相待就是。"阿根答应着去了。陆无双道："我也瞧瞧去。"随后奔出。

陆立鼎站起身来，正要入内与娘子商议如何应敌，陆二娘已走到厅上。陆立鼎将血手印指给她看，又说了坟破尸失之事。陆二娘皱眉道："两个孩子送到那里去躲避？"陆立鼎指着墙上血印道："两个孩子也在数内，这魔头既按下了血手印，只怕轻易躲避不了。嘿，咱两个枉自练了这些年武功，这人进出我家，我们没半点知觉，这……这……"陆二娘望着白墙，抓住椅背，道："为什么九个指印？咱们家里可只有七口。"

她两句话出口，手足酸软，怔怔的望着丈夫，竟要流下泪来。陆立鼎伸手扶住她臂膀，道："娘子，事到临头，也不必害怕。上面这两个手印是要给哥哥和嫂嫂的，下面两个自然是打在你我身上了。第三排的两个，是对付无双和小英。最后三个，打的是阿根和两名丫头。嘿嘿，这才叫血溅满门啊。"陆二娘颤声道："哥哥嫂子？"陆立鼎道："不知这魔头跟哥哥嫂子有什么大仇，兄嫂死了，她仍要派人从坟里掘出他们遗体来折辱。"陆二娘道："你说那疯子是她派来的？"陆立鼎道："这个自然。"陆二娘见他满脸汗水尘土，柔声道："回房去擦个脸，换件衣衫，好好休息一下再说。"

陆立鼎站起身来，和她并肩回房，说道："娘子，陆家满门今日若是难逃一死，也让咱们死得不堕了兄嫂的威名。"陆二娘心中一酸，道："二爷说得是。"两人均想，陆立鼎虽然藉藉无名，他兄长陆展元、何沅君夫妇却是侠名震于江湖，嘉兴陆家庄的名头在武林中向来是无人胆敢小觑的。

二人走到后院，忽听得东边壁上喀的一响，高处有人。陆立鼎抢上一步，挡住妻子身前，抬头看时，却见墙头上坐着一个男孩，伸手正去摘凌霄花。又听墙脚边有人叫道："小心啦，莫掉下来。"原来程英、陆无双和一个男孩守在墙边花丛之后。陆立鼎心想："这两个孩儿，想是来借宿那家人的，怎么如此顽皮？"

墙头那男孩摘了一朵花。陆无双叫道："给我，给我！"那男孩一笑，却向程英掷去。程英伸手接过，递给表妹。陆无双恼了，拿过花儿丢在地下，踏了几脚，嗔道："希罕么？我才不要呢。"陆氏夫妇见孩儿们玩得起劲，全不知一场血腥大祸已迫在眉睫，叹了口气,同进房中。

程英见陆无双踏坏花朵,道:"表妹,你又生什么气啦?"陆无双小嘴撅起,道:"我不要他的,我自己采。"说着右足一点,身子跃起,已抓住一根花架上垂下来的紫藤,这么一借力,又跃高数尺,迳往一株银桂树的枝干上窜去。墙头那男孩拍手喝采,叫道:"到这里来!"陆无双双手拉着桂花树枝,在空中荡了几下,松手放树,向着墙头扑去。

以她所练过的这一点微末轻功,这一扑实是大为危险,只是她气恼那男孩把花朵抛给表姊而不给自己,女孩儿家在生人面前要强好胜,竟不管三七二十一的从空中飞跃过去。那男孩吃了一惊,叫道:"留神!"伸手相接。他若不伸出手去,陆无双原可攀上墙头,但在半空中见到男孩要来相拉,叱道:"让开!"侧身要避开他双手。那空中转身之技是极上乘的轻功,她曾见父亲使过,但连她母亲也不会,她一个小小女孩又怎会使?这一转身,手指已攀不到墙头,惊叫一声"啊哟"直堕下来。

墙脚下那男孩见她跌落,飞步过来,伸手去接。墙高一丈有余,陆无双身子虽轻,这一跌下来力道可是甚大,那男孩一把抱住了她腰身,两人重重的一齐摔倒。只听喀喀两响,陆无双左腿腿骨折断,那男孩的额角撞在花坛石上,登时鲜血喷出。

程英与另一个男孩见闯了大祸,忙上前相扶。那男孩慢慢站起身来,按住额上创口,陆无双却已晕了过去。程英抱住表妹,大叫:"姨丈,阿姨,快来!"

陆立鼎夫妇听得叫声,从房中奔出,见到两个孩子负伤,又见一个中年妇人从西厢房快步出来,料想是那前来借宿的女子。只见她抢着抱起陆无双与那男孩走向厅中,她不替孩子止血,却先给陆无双接续断了的腿骨。陆二娘取过布帕,给那男孩头上包扎了,过去看女儿腿伤。

那妇人在陆无双断腿内侧的"白海穴"与膝后"委中穴"各点一指,止住她的疼痛,双手持定断腿两边,待要接骨。陆立鼎见她出手利落,点穴功夫更是到家,心中疑云大起,叫道:"大娘是谁?光临舍下有何指教?"那妇人全神贯注的替陆无双接骨,只嗯了几声,没答他问话。

就在此时,忽然屋顶上有人哈哈一笑,一个女子声音叫道:"但取陆家一门九口性命,余人快快出去。"那妇人正在接骨,猛听得屋顶上呼喝之声,吃了一惊,不自禁的双手一扭,喀的一声,陆无双剧痛之下,大叫一声,又晕了过去。

各人一齐抬硕,只见屋檐边站着一个少年道姑,月光映在她脸上,看来只有十五六岁年纪,背插长剑,血红的剑绦在风中猎猎作响。陆立鼎朗声道:"在下陆立鼎。你是李仙姑门下的么?"

那小道姑嘴角一歪,说道:"你知道就好啦!快把你妻子、女儿,婢仆尽都杀了,然后自尽,免得我多费一番手脚。"这几句话说得轻描淡写,不徐不疾,竟是将对方半点没放在眼里。

陆立鼎听了这几句话只气得全身发颤,说道:"你……你……"一时不知如何应付,待要跃上与她厮拚,却想对方年幼,又是女子,可不便当真跟她动手,正踌躇间,忽觉身旁有人掠过,那前来借宿的妇人已纵身上屋,手挺长剑,与那小道姑斗在一起。

那妇人身穿灰色衫裙,小道姑穿的是杏黄道袍,月光下只见灰影与黄影盘旋飞舞,夹杂着三道寒光,偶而发出几下兵刃碰撞之声。陆立鼎武功得自兄长亲传,虽然从无临敌经历,眼光却是不弱,于两人剑招瞧得清清楚楚。见小道姑手中一柄长剑守忽转攻,攻倏变守,剑法甚是凌厉。那妇人凝神应敌,乘隙递出招数。斗然间听得铮的一声,双剑相交,小道姑手中长剑飞向半空。她急跃退后,俏脸生晕,叱道:"我奉师命来杀陆家满门,你是什么人,却来多管闲事?"

那妇人冷笑道:"你师父若有本事,就该早寻陆展元算帐,现下明知他死了,却来找旁人的晦气,羞也不羞?"小道姑右手一挥,三枚银针激射而出,两枚打向那妇人,第三枚却射向站在天井中的陆立鼎。这一下大是出人意外,那妇人挥剑击开,陆立鼎低声怒叱,伸两指钳住了银针。

小道姑微微冷笑,翻身下屋,只听得步声细碎,飞快去了。那妇人跃回庭中,见陆立鼎手中拿着银针,忙道:"快放下!"陆立鼎依言掷下。那妇人挥剑割断自己一截衣带,立即将他右手手腕牢牢缚住。

陆立鼎吓了一跳,道:"针上有毒?"那妇人道:"剧毒无比。"当即取出一粒药丸给他服下。陆立鼎只觉食中两指麻木不仁,随即肿大。那妇人忙用剑尖划破他两根手指的指心,但见一滴滴的黑血渗了出来。陆立鼎大骇,心道:"我手指又未破损,只碰了一下银针就如此厉害,若是给针尖刺破一点,那里还有命在?"当下向那妇人施了一礼,道:"在下有眼不识泰山,不敢请问大娘高姓。"

那妇人道:"我家官人姓武,叫作武三通。"陆立鼎一凛,说道:"原来是武三娘子。听说武前辈是云南大理一灯大师的门下,不知是否?"武三娘道:"正是。一灯大师是我家官人的师父。小妇人从官人手里学得一些粗浅武艺,当真是班门弄斧,可教陆爷见笑了。"陆立鼎连声称谢援手之德。他曾听兄长说起,生平所见武学高手,以大理一灯大师门下的最是了得:一灯大师原为大理的国君,避位为僧后有"渔樵耕读"四大弟子随侍,其中那农夫名叫武三通,与他兄长颇有嫌隙,至于如何结怨,则未曾明言。可是武三娘不与己为敌,反而出手逐走赤练仙子的弟子,此中缘由实在难以索解。

各人回进厅堂。陆立鼎将女儿抱在怀内,见她已然苏醒,脸色惨白,但强自忍痛,竟不哭泣,不禁甚是怜惜。武三娘叹道:"这女魔头的徒儿一去,那魔头立即亲至。陆爷,不是我小看于你,凭你夫妇两人,再加上我,万万不是那魔头的对手。但我瞧逃也无益,咱们听天由命,便在这儿等她来罢!"

陆二娘问道:"这魔头到底是何等样人?和咱家又有什么深仇大怨?"武三娘向陆立鼎望了一眼,道:"难道陆爷没跟你说过?"陆二娘道:"他说只知此事与他兄嫂有关,其中牵涉到男女情爱,他也并不十分明白。"

武三娘叹了口气道："这就是了。我是外人，说一下不妨。令兄陆大爷十余年前曾去大理。那魔头赤练仙子李莫愁现下武林中人闻名丧胆，可是十多年前却是个美貌温柔的好女子，那时也并未出家。也是前生的冤孽，她与令兄相见之后，就种下了情苗。后来经过许多纠葛变故，令兄与令嫂何沅君成了亲。说到令嫂，却又不得不提拙夫之事。此事言之有愧，但今日情势紧迫，我也只好说了。这个何沅君，本来是我们的义女。"

陆立鼎夫妇同时"啊"的一声。

武三娘轻抚那受伤男孩的肩膀，眼望烛火，说道："令嫂何沅君自幼孤苦，我夫妇收养在家，认作义女，对她甚是怜爱。后来她结识了令兄，双方情投意合，要结为夫妇。拙夫一来不愿她远嫁，二来又是固执得紧，说江南人狡猾多诈，十分靠不住，无论如何不肯答允。阿沅却悄悄跟着令兄走了。成亲之日，拙夫和李莫愁同时去跟新夫妇为难。喜宴座中有一位大理天龙寺的高僧，出手镇住两人，要他们冲着他的面子，保新夫妇十年平安。拙夫与李莫愁当时被迫答应十年内不跟新夫妇为难。拙夫愤激过甚，此后就一直疯疯癫癫，不论他的师友和我如何相劝，总是不能开解，老是算算这十年的日子。屈指算来，今日正是十年之期，想不到令兄跟阿沅……唉，却连十年的福也享不到。"说着垂下头来，神色凄然。

陆立鼎道："如此说来，掘坟盗我兄嫂遗体的，便是尊夫了。"武三娘深有惭色，道："刚才听府上两位小姐说起，那确是拙夫。"陆立鼎怫然道："尊夫这等行迳，可大大的不是了。这本来也不是什么怨仇，何况我兄嫂已死，就算真有深仇大怨，也是一了百了，却何以来盗他遗体，这算什么英雄好汉？"论到辈份，武氏夫妇该是尊长，但陆立鼎心下愤怒，说话间便不叙尊卑之礼。武三娘叹道："陆爷责备得是，拙夫心智失常，言语举止，往往不通情理。我今日携这两个孩儿来此，原是防备拙夫到这里来胡作非为。当今之世，只怕也只有我一人，他才忌惮三分了。"说到这里，向两个孩子道："向陆爷陆二娘叩头，代你爹爹谢罪。"两个孩子拜了下去。

18

陆二娘忙伸手扶起，问起名字，那摔破额角的叫做武敦儒，是哥哥，弟弟叫做武修文。两人相差一岁，一个十二，一个十一，武学名家的两个儿子，却都取了个斯文名字。武三娘言道，他夫妇中年得子，深知武林中的险恶，盼望儿子弃武学文，可是两个孩儿还是好武，跟他们的名字沾不上边儿。

武三娘说了情由，黯然叹息，心想："这番话只能说到这里为止，别的话却是不足为外人道了。"原来何沅君长到十七八岁时，亭亭玉立，娇美可爱，武三通对她似乎已不纯是义父义女之情。以他武林豪侠的身份，自不能有何逾份的言行，本已内心郁结，突然见她爱上了一个江南少年，竟是狂怒不能自已。至于他说"江南人狡猾多诈，十分靠不住"，除了敌视何沅君的意中人外，也因当年受黄蓉的欺骗，替郭靖托下压在肩头的黄牛、大石，弄得不能脱身，虽然后来与靖蓉二人和解了，但"江南人狡猾多诈"一节，却是深印脑中。

武三娘又道："万想不到拙夫没来，那赤练仙子却来寻府上的晦气……"说到此处，忽听屋上有人叫道："儒儿，文儿，给我出来！"这声音来得甚是突然，丝毫不闻屋瓦上有脚步之声，便忽然有人呼叫。陆氏夫妇同时一惊，知是武三通到了。程英与陆无双也认出是吃莲蓬怪客的声音。

只见人影幌动，武三通飞身下屋，一手一个，提了两个儿子上屋而去。武三娘大叫："喂，喂，你来见过陆爷、陆二娘，你取去的那两具尸体呢？快送回来……"武三通全不理会，早去得远了。

他乱跑一阵，奔进一座树林，忽然放下修文，单单抱着敦儒，走得影踪不见，竟把小儿子留在树林之中。

武修文大叫："爸爸，爸爸！"见父亲抱着哥哥，早已奔出数十丈外，只听得他远远叫道："你等着，我回头再来抱你。"武修文知道父亲行事向来颠三倒四，倒也不以为异。黑夜之中一个人在森林里虽然害怕，但想父亲不久回来，当下坐在树边等待。过得良久，父亲始终不来,他自言自语:"我找妈去!"向着来陆摸索回去。

那知江南乡间阡陌纵横,小路弯来绕去,纵在白日也是难认,何况黑夜之中?他越走道路越是狭窄,数次踏入了田中,双脚全是烂泥。到后来竟摸进了一片树林之中,脚下七高八低,望出来黑漆一团。他急得想哭,大叫:"爸爸,爸爸! 妈妈,妈妈!"静夜中那里有人答应?却听得咕噜、咕噜几声,却是猫头鹰的啼声。他曾听人言道,猫头鹰最爱数人眉毛的根数。若是被它数得清楚,立即毙命,当即伸指沾了唾液,沾湿眉毛,好教猫头鹰难以计数。但猫头鹰还是不住啼鸣,他靠在树干上伸指紧紧掀住双眉,不敢稍动,心中只是怦怦乱跳,过了一会,终于合眼睡着了。

睡到天明,迷糊中听得头顶几下清亮高亢的啼声,他睁开眼来,抬头望去,只见两只极大的白色大鹰正在天空盘旋翱翔,双翅横展,竟达丈许。他从未见过这般大鹰,凝目注视,只觉又是奇怪,又是好玩,叫道:"哥哥,快来看大鹰!"一时没想到只自己孤身一人,自来形影不离的哥哥却已不在身边。

忽听得背后两声低啸,声音娇柔清脆,似出于女孩子之口。两只大鹰又盘旋了几个圈子,缓缓下降。武修文回过头来,只见树后走出一个女孩,向天空招手,两只大鹰敛翅飞落,站在她的身畔。那女孩向武修文望了一眼,抚摸两只大鹰之背,说道:"好雕儿,乖雕儿。"武修文心想:"原来这两只大鹰是雕儿。"但见双雕昂首顾盼,神骏非常,站在地下比那女孩还高。

武修文走近说道:"这两只雕儿是你家养的么?"那女孩小嘴微撅,做了个轻蔑神色,道:"我不认得你,不跟你玩。"武修文也不以为忤,伸手去摸雕背。那女孩一声轻哨,那雕儿左翅突然扫出,劲力竟是极大,武修文没提防,登时摔了个筋斗。

武修文打了个滚站起,望着双雕,心下好生羡慕,说道:"这对雕儿真好,肯听你话。我回头要爹爹也去捉一对来养了玩。"那女孩道:"哼,你爹爹捉得着么?"武修文连讨三个没趣,讪讪的很是不好意思,定睛瞧时,只见她身穿淡绿罗衣,颈中挂着一串明珠,脸色白嫩无比,犹如奶油一般,似乎要滴出水来,双目流动,秀眉纤长。武修文虽是小童,也觉她秀丽之极,不由自主的心生亲近之意,但见她神色凛然,却又不禁感到畏缩。

那女孩右手抚摸雕背,一双眼珠在武修文身上滚了一转,问道:"你叫什么名字? 怎么一个儿出来玩?"武修文道:"我叫武修文,我在等我爹爹啊。你呢? 你叫什么?"那女孩扁了扁小嘴,哼的一声,道:"我不跟野孩子玩。"说着转身便走。武修文呆了一呆,叫道:"我不是野孩子。"一边叫,一边随后跟去。

他见那女孩约莫比自己小着两三岁,人矮腿短,自己一发足便可追上,那知他刚展开轻功,那女孩脚步却快,片刻间已奔出数丈,竟把他远远抛在后面。她再奔几步,站定身子,回头叫道:"哼,你追得着我么?"武修文道:"自然追得着。"立即提气急追。

那女孩回头又跑,忽然向前疾冲,躲在一株松树后面。武修文随后跟来,那女孩瞧他跑得近了,斗然间伸出左足,往他小腿上绊去。武修文全没料到,登时向前跌出。他忙使个"铁树桩"想定住身子,那女孩右足又出,向他臀部猛力踢去。武修文一交直摔下去,鼻子刚好撞在一块小尖石上,鼻血流出,衣上点点斑斑的尽是鲜血。

那女孩见血,不禁慌了,登时没做理会处,只想拔足逃走,忽然身后有人喝道:"芙儿,你又在欺侮人了,是不是?"那女孩并不回头,辩道:"谁说的? 他自己摔交,管我什么事? 你可别跟我爹乱说。"武修文按住鼻子,其实也不很疼,只是见到满手鲜血,心下惊慌。他听得女孩与人说话,转过身来,见是个撑着铁拐的跛足老者。那人两鬓如霜,形容枯槁,双眼翻白,是个瞎子。

只听他冷笑道:"你别欺我瞧不见,我什么都听得清清楚楚。你这小妞儿啊,现下已经这样坏,大了瞧你怎么得了?"那女孩过去挽住他的手臂,央求道:"大公公,你别跟我爹爹说,好不好? 他摔出了鼻血,你给他治治啊!"

那老者踏上一步,左手抓住武修文手臂,右手伸指在他鼻旁

"闻香穴"掐了几掐。武修文鼻血本已渐止，这么几掐，就全然不流了，只觉那老者五根手指有如铁钳，又长又硬，紧紧抓着自己手臂，心中害怕起来，微微一挣，竟是动也不动，当下手臂一缩一圈，使出母亲所授的小擒拿手功夫，手掌打个半圈，向外逆翻。那老者没料到这小小孩童竟有如此巧妙手法，被他一翻之下，竟尔脱手，"噫"的一声轻呼，随即又抓住了他手腕。武修文运劲欲再挣扎，却怎么也挣不脱了。

那老者道："小兄弟别怕，你姓什么？"武修文道："我姓武。"那老者道："你说话不是本地口音，从那里来的？你爹妈呢？"说着放松了他手腕。武修文想起一晚没见爹娘，不知他两人怎样了，听他问起，险些儿便要哭出来。那女孩刮脸羞他，唱道："羞羞羞，小花狗，眼圈儿红，要流油！"

武修文昂然道："哼，我才不哭呢！"当下将母亲在陆家庄等候敌人、父亲抱了哥哥不知去了那里、自己在黑夜中迷路等情说了。他心情激动，说得大是颠三倒四，但那老者也听出了七八成，又问知他们是从大理国来，父亲叫作武三通，最擅长的武功是"一阳指"。那老者道："你爹爹是一灯大师门下，是不是？"武修文喜道："是啊，你认识咱们皇爷吗？你见过他没有？我可没见过。"武三通当年在大理国功底帝段智兴手下当御林军总管，后来段智兴出家，法名一灯，但武三通与两个孩子说起往事之时，仍是"咱们皇爷怎样怎样"，是以武修文也叫他"咱们皇爷"。

那老者道："我也没机缘拜见过他老人家，久仰'南帝'的大名，好生钦羡。这女孩儿的爹娘曾受过他老人家极大的恩惠。如此说来，大家不是外人，你可知道你妈等的敌人是谁？"武修文道："我听妈跟陆爷说话，那敌人好像是什么赤练蛇、什么愁的。"那老者抬起了头，喃喃的道："什么赤练蛇？"突然一顿铁杖，大声叫道："是赤练仙子李莫愁？"武修文喜道："对对！正是赤练仙子！"

那老者登时神色甚是郑重，说道："你们两个在这里玩，一步也别离开。我瞧瞧去。"那女孩道："大公公，我也去。"武修文也道：

"我也去。"那老者急道："唉，唉！万万去不得。那女魔头凶得紧，我打不过她。不过既知朋友有难，可不能不去。你们要听话。"说着拄起铁杖，一跷一拐的疾行而去。

武修文好生佩服，说道："这老公公又瞎又跛，却奔得这么快。"那女孩小嘴一扁，道："这有什么希奇？我爹爹妈妈的轻功，你见了才吓一大跳呢。"武修文道："你爹爹妈妈也是又瞎又跛的吗？"那女孩大怒，道："呸！你爹爹妈妈才又瞎又跛！"

此时天色大明，田间农夫已在耕作，男男女女唱着山歌。那老者是本地土着，双目虽盲，但熟悉道路，随行随问，不久即来到陆家庄前。远远便听得兵刃相交，乒乒乓乓的打得极是猛烈。陆展元一家是本地的官宦世家，那老者却是市井之徒，虽然同是嘉兴有名的武学之士，却向无往来；又知自己武功不及赤练仙子，这番赶去只是多陪上一条老命，但想到此事牵涉一灯大师的弟子在内，大多儿欠一灯大师的情太多，决不能袖手，当下足上加劲，抢到庄前。只听得屋顶上有四个人在激斗，他侧耳静听，从呼喝与兵刃相交声中，听出一边三个，另一边只有一个，可是众不敌寡，那三个已全然落在下风。

上晚武三通抱走了两个儿子，陆立鼎夫妇甚是讶异，不知他是何用意。武三娘却脸有喜色，笑道："拙夫平日疯疯癫癫，这回却难得通达事理。"陆二娘问起原因，武三娘笑而不答，只道："我也不知所料对不对，待会儿便有分晓。"这时夜已渐深，陆无双伏在父亲怀中沉沉睡去。程英也是迷迷糊糊的睁不开眼来。陆二娘抱了两个孩子要送她们入房安睡。武三娘道："且稍待片刻。"忽听得屋顶有人叫道："抛上来。"正是武三通的声音。他轻功了得，来到屋顶，陆氏夫妇事先仍是全没察觉。

武三娘接过程英，走到厅口向上抛去，武三通伸臂抱去。陆氏夫妇正惊异间，武三娘又抱过陆无双掷了上去。

陆立鼎大惊，叫道："干什么？"跃上屋顶，四下里黑沉沉地，已不见武三通与二女的影踪。他拔足欲追,武三娘叫道:"陆爷不须追赶,他是好意。"陆立鼎将信将疑,跳回庭中,颤声问道:"什么好意?"此时陆二娘却已会意,道:"武三爷怕那魔头害了孩儿们,定是将他们藏到了稳妥之处。"陆立鼎当局者迷,被娘子一语点醒,连道:"正是,正是。"但想到武三通盗去自兄嫂尸体,却又甚不放心。

武三娘叹道:"拙夫自从阿沅嫁了令兄之后,见到女孩子就会生气,不知怎的,竟会眷顾府上两位千金,实非我意料所及。他第一次来带走儒儿、文儿之时,我见他对两位小姐连望几眼,神色间大是怜爱,颇有关怀之意。他从前对着阿沅,也总是这般模样的。果然他又来抱去了两位小姐。唉,但愿他从此转性,不再胡涂!"说着连叹了两口长气,接着道:"两位且养养神,那魔头什么时候到来,谁也料想不到,提心吊胆的等着,没的折磨了自己。"

陆氏夫妇初时顾念女儿与侄女的安危,心中栗六,举止失措,此时去了后顾之忧,恐惧之心渐减,敌忾之意大增,两人身上带齐暗器兵刃,坐在厅上,闭目养神。两人做了十几年夫妻,平日为家务之事不时小有龃龉,此刻想到强敌转瞬即至,想起陆展元与武三娘所说那魔头武功高强、行事毒辣,多半大数难逃,夫妇相偕之时无多,不自禁互相依偎,四手相握。

过了良久,万籁俱寂之中,忽听得远处飘来一阵轻柔的歌声,相隔随远,但歌声吐字清亮,清清楚楚听得是:"问世间,情是何物,直教生死相许?"每唱一字,便近了许多,那人来得好快,第三句歌声未歇,已来到门外。

三人愕然相顾,突然间砰砰喀喇数声响过,大门内门闩木撑齐断,大门向两旁飞开,一个美貌道姑微笑着缓步进来,身穿杏黄色道袍,自是赤练仙子李莫愁到了。

阿根正在打扫天井,上前喝问:"是谁?"陆立鼎急叫:"阿根退开!"却那里还来得及?李莫愁拂尘挥动,阿根登时头颅碎裂,不声不响的死了。陆立鼎提刀抢上,李莫愁身子微侧,从他身边掠过,挥拂尘将两名婢女同时扫死,笑问:"两个女孩儿呢?"

陆氏夫妇见她一眨眼间便连杀三人,明知无幸,一咬牙,提起刀剑分从左右攻上。李莫愁举拂尘正要击落,见武三娘持剑在侧,微微一笑,说道:"既有外人插手,就不便在屋中杀人了!"她话声轻柔婉转,神态娇媚,君之明眸皓齿,肤色白腻,实是个出色的美人,也不见她如何提足抬腿,已轻飘飘的上了屋顶。陆氏夫妇与武三娘跟着跃上。

李莫愁拂尘轻挥,将三般兵刃一齐扫了开去,娇滴滴的道:"陆二爷,你哥哥若是尚在,只要他出口求我,再休了何沅君这个小贱人,我未始不可饶了你家一门良贱。如今,唉,你们运气不好,只怪你哥哥太短命,可怪不得我。"陆立鼎叫道:"谁要你饶?"挥刀砍去,武三娘与陆二娘跟着上前夹攻。李莫愁眼见陆立鼎武功平平,但出刀踢腿、转身劈掌的架子,宛然便是当年意中人陆展元的模样,心中酸楚,却盼多看得一刻是一刻,若是举手间杀了他,在这世上便再也看不到"江南陆家刀法"了,当下随手挥架,让这三名敌手在身边团团而转,心中情意缠绵,出招也就不如何凌厉。

突然间李莫愁一声轻啸,纵下屋去,扑向小河边一个手持铁杖的跛足老者,拂尘起处,向他颈口缠了过去。这一招她足未着地,拂尘却已攻向敌人要害,全未防备自己处处都是空隙,只是她杀着厉害,实是要教对方非守不可。

那老者于敌人来招听得清清楚楚,铁杖疾横,斗地点出,迳刺她的右腕。铁杖是极笨重的兵刃,自来用以扫打砸撞,这老者却运起"刺"字诀,竟使铁杖如剑,出招轻灵飘逸。李莫愁拂尘微挥,银丝倒转,已卷住了铁杖头,叫一声:"撒手!"借力使力,拂尘上的千万缕银丝将铁杖之力尽数借了过来。那老者双臂剧震,险些把持不住,危急中乘势跃起,身子在空中斜斜窜过,才将她一拂的巧劲卸开,心下暗惊:"这魔头果然名不虚传。"李莫愁这一招"太公钓鱼",取义于"愿者上钩"以敌人自身之力夺人兵刃,本来百不失一,岂知竟未夺下他的铁杖,却也是大出意料之外,暗道:"这跛脚老头儿是谁？竟有这等功夫？"身形微侧，但见他双目翻白，是个瞎子，登时醒悟，叫道："你是柯镇恶！"

这盲目跛足老者，正是江南七怪之首的飞天蝙蝠柯镇恶。

当年郭靖、黄蓉参与华山论剑之后，由黄药师主持成婚，在桃花岛归隐。黄药师性情怪僻，不喜热闹，与女儿女婿同处数月，不觉厌烦起来，留下一封书信，说要另寻清静之地闲居，迳自飘然离岛。黄蓉知道父亲脾气，虽然不舍，却也无法可想。初时还道数月之内，父亲必有消息带来，那知一别经年，音讯杳然。黄蓉思念父亲和师父洪七公，和郭靖出去寻访，两人在江湖上行走数月，不得不重回桃花岛，原来黄蓉有了身孕。

她性子向来刁钻古怪，不肯有片刻安宁，有了身孕，处处不便，甚是烦恼，推源祸始，自是郭靖不好。有孕之性子本易暴躁，她对郭靖虽然情深意重，这时却找些小故，不断跟他吵闹。郭靖知道爱妻脾气，每当她无理取闹，总是笑笑不理。若是黄蓉恼得狠了，他就温言慰藉，逗得她开颜为笑方罢。

不觉十月过去，黄蓉生下一女，取名郭芙。她怀孕时心中不喜，但生下女儿之后，却异常怜惜，事事纵恣。这女孩不到一岁便已顽皮不堪。郭靖有时看不过眼，管教几句，黄蓉却着意护持，郭靖每管一回，结果女儿反而更加放肆一回。到郭芙五岁那年，黄蓉开始授她武艺。这一来，桃花岛上的虫鸟走兽可就遭了殃，不是羽毛被拔得精光，就是尾巴给剪去了一截，昔时清清静静的隐士养性之所，竟成了鸡飞狗走的顽童肆虐之场。郭靖一来顺着爱妻，二来对这顽皮女儿确也十分爱怜，每当女儿犯了过错，要想责打，但见她扮个鬼脸搂着自己脖子软语相求，只得叹口长气，举起的手又慢慢放了下来。

这些年中，黄药师与洪七公均是全无音讯，靖蓉夫妇想起二人年老，好生挂念。郭靖又几次去接大师父柯镇恶，请他到桃花岛来颐养天年。但柯镇恶爱与市井之徒为伍，闹酒赌钱为乐，不愿过桃花岛上冷清清的日子，始终推辞不来。这一日他却不待郭靖来接，自行来到岛上。原来他近日手气不佳，连赌连输，欠下了一身债，无可奈何，只得到徒儿家里来避债。郭靖、黄蓉见到师父，自是高兴异常，留着他在岛上长住，无论怎样不放他走了。黄蓉慢慢套出真相，暗地里派人去替他还了赌债。柯镇恶却不知道，不敢回嘉兴去，闲着无事，就做了郭芙的游伴。

忽忽数年，郭芙已满九岁了。黄蓉记挂父亲，与郭靖要出岛寻访，柯镇恶说什么也要一起去，郭芙自也磨着非同去不可。四人离岛之后，谈到行程，柯镇恶说道："什么地方都好，就是嘉兴不去。"黄蓉笑道："大师父，好教你得知，那些债主我早给你打发了。"柯镇恶大喜之下，首先便去嘉兴。

到得嘉兴，四人宿在客店之中。柯镇恶向故旧打听，有人说前数日曾见到一个青袍老人独自在烟雨楼头喝酒，说起形貌，似乎便是黄药师的模样。郭靖、黄蓉大喜，便在嘉兴城乡到处寻访。这日清晨，柯镇恶带着郭芙，携了双雕到树林中玩，不意凑巧碰到了武修文。

柯镇恶与李莫愁交手数合，就知不是她的对手，心想："这女魔头武功之高，竟似不亚于当年的梅超风。"当下展开伏魔杖法，紧紧守住门户。李莫愁心中暗赞："曾听陆郎这没良心的小子言道，他嘉兴前辈人物中有江南七怪，武功甚是不弱，收下一个徒儿大大有名，便是大侠郭靖。这老儿是江南七怪之首，果然名不虚传。他盲目跛足，年老力衰，居然还接得了我十余招。"只听陆氏夫妇大声呼喝，与武三娘已攻到身后，心中主意已定："要伤柯老头不难，但惹得郭氏夫妇找上门来，却是难斗，今日放他一马便是。"拂尘一扬，银丝鼓劲挺直，就似一柄花枪般向柯镇恶当胸刺去。这拂尘丝虽是柔软之物，但藉着一股巧劲，所指处又是要害大穴，这一刺之势却也颇为厉害。

柯镇恶铁杖在地下一顿，借势后跃。李莫愁踏上一步，似是进招追击，那知斗然间疾向后仰。她腰肢柔软之极，翻身后仰，肩膀离武三娘已不及二尺。武三娘吃了一惊，急挥左掌向她额头拍去。李莫愁腰肢轻摆，就如一朵菊花在风中微微一颤，早已避开，拍的一下，陆二娘小腹上已然中掌。

陆二娘向前冲了三步，伏地摔倒。陆立鼎见妻子受伤，右手力挥，将单刀向李莫愁掷将过去，跟着展开双手臂扑上去，要抱住她与之同归于尽。李莫愁以处女之身，失意情场，变得异样的厌憎男女之事，此时见陆立鼎纵身扑来，心中恼恨之极，转过拂尘柄打落单刀，拂尘借势挥出，刷的一声，击在他的天灵盖上。

李莫愁连伤陆氏夫妇，只一瞬间之事，待得柯镇恶与武三娘赶上相救，早已不及。她笑问："两个女孩儿呢？"不等武三娘答话，黄影闪动，已窜入庄中，前后搜寻，竟无程英与陆无双的人影。她从灶下取过火种，在柴房里放了把火，跃出庄来，笑道："我跟桃花岛、一灯大师都没过节，两位请罢。"

柯镇恶与武三娘见她凶狠肆暴，气得目眦欲裂，铁杖钢剑，双双攻上。李莫愁侧身避过铁杖，拂尘扬出，银丝早将武三娘长剑卷住。两股劲力自拂尘传出，一收一放，喀的一响，长剑断为两截，剑尖刺向武三娘，剑柄却向柯镇恶脸上激射过去。

武三娘长剑被夺，已是大吃一惊，更料不到她能用拂尘震断长剑，再立即以断剑分击二人，那剑头来得好快，急忙低头闪避，只觉头顶一凉，剑头掠顶而过，割断了一大丛头发。柯镇恶听得金刃破空之声，杖头激起，击开剑柄，但听得武三娘惊声呼叫，当下运杖成风，着着进击，他左手虽扣了三枚毒蒺藜，但想索闻赤练仙子的冰魄银针阴毒异常，自己目不见物，别要引出她的厉害暗器来，更是难以抵挡，是以情势虽甚紧迫，那毒蒺藜却一直不敢发射出去。

李莫愁对他始终手下容情，心道："若不显显手段，你这瞎老头只怕还不知我有意相让。"腰肢轻摆，拂尘银丝已卷住杖头。柯镇恶只觉一股大力要将他铁杖夺出手去，忙运劲回夺，那知劲力刚透杖端，突然对方相夺之力已不知到了何处，这一瞬间，但觉四肢百骸都是空空荡荡的无所着力。李莫愁左手将铁杖掠过一旁,手掌已轻轻按在柯镇恶胸口,笑道:"柯老爷子,赤练神掌拍到你胸口啦!"柯镇恶此时自己无法抵挡,怒道:"贼贱人,你发劲就是,罗唆什么?"

武三娘见状,大惊来救。李莫愁跃起身子,从铁杖上横窜而起,身子尚在半空,突然伸掌在武三娘脸上摸了一下,笑道:"你敢逐我徒儿,胆子也算不小。"说着格格娇笑,几个起落,早去得远了。

武三娘只觉她手掌心柔腻温软,给她这么一摸,脸上说不出的舒适受用,眼见她背影在柳树丛中一幌,随即不见,自己与她接招虽只数合,但每一招都是险死还生,已然使尽了全力,此刻软瘫在地,一时竟动不得。柯镇恶适才胸口也是犹如压了一块大石,闷恶难言,当下急喘了数口气,才慢慢调匀呼吸。

过了好一会,武三娘奋力站起,但见黑烟腾空,陆家庄已裹在烈焰之中,火势逼将过来,炙热异常,当下柯镇恶分别扶起陆氏夫妇,但见二人气息奄奄,已挨不过一时三刻,寻思:"若是搬动二人,只怕死得更快,可是又不能将他们留在此地,那便如何是好?"

正自为难,忽听远处一人大叫:"娘子,你没事么?"正是武三通的声音。

突然间黄影
晃动，李莫愁
跃上武三通手中所
握栗树的树梢，挥动拂
尘，凌空下击。此后数十
招中，不论武三通如何震撞
扫打，她始终犹如粘附在栗树上
一般，乘着树干抖动之势，寻隙进攻。

第二回　故人之子

　　武三娘正没做理会处，忽听得丈夫叫唤，又喜又恼，心想你这疯子不知在胡闹些什么，却到这时才来，只见他上身扯得破破烂烂，颈中兀自挂着何沅君儿时所用的那块围涎，急奔而至，不住的叫道："娘子，你没事么？"她近十年来从未见丈夫对自己这般关怀，心中甚喜，叫道："我在这里。"武三通扑到跟前，将陆氏夫妇一手一个抱起，叫道："快跟我来。"一言甫毕，便腾身而起。柯镇恶与武三娘跟随在后。

　　武三通东弯西绕，奔行数里，领着二人到了一座破窑之中。这是座烧酒坛子的陶窑，倒是极大。武三娘走进窑洞，见敦儒、修文两个孩子安好无恙，当即放心，叹了口气。

　　武氏兄弟正与程英、陆无双坐在地下玩石子。程英与陆无双见到陆氏夫妇如此模样，扑在二人身上，又哭又叫。

　　柯镇恶听陆无双哭叫爸爸妈妈，猛然想起李莫愁之言，惊叫："啊呀，不好，咱们引鬼上门，那女魔头跟着就来啦！"武三娘适才这一战已吓得心惊胆战，忙问："怎么？"柯镇恶道："那魔头要伤陆家的两个孩子，可是不知她们在那里……"武三娘当即醒悟，惊道："啊，是了，她有意不伤咱们，却偷偷的跟来。"武三通大怒，叫道："这赤练蛇女鬼阴魂不散，让我来斗她。"说着挺身站在窑洞之前。

　　陆立鼎头骨已碎，可是尚有一件心事未了，强自忍着一口气，向程英道："阿英，你把我……我……胸口……胸口一块手帕拿出来。"程英抹了抹眼泪，伸手到他胸衣内取出一块锦帕。手帕是白缎的质地,四角上都绣着一朵红花。花红欲滴,每朵花旁都衬着一张翠绿色的叶子,白缎子已旧得发黄,花叶却兀自娇艳可爱,便如真花真叶一般。陆立鼎道:"阿英,你把手帕缚在颈中,千万不可解脱,知道么?"程英不明他用意,但既是姨父吩咐,当即接了过去,点头答应。

陆二娘本已痛得神智迷糊,听到丈夫说话声音,睁开眼来,说道:"为什么不给双儿?你给双儿啊!"陆立鼎道:"不,我怎能负了她父母之托?"陆二娘急道:"你……你好狠心,你自己女儿也不顾了?"说着双眼翻白,声音都哑了。陆无双不知父母吵些什么,只是哭叫:"妈妈,爸爸!"陆立鼎柔声道:"娘子,你疼双儿,让她跟着咱们去不好么?"

原来这块红花绿叶锦帕,是当年李莫愁赠给陆展元的定情之物。红花是大理国最著名的曼陀罗花,李莫愁比作自己,"绿""陆"音同,绿叶就是比作她心爱的陆郎了,取义于"红花绿叶,相偎相倚"。陆展元临死之时,料知十年之期一届,莫愁、武三通二人必来生事,自己原有应付之策,不料忽染急病;兄弟武艺平平,到时定然抵挡不了,无可奈何之中,便将这锦帕交给兄弟,叮嘱明白,若是武三通前寻报仇,能避则避,不能避动手自然必输,却也不致有性命之忧;但李莫愁近年来心狠手辣之名播于江湖,遇上了势必无幸,危急之际将这锦帕缠在颈中,只盼这女魔头顾念旧情,或能手下忍得一忍。只是陆立鼎心高气傲,始终不肯取出锦帕向这女魔头乞命。

程英是陆立鼎襟兄之女。她父母生前将女儿托付于他抚养。他受人重托,责任未尽,此时大难临头,便将这块救命的锦帕给了她。陆二娘毕竟舐犊情深,见丈夫不顾亲生女儿,惶急之下,伤处剧痛,便晕了过去。

程英见姨母为锦帕之事烦恼,忙将锦帕递给表妹,道:"姨妈说给你,你拿着罢!"陆立鼎喝道:"双儿,是表姊的,别接。"武三娘瞧出甚中蹊跷,说道:"我将帕儿撕成两半,一人半块,好不好?"陆立鼎欲待再说，可是一口气接不上来，那能出声，只是点头。武三娘将锦帕撕成两半，分给了程陆二女。

武三通站在洞口，听到背后又哭又叫，不知出了什么事，回过头来，蓦见妻子左颊漆黑，右脸却无异状，不禁骇异，指着她脸问道："为……为什么这样？"武三娘伸手在脸上一摸，道："什么？"只觉左边脸颊木木的无甚知觉，心中一惊，想起李莫愁临去时曾在自己脸上摸了一下，难道这只柔腻温香的手掌轻抚而过，竟已下了毒手？

武三通欲待再问，忽听窑洞外有人笑道："两个女娃娃在这里，是不是？不论死活，都给抛出来罢。否则的话，我一把火将你们都烧成了酒坛子。"声若银铃，既脆且柔。

武三通急跃出洞，但见李莫愁俏生生的站在当地，不由得大感诧异："怎么十年不见，她仍是这等年轻貌美？"当年在陆展元的喜筵上相见，李莫愁是二十岁左右的年纪，此时已是三十岁，但眼前此人除了改穿道装之外，却仍是肌肤娇嫩，宛如昔日好女。她手中拂尘轻轻挥动，神态甚是悠闲，美目流盼，桃腮带晕，若非素知她是个杀人不眨眼的魔头，定道是位带发修行的富家小姐。武三通见她拂尘一动，猛想起自己兵刃留在窑洞之中，若再回洞，只怕她乘机闯进去伤害了众小儿，见洞边长着棵碗口粗细的栗树，当即双掌齐向栗树推去，吆喝声中，将树干从中击断。

李莫愁微微一笑，道："好力气。"武三通横持树干，说道："李姑娘，十年不见，你好啊。"他从前叫她李姑娘，现下她出了家，他并没改口，依然旧时称呼。这十年来，李莫愁从未听人叫过自己作"李姑娘"，忽然间听到这三个字，心中一动，少女时种种温馨旖旎的风光突然涌向胸头，但随即想起，自己本可与意中人一生厮守，那知这世上另外有个何沅君在，竟令自己丢尽脸面，一世孤单凄凉，想到此处，心中一瞬间涌现的柔情密意，登时尽化为无穷怨毒。

武三通也是所爱之人弃己而去，虽然和李莫愁其情有别，但也算得是同病相怜，可是那日自陆展元的酒筵上出来，亲眼见她手刃何老拳师一家二十余口男女老幼，下手之狠，此时思之犹有余悸。何老拳师与她素不相识，无怨无仇，跟何沅君也是毫不相干，只因大家姓了个何字，她伤心之余，竟去将何家满门杀了个乾乾净净。何家老幼直到临死，始终没一个知道到底为了何事。其时武三通不明其故，未曾出手干预，事后才得悉李莫愁纯是迁怒，只是发泄心中的失意与怨毒，从此对这女子便既恨且惧，这时见她脸上微现温柔之色，但随即转为冷笑，不禁为程陆二女暗暗担心。

李莫愁道："我既在陆家墙上印了九个手印，这两个小女孩是非杀不可的。武三爷，请你让路罢。"武三通道："陆展元夫妇已经死了，他兄弟、弟媳也已中了你的毒手，小小两个女孩儿，你就饶了罢。"李莫愁微笑摇首，柔声道："武三爷，请你让路。"武三通将栗树抓得更加紧了，叫道："李姑娘，你也忒以狠心，阿沅……""阿沅"这两字一出口，李莫愁脸色登变，说道："我曾立过重誓，谁在我面前提起这贱人的名字，不是他死就是我亡。我曾在沅江之上连毁六十三家货栈船行，只因他们招牌上带了这个臭字，这件事你可曾听到了吗？武三爷，是你自己不好，可怨不得我。"说着拂尘一起，往武三通头顶拂到。

莫瞧她小小一柄拂尘，这一拂下去既快又劲，只带得武三通头上乱发猎猎飞舞。她知武三通是一灯大师门下高弟，虽然痴痴呆呆，武功却确有不凡造诣，是以一上来就下杀手。武三通左手挺举，树干猛地伸出，狂扫过去。李莫愁见来势厉害，身子随风飘出，不等他树干之势使足，随即飞跃而前，攻向他的门面。武三通见她攻入内圈，右手倏起，伸指向她额上点去，这招一阳指点穴去势虽不甚快，却是变幻莫测，难闪难挡。李莫愁一招"倒打金钟"，身子骤然间已跃出丈许之外。

武三通见她忽来忽往，瞬息之间进退数次，心下暗暗惊佩，当下奋力舞动树干，将她逼在丈余之外。但只要稍有空隙，李莫愁立即便如闪电般欺近身来，若非他一阳指厉害，早已不敌，饶是如此，那树干毕竟沉重，舞到后来渐感吃力，李莫愁却越欺越近。突然间黄影幌动,她竟跃上武三通手中所握栗树的树梢,挥动拂尘,凌空下击。武三通大惊,倒转树梢往地下撞去。李莫愁格格娇笑,踏着树干直奔过来。武三通侧身长臂,一指点出。她纤腰微摆,已退回树梢。此后数十招中,不论武三通如何震撞扫打,她始终犹如黏附在栗树上一般,顺着树干抖动之势,寻隙进攻。

这一来武三通更感吃力,她身子虽然不重,究是在树干上又加了数十斤的份量,何况她站在树上,树干打不着她,她却可以攻入,自是立于不败之地。武三通眼见渐处下风,知道只要稍有疏忽,自己死了不打紧,满窑洞老幼要尽丧她手,当下奋起膂力,将树干越舞越急,欲以树干猛转之势,将她甩下树来。

又斗片刻,听得背后柯镇恶大叫:"芙儿,你也来啦?快叫雕儿咬这恶女人。"跟着便有一个女孩声音连声呼叱,空中两团白影扑将下来,却是两头大雕,左右分击,攻向李莫愁两侧,正是郭芙携同双雕到了。

李莫愁见双雕来势猛恶,一个筋斗翻在栗树之下,左足钩住了树干。双雕扑击不中,振翼高飞。女孩的声音又呼哨了几下。双雕二次扑将下来,四只钢钩铁爪齐向树底抓去。李莫愁曾听人说起,桃花岛郭靖、黄蓉夫妇养有一对大雕,颇通灵性,这时斗见双雕分进合击,对雕儿倒不放在心上,却怕双雕是郭靖夫妇之物,倘若他夫妇就在左近,那可十分棘手。她闪避数次,拂尘拍的一下,打在雌雕左翼之上,只痛得它吱吱急鸣,几根长长的白羽从空中落了下来。

郭芙见雕儿受挫,大叫:"雕儿别怕,咬这恶女人。"李莫愁向她一望,见这女孩儿肤似玉雪,眉目如画,心里一动:"听说郭夫人是当世英侠中的美人,不知比我如何?这小娃身难道是她女儿吗?"

她心念微动,手中稍慢。武三通见虽有双雕相助,仍是战她不下,焦躁起来,猛地力运双臂,连人带树的将她往空中掷去。李莫愁料想不到他竟会出此怪招,身不由己的给他掷高数丈。只雕见她飞上,扑动翅膀,上前便啄。

李莫愁若是脚踏平地，双雕原也奈何她不得，此时她身在半空，无所借力，如何能与飞禽抵敌？情急之下，挥动拂尘护住头脸，长袖挥处，三枚冰魄银针先后急射而出。两枚分射双雕，一枚却指向武三通胸口。双雕急忙振翅高飞，但银针去得快极，嗖嗖作响，从雄雕脚爪之旁擦过，划破了爪皮。

武三通正仰头相望，猛见银光一闪，急忙着地滚开，银针仍是刺中了他左足小腿。武三通一滚站起，那知左腿竟然立时不听使唤，左膝跪倒。他强运功力，待要撑持起身，麻木已扩及双腿，登时俯伏跌倒，双手撑了几撑，终于伏在地下不动了。

郭芙大叫："雕儿，雕儿，快来！"但双雕逃得远了，并不回头。李莫愁笑道："小妹妹，你可是姓郭么？"郭芙见她容貌美丽，和蔼可亲，似乎并不是什么"恶女人"，便道："是啊，我姓郭。你姓什么？"李莫愁笑道："来，我带你去玩。"缓步上前，要去携她的手。柯镇恶铁棒一撑，急从窑洞中窜出，拦在郭芙面前，叫道："芙儿，快进去！"李莫愁笑道："怕我吃了她么？"

就在这时，一个衣衫褴褛的少年左手提着一只公鸡，口中唱着俚曲，跳跳跃跃的过来，见窑洞前有人，叫道："喂，你们到我家里来干么？"走到李莫愁和郭芙之前，侧头向两人瞧瞧，笑道："啧啧，大美人儿好美貌，小美人儿也挺秀气，两位姑娘是来找我的吗？姓杨的可没有这般美人儿朋友啊。"脸上贼忒嘻嘻，说话油腔滑调。

郭芙小嘴一扁，怒道："小叫化，谁来找你了？"那少年笑道："你不来找我，怎么到我家来？"说着向窑洞一指，敢情这座破窑竟是他的家。郭芙道："哼，这样脏地方，谁爱来了？"

武三娘见丈夫倒在地下，不知死活，担心之极，从窑洞中抢将出来，俯身叫道："三哥，你怎么啦？"武三通哼了一声，背心摆了几摆，始终站不直身子。郭芙极目远眺，不见双雕，大叫："雕儿，雕儿，快回来！"

李莫愁心想："夜长梦多，别等郭靖夫妇到来，讨不了好去。"微微一笑，迳自闯向窑洞。武三娘急忙纵身回来拦住，挥剑叫道："别进来!"李莫愁笑道:"这是那个小兄弟的府上,你又作得主了?"左掌对准剑锋,直按过去,刚要碰到刃锋,手掌略侧,三指推在剑身的刃面,剑锋反向武三娘额头削去,擦的一声,削破了她额头。李莫愁笑道:"得罪!"将拂尘往衣领中一插,低头进了窑洞,双手分别将程英与陆无双提起,竟不转身,左足轻点,反跃出洞,百忙中还出足踢飞了柯镇恶手中的铁杖。

那褴褛少年见她伤了武三娘,又掳劫二女,大感不平,耳听得陆程二女惊呼,当即跃起,往李莫愁身上抱去,叫道:"喂,大美人儿,你到我府上伤人捉人,也不跟主人打个招呼,太不讲理,快放下人来。"

李莫愁双手各抓着一个女孩,没提防这少年竟会张臂相抱,但觉胁下忽然多了一双手臂,心中一凛,不知怎的,忽然全身发软,当即劲透掌心,轻轻一弹,将二女弹开数尺,随即一把抓住少年后心。她自十岁以后,从未与男子肌肤相接,活了三十岁,仍是处女之身。当年与陆展元痴恋苦缠,始终以礼自持。江湖上有不少汉子见她美貌,不免动情起心,可是只要神色间稍露邪念,往往立毙于她赤练神掌之下。那知今日竟会给这少年抱住,她一抓住少年,本欲掌心发力,立时震碎他的心肺,但适才听他称赞自己美貌,语出真诚,心下不免有些喜欢,这话若是大男人所说,只有惹她厌憎,出于这十三四岁少年之口却又不同,一时心软,竟然下不了手。

忽听得空中雕唳声急,双雕自远处飞回,又扑下袭击。李莫愁左袖一挥,两枚冰魄银针急射而上。双雕先前已在这厉害之极的暗器下吃过苦头,急忙振翅上飞,但银针去势劲急异常,双雕飞得虽快,银针却射得更快,双雕吓得高声惊叫。李莫愁眼见这对恶鸟再也难以逃脱,正自喜欢,猛听得呼呼声响,两件小物迅速异常的破空而至,刚听到一点声息,两物转瞬间划过长空,已将两枚银针分别打落。

这暗器先声夺人,威不可当,李莫愁大吃一惊,随手放落少年,纵身过去一看,原来只是两颗寻常的小石子,心想:"发这石子之人武功深不可测，我可不是对手，先避他一避再说。"身随意转，手掌拍出，击向程英的后心。她要先伤了程陆二女，再图后计。

手掌刚要碰到程英后心，一瞥间见她颈中系着一条锦帕，素底缎子上绣着红花绿叶，正是当年自己精心绣就、赠给意中人之物，不禁一呆，倏地收回掌力，往日的柔情密意瞬息间在心中滚了几转，心想："他虽与那姓何的小贱人成亲，心下始终没忘了我，这块帕儿也一直好好放着。他求我饶他后人，却饶是不饶?"一时心意难决，决定先毙了陆无双再说。拂尘抖处，银丝击向陆无双后心，阳光耀眼之下，却见她颈中也系着一条锦帕，李莫愁"咦"了一声，心道："怎地有两块帕儿? 定有一块是假的。"拂尘改击为卷，裹住陆无双头颈，将她倒拉转来。

就在此时，破空之声又至，一粒小石子向她后心直飞而至。李莫愁回过拂尘，钢柄挥出，刚好打中石子，猛地虎口一痛，掌心发热，全身不由自主的剧震。这么小小一颗石子竟有如许劲力，发石之人的武功可想而知。她再也不敢逗留，随手提起陆无双，展开轻功提纵术，犹如疾风掠地，转瞬间奔了个无影无踪。

程英见表妹被擒，大叫："表妹，表妹!"随后跟去。但李莫愁的脚力何等迅捷，程英怎追得上? 江南水乡之地到处河泊纵横，程英奔了一阵，前面小河拦路，无法再行。她沿岸奔跑叫嚷，忽见左边小桥上黄影幌动，一人从对岸过桥奔来。程英只一呆，已见李莫愁站在面前，腋下却没了陆无双。

程英见她回转，甚是害怕，大着胆子问道："我表妹呢?"李莫愁见她肤色白嫩，容颜秀丽，冷冷的道："你这等模样，他日长大了，不是让别人伤心，便是自己伤心，不如及早死了，世界上少了好些烦恼。"拂尘一起，搂头拂将下来，眼见要将她连头带胸打得稀烂。

她拂尘挥到背后，正要向前击出，突然手上一紧，尘尾被什么东西拉住了，竟然甩不出去。她大吃一惊，转头欲看，蓦地里身不由主的腾空而起，被一股大力拉扯之下，向后高跃丈许，这才落下。这一惊当真非同小可，左掌护胸，拂尘上内劲贯注，直刺出去，岂知眼前空荡荡的竟是什么也没有。她生平大小数百战，从未遇到这般怪异情景，脑海中一个念头电闪而过："妖精？鬼魅？"一招"混元式"，将拂尘舞成一个圆圈，护住身周五尺之内，这才再行转身。

只见程英身旁站着一个身材高瘦的青袍怪人，脸上木无神色，似是活人，又似僵尸，一见之下，登时心头说不出的烦恶，李莫愁不由自主的倒退两步，一时之间，实想不到武林中有那一个厉害人物是这等模样，待要出言相询，只听那人低头向程英道："娃儿，这女人好生凶恶，你去打她。"程英那敢动手，仰起头道："我不敢。"那人道："怕什么？只管打。"程英仍是不敢。那人一把抓住程英背心，往李莫愁投去。

李莫愁当非常之境，便不敢应以常法，料想用拂尘挥打必非善策，当即伸出左手相接，刚要碰到程英腰间，忽听嗤的一声，臂弯斗然酸软，手臂竟然抬不起来。程英一头撞在她胸口，顺手挥出，拍的一响，清清脆脆的打了她一个巴掌，

李莫愁毕生从未受过如此大辱，狂怒之下，更无顾忌，拂尘倒转，疾挥而下，猛觉虎口剧震，拂尘柄飞了起来，险些脱手，原来那人又弹出一块小石，打在她拂尘柄上。程英却已稳稳的站立在地。

李莫愁料知今日已讨不了好去，若不尽快脱身，大有性命之忧，轻声一笑，转身便走，奔出数步，双袖向后连挥，一阵银光闪动，十余杖冰魄银针齐向青袍怪人射去。她发这暗器，不转身，不回头，可是针针指向那人要害。那人出其不意，没料想她暗器功夫竟然如此阴狠厉害，当即飞身向后急跃。银针来得虽快，他后跃之势却是更快，只听得银针玎玎铮铮一阵轻响，尽数落在身前。李莫愁明知射他不中，这十余枚银针只是要将他逼开，一听到他后跃风声，袖子又挥，一枚银针直射程英。她知这一针非中不可，生怕那青袍人上前动手，竟不回头察看，足底加劲，急奔过桥，穿入了桑林。

那青袍人叫了声："啊！"上前抱起程英，只见一枚长长的银针插在她肩头，不禁脸上变色，微一沉吟，抱起她快步向西。

柯镇恶等见李莫愁终于掳了陆无双而去，都是骇然。那衣衫褴褛的少年道："我瞧瞧去。"郭芙道："有什么好瞧的？这恶女人一脚踢死了你。"那少年笑道："你踢死我？不见得罢。"说着发足便向李莫愁去路急追。郭芙道："蠢才！又不是说我要踢你。"她可不知这少年绕着弯儿骂她是"恶女人"。

那少年奔了一阵，忽听得远处程英高声叫道："表妹，表妹！"当即循声追去。奔出数十丈，听声辨向，该已到了程英呼叫之地，可是四下里却不见二女的影子。

一转头，只见地下明晃晃的撒着十几枚银针，针身镂刻花纹，打造得极是精致。他俯身一枚枚的拾起，握在左掌，忽见银针旁一条大蜈蚣肚腹翻转，死在地下。他觉得有趣，低头细看，见地下蚂蚁死了不少，数步外尚有许多蚂蚁正在爬行。他拿一枚银针去拨弄几下，那几只蚂蚁兜了几个圈子，便即翻身僵毙，连试几只小虫都是如此。

那少年大喜，心想用这些银针去捉蚊蝇，真是再好不过，突然左手麻麻的似乎不大灵便，猛然惊觉："针上有毒！拿在手中，岂不危险？"忙张开手掌抛下银针，只见两张手掌心已全成黑色，左掌尤其深黑如墨。他心中害怕，伸手在大腿旁用力摩擦，但觉左臂麻木渐渐上升，片刻间便麻到臂弯。他幼时曾给毒蛇咬过，险些送命，当时被咬处附近就是这般麻木不仁，知道凶险，忍不住哇的一声哭了出来。

忽听背后一人说道："小娃娃，知道厉害了罢？"这声音铿锵刺耳，似从地底下钻出来一般。那少年急忙转身，不觉吃了一惊，只见一人用头支在地上，双脚并拢，撑向天空。他退开几步，叫道："你……你是谁？"

那人双手在地上一撑，身子忽地拔起，一跃三尺，落在少年的面前，说道："我…我是谁？我知道我是谁就好啦。"那少年更是惊骇，发足狂奔。只听得身后笃、笃、笃的一声声响亮，回头一望，不禁吓得魂不附体，原来那人以手为足，双手各持一块石头，倒转身子而行，竟是快速无比，离自己背后已不过数尺。

他加快脚步，拚命急奔，忽听呼的一声响，那人从他头顶跃过，落在他身前。那少年叫道："妈啊！"转身便逃，可是不论他奔向何处，那怪人总是呼的一声跃起，落在他身前。他枉有双脚，却赛不过一个以手行走之人。他转了几个方向，那怪人越逼近，当下伸手发掌，想去推他，那知手臂麻木，早已不听使唤，只急得他大汗淋漓，不知如何是好，双腿一软，坐倒在地。

那怪人道："你越是东奔西跑，身上的毒越是发作得快。"那少年福至心灵，双膝跪倒，叫道："求老公公救我性命。"那怪人摇头道："难救，难救！"那少年道："你本事这么大，定能救我。"这一句奉承之言，登教那怪人听得甚是高兴，微微一笑，道："你怎知我本事大？"那少年听他语气温和，似有转机，忙道："你倒转了身子还跑得这么快，天下再没第二个及得上你。"他随口捧上一句，岂知"天下再没第二个及得上你"这话，正好打中了那怪人的窝。他哈哈大笑，声震林梢，叫道："倒过身来，让我瞧瞧。"

那少年心想不错，自己直立而他倒竖，确是瞧不清楚，他即不愿顺立，只有自己倒竖了，当下倒转身子，将头顶在地下，右手尚有知觉，牢牢的在旁撑住。那怪人向他细看了几眼，皱眉沉吟。

那少年此时身子倒转，也看清楚了怪人的面貌，但见他高鼻深目，满脸雪白短须，根根似铁，又听他喃喃自语，说着叽哩咕噜的怪话，极是难听。少年怕他不肯相救，求道："好公公，你救救我。"那怪人见他眉目清秀，看来倒也欢喜，道："好，救你不难，但你须得答应我一件事。"少年道："你说什么，我都听你的。公公，你要我答应什么事？"怪人裂嘴一笑，道："我正要你答应这件事。我说什么，你都得听我的。"少年心下迟疑："什么话都听？难道叫我扮狗吃屎也得听？"

怪人见他犹豫，怒道："好，你死你的罢！"说着双手一缩一挺，身子飞起，向旁跃开数尺。那少年怕他远去，忙要追去求恳，可是

43

不能学他这般用手走路,当下翻身站起,追上几步,叫道:"公公,我答应啦,你不论说什么,我都听你的。"怪人转过身来,说道:"好,你罚个重誓来。"少年此时左臂麻木已延至肩头,心中越来越是害怕,只得罚誓道:"公公若是救了我性命,去了我身上恶毒,我一定听你的话。要是不听,让恶毒重行回到我身上。"心想:"以后我永远不再碰到银针,恶毒如何回到身上?但不知我罚这样一个誓,这怪人肯不肯算数?"

斜眼瞧他时,却见他脸有喜色,显得极是满意,那少年暗喜:"老家伙信了我啦。"怪人点点头,忽地翻过身子,捏住少年手臂推拿几下,说道:"好,好,你是个娃娃。"少年只觉经他一捏,手臂上麻木之感立时减轻,叫道:"公公,你再给我捏啊!"怪人皱眉道:"你别叫我公公,要叫爸爸!"少年道:"我爸爸早死了,我没爸爸。"怪人喝道:"我第一句话你就不听,要你这儿子何用?"

那少年心想:"原来他要收我为儿。"他一生从未见过父亲之面,听母亲说,他父亲在他出世之前就已死了,自幼见到别的孩子有父亲疼爱,心下常自羡慕,只是见这怪人举止怪异,疯疯癫癫,却老大不愿意认他为义父。那怪人喝道:"你不肯叫我爸爸,好罢,别人叫我爸爸,我还不肯答应呢。"那少年寻思怎生想个法儿骗得他医好自己。那怪人口中忽然发出一连串古怪声音,似是念咒,发足便行。那少年急叫:"爸爸,爸爸,你到那里去?"

怪人哈哈大笑,说道:"乖儿子,来,我教你除去身上毒气的法儿。"少年走近身去。怪人道:"你中的是李莫愁那女娃娃的冰魄银针之毒,治起来可着实不容易。"当下传了口诀和行功之法,说道此法是倒运气息,须得头下脚上,气血逆行,毒气就会从进入身子之处回出。只是他新学乍练,每日只能逼出少许,须得一月以上,方能驱尽毒气。

那少年极是聪明,一点便透,入耳即记,当下依法施为,果然麻木略减。他过了一阵气,双手手指尖流出几滴黑汁。怪人喜道:"好啦!今天不用再练,明日我再教你新的法儿。咱们走罢。"少年一愕，道："那里去？"怪人道："你是我儿，爸爸去那里，儿子自然跟着去那里。"

正说到此处，空中忽然几声雕唳，两头大雕在半空飞掠而过。那怪人向双雕呆望，以手击额，皱眉苦苦思索，突然间似乎想起了什么，登时脸色大变，叫道："我不要见他们，不要见他们。"说着一步跨了出去。这一步迈得好大，待得第二步跨出，人已在丈许之外，连跨得十来步，身子早在桑树林后没了。

那少年叫道："爸爸，爸爸！"随后赶去。绕过一株大柳树，蓦觉脑后一阵疾风掠过，却是那对大雕从身后扑过，向前飞落。柳树林后转出一男一女，双雕分别停在二人肩头。

那男的浓眉大眼，胸宽腰挺，三十来岁年纪，上唇微留髭须。那女的约莫二十六七岁，容貌秀丽，一双眼睛灵活之极，在少年身上转了几眼，向那男子道："你说这人像谁？"那男子向少年凝视半晌，道："你说是像……"只说了四个字，却不接下去了。

这二人正是郭靖、黄蓉夫妇。这日两人正在一家茶馆中打听黄药师的消息，忽见远处烈焰冲天而起，过了一会，街上有人奔走相告："陆家庄失火！"黄蓉心中一凛，想起嘉兴陆家庄的主人陆展元是武林中一号人物，虽然向未谋面，却也久慕其名，江湖上多说"江南两个陆家庄"。江南陆家庄何止千百，武学之士说两个陆家庄，却是指太湖陆家庄与嘉兴陆家庄而言。陆展元能与陆乘风相提并论，自非泛泛之士。一问之下，失火的竟然就是陆展元之家。两人当即赶去，待得到达，见火势渐小，庄子却已烧成一个火窟，火场中几具焦尸烧得全身似炭，面目已不可辨。

黄蓉道："这中间可有古怪。"郭靖道："怎么？"黄蓉道："那陆展元在武林中名头不小，他夫人何沅君也是当代女侠。若是寻常火烛，他家中怎能有人逃不出来？定是仇家来放的火。"郭靖一想不错，说道："对，咱们搜搜，瞧是谁放的火，怎么下这等毒手？"

二人绕着庄子走了一遍，不见有何痕迹。黄蓉忽然指着半壁残墙,叫道:"你瞧,那是什么?"郭靖一抬头,只见墙上印着几个血手印,给烟一薰,更加显得可怖。墙壁倒塌,有两个血手印只剩下半截。郭靖心中一惊,脱口而出:"赤练仙子!"黄蓉道:"一定是她。早就听说赤练仙子李莫愁武功高强,阴毒无比,不亚于当年的西毒。她驾临江南,咱们正好跟她斗斗。"郭靖点点头,道:"武林朋友都说这女魔头难缠得紧,咱们若是找到岳父,那就好了。"黄蓉笑道:"年纪越大,越是胆小。"郭靖道:"这话一点不错。越是练武,越是知道自己不行。"黄蓉笑道:"郭大爷好谦! 我却觉得自己愈练愈了不起呢。"

二人嘴里说笑,心中却暗自提防,四下里巡视,在一个池塘旁见到两枚冰魄银针。一枚银针半截浸在水中,塘里几十条金鱼尽皆肚皮翻白,此针之毒,实是可怖可畏。黄蓉伸了伸舌头,拾两段断截树枝挟起银针,取出手帕重重包裹了,放入衣囊。二人又到远处搜寻,却见到了双雕,又遇上了那个少年。

郭靖眼见那少年有些面善,一时却想不起像谁,鼻中忽然闻到一阵怪臭,嗅了几下,只觉头脑中微微发闷。黄蓉也早闻到了,臭味似乎出自近处,转头寻找,见雄雕左足上有破损伤口,凑近一闻,臭味果然就从伤口发出。二人吃了一惊,细看伤口,虽只擦破一层油皮,但伤足肿得不止一倍,皮肉已在腐烂。郭靖寻思:"什么伤,这等厉害?"忽见那少年左手全成黑色,惊道:"你也中了这毒?"

黄蓉抢过去拿起他手掌一看,忙掯高他衣袖,取出小刀割破他手腕,推挤毒血。只见少年手上流出来的血却是鲜红之色,微感奇怪:他手掌明明全成黑色,怎么血中却又无毒? 她不知那少年经怪人传授,已将毒血逼向指尖,一时不再上升。她从囊中取出一颗九花玉露丸,道:"嚼碎吞下。"少年接在手里,先自闻到一阵清香,放入口中嚼碎,但觉满嘴馨芳,甘美无比,一股清凉之气直透丹田。黄蓉又取两粒药丸,喂双雕各服一丸。

郭靖沉思半晌,忽然张口长啸。那少年耳畔异声陡发,出其不意,吓了一跳,但听啸声远远传送出去,只惊得雀鸟四下里乱飞,身旁柳枝垂条震动不已。他一啸未已,第二啸跟着送出,啸上加啸,声音振荡重叠,犹如千军万马,奔腾远去。

黄蓉知道丈夫发声向李莫愁挑战,听他第三下啸声又出,当下气涌丹田,跟着发声长啸,郭靖的啸声雄壮宏大,黄蓉的却是清亮高昂。两人的啸声交织在一起,有如一只大鹏一只小鸟并肩齐飞,越飞越高,那小鸟竟然始终不落于大鹏之后。两人在桃花岛潜心苦修,内力已臻化境,双啸齐作,当真是回翔九天,声闻数里。

那倒行的怪人听到啸声,足步加快,疾行而避。

抱着程英的青袍客听到啸声,哈哈一笑,说道:"他们也来啦,老子走远些,免得罗唆。"

李莫愁将陆无双挟在胁下,奔行正急,突然听到啸声,猛地停步,拂尘一挥,转过身来,冷笑道:"郭大侠名震武林,倒要瞧瞧他是不是果有真才实学。"忽听得一阵清亮的啸声跟着响起,两股啸声呼应相和,刚柔并济,更增威势。李莫愁心中一凛,自知难敌,又想他夫妇同闯江湖,互相扶持,自己却是孤零零的一人,登觉万念俱灰,叹了一口长气,抓着陆无双的背心去了。

此时武三娘已扶着丈夫,带同两个儿子与柯镇恶作别离去。柯镇恶适才一番剧战,生怕李莫愁去而复返伤害郭芙,带着她正想找个隐蔽所在躲了起来,忽然听到郭黄二人啸声,心中大喜。郭芙叫道:"爹爹,妈妈!"发足便跑。

一老一小循着啸声奔到郭靖夫妇跟前。郭芙投入黄蓉怀里,笑道:"妈,大公公刚才打跑了一个恶女人,他老人家本事可大得很哩。"黄蓉自然知她撒谎,却只笑了笑。郭靖斥道:"小孩子家,说话可要老老实实。"郭芙伸了伸舌头,笑道:"大公公本事不大吗?他怎么能做你师父?"生怕父亲又再责骂,当即远远走开,向那少年招手,说道:"你去摘些花儿,编了花冠给我戴!"

那少年跟了她过去。郭芙瞥见他手掌漆黑,便道:"你手这么脏,我不跟你玩。你摘的花儿也给你弄臭啦。"那少年冷然道:"谁爱跟你玩了？"大踏步便走。

郭靖叫道："小兄弟，别忙走。你身上余毒未去，发作出来厉害得紧。"那少年最恼别人小看了他，给郭芙这两句话刺痛了心，当下昂首直行，对郭靖的叫喊只如不闻。郭靖抢步上前，说道："你怎么中了毒？我们给你治了，再走不迟。"那少年道："我又不认得你，关你什么事？"足下加快，想从郭靖身旁穿过。郭靖见他脸上悻悻之色，眉目间甚似一个故人，心念一动，说道："小兄弟，你姓什么？"那少年向他白了一眼，侧过身子，意欲急冲而过。郭靖翻掌抓住了他手腕。那少年几下挣不脱，左手一拳，重重打在郭靖腹上。

郭靖微微一笑，也不理会。那少年想缩回手臂再打，那知拳头深陷在他小腹之中，竟然拔不出来。他小脸胀得通红，用力后拔，只拔得手臂发疼，却始终挣不脱他小腹的吸力。郭靖笑道："你跟我说你姓什么，我就放你。"那少年道："我姓倪，名字叫作牢子，你快放我。"郭靖听了好生失望，腹肌松开，他可不知那少年其实说自己名叫"你老子"，在讨他的便宜。那少年拳头脱缚，望着郭靖，心道："你本事好大，你老子不及乖子。"

黄蓉见了他脸上的狡猾恁懒神情，总觉他跟那人甚为相似，忍不住要再试他一试，笑道："小兄弟，你想做我丈夫的老子，可不成了我的公公吗？"左手一挥，已按住他后颈。那少年觉得按来的力道极是强劲，急忙运力相抗。黄蓉手上劲力忽松，那少年不由自主的仰天一交，结结实实的摔倒。郭芙拍手大笑。那少年大怒，跳起身来，退后几步，正要污言秽语的骂人，黄蓉已抢上前去，双手按住他肩头，凝视着他双眼，缓缓的道："你姓杨名过，你妈妈姓穆，是不是？"

那少年正是姓杨名过，突然被黄蓉说了出来，不由得惊骇无比，胸间气血上涌，手上毒气突然回冲，脑中一阵胡涂，登时晕了过去。

黄蓉一惊，扶住他身子。郭靖给他推拿了几下，但见他双目紧闭，牙齿咬破了舌头，满嘴鲜血，始终不醒。郭靖又惊又喜，道："他……他原来是杨康兄弟的孩子。"黄蓉见杨过中毒极深，低声道："咱们先投客店，到城里配几味药。"

原来黄蓉见这少年容貌与杨康实在相像，相起当年王处一在中都客店中相试穆念慈的武功师承，伸手按她后颈，穆念慈不向前跌，反而后仰，这正是洪七公独门的运气练功法门。这少年若是穆念慈的儿子，所练武功也必是一路。黄蓉是洪七公的弟子，自是深知本门练功的诀窍，一试之下，果然便揭穿了他的真相。

当下郭靖抱了杨过，与柯镇恶、黄蓉、郭芙三人携同双雕，回到客店。黄蓉写下药方，店小二去药店配药，只是她用的药都是偏门，嘉兴虽是通都大邑，一时却也配不齐全。郭靖见杨过始终昏迷不醒，甚是忧虑。黄蓉知道丈夫自杨康死后，常自耿耿于怀，今日斗然遇上他的子嗣，自是欢喜无限，偏是他又中了剧毒，不知生死，说道："咱们自己出去采药。"郭靖心知只要稍有治愈之望，她必出言安慰自己，却见她神色之间亦甚郑重，心下更是惴惴不安，于是嘱咐郭芙不得随便乱走，夫妻俩出去找寻药草。

杨过昏昏沉沉的睡着，直到天黑，仍是不醒。柯镇恶进来看了他几次，自是束手无策，他毒蒺藜的毒性与冰魄银针全然不同，两者的解药自不能混用，又怕郭芙溜出，不住哄着她睡觉。

杨过昏迷中也不知过了多少时候，忽觉有人在他胸口推拿，慢慢醒转，睁开眼来，但见黑影闪动，什么东西从窗中窜了出去。他勉力站起，扶着桌子走到窗口张望，只见屋檐上倒立着一人，头下脚上，正是日间要他叫爸爸的那个怪人，身子摇摇摆摆，似乎随时都能摔下屋头。

杨过惊喜交集，叫道："是你。"那怪人道："怎么不叫爸爸？"杨过叫了声："爸爸！"心中却道："你是我儿子，老子变大为小，叫你爸爸便了。"那怪人很是喜欢，道："你上来。"杨过爬上窗槛，跃上屋顶。可是他中毒后身子虚弱，力道不够，手指没攀到屋檐，竟掉了下去，不由得失声惊呼："啊！"

那怪人伸手抓住他背心，将他轻轻放在屋顶，倒转来站直了身子，正要说话，听得西边房里有人呼的一声吹灭烛火，知道已有人发见自己踪迹，当下抱着杨过疾奔而去。待得柯镇恶跃上屋时，四下里早已无声无息。

那怪人抱着杨过奔到镇外的荒地，将他放下，说道："你用我教你的法儿，再把毒气逼些儿出来。"杨过依言而行，约莫一盏茶时分，手指上滴出几点黑血，胸臆间登觉大为舒畅。那怪人道："你这孩儿甚是聪明，一教便会，比我当年亲生的儿子还要伶俐。唉！孩儿啊！"想到亡故的儿子，眼中不禁湿润，抚摸杨过的头，微微叹息。

杨过自幼没有父亲，母亲也在他十一岁那年染病身亡。穆念慈临死之时，说他父亲死在嘉兴铁枪庙里，要他将她遗体火化了，去葬在嘉兴铁枪庙外。杨过遵奉母亲遗命办理，从此流落嘉兴，住在这破窑之中，偷鸡摸狗的混日子。穆念慈虽曾传过他一些武功的入门功夫，但她自己本就苦不甚高，去世时杨过又尚幼小，实是没能教得了多少。这几年来，杨过到处遭人白眼，受人欺辱，那怪人与他素不相识，居然对他这等好法，眼见他对自己真情流露，心中极是感动，纵身一跃，抱住了他脖子，叫道："爸爸，爸爸！"他从两三岁起就盼望有个爱怜他、保护他的父亲。有时睡梦之中，突然有了个慈爱的英雄父亲，但一觉醒来，这父亲却又不知去向，常常因此而大哭一场。此刻多年心愿忽而得偿，于这两声"爸爸"之中，满腔孺慕之意尽情发泄了出来，再也不想在心中讨还便宜了。

杨过固然大为激动，那怪人心中却只有比他更是欢喜。两人初遇之时，杨过被逼认他为父，心中实是一百个不愿意，此时两人心灵交通，当真是亲若父子，但觉对方若有危难，自己就是为他死了也所甘愿。那怪人大叫大笑，说道："好孩子，好孩子，乖儿子，再叫一声爸爸。"杨过依言叫了两声，靠在他的身上。

那怪人笑道："乖儿子，来，我把生平最得意的武功传给你。"说着蹲低身子，口中咕咕咕的叫了三声，双手推出，但听轰的一声巨响，面前半堵土墙应手而倒，只激得灰泥弥漫，尘土飞扬。杨过只瞧得目瞪口呆，伸出了舌头，惊喜交集，问道："那是什么功夫，我学得会吗？"怪人道："这叫做蛤蟆功，只要你肯下苦功，自然学得会。"杨过道："我学会之后，再没人欺侮我了么？"那怪人双眉上扬，叫道："谁敢欺侮我儿子，我抽他的筋，剥他的皮。"

这个怪人，自然便是西毒欧阳锋了。

他自于华山论剑之役被黄蓉用计逼疯，十余年来走遍了天涯海角，不住思索："我到底是谁？"凡是景物依稀熟稔之地，他必多所逗留，只盼能找到自己，这几个月来他一直耽在嘉兴，便是由此。近年来他逆练九阴真经，内力大有进境，脑子也已清醒得多，虽然仍是疯疯癫癫，许多旧事却已逐步一一记起，只是自己到底是谁，却始终想不起来。

当下欧阳锋将修习蛤蟆功的入门心法传授了杨过，他这蛤蟆功是天下武学中的绝顶功夫，变化精微，奥妙无穷，内功的修习更是艰难无比，练得稍有不对，不免身受重伤，甚或吐血身亡，以致当年连亲生儿子欧阳克亦未传授。此时他心情激动，加之神智迷糊，不分轻重，竟毫不顾忌的教了这新收的义子。

杨过武功没有根柢，虽将入门口诀牢牢记住了，却又怎能领会得其中意思？偏生他聪明伶俐，于不明白处自出心裁的强作解人。欧阳锋教了半天，听他瞎缠歪扯，说得牛头不对马嘴，恼将起来，伸手要打他耳光，月光下见他面貌俊美，甚是可爱，尤胜当年欧阳克少年之时，这掌便打不下去了，叹道："你累啦，回去歇歇，明儿我再教你。"

杨过自被郭芙说他手脏，对她一家都生了厌憎之心，说道："我跟着你，不回去啦。"欧阳锋只是对自己的事才想不明白，于其余世事却并不胡涂，说道："我的脑子有些不大对头，只怕带累了你。你先回去，待我把一件事想通了，咱爷儿俩再厮守一起，永不分离，好不好？"杨过自丧母之后，一生从未有人跟他说这等亲切言语，上前拉住了他手，哽咽道："那你早些来接我。"欧阳锋点头道："我暗中跟着你，不论你到那里，我都知道。要是有人欺侮你，我打得他

51

肋骨断成七八十截。"当下抱起杨过,将他送回客店。

　　柯镇恶曾来找过杨过,在床上摸不到他身子,到客店四周寻了一遍,也是不见,甚是焦急;二次来寻时,杨过已经回来,正要问他刚才到了那里,忽听屋顶上风声飒然,有人纵越而过。他知是有两个武功极强之人在屋面经过,忙将郭芙抱来,放在床上杨过的身边,持铁杖守在窗口,只怕二人是敌,去而复回,果然风声自远而近,倏忽间到了屋顶。一人道:"你瞧那是谁?"另一人道:"奇怪,奇怪,当真是他?"原来是郭靖、黄蓉夫妇。

　　柯镇恶这才放心,开门让二人进来。黄蓉道:"大师父,这里没事么?"柯镇恶道:"没事。"黄蓉向郭靖道:"难道咱们竟看错了人?"郭靖摇头道:"不会,九成是他。"柯镇恶道:"谁啊?"黄蓉一扯郭靖衣襟,要他莫说。但郭靖对恩师不敢相瞒,便道:"欧阳锋。"柯镇恶生平恨极此人,一听到他名字便不禁脸上变色,低声道:"欧阳锋?他还没死?"郭靖道:"适才我们采药回来,见到屋边人影一幌,身法又快又怪,当即追去,却已不见了纵影。瞧来很像欧阳锋。"柯镇恶知他向来稳重笃实,言不轻发,他说是欧阳锋,就决不能是旁人。

　　郭靖挂念杨过,拿了烛台,走到床边察看,但见他脸色红润,呼吸调匀,睡得正沉,不禁大喜,叫道:"蓉儿,他好啦!"杨过其实是假睡,闭了眼偷听三人说话。他隐约听到义父名叫"欧阳锋",而这三人显然对他极是忌惮,不由得暗暗欢喜。

　　黄蓉过来一看,大感奇怪,先前明明见他手臂上毒气上延,过了这几个时辰,只有更加瘀黑肿胀,那知毒气反而消退,实是奇怪之极。她与郭靖出去找了半天,草药始终没能采齐,当下将采到的几味药捣烂了,挤汁给他服下。

　　次日郭靖夫妇与柯镇恶携了两小离嘉兴向东南行,决定先回桃花岛,治好杨过的伤再说。这晚投了客店,柯镇恶与杨过住一房,郭靖夫妇与女儿住一房。

　　郭靖夫妇睡到中夜,忽听屋顶上喀的一声响,接着隔壁房中柯镇恶大声呼喝,破窗跃出。郭靖与黄蓉急忙跃起,纵到窗边,只见屋顶上柯镇恶正空手和人恶斗,对手身高手长,赫然便是欧阳锋。郭靖大惊,只怕欧阳锋一招之间便伤了大师父性命,正欲跃上相助,却见柯镇恶纵声大叫,从屋顶摔了下来。郭靖飞身抢上,就在柯镇恶的脑袋将要碰到地面之时,轻轻拉住他后领向上提起,然后再轻轻放下,问道:"大师父,没受伤吗?"柯镇恶道:"死不了。快去截下欧阳锋。"郭靖道:"是。"跃上屋顶。

这时屋顶上黄蓉双掌飞舞,已与这十余年不见的老对头斗得甚是激烈。她这些年来武功大进,内力强劲,出掌更是变化奥妙,十余招中,欧阳锋竟丝毫占不到便宜。

郭靖叫道:"欧阳先生,别来无恙啊。"欧阳锋道:"你说什么?你叫我什么?"脸上一片茫然,当下对黄蓉来招只守不攻,心中隐约觉得"欧阳"二字似与自己有极密切关系。郭靖待要再说,黄蓉已看出欧阳锋疯病未愈,忙叫道:"你叫做赵钱孙李、周吴陈王!"欧阳锋一怔,道:"我叫做赵钱孙李、周吴陈王?"黄蓉道:"不错,你的名字叫作冯郑褚卫、蒋沈韩杨。"她说的是"百家姓"上的姓氏。欧阳锋心中本来胡涂,给她一口气背了几十个姓氏,更是摸不着头脑,问道:"你是谁? 我是谁?"

忽听身后一人大喝:"你是杀害我五个好兄弟的老毒物。"呼声未毕,铁杖已至,正是柯镇恶。他适才被欧阳锋掌力逼下,未曾受伤,到房中取了铁杖上来再斗。郭靖大叫:"师父小心!"柯镇恶铁杖砸出,和欧阳锋背心相距已不到一尺,却听呼的一声响,铁杖反激出去,柯镇恶把持不住,铁杖撒手,跟着身子也摔入了天井。

郭靖知道师父虽然摔下,并不碍事,但欧阳锋若乘势追击,后着可凌厉之极,当下叫道:"看招!"左腿微屈,右掌划了个圆圈,平推出去,正是降龙十八掌中的"亢龙有悔"。这一招他日夕勤练不辍,初学时便已非同小可,加上这十余年苦功,实已到炉火纯青之境,初推出去时看似轻描淡写,但一遇阻力,能在刹时之间连加一十三道后劲,一道强似一道,重重叠叠,直是无坚不摧、无强不破。这是他从九阴真经中悟出来的妙境,纵是洪七公当年,单以这招而论,也无如此精奥的造诣。

欧阳锋刚将柯镇恶震下屋顶,但觉一股微风扑面而来,风势虽然不劲,然已逼得自己呼吸不畅,知道不妙,急忙身子蹲下,双掌平推而出,使的正是他生平最得意的"蛤蟆功"。三掌相交,两人身子都是一震。郭靖掌力急加,一道又是一道,如波涛汹涌般的向前猛扑。欧阳锋口中略略大叫,身子一幌一幌,似乎随时都能摔倒,但郭靖掌力愈是加强,他反击之力也相应而增。

二人不交手已十余年,这次江南重逢,都要试一试对方进境如何。昔日华山论剑,郭靖殊非欧阳锋敌手,但别来勇猛精进,武功大臻圆熟,欧阳锋虽逆练真经,也自有心得,但一正一反,终究是正胜于反,到此次交手,郭靖已能与他并驾齐驱,难分上下。黄蓉要丈夫独力取胜,只在旁掠阵,并不上前夹击。

南方的屋顶与北方大不相同。北方居室因须抵挡冬日冰雪积压,屋顶坚实异常,但自淮水而南,屋顶瓦片叠盖,便以轻巧灵便为主。郭靖与欧阳锋各以掌力相抵,力贯双腿,过了一盏茶时分,只听脚下格格作响,突然喀喇喇一声巨响,几条椽子同时断折,屋顶穿了个大孔,两人一齐落下。

黄蓉大惊,忙从洞中跃落,只见二人仍是双掌相抵,脚下踏着几条椽子,这些椽子却压在一个住店的客人身上。那人睡梦方酣,岂知祸从天降,登时双腿骨折,痛极大号。郭靖不忍伤害无辜,不敢足上用力,欧阳锋却不理旁人死活。二人本来势均力敌,但因郭靖足底势虚,掌上无所借力,渐趋下风。他以单掌抵敌人双掌,然全身之力已集于右掌,左掌虽然空着,可也已无力可使。黄蓉见丈夫身子微向后仰,虽只半寸几分的退却,却显然已落败势,当下叫道:"喂,张三李四,胡涂王八,看招。"轻飘飘的一掌往欧阳锋肩头拍去。

这一掌出招虽轻,然而是落英神剑掌法的上乘功夫,落在敌人身上,劲力直透内脏,纵是欧阳锋这等一流名家,也须受伤不可。欧阳锋听她又以古怪姓名称呼自己,一征之下,斗然见她招到,双掌力推,将郭靖的掌力逼开半尺,就在这电光石火的一瞬之间,一把抓住了黄蓉肩头,五指如钩,要硬生生扯她一块肉下来。

这一抓发出,三人同时大吃一惊。欧阳锋但觉指尖剧痛,原来已抓中了她身上软猬甲的尖刺,忙不迭的松手。就在此时,郭靖掌力又到,欧阳锋回掌相抵,危急中各出全力,砰的一声,两人同时急退,但见尘沙飞扬,墙倒屋倾。原来二人这一下全使上了刚掌,黑暗中瞧不清对方身形,降龙十八掌与蛤蟆功的巨力竟都打在对方肩头。两人破墙而出,半边屋顶塌了下来。黄蓉肩头受了这一抓,虽未受伤,却也已吓得花容失色,百忙中在屋顶将塌未塌之际斜身飞出。只见欧阳锋与郭靖相距半丈,呆立不动,显然都已受了内伤。

黄蓉不及攻敌,当即站在丈夫身旁守护。但见二人闭目运气,哇哇两声,不约而同的都喷出一口鲜血。欧阳锋叫道:"降龙十八掌,嘿,好家伙,好家伙!"一阵狂笑,扬长便走,瞬息间去得无影无踪。

此时客店中早已呼爷喊娘,乱成一团。黄蓉知道此处不可再居,从柯镇恶手里抱过女儿,道:"师父,你抱着靖哥哥,咱们走罢!"柯镇恶将郭靖抗在肩上,一跷一拐的向北行去。走了一阵,黄蓉忽然想起杨过,不知这孩子逃到了那里,但挂念丈夫身受重伤,心想旁的事只好慢慢再说。

郭靖心中明白,只是被欧阳锋的掌力逼住了气,说不出说来。他在柯镇恶肩头调匀呼吸,运气通脉,约莫走出七八里地,各脉俱通,说道:"大师父,不碍事了。"柯镇恶将他放下,问道:"还好么?"郭靖摇摇头道:"蛤蟆功当真了得!"只见女儿伏在母亲肩头沉沉熟睡,心中一怔,问道:"过儿呢?"柯镇恶一时想不起过儿是谁,愕然难答。黄蓉道:"你放心,先找个地方休息,我回头去找他。"

此时天色将明,道旁树木房屋已朦胧叫辨。郭靖道:"我的伤不碍事,咱们一起去找。"黄蓉皱眉道:"这孩子机伶得很,不用为他挂怀。"正说到此处,忽见道旁白墙后伸出个小小脑袋一探,随即缩了回去。黄蓉抢过去一把抓住，正是杨过。他笑嘻嘻的叫了声"阿姨"，说道："你们才来么？我在这儿等了好久啦。"黄蓉心中好些疑团难解，随口答应一声，道："好，跟我们走罢！"

杨过笑了笑，跟随在后。郭芙睁开眼来，问道："你到那里去啦？"杨过道："我去捉蟋蟀对打，那才好玩呢。"郭芙道："有什么好玩？"杨过道："哼，谁说不好玩？一个大蟋蟀跟一只老蟋蟀对打，老蟋蟀输了，又来了两只小蟋蟀帮着，三只打一个。大蟋蟀跳来跳去，这边弹一脚，那边咬一口，嘿嘿，那可厉害了……"说到这里，却住口不说了。郭芙怔怔的听着，问道："后来怎样？"杨过道："你说不好玩，问我干么？"郭芙碰了个钉子，很是生气，转过了头不睬他。

黄蓉听他言语中明明是帮着欧阳锋，在讥刺自己夫妇与柯镇恶，便道："你跟阿姨说，到底是谁打赢了？"杨过笑笑，轻描淡写的道："我正瞧得有趣，你们都来了，蟋蟀儿全逃走啦。"黄蓉心想："当真是有其父必有其子。"不禁微觉有气。

说话之间，众人来到一个村子。黄蓉向一所大宅院求见主人。那主人甚是好客，听说有人受伤生病，忙命庄丁打扫厢房接待。郭靖吃了三大碗饭，坐在榻上闭目养神。黄蓉见丈夫气定神闲，心知已无危险，坐在他身旁守护，想起见到杨过以来的种种情况，觉得此人年纪虽小，却有许多怪异难解之处，但若详加查问，他多半不会实说，心想只小心留意他行动便是。当日无语，用过晚膳后各自安寝。

杨过与柯镇恶同睡一房，到得中夜，他悄悄起身，听得柯镇恶鼻鼾呼呼，睡得正沉，便打开房门，溜了出去，走到墙边，爬上一株桂花树，纵身跃起，攀上墙头，轻轻溜下。墙外两只狗闻到人气，吠了起来。杨过早有预备，从怀里摸出两根日间藏着的肉骨头，丢了过去。两只狗咬住骨头大嚼，当即止吠。

杨过辨明方向，向西南而行，约莫走了七八里地，来到铁枪庙前。他推开庙门，叫道："爸爸，我来啦！"只听里面哼了一声，正是欧阳锋的声音，杨过大喜，摸到供桌前，找到烛台，点燃了残烛，见欧阳锋躺在神像前的几个蒲团之上，神情委顿，呼吸微弱。他与郭靖所受之伤情形相若，只是郭靖方当年富力强，复元甚速，他却年纪老迈，精力已远为不如。

原来昨晚杨过与柯镇恶同室宿店，半夜里欧阳锋又来瞧他。柯镇恶当即醒觉，与欧阳锋动起手来。其后黄蓉、郭靖二人先后参战，杨过一直在旁观看。终于欧阳锋与郭靖同时受伤，欧阳锋远引。杨过见混乱中无人留心自己，悄悄向欧阳锋追去。初时欧阳锋行得极快，杨过自是追赶不上，但后来他伤势发作，举步维艰，杨过赶了上来，扶他在道旁休息。杨过知道自己若不回去，黄蓉、柯镇恶等必来找寻，只恐累了义父的性命，是以与欧阳锋约定了在铁枪庙中相会。这铁枪庙与他二人都大有干系，一说均知。杨过独自守在大路之旁相候，与郭靖等会面后，直到半夜方来探视。

杨过从怀里取出七八个馒头，递在他手里，道："爸爸，你吃罢。"欧阳锋饿了一天，生怕出去遇上敌人，整日躲在庙中苦挨，吃了几个馒头后精神为之一振，问道："他们在那儿？"杨过一一说了。

欧阳锋道："那姓郭的吃了我这一掌，七日之内难以复原。他媳妇儿要照料丈夫，不敢轻离，眼下咱们只担心柯瞎子一人。他今晚不来，明日必至。只可惜我没半点力气。唉，我好像杀过他的兄弟，也不知是四个还是五个……"说到这里，不禁剧烈咳嗽。

杨过坐在地下，手托腮帮，小脑袋中刹时间转了许多念头，忽然心想："有了，待我在地下布些利器，老瞎子若是进来，可要叫他先受点儿伤。"于是在供桌上取过四只烛台，拔去灰尘堆积的陈年残烛，将烛台放在门口，再虚掩庙门，搬了一只铁香炉，爬上去放在庙门顶上。

他四下察看，想再布置些害人的陷阱，见东西两边偏殿中各吊着一口大铁钟。每一口钟都是三人合抱也抱不起来，料必重逾千斤。钟顶上有一只极粗的铁钩，与巨木制成的木架相连。这铁枪庙年久失修，破败不堪，但巨钟和木架两皆坚牢，仍是完好无损。

杨过心想:"老瞎子要是到来,我就爬到钟架上面,管教他找我不着。"

他手持烛台,正想到后殿去找件防身利器,忽听大路上笃、笃、笃的一声声铁杖击地,知道柯镇恶到了,忙吹灭烛火,随即想起:"这瞎子目不见物,我倒不必熄烛。"但听笃笃笃之声越来越近,欧阳锋忽地坐起,要把全身仅余的劲力运到右掌之上,先发制人,一掌将他毙了。杨过将手中烛台的铁签朝外,守在欧阳锋身旁,心想我虽武艺低微,好歹也要相助义父,跟老瞎子拚上一拚。

柯镇恶料定欧阳锋身受重伤,难以远走,那铁枪庙便在附近,正是欧阳锋旧游之地,料想他不敢寄居民家,多半会躲在庙中,想起五个兄弟惨遭此人毒手,今日有此报仇良机,那肯放过?睡到半夜,轻轻叫了两声:"过儿,过儿!"不听答应,只道他睡得正熟,竟没走近查察,当下越墙而出。那两条狗子正在大嚼杨过给的骨头,见他出来,只呜呜几声,却没吠叫。

他缓缓来到铁枪庙前,侧耳听去,果然庙里有呼吸之声。他大声叫道:"老毒物,柯瞎子找你来啦,有种的快出来。"说着铁杖在地下一顿。欧阳锋只怕泄了丹田之气,不敢言语。

柯镇恶叫了几声,未闻应声,举铁杖撞开庙门,踏步进内,只听呼的一响,头顶一件重物砸将下来,同时左脚已踏中烛台上的铁签,刺破靴底,脚掌心上一阵剧痛。他一时之间不明所以,铁杖挥起,当的一声巨响,震耳欲聋,将头顶的铁香炉打了开去,随即在地下一滚,好教铁签不致刺入足底。那知身旁尚有几只烛台,只觉肩头一痛,又有一只烛台的铁签刺入了肉里。他左手抓住烛台拔出,鲜血立涌。此时不敢再有大意,听着欧阳锋呼吸之声,脚掌擦地而前,一步一步走近,走到离他三尺之处,铁杖高举,叫道:"老毒物,今日你还有何话说?"

欧阳锋已将全身所剩有限力你运上右臂,只待对方铁杖击下,手掌同时拍出,跟他拚个同归于尽。柯镇恶虽知仇人身受重伤,但不知他到底伤势如何,这一杖迟迟不落,要等他先行发招,就可知他还剩下多少力气，。两人相对僵持，均各不动。

柯镇恶耳听得他呼吸沉重，脑中斗然间出现了朱聪、韩宝驹、南希仁等缮义兄弟的声音，似乎在齐声催他赶快下手，当下再也忍耐不住，大吼一声，一招"秦王鞭石"，挥铁杖搂头盖将下去。欧阳锋身子略闪，待要发掌，手臂只伸出半尺，一口气却接不上来，登时软垂下去。但听砰的一声猛响，火光四溅，铁杖杖头将地下几块方砖击得粉碎。

柯镇恶一击不中，次招随上，铁杖横扫，向他中路打去。若在平日，欧阳锋轻轻一带，就要叫他铁杖脱手，至不济也能纵身跃过，但此刻全身酸软，使不出半点劲道，只得着地打滚，避了开去。柯镇恶使开降魔杖法，一招快似一招。欧阳锋却越避越是迟钝，终于给他一招"杵伏药叉"击中左肩。

杨过在一旁听着，不由得心惊肉跳，有心要上前相助义父，却自知武艺低微，只有送死的份儿。

柯镇恶接连二杖，都击在欧阳锋身上。欧阳锋今日也是该遭此厄，总算他内力深湛，虽无还手之力，却能退避化解，将他每一击的劲道都卸在一旁，身上已被打得皮开肉绽，筋骨内脏却不受损。柯镇恶暗暗称奇，心想这老毒物的本事果然非同小可，每一杖下去，明明已经击中，但总是在他身上滑溜而过，十成劲力倒给化解了九成，心想他的头盖总不能以柔功滑开我的杖力，当下运杖成风，着着向他头顶进攻。

欧阳锋闪头避了几次，霎时间身子已被笼罩在他杖风之下，不由得暗暗叫苦，若是被他一杖击在头上，那里还保得住性命，无可奈何中行险侥幸，突然扑入他的怀里，抓住了他胸口。柯镇恶吃了一惊，铁杖已在外门，难以击敌，只得伸手反揪。两人一齐滚倒。

欧阳锋不敢松手，牢牢抓住对方胸口，左手去扭他腰间，忽然触手坚硬，急忙抓起，竟是一柄尖刀。这是张阿生常用的兵刃屠牛刀，名虽如此，其实并非用以屠牛。这刀砍金断玉，锋利无比。张阿生在蒙古大漠死于陈玄风之手，柯镇恶心念义弟，这柄刀带在身畔，片刻不离。欧阳锋近身肉搏，拔了出来，左手弯过，举刀便往敌人腰胁刺落。恰在此时，柯镇恶正放脱铁杖，右拳挥出，砰的一声，将欧阳锋打了个筋斗。欧阳锋眼前金星直冒，迷迷糊糊中挥手将尖刀往敌人掷去。柯镇恶听得风声，闪身避过，只听铛的一声，钟声嗡嗡不绝，原来这把刀正掷中殿上的铁钟。欧阳锋这一掷虽然无甚手劲，但因刀刃十分锋利，竟然刺入铁钟，刀身不住颤动。

杨过站在钟旁，尖刀贴面飞过，险些给刺中脸颊，只吓得心中怦怦而跳，急忙快手快脚的爬上钟架。

欧阳锋灵机一动，绕到了钟后。此时钟声未绝，柯镇恶一时听不出他呼吸所在，侧头细辨声息。大殿中月光斜照，但见他满头乱发，住杖倾听，神态极是可怕。杨过瞧出了其中关键，当即拔出屠牛刀，将刀柄往钟上重重撞上，铛的一声，将两人呼吸声尽皆盖过。

柯镇恶听到潼声，向前疾扑，欧阳锋已绕到了钟后。柯镇恶横杖击出，欧阳锋向旁闪避，这一杖便击中了铁钟，只听得铛的一声巨响，当真是震耳欲聋。杨过只觉耳鼓隐隐作痛。柯镇恶性起，挥铁杖不住击钟，前声未绝，后声又起，越来越响。欧阳锋心想不妙，他这般敲击下去，虽然郭靖受伤，黄蓉却只怕要来应援。乘着钟声震耳，放轻脚步，想从后殿溜出。那知柯镇恶耳音灵敏之极，虽在钟声铛铛巨响之中，仍分辨得出别的细微声息，听得欧阳锋脚步移动，当下只作不知，仍是舞杖狂敲，待他走出数步，离钟已远，突然纵跃而前，挥杖在他头顶击落。

欧阳锋劲力虽失，但他一生不知经过多少大风大浪，这些接战时的虚虚实实，岂有不知？眼见柯镇恶右肩微抬，早知他的心意，不待他铁杖挥出，又已逃回钟后。他重伤后本已步履艰难，但此刻生死系于一发，竟然从数十年的深厚内力之中，激发了连自己也不知从何而来的力道。

柯镇恶大怒，叫道："就算打你不死，累也累死了你。"绕钟来追。

杨过见二人绕着铁钟兜圈子，时候一长，义父必定气力不加，眼见情势危急,忽然心生一计,爬在钟架上双手乱舞,大做手势。欧阳锋全神躲闪敌人追击,并未瞧见,再兜两个圈子,才见杨过的影子映在地下,正做手势叫他离开,一时未明其意,但想他既叫我离开,必有用意,当下冒险向外奔去。

柯镇恶停步不动,要分辨敌人的去向。杨过除下脚上两只鞋子,向后殿掷去,拍拍两声,落在地下。柯镇恶大奇,明明听得欧阳锋走向大门,怎么后殿又有声响? 就在他微一迟疑之际,杨过执起屠牛尖刀,发力向吊着铁钟的木架横梁上斩去。这横梁极粗,杨过力气又小,宝刀虽利,数刀急砍又怎斩它得断? 但铁钟沉重之极,横梁给接连斩出了几个缺口,已吃不住巨钟的重量。喀喇喇几声响,横梁折断,那口大铁钟夹着一股疾风,对准柯镇恶的顶门直砸下来。

柯镇恶早听得头顶忽发异声,正自奇怪,巨钟已落将下来,这当儿已不及逃窜,百忙中铁杖直竖,当的一声猛响,巨钟边缘正压在杖上,就这么一挡,他已乘隙从钟底滚出。但听喀、砰、碰、轰,接连几响,铁杖断为两截,铁钟翻滚过去,在柯镇恶肩头猛力一撞,将他抛出山门,连翻了几个筋斗,只跌得鼻子流血,额角上也破了一大块。柯镇恶目不见物,不知变故因何而起,只怕殿中躲着什么怪物作祟,爬起身来,一跛一拐的走了。

欧阳锋在旁瞧着,也不由得微微心惊,不住口叫道:“可惜,可惜!”又道:“乖孩儿,好聪明!”杨过从钟架上爬下,喜道:“这瞎子不敢再来啦。”欧阳锋摇头道:“此人与我仇深似海,只要他一息尚存,必定再来。”杨过道:“那么咱们快走。”欧阳锋仍是摇头,道:“我受伤甚重,逃不远。”他这时危难暂过,只觉四肢百骸都要如要散开来一般,实是一步也不能动了。杨过急道:“那怎么办?”欧阳锋沉吟半响,道:“有个法子,你再斩断另一口钟的横梁,将我罩在钟下。”杨过道:“那你怎么出来?”欧阳锋道:“我在钟下用功七日,元功一复,自己就能掀钟出来。这七日之中,那柯瞎子纵然再来寻仇,谅他这点点微末道行,也揭不开这口大钟。只要黄蓉这女娃娃不来,未必有人能识破机关。黄蓉一来,那可大事去矣。"

杨过心想除此之外,确也没有旁的法子,问清楚他确能自行开钟,不须别人相助,又问:"你七天没东西吃,行吗?"欧阳锋道:"你去找只盆钵,装满了清水,放在我身旁。这里还有好几个馒头,慢慢吃着,尽可支持得七日。"

杨过去厨房中找到一只瓦钵,装了清水,放在另一口仍然高悬的大钟之下,然后扶了欧阳锋端端正正的坐在钟下。欧阳锋道:"孩儿,你尽管随那姓郭的前去,日后我必来寻你。"杨过答应了,爬上钟架,斩断横梁,大铁钟落下,将欧阳锋罩住了。

杨过叫了几声"爸爸",不听欧阳锋答应,知他在钟内听不见外边声息,正要离去,心念忽动,又到后殿拿一只瓦钵,盛满了清水。将瓦钵放在地下,然后倒转身子,左手伸在钵中,依照欧阳锋所授逆行经脉之法,将手上毒血逼了一些出来。只是使这功夫极是累人,他又只学得个皮毛,虽只挤得十几滴黑血,却已闹得满头大汗。歇了一阵,扯下神像前的几条布幡,缠在一只签筒之上,然后醮了碗中血水,在那口钟上到处都遍涂了,心想若是柯瞎子再至,想撬开铁钟,手掌碰到钟身,叫他非中毒不可。

忽又想到,义父罩在钟内,七天之中可别给闷死了,于是用尖刀挖掘钟边之下的青砖,在地下挖了个拳头大的洞孔,以便通风透气。挖掘之间,那尖刀碰到青砖底下的一块硬石,竟尔拍的一声折断了。这屠牛刀锋锐之极,刃锋却是甚薄,给杨过当作铁凿般乱挖乱掘,一柄宝刀竟尔断送。他不知此刀珍贵,反正不是自己之物,也不可惜,随手抛在一旁,伏在地下,对准钟底洞孔叫道:"爸爸,我去了,你快来接我。那口钟外面有毒,你出来时小心些。"随即侧头,俯耳洞孔,只听欧阳锋微弱的声音道:"好孩子,我不怕毒,毒才怕我。你自己小心,我定来接你。"

杨过悄立半晌,颇有恋恋不舍之意,这才快步奔回客店,越墙时提心吊胆,只怕柯镇恶惊觉,那知进房后见柯镇恶尚未回来,倒也大出意料之外。

次日一早，忽听得有人用棍棒砰砰砰的敲打房门。杨过跃下床来，打开房门，只见柯镇恶持着一根木棍，脸色灰白，刚踏进门便向前扑出，摔在地下。杨过见他双手乌黑，果然又去寻过欧阳锋，终究不免中了自己布下之毒，暗暗心喜，当下假装吃惊，大叫："柯公公，你怎么了？"

郭靖、黄蓉听得叫声，奔过来查看，见柯镇恶倒在地下，吃了一惊。此时郭靖虽能行走，却无力气，当下黄蓉将柯镇恶扶在床上，问道："大师父，你怎么啦？"柯镇恶摇了摇头，并不答话。黄蓉见到他掌心黑气，恨恨的道："又是那姓李的贱人，靖哥哥，待我去会她。"说着一束腰带，跨步出去。

柯镇恶低声道："不是那女子。"黄蓉止步回头，奇道："咦，那是谁？"柯镇恶自觉连一个手无缚鸡之力的人也对付不了，反弄到自己受伤回来，也可算无能之极。他性子刚硬，真所谓辛姜老而弥辣，对受伤的原由竟一句不提。靖蓉二人知他脾气，若他愿说，自会吐露，否则愈问愈惹他生气。好在他只皮肤中毒，毒性也不厉害，只是一时昏晕，服了一颗九花玉露丸后便无大碍。

黄蓉心下计议，眼前郭靖与柯镇恶受伤，那李莫愁险毒难测，须得先将两个伤者、两个孩子送到桃花岛，日后再来找她算帐，方策万全。这日上午在客店中休息半天，下午雇船东行。

杨过见黄蓉不去找欧阳锋，心下暗喜，又想："爸爸很怕郭伯母去找他，难道郭伯母这样娇滴滴的一个大美人儿，比柯瞎子还厉害得多吗？"

舟行半日，天色向晚，船只靠岸停泊，船家淘米做饭。郭芙见杨过不理自己，又是生气又是无聊，倚在船窗向外张望，忽见柳荫下两个小孩子在哀哀痛哭，瞧模样正是武敦儒、武修文兄弟。郭芙大声叫道："喂，你们在干什么？"武修文回头见是郭芙，哭道："我们在哭，你不见么？"郭芙道："干什么呀，你妈打你们么？"武修文哭道："我妈死啦！"

黄蓉听到他说话，吃了一惊，跃上岸去。只见两个孩子抚着母亲的尸身哀哀痛哭。武三娘满脸漆黑，早已死去多时。黄蓉再问武三通的下落，武敦儒哭道："爸爸不知到那里去啦。"武修文道："妈妈给爸爸的伤口吸毒，吸了好多黑血出来。爸爸好了，妈妈却死了。爸爸见妈死了，心里忽然又胡涂啦。我们叫他，他理也不理就走了。"说着又哭了起来。黄蓉心想："武三娘子舍生救夫，实是个义烈女子。"问道："你们饿了罢？"两兄弟不住点头。

黄蓉叹了口气，命船夫带他们上船吃饭，到镇上买了一具棺木，将武三娘收殓了。当晚不及安葬，次晨才买了一块地皮，将棺木葬了。武氏兄弟在坟前伏地大哭。

郭靖道："蓉儿，这两个孩儿没了爹娘，咱们便带到桃花岛上，以后要多费你心照顾啦。"黄蓉点头答应，当下劝住了武氏兄弟，上船驶到海边，另雇大船，东行往桃花岛进发。

武修文骑在杨过身上，兄弟俩牢牢按住，四个拳头不住往他身上击去。杨过咬住牙关甚痛，一声不哼。郭芙在旁见武氏兄弟为她出气，心下甚喜，叫道："用力打，打他！"

第三回　求师终南

郭靖在舟中潜运神功，数日间伤势便已痊愈了大半。夫妇俩说起欧阳锋十余年不见，不但未见衰迈，武功犹胜往昔，这一掌若是打中了郭靖胸口要害，那便非十天半月之内所能痊可了。两人谈到洪七公，不知他身在何处，甚是记挂。黄蓉虽在桃花岛隐居，仍是遥领丐帮帮主之位，帮中事务由鲁有脚奉黄蓉之名处分勾当。她此番来到江南，原拟乘便会见帮中诸长老会商帮务，并打听洪七公近况，但郭靖受伤，只有先行归岛。其后说到杨过，黄蓉便将他叫进内舱，询问前事。杨过说了母亲因病逝世、自己流落嘉兴的经过，郭靖夫妇想起和穆念慈的交情，均是不胜伤感。

待杨过回出外舱，郭靖说道："我向来有个心愿，你自然知道。今日天幸遇到过儿，我的心愿就可得偿了。"当年郭靖之父郭啸天与杨过的祖父杨铁心义结兄弟，两家妻室同时怀孕。二人相约，日后生下的若均是男儿，就结为兄弟，若均是女儿则结为金兰姊妹，如是一男一女，则为夫妇。后来两家生下的各为男儿，郭靖与杨过之父杨康如约结为兄弟。但杨康认贼作父，多行不义，终于惨死于嘉兴王铁枪庙中。郭靖念及此事，常耿耿于怀。此时这么一说，黄蓉早知他的心意，摇头道："我不答应。"

郭靖愕然道："怎么？"黄蓉道："芙儿怎能许配给这小子。"郭靖道："他父虽然行止不端，但郭杨两家世代交好，我瞧他相貌清秀，聪明伶俐，今后跟着咱俩，将来不愁不能出人头地。"黄蓉道："我就怕他聪明过份了。"郭靖道："你不是聪明得紧么？那有什么不好？"

黄蓉笑道："我却偏喜欢你这傻哥哥呢。"郭靖一笑，道："芙儿将来长大，未必与你一般也喜欢傻小子。再说，如我这般傻瓜，天下只怕再也难找第二个。"黄蓉刮脸羞他道："好希罕么？不害臊。"

两人说笑几句，郭靖重提话头，说道："我爹爹就只这么一个遗命，杨铁心叔父临死之际也曾重托于我。可是于杨康兄弟与穆世姊份上，我实没尽了什么心。若我再不将过儿当作亲人一般看待，怎对得起爹爹与杨叔父？"言下长叹一声，甚有怃然之意。黄蓉柔声道："好在个两孩子都还小，此事也不必急。将来若是过儿当真没甚坏处，你爱怎么就怎么便了。"

郭靖站起身来，深深一揖，正色道："多谢相允，我实是感激不尽。"黄蓉也正色道："我可没应允。我是说，要瞧那孩子将来有没有出息。"郭靖一揖到地，刚伸腰直立，听她此言，不禁楞住，随即道："杨康兄弟自幼在金国王府之中，这才学坏。过儿在我们岛上，却决计坏不了，何况他这名字当年就是我给取的。他名杨过，字改之，就算有了过失，也能改正，你放心好啦。"黄蓉笑道："名字怎能作数？你叫郭靖，好安静吗？从小就跳来跳去的像只大猴子。"郭靖瞠目结舌，说不出话来。黄蓉一笑，转过话头，不再谈论此事。

舟行无话，到了桃花岛上。郭芙突然多了二个年纪相若的小朋友，自是欢喜之极。

杨过服了黄蓉的解药后，身上余毒便即去净。他和郭芙初见面时略有嫌隙，但小孩性儿，过了几日，大家自也忘了。这几天中，四人都在捕捉蟋蟀相斗为戏。

这一日杨过从屋里出来，又要去捉蟋蟀，越弹指阁，经两忘峰，刚绕过清啸亭，忽听得山后笑语声喧，忙奔将过去，只见郭芙和武氏兄弟翻石拨草，也正在捕捉蟋蟀。武敦儒拿着个小竹筒，郭芙捧着一只瓦盆。

武修文翻开一块石头，嗤的一响，一只大蟋蟀跳了出来。武修文纵身扑上，双手按住，欢声大叫。郭芙叫道："给我，给我。"武修文拿起蟋蟀，道："好罢，给你。"揭开瓦盆盖，放在盆里，只见这蟋蟀方头健腿、巨颚粗腰，甚是雄骏。武修文道："这只蟋蟀定是无敌大将军，杨哥哥，你那许多蟋蟀儿都打它不过。"

杨过不服，从怀中取出几竹筒蟋蟀，挑出最凶猛的一只来与之相斗。斗得几个回合，那大蟋蟀张开巨口咬去，将杨过的那只拦腰咬住，摔出盆外，随即振翅而鸣，洋洋得意。郭芙拍手欢叫："我的打赢啦！"杨过道："别忙，还有呢。"可是他连出三蟀，尽数败下阵来，第三只甚至被巨蟀一口咬成两截。

杨过脸上无光，道："不玩啦！"转身便走。忽听得后面草丛中叽叽叽的叫了三声，正是蟋蟀鸣叫，声音却颇有些古怪。武敦儒道："又是一只。"拨开草丛，突然向后急跃，惊道："蛇，蛇！"杨过转过身来，果见一条花纹斑烂的毒蛇，昂首吐舌的盘在草中。杨过拾起一块石子，对准了摔去，正中蛇头，那毒蛇扭曲了几下，便即死了。只见毒蛇所盘之旁有一只黑黝黝的小蟋蟀，相貌奇丑，却展翅发出叽叽之声。

郭芙笑道："杨哥哥，你捉这小黑鬼啊。"杨过听出她话中有叽嘲之意，激发了胸中傲气，说道："好，捉就捉。"当下将黑蟋蟀捉了过来。郭芙笑道："你这只小黑鬼，要来干什么？想跟我的无敌大将军斗斗吗？"杨过怒道："斗就斗，小黑鬼也不是给心欺负的。"将黑蟀放在郭芙的瓦盆之中。

说也奇怪，那大蟋蟀见到小黑蟀竟有畏惧之意，不住退缩。郭芙与武氏兄弟大声吆喝，为大蟋蟀加劲助威。小黑蟋蟀昂头纵跃而前，那大蟀不敢接战，想跃出盆去。小黑蟀也即跃高，在半空咬住大蟀的尾巴，双蟀齐落，那大蟋蟀抖了几抖，翻转肚腹而死。原来蟋蟀之中有一种喜与毒虫共居，与蜈蚣共居的称为"蜈蚣蟀"，与毒蛇共居的称为"蛇蟀"，因身上染有毒虫气息，非常蟀所能敌。杨过所捉到的小黑蟀正是一只蛇蟀。

郭芙见自己的无敌大将军一战即死，很不高兴，转念一想，道："杨哥哥，你这头小黑鬼给了我罢。"杨过道："给你么，本来没什么大不了,但你为什么骂它小黑鬼?"郭芙小嘴一撇,悻悻的道:"不给就不给,希罕吗?"拿起瓦盆一抖,将小黑蟀倒在地上,右脚踹落,登时踏死。杨过又惊又怒,气血上涌,满脸胀得通红,登时按捺不住,反手一掌,重重打了她个耳光。

郭芙一楞,还没决定哭是不哭。武修文骂道:"你这小子打人!"向杨过胸口就是一拳。他家学渊源,自小得父母亲传,武功已有相当根基,这拳正中杨过前胸,力道着实不轻。杨过大怒,回手也是一拳,武修文闪身避过。杨过追上扑击,武敦儒伸脚在他腿上一钩,杨过扑地倒了。武修文转身跃起,骑在他身上。兄弟俩牢牢按住,四个拳头猛往他身上击去。

杨过虽比二人大了一两岁,但双拳难敌四手,武氏兄弟又练过上乘武功,杨过却只跟穆念慈学过一些粗浅武功,不是二人对手,当下咬住牙关挨打,哼也不哼。武敦儒道:"你讨饶就放你。"杨过骂道:"放屁!"武修文砰砰两下,又打了他两拳。郭芙在旁见武氏兄弟为她出气,心下甚喜。

武氏兄弟知道若是打他头脸,有了伤痕,待会被郭靖、黄蓉看到,必受斥责,是以拳打足踢,都招呼在他身上。郭芙见打得厉害,有些害怕,但摸到自己脸上热辣辣的疼痛,又觉打得痛快,不禁叫道:"用力打,打他!"武氏兄弟听她这般呼叫,打得更加狠了。

杨过伏在地下,耳听郭芙如此叫唤,心道:"你这丫头如此狠恶,我日后必报此仇。"但觉腰间、背上、臀部剧痛无比,渐渐抵受不住,武氏兄弟自幼练功,拳脚有力,寻常大人也经受不起,若非杨过也练过一些内功,早已昏晕。他咬牙强忍,双手在地下乱抓乱爬,突然间左手抓到一件冰凉滑腻之物,正是适才砸死的毒蛇,当即抓起,回手挥舞。

武氏兄弟见到这条花纹斑烂的死蛇,齐声惊呼。杨过乘机翻身,回手狠狠一拳,只打得武敦儒鼻流鲜血,当即爬起身来,发足便逃。武氏兄弟大怒,随后追去。郭芙要看热闹,连声叫唤:"捉住他,捉住他!"在后追赶。杨过奔了一阵,一回头,只见武敦儒满脸鲜血，模样甚是狠恶，心知若是给两兄弟捉住了，那一顿饱打必比适才更是厉害，当下不住足的奔向试剑峰山脚，直向峰上爬去。

武敦儒鼻上虽吃一拳，其实并不如何疼痛，但见到了鲜血，又是害怕，又是愤怒，提气急追。杨过越爬越高，武氏兄弟丝毫不肯放松。郭芙却在半山腰里停住脚步，仰头观看。杨过奔了一阵，眼见前面是个断崖，已无路可走。当年黄药师每创新招，要跃过断崖，再到峰顶绝险之处试招，杨过却如何跃得过？他心道："我纵然跳崖而死，也不能让这两个臭小子捉住再打。"转过身来，喝道："你们再上来一步，我就跳下去啦！"武敦儒一呆，武修文叫道："跳就跳，谁还怕了你不成？料你也没胆子！"说着又爬上几步。

杨过气血上冲，正要涌身下跃，瞥眼忽见身旁有块大石，半截搁在几块石头之上，似乎安置得并不牢稳。他狂怒之下，那里还想到什么后果，伸手将大石下面的几块石头搬开，那大石果然微微摇动。他跃到大石后面，用力推去，大石幌了两下，空隆一响，向山腰里滚将下来。

武氏兄弟见他推石，心知不妙，吓得脸上变色，急忙缩身闪避。那大石带着无数泥沙，从武氏兄弟身侧滚过，砰砰巨响，一路上压倒许多花木，滚入大海。武敦儒心下慌乱，一脚踏空，溜了下来，武修文急忙抱住。两人在山坡上站立不住，搂作一团的滚将下来，翻滚了六七丈，幸好给下面一株大树挡住了。

黄蓉在屋中远远听得响声大作，忙循声奔出，来到试剑峰下，但见泥沙飞扬，女儿藏在山边草里，吓得哭也哭不出来，武氏兄弟满头满脸都是瘀损鲜血。黄蓉上前抱起女儿，问道："什么事？"郭芙伏在母亲怀里，哇的一声哭了出来，哭了一会，才抽抽噎噎的诉说杨过怎样无理打她、武氏兄弟怎样相帮、杨过又怎样推大石要压死二人。她将过错尽数推在杨过身上，自己踏死蟋蟀、武氏兄弟打人之事，却全瞒过了不说。黄蓉听罢，呆了半晌，见到女儿半边脸颊红肿，那一掌打得确是不轻，心下甚是怜惜，不住口的安慰。

这时郭靖也奔了出来，见到武氏兄弟的狼狈情状，问起情由，好生着恼，又怕杨过有甚不测，忙奔上山峰，可是峰前峰后找了一遍，不见影踪。他提高嗓子大叫："过儿，过儿。"这几下高叫声传数里，但是终不见杨过出来，也不闻应声。郭靖等了一会，越加担心，下得峰来，划了小艇环岛巡绕寻找，直到天黑，杨过竟是不知去向。

原来杨过推下大石，见武氏兄弟滚下山坡，遥遥望见黄蓉出来，心知这番必受重责，当下缩身在岩石的一个缝隙之中，听得郭靖叫唤，却不敢答应。他挨着肌饿，躲在石缝中动也不动，眼见暮色苍茫，大海上渐渐昏黑，四下里更无人声。又过一阵，天空星星闪烁，凉风吹来，身上大有寒意，他走出石缝，向山下张望，但见精舍的窗子中透出灯光，想像郭靖夫妇、柯镇恶、郭芙、武氏兄弟六人正在围坐吃饭，鸡鸭鱼肉摆了满桌，不由咽了几口唾抹。但随即想到，他们必在背后数说责骂自己，不禁气愤难当。黑夜中站在山崖上的海风之中，只想着一生如何受人欺辱，但觉尘世间个个对他冷眼相待，思潮起伏，满胸孤苦怨愤，难以自已。

其实郭靖寻他不着，那有心情吃饭？黄蓉见丈夫烦恼，知道劝他不听，也不吃饭，陪他默默而坐。次日天没亮，两人又出外找寻。

杨过饿了半日一晚，第二天一早，再也忍耐不住，悄悄溜下山峰，在溪边捉了几只青蛙，剥了皮，找些枯叶，要烧烤来吃。他在外流浪，常以此法充饥渡日，此时也怕被郭靖、黄蓉见烟火，当下藏在山洞中烧柴，一将蛙腿烤黄，立即踏灭柴火，张口大嚼。耳听得郭靖叫唤"过儿，过儿。"心想："你要叫我出去打我，我才不出来呢。"

当晚他就在山洞中睡了，迷迷糊糊的躺了一阵，忽见欧阳锋走进洞来，说道："孩儿，我来教你练武功，免得你打不过武家那两个小鬼。"杨过大喜，跟他出洞，只见他蹲在地下，咕咕咕的叫了几声，双掌推出。杨过跟着他便练了起来，只觉发掌踢腿，无不恰到好处。忽然欧阳锋挥拳打来，他闪避不及，砰的一下，正中顶门，头上剧痛无比，大叫一声，跳起身来。

头上又是砰的一下，他一惊而醒，原来适才是做了一梦。他摸摸头顶，撞起了一个疙瘩，甚是疼痛，不禁叹了口气，寻思："料来爸爸此刻已经伤势痊愈，从大钟底下出来了。不知他什么时候来接我去，真的教我武功，也免得我在这里受人白眼，给人欺辱。"走出洞来，望着天边，但见稀星数点挂在树梢，回思适才欧阳锋教导自己的武功，却一点也想不起来，他蹲下身来，口中咕咕咕的叫了几声，要将欧阳锋当日在嘉兴所传的蛤蟆功口诀用在拳脚之上，但无论如何使用不上。他苦苦思索，双掌推出，梦中随心所欲的发掌出足，这时竟已全然不是这么一回事了。

他独立山崖，望着茫茫大海，孤寂之心更甚，忽听海上一声长啸隐隐传来，叫着："过儿，过儿。"他不由自主的奔下峰去，叫道："我在这儿，我在这儿。"他奔上沙滩，郭靖远远望见，大喜之下，急忙划艇近岸，跃上滩来。星光下两人互相奔近。郭靖一把将杨过搂在怀里，只道："快回去吃饭。"他心情激动，语音竟有些哽咽。回到屋中，黄蓉预备饭菜给郭靖和杨过吃了，大家对过去之事绝口不提。

次日清晨，郭靖将杨过、武氏兄弟、郭芙叫到大厅，又将柯镇恶请来，随即向四个孩子向江南六怪的灵位磕过了头，向柯镇恶道："大师父，弟子要请师父恩准，跟你收四个徒孙。"柯镇恶喜道："那再好不过，我恭喜你啦。"郭靖命杨过与武氏兄弟先向柯镇恶磕头，再对他夫妇行拜师之礼。郭芙笑问："妈，我也得拜么？"黄蓉道："自然要拜。"郭芙笑嘻嘻的也向三人磕了头。

郭靖正色道："从今天起，你们四人是师兄弟啦……"郭芙接口道："不，还是师兄妹。"郭靖横了女儿一眼，道："爹没说完，不许多口。"他顿了一顿，说道："自今而后，你们四人须得相亲相爱，有福共享，有难同当。如再争闹打架，我可不能轻饶。"说着向杨过看了一眼。杨过心想："你自然偏袒女儿，以后我不去惹她就是。"

柯镇恶接着将他们门中诸般门规说了一些，都是一些不得恃强欺人、不得滥伤无辜之类，江南七怪门派各自不同，柯镇恶也记不得那许多,反正也是大同小异。

郭靖说道:"我所学的武功很杂,除了江南七侠所授的根基之外,全真派的内功,桃花岛和丐帮东南两大宗的武功,都曾练过一些。为人不可忘本,今日我先授你们柯大师祖的独门功夫。"

他正要亲授口诀,黄蓉见杨过低头出神,脸上有一股说不出的怪异之色,依稀是杨康当年的模样,不禁心中生憎,寻思:"他父亲虽非我亲手所杀,但也可说死在我的手里,莫养虎为患,将来成为一个大大的祸胎。"心念微动,已有计较,说道:"你一个人教四个孩子,未免太也辛苦,过儿让我来教。"郭靖尚未回答,柯镇恶已拍手笑道:"那妙极啦!你两口子可以比比,瞧谁的徒儿教得好。"郭靖心中也喜,知道妻子比己聪明百倍,教导之法一定远胜于己,当下没口子称善。

郭芙怕父亲严峻,道:"妈,我也要你教。"黄蓉笑道:"你老是缠着我胡闹,功夫一定学不成,衰是让爹教你的好。"郭芙向父亲偷看一眼,见他双目也正瞪着自己,急忙转头,不敢再说。

黄蓉对丈夫道:"咱们定个规矩,你不能教过儿,我也不能教他们三人。这四个孩子之间,更加不得互相传授,否则错乱了功夫,有损无益。"郭靖道:"这个自然。"黄蓉道:"过儿,你跟我来。"杨过厌憎郭芙与武氏兄弟,听黄蓉这么说,得以不与他们同场学艺,正合心意,当下跟着她走向内堂。

黄蓉领着他进了书房,从书架上拿下一本书来,道:"你师父有七位师父,人称江南七怪,大师父就是柯公公,二师父叫作妙手书生朱聪,现下我先教你朱二师祖的功夫。"说着摊开书本,朗声读道:"子曰:学而时习之,不亦说乎? 有朋自远方来,不亦乐乎?"原来那是一部"论语"。杨过心中奇怪,不敢多问,只得跟着她诵读着识字。

一连数日,黄蓉只是教他读书,始终绝口不提武功。这一日读罢了书,杨过独自到山上闲走,想起欧阳锋现下不知身在何处,思念甚殷,不禁倒转身子,学着他的样子旋转起来。转了一阵,依照欧阳锋所授口诀逆行经脉，只觉愈转愈是顺遂，一个翻身跃起，咕的一声叫喊，双掌拍出，登觉遍体舒泰，快美无比，立时出了一身大汗。他可不知只这一番练功，内力已有进展。欧阳锋的武功别创一格，实是厉害之极的上乘功夫，杨过悟性奇高，虽然那日于匆匆之际所学甚少，但如此练去，内力也有所进益。

自此之后，他每日跟黄蓉诵读经书，早晨晚间有空，自行到僻静山边练功。他倒不是想从此练成一身惊人武艺，只是每练一次，全身总是说不出的舒适，到后来已是不练不快。

他暗自修练，郭靖与黄蓉毫不知晓。黄蓉教他读书，不到三个月，已将一部"论语"教完。杨过记诵极速，对书中经义却往往不以为然，不住提出疑难。其实黄蓉教他读书，也已早感烦厌，只是常自想到："此人聪明才智似不在我下，如果他为人和他爹爹一般，再学了武功，将来为祸不小，不如让他学文，习了圣贤之说，于己于人都有好处。"当下耐着性子教读，"论语"教完，跟着再教"孟子"。

几个月过去，黄蓉始终不提武功，杨过也就不问。自那日与郭芙、武氏兄弟打架之后，再不跟他们三人在一起玩耍，独个儿越来越感孤寂，心知郭靖虽收他为徒，武功是决计不肯传授的了。自己本就不是武氏兄弟的对手，待郭靖教得他们一年半载，再有争斗，非死在他们手里不可，心中打定了主意，一有机会，立即设法离岛。

这日下午，杨过跟黄蓉读了几段"孟子"，辞出书房，在海边闲步，望着大海中白浪滔滔，心想不知何日方能脱此困境，眼见海面上白鸥来去，好生欣羡它们的来去自在。正自神往，忽听桃树林外传来呼呼风响。他好奇心起，悄悄绕到树后张望，原来郭靖正在林中空地上教武氏兄弟拳脚，教的是一招擒拿手"托梁换柱"。郭靖口中指点，手脚比划，命武氏兄弟跟着照学。杨过只看了一遍，早就领会到这一招的精义所在，但武氏兄弟学来学去始终不得要领。郭靖本性鲁钝，深知其中甘苦，毫不厌烦，只是反覆教导。

杨过暗暗叹气，心道："郭伯伯若肯教我，我岂能如他们这般蠢笨。"闷闷不乐，自回房中睡了。晚饭后读了几遍书，但感百无聊赖,又到海滩旁边,学着郭靖所授的拳脚,使将开来,只是将一招反覆使得几遍,便感腻烦,心念一动:"我若去偷学武功,保管比武氏兄弟强得多,那也不用怕他们来害我了。"

一喜之后,跟着又想:"郭伯伯既不肯教,我又何必偷学他的?哼,这时他就是来求我去学,我也不学的了。最多给人打死了,好希罕么?"想到此处,又是骄傲,又感凄苦,倚岩静坐,竟在浪涛声人迷迷糊糊的睡着了。

次日清晨,杨过不去吃早饭,也不去书房读书,在海中捞了几只大蚝,生火烧烤来吃,心想:"不吃你郭家的饭,也饿不死我。"瞧着岸边的大船和小艇,寻思:"那大船我开不动,小艇却又划不远,怎生逃走才好?"烦恼了半日,无计可施,便在一块巨岩之后倒转了身子,练起了欧阳锋所授的内功来。

正练到血行加速、全身舒畅之际,突然间身后有人大声呼喝,杨过一惊之下,登时摔倒,手足麻痹,再也爬不起来,原来是郭芙与武氏兄弟三人适于此时到来。这巨岩之后本来十分僻静,向无人至,但桃花岛上道路树木的布置皆按五行生克之变,郭芙与武氏兄弟不敢到处乱走,来来去去只在岛上道路熟识处玩耍,以致见到了他练功的情状。幸好杨过此时功力甚浅,否则给他们三人这么齐声吆喝,经脉错乱,非当场瘫痪不可。

郭芙拍手笑道:"你在这里捣什么鬼?"杨过扶着岩石,慢慢支撑着站起,向她白了一眼,转身走开。武修文叫道:"喂,郭师妹问你哪,怎得你这般无礼,也不理睬?"杨过冷冷的道:"你管得着么?"武敦儒大怒,说道:"咱们自管玩去,别去招惹疯狗。"杨过道:"是啊,疯狗见人就咬,人家好端端的在这里,三条疯狗却过来乱吠乱叫。"武敦儒怒道:"你说三条疯狗? 你骂人?"杨过笑道:"我只骂狗,没骂人。"

武敦儒怒不可遏,扑上去拔拳便打,杨过一闪避开。武修文想起师父曾有告诫,师兄弟不可打架,这事闹了起来,只怕被师父责备,忙拉住兄长手臂,笑吟吟的对杨过道:"杨大哥,你跟师娘学武艺，我们三个跟师父学。这几个月下来，也不知是谁长进得快了。咱们来过过招，比划比划，你敢不敢？"

杨过心下气苦，本想说："我没你们的运气，师娘可没教过我武功。"但一听到他说"你敢不敢"四字，语气中充满了轻蔑之意，那句泄气的话登时忍住了不说，只哼了一声，冷冷的斜睨着他。武修文道："咱们师兄弟比试武功，不论谁输谁赢，都不可去跟师父、师娘说，就是打破了头，也说是自己摔的。谁打输向大人投诉，谁就是狗杂种、王八蛋。杨大哥，你敢不敢？"

他这"你敢不敢"四字第二次刚出口，眼前一黑，左眼上已重重着了杨过一拳，武修文一个踉跄，险些摔倒。武敦儒怒道："你这般打冷拳，好不要脸。"施展郭靖所教的拳法，向杨过腰间打去。杨过不识闪避，登时中拳，眼见武敦儒又是飞脚踢来，脑海中灵光一闪，想起昨天郭靖传授武氏兄弟的招数，当即右脚微蹲，左手在武敦儒踢来的右脚小腿上一托。这正是"闹市侠隐"全金发所擅拿手法中的一招"托梁换柱"，虽非极精深的武功，临敌之时却也颇切实用。昨日郭靖反覆叫两兄弟试习，武氏兄弟本已学会，但当真使将出来，却远不及杨过偷看片刻的灵活机巧。武敦儒被他这么一托，登时远远摔了出去。

武修文眼上中拳，本已大怒，但见兄长又遭摔跌，当即扑将上来，左拳虚幌，杨过向左避让，却不知这是拳术中甚是浅近的招数，先虚后实，武修文跟着右拳实击，砰的一声，杨过右边颧骨上重重中了一拳。武敦儒爬起身来，上前夹击，他两兄弟武功本有根柢，杨过先前就已抵敌不过，再加上郭靖这几个月来的教导，他如何再是敌手？厮打片刻，头脸腰背已连中七八下拳脚。杨过心下发了狠："就是给你们打死，我也不逃。"发拳直上直下的乱舞乱打，全然不成章法。

武修文见他咬牙切齿的拚命，心下倒是怯了，反正已大占上风，不愿再斗，叫道："你已经输啦，我们饶了你，不用再打了。"杨过叫道："谁要你饶？"冲上去劈面猛击。武修文伸左臂格开，右手抓住他胸口衣襟向前急拉，便在此时，武敦儒双拳同时向杨过后腰直击下去。杨过站立不稳，向前摔倒。武敦儒双手按住他头，问道："你服了没有？"杨过怒道："谁服你这疯狗？"武敦儒大怒，将他脸孔向沙地上直按下去，叫道："你不服，就闷死了你。"

杨过眼睛口鼻中全是沙粒，登时无法呼吸，又过片刻，全身如欲爆裂。武敦儒双手用力按住他头，武修文骑在他头颈之中，杨过始终挣扎不脱，室闷难当之际，这些日子来所练欧阳锋传授的内力突然崩涌，只觉丹田中一股热气激升而上，不知如何，全身蓦然间精力充沛，他猛跃而起，眼睛也不及睁开，双掌便推了出去。

这一下正中武修文的小腹，武修文"啊"的一声大叫，仰跌在地，登时晕了过去。这掌力乃是欧阳锋的绝技"蛤蟆功"，威力固不及欧阳锋神功半成，杨过又不会运用，但他于危急之间自发而生的使将出来，武修文却也抵受不起。

武敦儒抢将过去，只见兄弟一动也不动的躺着，双目翻白，只道已给杨过打死，大骇之下，大叫："师父，师父，我弟弟死了，我弟弟死了！"连叫带哭，奔回去禀报郭靖。郭芙心中害怕，也急步跟去。

杨过吐出嘴里沙土，抹去眼中沙子，只觉全身半点气力也无，便欲移动一步也是艰难无比，眼见武修文躺着不动，又听得武敦儒大叫："我弟弟死了！"心下一片茫然，不知到底出了什么事，明知事情大大不妙，却是无力逃走。

也不知过了多少时候，只见郭靖、黄蓉飞步奔来。郭靖抱起武修文，在他胸腹之间推拿。黄蓉走到杨过边，问道："欧阳锋呢？他在那里？"杨过茫然不答。黄蓉又问："这蛤蟆功他什么时候教你的？"杨过似乎听见了，又似乎没有听见，双眼失神落魄的望着前面，嘴巴紧紧闭住，生怕说了一个字出来。黄蓉见他不理，抓住他双臂，连声道："快说！欧阳锋在那里？"杨过始终一动不动。

过不多时，武修文在郭靖内力推拿下醒了转来，接着柯镇恶也随着郭芙赶到。柯镇恶听郭芙说了杨过倒转身子的情状，又听得他如何"打死"武修文,想到这小子原来是欧阳锋的传人,满腔仇怨登时都转到了他身上,听得黄蓉连问:"欧阳锋在那里?"而杨过全不理睬,当即走上前去,高举铁杖,厉声喝道:"欧阳锋这奸贼在那里? 你不说,一杖就打死了你!"

杨过此时已豁出了性命不要,大声道:"他不是奸贼! 他是好人。你打死我好了,我一句话也不说。"柯镇恶大怒,挥杖怒劈。郭靖大叫:"大师父,别……"只听拍的一声,铁杖从杨过身侧擦过,击入沙滩。原来柯镇恶心想打死这小小孩童毕竟不妥,铁杖击出时准头略偏。

柯镇恶厉声道:"你一定不说?"杨过大声道:"你有种就打死我,我怕你这老瞎子吗?"郭靖纵身上前,重重打了他个耳光,喝道:"你胆敢对师祖爷爷无礼!"杨过也不哭泣,只冷冷的道:"你们也不用动手,要我性命,我自己死好了!"反身便向大海奔去。

郭靖喝道:"过儿回来!"杨过奔得更加急了。郭靖正欲上前拉他,黄蓉低声道:"且慢!"郭靖当即停步,只见杨过直奔入海,冲进浪涛之中。郭靖惊道:"他不识水性,蓉儿,咱们快救他。"又要入海去救。黄蓉道:"死不了,不用着急。"过了一会,见杨过竟不回来,心下也不禁佩服他的傲气,当即纵身入海,游了出去。她精通水性,在近岸海中救一个人自是视若等闲,潜入水底,将杨过拖了回来,将他搁在岩石之上,任由他吐出肠中海水,自行慢慢醒转。

郭靖瞧瞧师父,又瞧瞧妻子,问道:"怎么办?"黄蓉道:"他这功夫是来桃花岛之前学的,欧阳锋若是来到岛上,咱们决不能不知。"郭靖点了点头。黄蓉问道:"小武的伤势怎么样?"郭靖道:"只怕要将养一两个月。"

柯镇恶道:"明儿我回嘉兴去。"郭靖与黄蓉对望了一眼,自都明白他的意思,他决不愿和欧阳锋的传人同处一地。黄蓉道:"大师父,这儿是你的家,你何必让这小子?"

当天晚上,郭靖把杨过叫进房来,说道:"过儿,过去的事,大家也不提了。你对师祖爷爷无礼,不能再在我的门下,以后你只叫我郭伯伯便是。你郭伯伯不善教诲,只怕反耽误了你。过几天我送你去终南山重阳宫,求全真教长春子丘真人收你入门。全真派武功是武学正宗,你好好在重阳宫中用功,修心养性,盼你日后做个正人君子。"

杨过应了一声:"是,郭伯伯。"当即改了称呼,不再认郭靖作师父了。

郭靖这日一清早起来,带备银两行李,与大师父、妻子、女儿、武氏兄弟别过,带着杨过,乘船到浙江海边上岸。郭靖买了两匹马,与杨过晓行夜宿,一路向北。杨过从未骑过马,但他内功略有根柢,习练数日,已控辔自如。他少年好事,常常驰在郭靖之前。

不一日,两人渡过黄河,来到陕西。此时大金国已为蒙古所灭,黄河以北,尽为蒙古人天下。郭靖少年时曾在蒙古军中做过大将,只怕遇到蒙古旧部,招惹麻烦,将良马换了两匹极瘦极丑的驴子,身上穿了破旧衣衫,打扮得就和乡下庄汉相似。杨过也穿上粗布大褂,头上缠了一块青布包头,跨在瘦驴之上。这驴子脾气既坏,走得又慢,杨过在道上整日就是与它拗气。

这一天到了樊川,已是终南山的所在,汉初开国大将樊哙曾食邑于此,因而得名。沿途冈峦回绕,松柏森映,水田蔬圃连绵其间,宛然有江南景色。

杨过自离离桃花岛后,心中气恼,绝口不提岛上之事,这时忍不住道:"郭伯伯,这地方倒有点像咱们桃花岛。"郭靖听他说"咱们桃花岛"五字,不禁怃然有感,道:"过儿,此去终南山不远,你在全真教下好好学艺。数年之后,我再来接你回桃花岛。"杨过头一撇,道:"我这一辈子永远不回桃花岛啦。"郭靖不意他小小年纪,竟说出这等决绝的话来,心中一怔,一时无言可对,隔了半晌才道:"你生郭伯母的气么?"杨过道:"侄儿那里敢? 只是侄儿惹郭伯母生气罢啦。"郭靖拙于言辞,不再接口。

两人一路上冈,中午时分到了冈顶的一座庙宇。郭靖见庙门横额写着"普光寺"三个大字，当下将驴子拴在庙外松树上，进庙讨斋饭吃。庙中有七八名僧人，见郭靖打扮鄙朴，神色间极是冷淡，拿两份素面、七八个馒头给二人吃。

郭靖与杨过坐在松下石凳上吃面，一转头，忽见松后有一块石碑，长草遮掩，露出"长春"二字。郭靖心中一动，走过去拂草看时，碑上刻的却是长春子丘处机的一首诗，诗云：

"天苍苍兮临下土，胡为不救万灵苦？万灵日夜相凌迟，饮气吞声死无语。仰天大叫天不应，一物细琐枉劳形。安得大千复混沌，免教造物生精灵。"

郭靖见了此诗，想起十余年前蒙古大漠中种种情事，抚着石碑呆呆不语，待想起与丘处机相见在即，心中又自欣喜。

杨过道："郭伯伯，这碑上写着些什么？"郭靖道："那是你丘祖师做的诗。他老人家见世人多灾多难，感到十分难过。"当下将诗中含义解释了一遍，道："丘真人武功固然卓绝，这一番爱护万民的心肠更是教人钦佩。你父亲是丘祖师当年得意的弟子。丘祖师瞧在你父面上，定会好好待你。你用心学艺，将来必有大成。"

杨过道："郭伯伯，我想请问你一件事。"郭靖道："什么事？"杨过说道："我爹爹是怎么死的？"郭靖脸上变色，想起嘉兴铁枪庙中之事，身子微颤，黯然不语。杨过道："是谁害死他的？"郭靖仍是不答。

杨过想起母亲每当自己问起父亲的死因，总是神色特异，避不作答，又觉郭靖虽然待己甚是亲厚，黄蓉却颇有疏忌之意，他年纪虽小，却也觉得其中必有隐情，这时忍不住大声道："我爹爹是你跟郭伯母害死的，是不是？"

郭靖大怒，顺手在石碑上重重拍落，厉声道："谁教你这般胡说？"他此时功劲何等厉害，盛怒之下这么一击，只拍得石碑不住摇幌。杨过见他动怒，忙低头道："侄儿知道错啦，以后不敢胡说，郭伯伯别生气。"

郭靖对他本甚爱怜，听他认错，气就消了，正要安慰他几句，忽听身后有人"咦"的一声，语气似乎甚是惊诧。回过头来，只见两个中年道士站在山门口，凝目注视，脸上大有愤色，自己适才在碑上这一击，定是教他二人瞧在眼里了。

两个道士对望了一眼，便即出寺。郭靖见二人步履轻捷，显然身有武功，心想此去离终南山不远，这二道多半是重阳宫中人物。两人都是四十上下年纪，或是全真七子的弟子。他自在桃花岛隐居后，不与马钰等互通消息，是以全真门下弟子都不相识，只知全真教近来好生兴旺，马钰、丘处机、王处一等均收了不少佳弟子，在武林中名气越来越响，平素行侠仗义，扶危解困，做下了无数好事，江湖上不论是否武学之士，凡是听到全真教的名头，都是十分尊重。他想自己要上山拜见丘真人，正好与那二道同行。

当下足底加劲，抢出山门，只见那两个道士已快步奔在十余丈外，却不住回头观看。郭靖叫道："二位道兄且住，在下有话请问。"他嗓门洪亮，一声呼出，远近皆闻，那二道却不停步，反而走得更加快了。郭靖心想："难道这二人是聋子？"足下微使劲力，几个起落，已绕过二人身旁，抢在前头，转身说道："二位道兄请了。"说着唱喏行礼。

两个道人见他身法如此迅捷，脸现惊惶之色，见他躬身行礼，只道他要运内劲暗算，急快分向左右闪避，齐声问道："你干什么？"郭靖道："二位可是终南山重阳宫的道兄么？"那身材瘦削道人沉着脸道："是便怎地？"郭靖道："在下是长春真人丘道长故人，意欲上山拜见，相烦指引。"另一个五短身材的道人冷笑道："你有种自己上去，让路罢！"说着突然横掌挥出，出掌竟然甚是快捷。郭靖只得向右让过。不料另一个瘦道人与那矮道人武术上练得丝丝入扣，分进合击，跟着一掌自右向左，将郭靖拦在中间。这两招叫做"大关门式"，原是全真派武功的高明招数，郭靖如何不识？他见二道不问情由，一上来就使伤人重手，不禁愕然，不知他们有何误会，当下既不化解，亦不闪避，只听波波两声，二道双掌都击在他的胁下。

郭靖中了这两掌，已知对方武功深浅，心想以二人功力而论，确是全真七子的弟子，与自己算是同辈。他在二道手掌击到之时，早已鼓劲抵御，只是内力运得恰到好处，自己既不丝毫受损，却也不将掌力反击出去令二人手掌疼痛肿胀，只是平平常常受了，恍若无事。

二道苦练了十余年的绝招打在对方身上，竟然如中败絮，全不受力，心中惊骇无比，当下齐声呼啸，同时跃起，四足齐飞，猛向郭靖胸口踢到。郭靖暗暗奇怪："全真弟子都是有道之士，待人亲切，怎地门下弟子却这般毫没来由的便对人拳足交加？"眼见二人使出"鸳鸯连环腿"的脚法，仍是不动声色，未加理会。但听得拍拍拍，波波波，数声响过，他胸口多了几个灰扑扑的脚印。

二道每人均是连踢六脚，足尖犹如踢在沙包之上，软软的极是舒服，但见对方神定气闲，浑若无事，这一下惊诧更比适才厉害了几倍，心想："这贼子如此了得？就是我们师父师伯，却也没这等功夫。"斜眼细看郭靖时，见他浓眉大眼，神情朴实，一身粗布衣服，就如寻常的庄稼汉子一般，实无半点异样之处，不禁呆在当地，做声不得。

杨过见二道对郭靖又打又踢，郭靖却不还手，不禁生气，走上喝道："你这两个臭道士，干么打我伯伯？"郭靖连忙喝止，道："过儿，快住口，过来拜见两位道长。"杨过一怔，心想："郭伯伯没来由，何必畏惧他们？"

两个道士对望一眼，刷刷两声，从腰间抽出长剑。矮道士一招"探海屠龙"，刺向郭靖下盘，另一个使招"罡风扫叶"，却向杨过右腿疾削。

郭靖对刺向自己这剑全没在意，但见瘦道人那招出手狠辣，不由得着恼："这孩子跟你们无怨无仇，何以下此毒手？这一剑岂非要将他右腿削断？"当下身子微侧，左手掌缘搁上矮人剑柄，"顺手推舟"，轻轻向左推开。矮道人不由自主的剑刃倒转，当的一声，与瘦道人长剑相交，架开了他那一招。郭靖这一手以敌攻敌之技，原自空手入白刃功夫中变化出来，莫说敌手只有两人，纵有十人八人同时攻上，他也能以敌人之刀攻敌人之剑，以敌人之枪挑敌人之鞭，借敌打敌，以寡胜众。

两道均感手腕酸麻，虎口隐隐生痛，立即斜跃转身，向郭靖怒目而视，心下又是惊骇，又是佩服，当下齐声低啸，双剑又上。

郭靖心想："你们这是初练天罡北斗阵的根基功夫，虽是上乘剑法，但你们只有二人，剑术又没练得到家，有何用处？"生恐杨过被二人剑锋扫到，侧身避开双剑，伸右手抱起杨过，叫道："在下是丘真人故人，两位不必相戏。"那瘦道人道："你冒充马真人的故人也没用。"郭靖道："马真人确也曾传授过在下功夫。"矮道人怒道："贼子胡说八道，却来消遣人，只怕我们重阳祖师也曾传授过你武功。"挺剑向他当胸刺来。

郭靖眼见二道明明是全真门下，何以把自己当敌人看待，实是猜想不透。他和全真七子情谊非比寻常，又想杨过要去重阳宫学艺，不能得罪了宫中道士，是以一味闪避，并不还手。

二道又惊又怕，早知对方武功远在己上，难以刺中，两人打个手势，忽然剑法变幻，刷刷刷刷数剑，都往杨过前胸后背刺去，每一剑都是致人死命的狠辣招数。郭靖见这些不留丝毫余地的剑法都是向一个小孩儿身上招呼，此时也不由得不怒，但见矮道人一剑来得猛恶，右手倏地穿出，食中二指张开，平挟剑刃，手腕向内略转，右肘撞向对方鼻梁。矮道士用力回抽，没抽动长剑，却见他手肘已然撞到，知道只要给撞中了面门，非死也受重伤，只得撤剑后跃。

此时郭靖的武功真所谓随心所欲，不论举手抬足无不恰到好处，他右手双指微微一沉，那剑倒竖立起，剑柄向上反弹。那瘦道人正挺剑刺向杨过头颈，剑锋被那剑柄一撞，铮的一声，右臂发热，全身剧震，也只得松手放剑，向旁跳开。两人齐声说道："淫贼厉害，走罢！"说着转身急奔。

郭靖一生被骂过不少，但不是"傻小子"，便是"笨蛋"，也有人骂他是"臭贼""贼厮鸟"的，"淫贼"二字的恶名，却是破天荒第一次给人加在头上，当下也不放下杨过，抱着他急步追赶，奔到二道身后,右足一点,身子已从二道头顶飞过,足一落地,立刻转身喝道:"你们骂我什么?"

矮道人心下吃惊,嘴头仍硬,说道:"你若不是妄想娶那姓龙的女子,到终南山来干什么?"他此言出口,生怕郭靖上前动手,不自禁的倒退了三步。

郭靖一呆,心想:"我妄想娶那姓龙的女子,那姓龙的女子是谁?我为什么要娶她?我早有了蓉儿,怎么还会娶旁人?"一时摸不着半点头脑,怔在当地。二道见他发呆,心想良机莫失,互相使个眼色,急步抢过他身边,上山奔去。

杨过见郭靖出神,轻轻挣下地来,说道:"郭伯伯,两个臭道士走啦。"郭靖如梦初醒,"嗯"了一声,道:"他们说我要娶那姓龙的女子,她是谁啊?"杨过道:"侄儿也不知道,这两人不分青红皂白,一上来就动手,定是认错了人。"郭靖哑然失笑,道:"必是如此,怎么我会想不到?咱们上山罢!"

杨过将二道遗下的两柄长剑提在手中。郭靖一看剑柄,上面赫然刻着"重阳宫"三个小字。二人一路上山,行了一个多时辰,已至金莲阁,再上去道路险峻,蹑乱石,冒悬崖,屈曲而上,过日月岩时天渐昏暗,到得抱子岩时新月已从天边出现。那抱子岩生得甚是奇怪,就如一个妇人抱着孩子一般。两人歇了片刻,郭靖道:"过儿,你累了?"杨过摇头道:"不累。"郭靖道:"好,咱们再上。"

又走了一阵,只见迎面一块大岩石当道,形状阴森可怖,自空凭临,宛似一个老妪弯腰俯视。杨过心中正有些害怕,忽听岩后数声呼哨,跃出四个道士,各执长剑,拦在当路,默不作声。

郭靖上前唱喏行礼,说道:"在下桃花岛郭靖,上山拜见丘真人。"一个长身道士踏上一步,冷笑道:"郭大侠名闻天下,是桃花岛黄老前辈令婿,岂能如你这般无耻?快快下山去罢!"郭靖心道:"我什么事无耻了?"当下沉住气道:"在下确是郭靖,请各位引见丘真人便见分晓。"

那长身道士喝道:"你到终南山来恃强逞能,当真是活得不耐烦了。不给你些厉害,你还道重阳宫尽是无能之辈。"说话中竟是将适才矮、瘦二道也刺了一下,语声甫毕,长剑幌动,踏奇门,走偏锋,一招"分花拂柳"刺向郭靖腰胁。郭靖暗暗奇怪:"怎地我十余年不闯江湖,世上的规矩全都变了?"当下侧身让开,待要说话,另外三名道士各挺长剑,将他与杨过二人围在垓心。郭靖道:"四位要待怎地,才信在下确是郭靖?"

那长身道士喝道:"除非你将我手中之剑夺了下来。"说着又是一剑,这一剑竟是当胸直刺。自来剑走轻灵,讲究偏锋侧进,不能如使单刀那般硬砍猛劈,他这一剑却是全没将郭靖放在眼里,招数中显得极是轻佻。

郭靖微微有气,心道:"夺你之剑,又有何难?"眼见剑尖刺到,伸食指扣在拇指之下,对准剑尖弹出,嗤的一声,那道士把捏不定,长剑直飞上半空。郭靖不等那剑落下,铮铮铮连弹三下,嗤嗤嗤连响三声,三柄长剑跟着飞起,剑刃在月光映照下闪闪生辉。杨过大声喝采,叫道:"你们信不信了?"郭靖平时出手总是对方留下余地,这时气恼这长身道人剑招无礼,才使出了弹指神通的妙技。这门功夫是黄药师的绝学,郭靖在岛上住了几年,已尽得其传,他内力深厚,使将出来自是非同小可。

四名道士长剑脱手,却还不明白对方使的是何手段。那长身道士叫道:"这淫贼会邪法,走罢。"说着跃向老妪岩后,在乱石中急奔而去。其余三道跟随在后,片刻间均已隐没在黑暗之中。

郭靖第一次给人骂"淫贼",这一次又被骂"使妖法",不禁又是好气,又是好笑,说道:"过儿,将几柄剑好好放在路边石上。"

杨过道:"是。"依言拾起四剑,与手中原来二剑并列在一块青石之上,心中对郭靖的武功佩服的五体投地,口边滚来滚去的只想说一句话:"郭伯伯,我不跟臭道士学武艺,我要跟你学。"但想起桃花岛上诸般情事,终于将那句话咽在肚里。

二人转了两个弯,前面地势微见开旷,但听得兵刃铮铮相击为号,松林中跃出七名道士,也是各持长剑。

郭靖见七人扑出来的阵势，左边四人，右边三人，正是摆的"天罡北斗阵"阵法，心中一凛："与此阵相斗，倒有些难缠。"当下不敢托大，低声嘱咐杨过："你到后面大石旁边等我，走得远些，以免我照顾你分心。"杨过点点头，不愿在众道士之前示弱，解开裤子，大声道："郭伯伯，我去拉尿。"说着转身而奔，到后面大石旁撒尿。郭靖暗喜："这孩子聪明伶俐，直追蓉儿，但愿他走上正路，一生学好。"

回头瞧七个道人时，那七人背向月光，面目不甚看得清楚，但见前面六人颔下都有一丛长须，年纪均已不轻，第七人身材细小，似乎年岁较轻，心念一动："及早上山拜见丘真人说明误会要紧，何必跟这些瞎缠？"身形一幌，已抢到左侧"北极星位"。

那七个道人见他一语不发，突然远远奔向左侧，还未明白他的用意，那位当"天权"的道人低啸一声，带动六道向左转将上来，要将郭靖围在中间。那知七人刚一移动，郭靖制敌机先，向右踏了两步，仍是站稳"北极星位"。天权道人本拟由斗柄三人发动侧攻，但见郭靖所处方位古怪，三人长剑都攻他不到，反而七人都是门户洞开，互相不能联防，每人都暴于他攻势之下，当下左手一挥，带动阵势后转。岂知摇光道刚移动脚步，郭靖走前两步，又已站稳北极星位，待得北斗阵法布妥，七人仍是处于难攻难守的不利形势。

那天罡北斗阵是全真教中的极上乘功夫，练到炉火纯青之时，七名高手合使，实可说无敌于天下。只是郭靖深知这阵法的秘奥，只消占到了北极星位，便能以主驱奴，制得北斗阵缚手缚脚，施展不得自由。也因那七道练这阵法未臻精熟，若是由马钰、丘处机等主持阵法，决不容敌人轻轻易易的就占了北极星位。此时八人连变几次方位，郭靖稳持先手，可是始终不动声色，只是气定神闲的占住了枢纽要位。

位当天枢的道人年长多智，已瞧出不妥，叫道："变阵！"七道士分散开，左冲右突，东西狂奔，料想这番倒乱阵法，必能迷惑敌人目光。突然之间，七道又已组成阵势。只是斗柄斗魁互易其位，阵势也已从正西转到了东南。阵势一成，天璇、玉衡二道挺剑上冲，猛见敌人站在斗柄正北，两足不丁不八，双掌相错，脸上微露笑容。二道猛地惊觉："我二人若是冲上，开阳、天璇二位非受重伤不可。"只一呆间，天枢道已大声叫道："攻不得，快退下！"天权道又惊又怒，大声呼哨，带动六道连连变阵。

杨过不明其理，但见七个道人如发疯般环绕狂奔，郭靖却只是或东或西、或南或北的移动几步，七道始终不敢向郭靖发出一招半式。他愈看愈觉有趣，忽见郭靖双掌一拍，叫道："得罪！"突然向左疾冲两步。

此时北斗阵已全在他控制之下，他向左疾冲，七道若是不跟着向左，人人后心暴露，无可防御，那是武学中凶险万分之事，当下只得跟着向左。这么一来，七道已陷于不能自拔之境。郭靖快跑则七道跟着快跑，他缓步则七道跟着缓步。那年轻道士内力最浅，被郭靖带着急转十多个圈子，已感头脑发晕，呼吸不畅，转眼就要摔倒，只是心知北斗阵倘若少了一人，全阵立时溃灭，只得咬紧牙关，勉力撑持。

郭靖年纪已然不轻，但自偕黄蓉归隐桃花岛之后，甚少与外界交往，不脱往日少年人性子，见七道奔得有趣，不由得童心大起，心想："今日无缘无故的受你们一顿臭骂，不是叫我淫贼，便是咒我会使妖法，若不真的显些妖法给你们瞧瞧，岂非枉自受辱？"当下高声叫道："过儿，瞧我使妖法啦。"忽然纵身跃上了高岩。那七个道士此时全在他控制之下，他既跃上高岩，若不跟着跃上，北斗阵弱点全然显露，有数人尚自迟疑，那天权道气急败坏的大声发令，抢着将全阵带上高岩。

七道立足未定，郭靖又是纵身窜上一株松树。他虽与众道相离，但不远不近，仍是占定了北极星位，只是居高临下，攻瑕抵隙更是方便。七道暗暗叫苦，都想："不知从何处钻出这个大魔头来，我全真教今日当真是颜面扫地了。"心中这般寻思，脚下却半点停留不得，各找树干上立足之处，跃了上去。郭靖笑道："下来罢！"纵身下树,伸手向位占开阳的道士足上抓去。

那北斗阵法最厉害之处,乃是左右呼应,互为奥援,郭靖既攻开阳,摇光与玉衡就不得不跃落树下相助,而这二道一下来,天枢、天权二道又须跟下,顷刻之间,全阵尽皆牵动。

杨过在一旁瞧得心摇神驰,惊喜不已,心道:"将来若有一日我能学得郭伯伯的本事,纵然一世受苦,也是心甘。"但转念想到:"我这世那里还能学到他的本事? 只郭芙那丫头与武氏兄弟才有这等福气。郭伯伯明知全真派武功远不及他,却送我来跟这些臭道士学艺。"越想越是烦恼,几乎要哭将出来,当即转过了头不去瞧他逗七道为戏,只是他小孩心性,如何忍耐得了,只转头片刻,禁不住回头观战。

郭靖心想:"到了此刻,你们总该相信我是郭靖了。做事不可太过,须防丘真人脸上不好看。"见七道转得正急,突然站定,拱手说道:"七位道兄,在下多有得罪,请引路罢。"

那天权道性子暴躁,见对方武功高强,精通北斗阵法,更认定他对本教不怀好意,朗声喝道:"淫贼,你处心积虑的钻研本教阵法,用心当真阴毒。你们要在终南山干这等无耻勾当,我全真教嫉恶如仇,决不能坐视不理。"郭靖愕然问道:"什么无耻勾当?"

天枢道说道:"瞧你这身武功,该非自甘下流之辈,贫道好意相劝,你快快下山去罢。"语气之中,显得对郭靖的武功甚是钦佩。郭靖道:"在下自南方千里北来,有事拜见丘真人,怎能不见他老人家一面,就此下山?"天权道问道:"你定要求见丘真人,到底是何用意?"郭靖道:"在下自幼受马真人、丘真人大恩,十余年不见,心中好生记挂。此番前来,另行有事相求。"

天权道一听之下,敌意更增,脸上便似罩上一阵乌云。原来江湖上于"恩仇"二字,看得最重,有时结下深仇,说道前来报恩,其实乃是报仇,比如说道:"在下二十年前承阁下砍下了一条臂膀,此恩此德,岂敢一日或忘? 今日特来酬答大恩。"而所谓有事相求,往往也不怀好意,比如强人劫镖,通常便说:"兄弟们短了衣食,相求老兄帮忙,借几万两银子使使。"此时全真教大敌当前,那天权道有了成见,郭靖好好的一番言语,他都当作反语,冷冷的道:"只怕敝师玉阳真人,也于阁下有恩。"

郭靖听了此言,登时想起少年时在赵王府之事,玉阳子王处一不顾危险,力敌群邪,舍命相救,实是恩德非浅,说道:"原来道兄是玉阳真人门下。王真人确于在下有莫大恩惠,若是也在山上,当真再好不过。"

这七名道人都是王处一的弟子,忽尔齐声怒喝,各挺长剑,七枝剑青光闪动,疾向郭靖身上七处刺来。郭靖皱起眉头,心想自己越是谦恭,对方越是凶狠,真不知是何来由,可惜黄蓉没有同来,否则她一眼之间便可明白其中原因,当下斜身侧进,占住北极星位,朗声说道:"在下江南郭靖,来到宝山实无歹意,各位须得如何,方能见信?"

天权道说道:"你已连夺全真教弟子六剑,何不再夺我们七剑?"那天璇道一直默不作声,突然拉开破锣般的嗓子说道:"狗淫贼,你要在那龙家女子跟前卖好逞能,难道我全真教真是好惹的么?"郭靖怒道:"什么姓龙的姑娘,我郭靖素不相识。"天璇道哈哈一笑,道:"你自然跟她素不相识。天下又有那一个男子跟她相识了?你若有种,就高声骂她一句小贼人。"

郭靖一怔,心想那姓龙的女子不知是何等样子,自己怎能无缘无故的出口伤人,便道:"我骂她作甚?"三四个道人齐声说道:"你这可不是不打自招么?"

郭靖平白无辜的给他们硬安上一个罪名,越听越是胡涂,心想只有硬闯重阳宫,见了马钰、丘处机、王处一他们,一切自有分晓,当下冷然道:"在下要上山了,各位若是阻拦,莫怪无礼。"

七道各挺长剑,同时踏上两步。天璇道大声道:"你莫使妖法,咱们只凭武功上见高低。"郭靖一笑,心中已有主意,说道:"我偏要使点妖法。你们瞧着,我双手不碰你们兵刃,却能将你们七柄长剑尽数夺下了。"七道相互望了一眼,脸上均有不信之色,心中都道:

"你武功虽强，难道不用双手，当真能夺下我们兵刃？你空手入白刃功夫就算练到了顶儿尖儿，也得有一双手呀。"天枢道忽道："好啊，我们领教阁下的踢腿神功。"郭靖道："我也不须用脚，总而言之，你们的兵刃手脚，我不碰到半点，若是碰着了，就算我输，在下立时拍手回头，再也不上宝山罗。"

七道听他口出大言，人人着恼。那天权道长剑一挥，立时带动阵法围了上去。

郭靖斜身疾冲，占了北极星位，随即快步转向北斗阵左侧。天权道识得厉害，急忙带阵转至右方。凡两人相斗，必是面向敌人，倘若敌人绕到背后，自非立即转身迎敌不可。此时郭靖所趋之处，正是北斗阵的背心要害，不须出手攻击，七名道人已不得不带动阵法，以便正面和他相对。但郭靖一路向左，竟不回身，只是或快或慢，或正或斜，始终向左奔跑。他既稳稳占住北极星位，七道不得不跟着向左。

郭靖越奔越快，到后来直是势逾奔马，身形一幌，便已奔出数丈。七道的功夫倒也大非寻常，虽处逆境，阵法竟是丝毫不乱，天枢、天璇、天玑、天权、玉衡、开阳、摇光七个部位都是守得既稳且准，只是身不由主的跟着他疾奔。郭靖也不由得暗暗喝采："全真门下之士果然不凡。"当下提一口气，奔得犹似足不点地一般。

七道初时尚可勉力跟随，但时候一长，各人轻身功夫出了高下，位当天权、天枢、玉衡的三道功夫较高，奔得较快，余人渐渐落后，北斗阵中渐现空隙。各人不禁暗惊，心想："敌人如在此时出手攻阵，只怕我们已防御不了。"但事到临头，也已顾不到旁的，只有各拚平生内力，绕着郭靖打转。

世上孩童玩耍，以绳子缚石，绕圈挥舞，挥得急时突然松手，石子便带绳远远飞出。此时天罡北斗阵绕圈急转，情形亦复相似，七道绕着郭靖狂奔，手中长剑举在头顶，各人奔得越快，长剑越是把捏不定，就似有一股大力向外拉扯，要将手上长剑夺出一般。突然之间，郭靖大喝一声："撒手！"向左飞身疾窜。七道出其不意，只得跟着急跃,也不知怎的,七柄长剑一齐脱手飞出,有如七条银蛇,直射入十余丈外的松林之中。郭靖猛地停步,笑吟吟的回过头来。

七个道人面如死灰,呆立不动,但每人仍是各守方位,阵势严整。郭靖见他们经此一番狂奔乱跑,居然阵法不乱,足见平时习练的功夫实不在小。那天权道有气没力的低声呼哨,七人退出岩之后。

郭靖道:"过儿,咱们上山。"那知他连叫两声,杨过并不答应。他四下里一找,杨过已影踪不见,但见树丛后遗着他一只小鞋。郭靖吃了一惊:"原来除了这七道之外,另有道人窥视在旁,将他掳了去。"但想群道只是认错了人,对己有所误会,全真教行侠仗义,决不致为难一个孩子,是以倒也并不着慌。当下一提气,向山上疾奔。他在桃花岛隐居十余年,虽然每日练功,但长久未与人对敌过招,有时也不免有寂寞之感,今日与众道人激斗一场,每一招都是得心应手,不由得暗觉满意。

此时山道更为崎岖,有时哨壁之间必须侧身而过,行不到半个时辰,乌云掩月,山间忽然昏暗。郭靖心道:"此处我地势不熟,那些道兄们莫要使甚诡计,倒不可不防。"于是放慢脚步,缓缓而行。

又走一阵,云开月现,满山皆明,心中正自一畅,忽听得山后隐隐传出大群人众的呼吸。气息之声虽微,但人数多了,郭靖已自觉得。他紧一紧腰带,转过山道。

眼前是个极大的圆坪,四周群山环抱,山脚下有座大池,水波映月,银光闪闪。池前疏疏落落的站着百来个道人,都是黄冠灰袍,手执长剑,剑光闪烁耀眼。

郭靖定睛细看,原来群道每七人一组,布成了十四个天罡北斗阵。每七个北斗阵又布成一个大北斗阵。自天枢以至摇光,声势实是非同小可。两个大北斗阵一正一奇,相生相克,互为犄角。郭靖暗暗心惊:"这北斗阵法从未听丘真人说起过,想必是这几年中新钻研出来的,比之重阳祖师所传,可又深了一层了。"当下缓步上前。

只听得阵中一人撮唇呼哨，九十八名道士倏地散开，或前或后，阵法变幻，已将郭靖围在中间。各人长剑指地，凝目瞧着郭靖，默不作声。

郭靖拱着手团团一转，说道："在下诚心上宝山来拜见马真人、丘真人、王真人各位道长，请众位道兄勿予拦阻。"

阵中一个长须道人说道："阁下武功了得，何苦不自爱如此，竟与妖人为伍？贫道良言奉劝，自来女色误人，阁下数十年寒暑之功，莫教废于一旦。我全真教跟阁下素不相识，并无过节，阁下何苦助纣为虐，随同众妖人上山捣乱？便请立时下山，日后尚有相见地步。"他说话声音低沉，但一字一句，清清楚楚，显见内力深厚，语意恳切，倒是诚意劝告。

郭靖又好气，又是好笑，心想："这些道人不知将我当作何人，若是蓉儿在我身畔，就不致有此误会了。"当下说道："什么妖人女色，在下一概不知，容在下与马真人、丘真人等相见，一切便见分晓。"

长须道人凛然道："你执迷不悟，定要向马真人、丘真人领教，须得先破了我们的北斗大阵。"郭靖道："在下区区一人，武功低微，岂敢与贵教的绝艺相敌？请各位放还在下携来的孩儿，引见贵教掌教真人和丘真人。"

长须道人高声喝道："你装腔作势，出言相戏，终南山上重阳宫前，岂容你这淫贼撒野？"说着长剑在空中一挥，剑刃劈风，声音嘶嘶然长久不绝。众道士各挥长剑，九十八柄剑刃披荡往来，登时激起一阵疾风，剑光组成了一片光网。

郭靖暗暗发愁："他两个大阵奇正相反，我一个人如何占他的北极星位？今日之事，当真棘手之极了。"

他心下计议未定，两个北斗大阵的九十八名道人已左右合围，剑光交织，真是一只苍蝇也难钻过。长须道人叫道："快亮兵刃罢！全真教不伤赤手空拳之人。"

郭靖心想："这北斗大阵自然难破，但说要能伤我，却也未必。

此阵人数众多，威力虽大，但各人功力高低参差，必有破绽，且瞧一瞧他们的阵法再说。"突然间滴溜溜一个转身，奔向西北方位，使出降龙十八掌中一招"潜龙勿用"，手掌一伸一缩，猛地斜推出去。它名年轻道人剑交左手，各自相联，齐出右掌，以它人之力挡了他这一招。郭靖这路掌法已练到了出神入化之境，前推之力固然极强，更厉害的还在后着的那一缩。它名道人奋力挡住了他那猛力一推，不料立时便有一股大力向前牵引，七人立足不定，身不由主的一齐俯地摔倒，虽然立时跃起，但个个尘土满脸，无不大是羞愧。

长须道人见他出手厉害，一招之间就将七名师侄摔倒，不由得心惊无已，长啸一声，带动十四个北斗阵，重重叠叠的联在一起，料想献人纵然掌力再强十倍，也决难双手推动九十八人。

郭靖想起当日君山大战，与黄蓉力战丐帮，对手武功虽均不强，但一经联手，却是难以抵敌，当下不敢与众道强攻硬战，只展开轻身功夫，在阵中钻来窜去，找寻空隙。

他东奔西跃，引动阵法生变，只一盏茶时分，已知单凭一己之力，要破此阵实是难上加难。一来他不愿下重手伤人，二来阵法严谨无比，竟似没半点破绽；三来他心思迟钝，阵法变幻却快，纵有破绽，一时之间也看不出来。溶溶月色之下，但见剑光似水，人影如潮，此来彼去，更无已时。

再斗片刻，眼见阵势渐渐收紧，从空隙之间奔行闪避越来越是不易，寻思："我不如闯出阵去，迳入重阳宫去拜见马道长、丘道长？"抬头四望，只见西边山侧有二三十幢房舍，有几座构筑宏伟，料想重阳宫必在其间，当下向东疾趋，几下纵跃，已折向西行。

众道见他身法突然加快，一条灰影在阵中有如星驰电闪，几乎看不清他的所在，不禁头晕目眩，攻势登时呆滞。长须道人叫道："大家小心了，莫要中了淫贼的诡计。"

郭靖大怒，心想："说来说去，总是叫我淫贼。这名声传到江湖之上，我今后如何做人？"又想："这阵法由他主持，只要打倒此人，就可设法破阵。"双掌一分，直向那长须道人奔去。那知这阵法的奥妙之一，就是引敌攻击主帅，各小阵乘机东包西抄、南围北击，敌人便是落入了陷阱。郭靖只奔出七八步，立感情势不妙，身后压力骤增，两侧也是翻翻滚滚的攻了上来。他待要转向右侧，正面两个小阵十四柄长剑同时刺到。这十四剑方位时刻拿捏得无不恰到好处，竟教他闪无可闪，避无可避。

郭靖身后险境，心下并不畏惧，却是怒气渐盛，心想："你们纵然误认我是什么妖人淫贼，出家人慈悲为怀，怎么招招下的都是杀手？难到非要了我的性命不可？又说什么'全真教不伤赤手空拳之人'？"忽地斜身窜跃，右脚飞出，左手前探，将一名小道人踢了个筋斗，同时将他长剑夺了过来，眼见右腰七剑齐到，他左手挥了出去，八剑相交，喀喇一响，七柄剑每一剑都是从中断为两截，他手中长剑却是完好无恙。他所夺长剑本也与别剑无异，并非特别锐利的宝剑，只是他内劲运上了剑锋，使对手七剑一齐震断。

那七个道人惊得脸如土色，只一呆间，旁边两个北斗阵立时转上，挺剑相护。郭靖见这十四人各以左手扶住身旁道侣右肩，十四人的力气已联而为一，心想："且试一试我的功力到底如何？"长剑挥出，黏上了第十四名道人手中之剑。

那道人急向里夺，那知手中长剑就似镶焊在铜鼎铁砧之中，竟是纹丝不动。其余十三人各运功劲，要合十四人之力将敌人的黏力化开。郭靖正要引各人合力，一觉手上夺力骤增，喝一声："小心了！"右臂振处，喀喇喇一阵响亮，犹如推倒了什么巨物，十二柄长剑尽皆断折。最后两柄却飞向半空。十四名道人惊骇无已，急忙跃开。郭靖暗叹："毕竟我功力尚未精纯，却有两柄剑没能震断。"

这么一来，众道人心中更多了一层戒惧，出手愈稳，二十一名道士手人虽然失了兵刃，但运掌成风，威力并未减弱。郭靖适才震剑，未能尽如己意，又感敌阵守得越加坚稳，心想不知马道长、丘道长他们这些年中在北斗阵上另有什么新创，若是对方忽出高明变化，自己难以拆解，只怕不免为群道所擒，事不宜迟，须得先下手为强，当下高声叫道："各位道兄，再不让路，莫怪在下不留情面了。"

那长须道人见己方渐占上风,只道郭靖技止于此,心想你纵然将我们九十八柄长剑尽数震断,也不能脱出全真教的北斗大阵,听他叫喊,只是微微冷笑,并不答话,却将阵法催得更加紧了。

郭靖倏地矮身,窜到东北角上,但见西南方两个小阵如影随形的转上,当即指尖抖动,长剑于瞬息之间连刺了十四下,十四点寒星似乎同时扑出,每一剑都刺中一名道人右腕外侧"阳谷穴"。这是剑法中最上乘功夫,运剑如风似电,落点却不失厘毫,就和同时射出十四件暗器一般无异。

他出手甚轻,每个道人只是腕上一麻,手指无力,十四柄长剑一齐抛在地下。各人惊骇之下,急忙后跃,察看手腕伤势,但见阳谷穴上微现红痕,一点鲜血也没渗出,才知对方竟以剑尖使打穴功夫,劲透穴道,却没损伤外皮。众道暗暗吃惊,均想这淫贼虽然无耻,倒还不算狠毒,若非手下容情,要割下我们手掌真是不费吹灰之力。

这一来,已有五七三十五柄长剑脱手。长须道人大是恚怒,明知郭靖未下绝手,只是全真教实在颜面无光,何况若让如此强手闯进本宫,后患大是不小,当下连连发令,收紧阵势,心想九十八名道人四下合围,将你挤也挤死了。

郭靖心道:"这些道兄实在不识好歹,说不得,只好狠狠挫折他们一下。"左掌斜引,右掌向左推出。一个北斗阵的七名道人转上接住。郭靖急奔北极星位,第二个北斗阵跟着攻了过来。此时共有一十四个北斗阵,也即有一十四个北极星座,郭靖无分身之术,自是没法同时占住一十四个要位。他展开轻身功夫,刚占第一阵的北极星位,立即又转到第二阵的北极星位,如此转得几转,阵法已现纷乱之象。

长须道人见情势不妙,急传号令,命众道远远散开,站稳阵脚,以静制动,知道各人若是随着郭靖乱转,他奔跑迅速,必能乘隙捣乱阵势,但若固守不动,一十四个北极星位相互远离,郭靖身法再快,也难同时抢占。

郭靖暗暗喝采,心想:"这位道兄精通阵法要诀,果然见机得快。他们既站立不动,我便乘机往重阳宫去罢。"转念忽想:"啊,不好,多半马道长、丘道长他们都不在宫中,否则我跟这些道兄们斗了这么久,丘道长他们岂有不知之理。"抬头向重阳宫望去,忽见道观屋角边白光连闪,似是有人正使兵刃相斗,只是相距远了,身形难以瞧见,刀剑撞击之声更无法听闻。

郭靖心中一动:"有谁这么大胆,竟敢到重阳宫去动手?今晚之事,实是大有蹊跷。"要待赶去瞧个明白,十四座北斗阵却又逼近,越缠越紧。他心中焦急,左掌一招"见龙在田",右手一招"亢龙有悔",使出左右互搏之术,同时分攻左右。但见左边北斗大阵的四十九人挡他左招,右边四十九人挡他右招。他招数未曾使足,中途忽变,"见龙在田"变成了"亢龙有悔",而"亢龙有悔"却变成了"见龙在田"。

他以左右互搏之术,双手使不同招数已属难能,而中途招数互易,众道更是见所未见、闻所未闻。左边的北斗大阵原是抵挡他的"见龙在田",右边的挡他的"亢龙有悔",这两招去势相反,两边道人奋力相抗,那料得到倏忽之间他竟招数互易。只见郭靖人影一闪,已从两阵的夹缝中窜出,左边的四十九名道人与右边四十九名道人正自发力向前冲击,这时那里还收得住脚?只听砰的一声巨响,两阵相撞,或剑折臂伤,或鼻肿目青,更有三十余人自相冲撞摔倒。

主持阵法的长须道人虽然闪避得快,未为道侣所伤,可是也已狼狈不堪,盛怒之下,连声呼喝,急急整顿阵势,见郭靖向山脚下的大池玉清池奔去,当即带着十四个小阵直追。全真派的武功本来讲究清静无为、以柔克刚,主帅动怒,正是犯了全真派武功的大忌,他心浮气粗之下,已说不上什么审察敌情、随机应变。

郭靖堪堪奔到玉清池边,但见眼前一片水光,右手长剑挥出,斩下池边一棵杨柳的粗枝,随即抛下长剑,双手抓起树枝,远远抛入池中。他足下用劲,身子腾空,右足尖在树枝上一点,树枝直沉下去，他却已借力纵到了对岸。

众道人奔得正急，收足不住，但听扑通、扑通数十声连响，倒有四五十人摔入了水中。最后数十人已踏在别人背上，这才在岸边停住脚步。有些道人不识水性，在池中载沉载浮，会水的道人急忙施救。玉清池边群道拖泥带水，大呼小叫，乱成了一团。

那群玉蜂有如一股浓烟，向郭靖与丘处机面前扑来。丘处机气涌丹田，张口向蜂群一口喷出。郭靖学到诀窍，当即跟着鼓气力关。当先的数百只蜂子抵挡不住，飞势立偏。

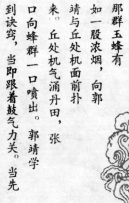

第四回　全真门下

郭靖摆脱众道纠缠,提气向重阳宫奔去,忽听得钟声铿铿响起,正从重阳宫中传出。钟声甚急,似是传警之声。郭靖抬头看时,见道观后院火光冲天而起,不禁一惊:"原来全真教今日果然有敌大举来袭,须得赶快去救。"但听身后众道齐声呐喊,蜂涌赶来,他这时方才明白:"这些道人定是将我当作和敌人是一路,现下主观危急,他们便要和我拚命了。"当下也不理会,迳自向山上疾奔。

他展开身法,片刻间已纵出数十丈外,不到一盏茶工夫,奔到重阳宫前,但见烈焰腾吐,浓烟弥漫,火势甚是炽烈,但说也奇怪,重阳宫中道士无数,竟无一个出来救火。

郭靖暗暗心惊,见十余幢道观屋宇疏疏落落的散处山间,后院火势虽大,主院尚未波及,主院中却是吆喝斥骂,兵刃相交之声大作。他双足一蹬,跃上高墙,便见一片大广场上黑压压的挤满了人,正自激斗。定神看时,见四十九名黄袍道人结成了七个北斗阵,与百余名敌人相抗。敌人高高矮矮,或肥或瘦,一瞥之间,但见这些人武功派别、衣着打扮各自不同,或使兵刃,或用肉掌,正自四面八方的向七个北斗阵狠扑。看来这些人武功不弱,人数又众,全真群道已落下风。只是敌方各自为战,七个北斗阵却相互呼应,守御严密,敌人虽强,却也尽能抵挡得住。

郭靖待要喝问,却听得殿中呼呼风响,尚有人在里相斗。从拳风听来,殿中相斗之人的武功又比外边的高得多。他从墙头跃落,斜身侧进,东一幌、西一窜,已从三座北斗阵的空隙间穿过去。群道大骇,纷纷击剑示警,只是敌人攻势猛恶,无法分身追赶。

大殿上本来明晃晃的点着十余枝巨烛,此时后院火光逼射进来,已把烛火压得黯然无光,只见殿上排列着七个蒲团,七个道人盘膝而坐,左掌相联,各出右掌,抵挡身周十余人的围攻。

郭靖不看敌人,先瞧那七道,见七人中三人年老,四人年轻,年老的正是马钰、丘处机和王处一,年轻的四人中只识得一个尹志平。七人依天枢以至摇光列成北斗阵,端坐不动。七人之前正有一个道人俯伏在地,不知生死,但见他白发苍然,却看不见面目。郭靖见马钰等处境危急,胸口热血涌将上来,也不管敌人是谁,舌绽春雷,张口喝道:"大胆贼子,竟敢到重阳宫来撒野?"双手伸处,已抓住两名敌人背心,待要摔将出去,那知两人均是好手,双足牢牢钉在地下,竟然摔之不动。郭靖心想:"那里来的这许多硬手?难怪全真教今日要吃大亏。"突然松手,横脚扫去。那二人正使千斤坠功夫与他手力相抗,不意他蓦地变招,在这一扫之下登时腾空,破门而出。

敌人见对方骤来高手,都是一惊,但自恃胜算在握,也不以为意,早有两人扑过来喝问:"是谁?"郭靖毫不理会,呼呼两声,双掌拍出。那两人尚未近身,已被他掌力震得立足不住,腾腾两下,背心撞上墙壁,口喷鲜血。其余敌人见他一上手连伤四人,不由得大为震骇,一时无人再敢上前邀斗。马钰、丘处机、王处一认出是他,心喜无已,暗道:"此人一到,我教无忧矣!"

郭靖竟不把敌人放在眼里,跪下向马钰等磕头,说道:"弟子郭靖拜见。"马钰、丘处机、王处一微笑点头,举手还礼。尹志平忽然叫道:"郭兄留神!"郭靖听得脑后风响,知道有人突施暗算,竟不站起,手肘在地微撑,身子腾空,堕下时双膝顺势撞出,正中偷袭的两人背心"魂门穴",那二人登即软瘫在地。郭靖仍是跪着,膝下却多垫了两个肉蒲团。

马钰微微一笑,说道:"靖儿请起,十余年不见,你功夫大进了啊!"郭靖站起身来,道:"这些人怎么打发,但凭道长吩咐。"马钰尚未回答,郭靖只听背后有二人同时打了一声哈哈,笑声甚是怪异。

他当即转过身来,只见身后站着二人。一个身披红袍,头戴金冠,形容枯瘦,是个中年藏僧。另一个身穿黄浅色锦袍,手拿摺扇,作贵公子打扮,约莫三十来岁,脸上一股傲狠之色。郭靖见两人气度沉穆,与甚余敌人大不相同,当下不敢轻慢,抱拳说道:"两位是谁? 到此有何贵干?"那贵公子道:"你又是谁? 到这里干什么来着?"口音不纯,显非中土人氏。

郭靖道:"在下是这几位师长的弟子。"那贵公子冷笑道:"瞧不出全真派中居然还有这等人物。"他年纪比郭靖还小了几岁,但说话老气横秋,甚是傲慢。郭靖本欲分辩自己并非全真派弟子,但听他言语轻佻,心中微微有气,他本来不善说话,也就王再多言,只道:"两位与全真教有何仇怨? 这般兴师动众,放火烧观?"那贵公子冷笑道:"你是全真派后辈,此间容不到你来说话。"郭靖道:"你们如此胡来,未免也太横蛮。"此时火焰逼得更加近了,眼见不久便要烧到重阳宫主院。

那贵公子摺扇一开一合,踏上一步,笑道:"这些朋友都是我带来的,你只要接得了我三十招,我就饶了这群牛鼻子老道如何?"

郭靖眼见情势危急,不愿多言,右手探出,已抓住他摺扇,猛往怀里一带,他若不撒手放扇,就要将他身子拉将过来。

这一拉之下,那贵公子的身子幌了几幌,摺扇居然并未脱手。郭靖微感惊讶:"此人年纪不大,居然抵得住我这一拉,他内力的运法似和那藏僧灵智上人门户相近,可比灵智上人远为机巧灵活,想来是西藏一派。他这扇子的扇骨是钢铸的,原来是件兵刃。"当即手上加劲,喝道:"撒手!"那贵公子脸上斗然间现出一层紫气,但霎息间又即消退。郭靖知他急运内功相抗,自己若在此时加劲,只要他脸上现得三次紫气,内脏非受重伤不可,心想此人练到这等功夫实非易事,不愿使重手伤他,微微一笑,突然张开手掌。

摺扇平放掌心,那贵公子夺劲未消,但郭靖的掌力从摺扇传到对方手上,将他的夺劲尽数化解了,贵公子使尽平生之力,始终未能有丝毫劲力传上扇柄，也就拿不动扇子半寸。贵公子心下明白，对方武功远胜于己，只是保全自己颜面，未曾硬夺摺扇，当下撒手跃开，满脸通红，说道："请教阁下尊姓大名。"语气中已大为有礼了。郭靖道："在下贱名不足挂齿，这里马真人、丘真人、王真人，都是在下的恩师。"

那贵公子将信将疑，心想适才和全真众老道斗了半日，他们也只一个天罡北斗阵厉害，若是单打独斗，个个不是自己对手，怎么他们的弟子却这等厉害，再向郭靖上下打量，但见他容貌朴实，甚是平庸，一身粗布衣服，实和寻常庄稼汉子一般无异，但手底下功夫却当真深不可测，便道："阁下武功惊人，小可极是拜服，十年之后，再来领教。小可于此处尚有俗务未了，今日就此告辞。"说着拱了拱手。郭靖抱拳还礼，说道："十年之后，我在此相候便了。"

那贵公子转身出殿，走到门口，说道："小可与全真派的过节，今日自认是栽了。但盼全真教各人自扫门前雪，别来横加阻挠小可的私事。"依照江湖规矩，一人若是自认栽了筋斗，并约定日子再行决斗，那么日子未至之时，纵是狭路相逢也不能动手。郭靖听他这般说，当即答允，说道："这个自然。"

那贵公子微微一笑，以藏语向那藏僧说了几句，正要走出，丘处机忽然提气喝道："不用等到十年，我丘处机就来寻你。"他这一声呼喝声震屋瓦，显得内力甚是深厚。那贵公子耳中鸣响，心头一凛，暗道："这老道内力大是不弱，敢情他们适才未出全力。"不敢再行逗留，迳向殿门疾趋。那红袍藏僧向郭靖狠狠望了一眼，与其余各人纷纷走出。

郭靖见这群人之中形貌特异者颇为不少，或高鼻虬髯，或曲发深目，并非中土人物，心中存了老大疑窦，只听得殿外广场上兵刃相交与吆喝酣斗之声渐止，知道敌人正在退去。

马钰等七人站起身来，那横卧在地的老道却始终不动。郭靖抢上一看，原来是广宁子郝大通，才知道马钰等虽然身受火厄，始终端坐不动，是为了保护同门师弟。只见他脸如金纸，呼吸细微，双目紧闭,显是身受重伤。郭靖解开他的道袍,不禁一惊,但见他胸口印着一个手印,五指箕张,颜色深紫,陷入肉里,心想:"敌人武功果然是西藏一派,这是大手印功夫。掌上虽然无毒,功力却比当年的灵智上人为深。"再搭郝大通的脉搏,幸喜仍是洪劲有力,知他玄门正宗,多年修为,内力不浅,性命当可无碍。

此时后院的火势逼得更加近了。丘处机将郝大通抱起,道:"出去罢!"郭靖道:"我带来的孩子呢?是谁收留着?莫要被火伤了。"丘处机等全心抗御敌,未知此事,听他问起,都问:"是谁的孩子?在那里?"

郭靖还未回答,忽然光中黑影一幌,一个小小的身子从梁上跳了下来,笑道:"我在这里。"正是杨过。郭靖大喜,忙问:"你怎么躲在梁上?"杨过笑道:"你跟那七个臭道士……"郭靖喝道:"胡说!快来拜见祖师爷。"

杨过伸了伸舌头,当下向马钰、丘处机、王处一三人磕头,待磕到尹志平面前时,见他年轻,转头问郭靖道:"这位不是祖师爷了罢?我瞧不用磕头啦。"郭靖道:"这位是尹师伯,快磕头。"杨过心中老大不愿意,只得也磕了。郭靖见他站起身来,不再向另外三位中年道人磕头见礼,喝道:"过儿,怎么这般无礼?"杨过笑道:"等我磕完了头,那就来不及啦,你莫怪我。"

郭靖问道:"什么事来不及了?"杨过道:"有一个道士给人绑在那边屋里,若不去救,只怕要烧死了。"郭靖急问:"那一间?快说!"杨过伸手向东一指,说道:"好像是在那边,也不知道是谁绑了他的。"说着嘻嘻而笑。

尹志平横了他一眼,急步抢到东厢房,踢开房门不见有人,又奔到东边第三代弟子修习内功的静室,一推开门,但见满室浓烟,一个道人被缚在床柱之上,口中呜呜而呼,情势已甚危殆。尹志平当即拔剑割断绳索,救了他出来。

此时马钰、丘处机、王处一、郭靖、杨过等人均已出了大殿,站在山坡上观看火势。眼见后院到处火舌乱吐,火光照红了半边天空，口上水源又小，只有一道泉水，仅敷平时饮用，用以救火实是无济于事，只得眼睁睁望着一座崇伟宏大的后院渐渐梁折瓦崩，化为灰烬。全真教众弟子合力阻断火路，其余殿堂房舍才不受蔓延。马钰本甚达观，心无挂碍。丘处机却是性急暴躁，老而弥甚，望着熊熊大火，咬牙切齿的咒骂。

郭靖正要询问敌人是谁，为何下这等毒手，只见尹志平右手托在一个胖大道人腋下，从浓烟中钻将出来。那道人被烟薰得不住咳嗽，双目流泪，一见杨过，登时大怒，纵身向他扑去。杨过嘻嘻一笑，躲在郭靖背后。那道人也不知郭靖是谁，伸手便在他胸口一推，要将他推开，去抓杨过。那知这一下犹如推在一堵墙上，竟是纹丝不动。那道人一呆，指着杨过破口大骂："小杂种，你要害死道爷！"王处一喝道："净光，你说什么？"

那道人鹿清笃是王处一的徒孙，适才死里逃生，心中急了，见到杨过就要扑上厮拚，全没理会掌教真人、师祖爷和丘祖师都在身旁，听得王处一这么一喝，才想到自己无礼，登时惊出一身冷汗，低头垂手，说道："弟子该死。"王处一道："到底是什么事？"鹿清笃道："都是弟子无用，请师祖爷责罚。"王处一眉头微皱，愠道："谁说你有用了？我问你是什么事？"

鹿清笃道："是，是。弟子奉赵志敬赵师叔之命，在后院把守，后来赵师叔带了这小……小……小……"他满心想说"小杂种"，终于想到不能在师祖爷面前无礼，改口道："……小孩子来交给弟子，说他是我教一个大对头带上山来的，为赵师叔所擒，叫我好好看守，不能让他逃了。于是弟子带他到东边静室里去，坐下不久，这小……小孩儿就使诡计，说要拉屎，要我放开缚在他手上的绳索。弟子心想他小小一个孩童，也不怕他走了，于是给他解了绳索。那知这小孩儿坐在净桶上假装拉屎，突然间跳起身来，捧起净桶，将桶中臭屎臭尿向我身上倒来。"

鹿清笃说到此处，杨过嗤的一笑。鹿清笃怒道："小……小……你笑什么？"杨过抬起了头，双眼向天，笑道："我自己笑，你管得着么?"鹿清笃还要跟他斗口,王处一道:"别跟小孩子胡扯,说下去。"鹿清笃道:"是,是。师祖爷你不知道,这小孩子狡猾得紧。我见屎尿倒来,匆忙闪避,他却笑着说道:'啊',道爷,弄脏了你衣服啦!……'"众人听他细着嗓门学杨过说话,语音不伦不类,都是暗暗好笑。王处一皱起了眉头,暗骂这徒孙在外人面前丢人现眼。

鹿清笃续道:"弟子自然很是着恼,冲过去要打,那知这小孩举起净桶,又向我身上抛来。我大叫:'小杂种,你干什么?'忙使一招'急流勇退',立时避开,一脚却踩在屎尿之中,不由得滑了两下,总算没有摔倒,不料这小……小孩儿乘我慌乱之中,拔了我腰间佩剑,用剑顶在我心头,说我若是动一动,就一剑刺了下来。我想君子不吃眼前亏,只好不动。这小孩儿左手拿剑,右手用绳索将我反绑在柱子上,又割了我一块衣襟,塞在我嘴里,后来宫里起火,我走又走不得,叫又叫不出,若非尹师叔相救,岂不是活生生教这小孩儿烧死了么?"说着瞪眼怒视杨过,恨恨不已。

众人听他说毕,瞧瞧杨过,又转头瞧瞧他,但见一个身材瘦小,另一个胖大魁梧,不自禁都纵声大笑起来。鹿清笃给众人笑得莫名其妙,抓耳摸腮,手足无措。

马钰笑道:"靖儿,这是你的儿子罢?想是他学全了母亲的本领,是以这般刁钻机灵。"郭靖道:"不,这是我义弟杨康的遗腹子。"

丘处机听到杨康的名字,心头一凛,细细瞧了杨过两眼,果然见他眉目间依稀有几分杨康的模样。杨康是他唯一的俗家弟子,虽然这徒儿不肖,贪图富贵,认贼作父,但丘处机每当念及,总是自觉教诲不善,以致让他误入歧途,常感内疚,现下听得杨康有后,又是伤感,又是欢喜,忙问端详。

郭靖简略说了杨过的身世,又说是带他来拜入全真派门下。丘处机道:"靖儿,你武功早已远胜我辈,何以不自己传他武艺?"郭靖道:"此事容当慢慢禀告。只是弟子今日上山,得罪了许多道兄,极是不安,谨向各位道长谢过,还望恕罪莫怪。"当将众道误己为敌、接连动手等情说了。马钰道:"若不是你及时来援,全真教不免一败涂地。大家是自己人，什么赔罪、感谢的话，谁也不必提了。"

丘处机剑眉早已竖起，待掌教师兄一住口，立即说道："志敬主持外阵，敌友不分，当真无用。我正自奇怪，怎地外边安下了这么强的阵势，竟然转眼间就敌人冲了进来，攻了我们一个措手不及。哼，原来他调动北斗大阵去阻拦你来着。"说着须眉戟张，极是恼怒，当即呼叫两名弟子上来，询问何以误认郭靖为敌。

两名弟子神色惶恐，那年纪较大的弟子说道："守在山下的冯师弟、卫师弟传上讯来，说这……这位郭大侠在普光寺中拍击石碑，只道他定……定是敌人一路。"

郭靖这才恍然，想不到一切误会全是由此而起，说道："那可怪不得众位道兄。弟子在山下普光寺中，无意间在道长题诗的碑上重重拍了一掌，想是因此惹起众道友的误会。"丘处机道："原来如此，事情可也真凑巧。我们事先早已得知，今日来攻重阳宫的邪魔外道就是以拍击石碑为号。"郭靖道："这些人到底是谁？竟敢这么大胆？"

丘处机叹了口气，道："此事说来话长，靖儿，我带你去看一件物事。"说着向马钰与王处一点点头，转身向山后走去。郭靖向杨过道："过儿，你在这儿别走开。"当下跟在丘处机后面。只见他一路走向观后山上，脚步矫捷，精神不减少年。

二人来到山峰绝顶。丘处机走到一块大石之后，说道："这里刻得有字。"

此时天色昏暗，大石背后更是漆黑一团。郭靖伸手石后，果觉石上有字，逐字摸去，原来是一首诗，诗云：

"子房志亡秦，曾进桥下履。佐汉开鸿举，屹然天一柱，要伴赤松游，功成拂衣去。异人与异书，造物不轻付。重阳起全真，高视仍阔步，矫矫英雄姿，乘时或割据。妄迹复知非，收心活死墓。人传入道初，二仙此相遇。于今终南下，殿阁凌烟雾。"

他一面摸，一面用手指在刻石中顺着笔划书写，忽然惊觉，那些笔划与手指全然吻合，就似是用手指在石上写出来一般，不禁脱口而出：“用手指写的？”

丘处机道：“此事说来骇人听闻，但确是用手指写的！”郭靖奇道：“难道世间当真是有神仙？”丘处机道：“这首诗是两个人写的，两个人都是武林中了不起的人物。书写前面那八句之人，身世更是奇特，文武全才，超逸绝伦，虽非神仙，却也是百年难得一见的人杰。”郭靖大是仰慕，忙道：“这位前辈是谁？道长可否引见，得让弟子拜会。”丘处机道：“我也从来没见过此人。你坐下罢，我跟你说一说今日之事的因缘。”郭靖依言在石上坐下，望着山腰里的火光渐渐减弱，忽道：“只可惜此番蓉儿没跟我同来，否则一起在这里听丘道长讲述奇事，岂不是好？”

丘处机道：“这诗的意思你懂么？”郭靖此时已是中年，但丘处机对他说话的口气，仍是与十多年前他少年时一般无异，郭靖也觉原该如此，道：“前面八句说的是张良，这故事弟子曾听蓉儿讲过，倒也懂得，说他在桥下替一位老者拾鞋，那人许他孺子可教，传他一部异书。后来张良辅佐汉高祖开国，称为汉兴三杰之一，终于功成身退，隐居而从赤松子游。后面几句说到重阳祖师的事迹，弟子就不大懂了。”丘处机问道：“你知重阳祖师是什么人？”

郭靖一怔，答道：“重阳祖师是你师父，是全真教的开山祖师，当年华山论剑，功夫天下第一。”丘处机道：“那不错，他少年时呢？”郭靖摇头道：“我不知道。”丘处机道：“‘矫矫英雄姿，乘时或割据’。我恩师不是生来就做道士的。他少年时先学文，再练武，是一位纵横江湖的英雄好汉，只因愤恨金兵入侵，毁我田庐，杀我百姓，曾大举义旗，与金兵对敌，占城夺地，在中原建下了轰轰烈烈的一番事业，后来终以金兵势盛，先师连战连败，将士伤亡殆尽，这才愤而出家。那时他自称‘活死人’，接连几年，住在本山的一个古墓之中，不肯出墓门一步，意思是虽生犹死，不愿与金贼共居于青天之下，所谓不共戴天，就是这个意思了。”郭靖道：“原来如此。”

丘处机道：“事隔多年，先师的故人好友、同袍旧部接连来访，劝他出墓再干一番事业。先师心灰意懒，又觉无面目以对江湖旧侣，始终不肯出墓。直到八年之后，先师一个生平劲敌在墓门外百般辱骂，连激他七日七夜，先师实在忍耐不住，出洞与之相斗。岂知那人哈哈一笑，说道：'你既出来了，就不用回去啦！'先师恍然而悟，才知敌人倒是出于好心，乃是可惜他一副大好身手埋没在坟墓之中，是以用计激他出墓。二人经此一场变故，化敌为友，携手同闯江湖。"

郭靖想到前辈的侠骨风范，不禁悠然神往，问道："那一位前辈是谁？不是东邪、西毒、南帝、北丐四大宗师之一罢？"

丘处机道："不是。论到武功，此人只有在四大宗师之上，只因她是女流，素不在外抛头露面，是以外人知道的不多，声名也是默默无闻。"郭靖道："啊，原来是女的。"丘处机叹道："这位前辈其实对先师甚有情意，欲待委身相事，与先师结为夫妇。当年二人不断的争闹相斗，也是那人故意要和先师亲近，只不过她心高气傲，始终不愿先行吐露情意。后来先师自然也明白了，但他于邦国之仇总是难以忘怀，常说：匈奴未灭，何以为家？对那位前辈的深情厚意，装痴乔呆，只作不知。那前辈只道先师瞧她不起，怨愤无已。两人本已化敌为友，后来却又因爱成仇，约在这终南山上比武决胜。"

郭靖道："那又不必了。"丘处机道："是啊！先师知她原是一番美意，自是一路忍让。岂知那前辈性情乖僻，说道：'你越是让我，那就越是瞧我不起。'先师逼于无奈，只得跟她动手。当时他二位前辈便是在这里比武，斗了几千招，先师不出重手，始终难分胜败。那人怒道：'你并非存心和我相斗，当我是什么人？'先师道：'武比难分胜负，不如文比。'那人道：'这也好。若是我输了，我终生不见你面，好让你耳目清净。'先师道：'若是你胜了，你要怎样？'那人脸上一红，无言可答，终于一咬牙，说道：'你那活死人墓就让给我住。'

"那人这句话其实大有文章，意思说若是胜了，要和先师在这墓中同居厮守。先师好生为难，自料武功稍高她一筹，实逼处此，

只好胜了她，以免日后纠缠不清，于是问她怎生比法。她道：'今日大家都累了，明晚再决胜负。'

"次日黄昏，二人又在此处相会。那人道：'咱们比武之前，先得立下个规矩。'先师道：'又定什么规矩了？'那人道：'你若得胜，我当场自刎，以后自然不见你面。我若胜了，你要就是把这活死人墓让给我住，终生听我吩咐，任何事不得相违；否则的话，就须得出家，任你做和尚也好，做道士也好。不论做和尚还是道士，须在这山上建立寺观，陪我十年。'先师心中明白："终生听我吩咐，自是要我娶你为妻。否则便须做和尚道士，那是不得另行他娶。我又怎能忍心胜你，逼你自杀？只是在山上陪你十年，却又难了。'当下好生踌躇。其实这位女流前辈才貌武功都是上上之选，她一片情深，先师也不是不动心，但不知如何，说到要结为夫妇，却总是没这个缘份。先师沉吟良久，打定了主意，知道此人说得出做得到，一输之后必定自刎，于是决意舍己从人，不论比什么都输给她便是，说道：'好，就是这样。'

"那人道：'咱们文比的法子极是容易。大家用手指在这块石头上刻几个字，谁写得好，那就胜了。'先师摇道：'用手指怎么能刻？'那人道：'这就是比一比指上功夫，瞧谁刻得更深。'先师摇头道：'我又不是神仙，怎能用手指在石上刻字？'那人道：'若是我能，你就认输？'先师本处进退两难之境，心想世上决无此事，正好乘此下台，成个不胜不败之局，这场比武就不了了之，当即说道：'你若有此能耐，我自然认输。要是你也不能，咱俩不分高下，也不用再比了。'

"那人凄然一笑，道：'好啊，你做定道士啦。'说着左手在石上抚摸了一阵，沉吟良久，道：'我刻些什么字好？嗯，自来出家之人，第一位英雄豪杰是张子房。他反抗暴秦，不图名利，是你的先辈。'于是伸出右手食指，在石上书写起来。先师见她手指到处，石屑竟然纷纷跌落，当真是刻出一个个字来，自是惊讶无比。她在石上所写的字，就是这一首诗的前半截八句。

"先师心下钦服，无话可说，当晚搬出活死人墓，让她居住，第二日出家做了道士，在那活死人墓附近，盖了一座小小道观，那就是重阳宫的前身了。"

郭靖惊讶不已，伸手指再去仔细抚摸，果然非凿非刻，当真是用手指所划，说道："这位前辈的指上功夫，也确是骇人听闻。"丘处机仰天打个哈哈，道："靖儿，此事骗得先师，骗得我，更骗得你。但若你妻子当时在旁，决计瞒不过她的眼去。"郭靖睁大双眼，道："难道这中间有诈？"

丘处机道："这何消说得？你想当世之间，论指力是谁第一？"郭靖道："那自然是一灯大师的一阳指。"丘处机道："是啊！凭一灯大师这般出神入化的指上功夫，就算是在木材之上，也未必能刻出字来，何况是在石上？更何况是旁人？先师出家做了黄冠，对此事苦思不解。后来令岳黄药师前辈上终南来访，先师知他极富智计，隐约说起此事，向他请教。黄岛主想了良久，哈哈笑道：'这个我也会。只是这功夫目下我还未练成，一月之后再来奉访。'说着大笑下山。过了一个月，黄岛主又上山来，与先师同来观看此石。上次那位前辈的诗句，题到'异人与异书，造物不轻付'为止，意思是要先师学张良一般，遁世出家。黄岛主左手在石上抚摸良久，右手突然伸出，在石上写起字来，他是从'重阳起全真'起，写到'殿阁凌烟雾'止，那都是恭维先师的话。

"先师见那岩石触手深陷，就与上次一般无异，更是惊奇，心想：'黄药师的功夫明明逊我一筹，怎地也有这等厉害的指力？'一时满腹疑团，突然伸手指在岩上一刺，说也奇怪，那岩石竟被他刺了一个孔。就在这里。"说着将郭靖的手牵到岩旁一处。

郭靖摸到一个子孔，用食指探入，果然与印模一般，全然吻合，心想："难道这岩石特别松软，与众不同。"指上运劲，用力捏去，只捏得指尖隐隐生疼，岩石自是纹丝不动。

丘处机哈哈笑道："谅你这傻孩子也想不通这中间的机关。那位女前辈右手手指书写之前，左手先在石面抚摸良久，原来她左手掌心中藏着一大块化石丹,将石面化得软了,在一柱香的时刻之内,石面不致变硬。黄岛主识破了其中巧妙,下山去采药配制化石丹,这才回来依样葫芦。"

郭靖半晌不语,心想:"我岳父的才智,实不在那位女前辈之下,但不知他老人家到了何处。"心下好生挂念。

丘处机不知他的心事,接着道:"先师初为道士,心中甚是不忿,但道书读得多了,终于大彻大悟,知道一切全是缘法,又参透了清净虚无的妙诣,乃苦心潜修,光大我教。推本思源,若非那位女前辈那么一激,世间固无全真教,我丘某亦无今日,你郭靖更不知是在何处了。"

郭靖点头称是,问道:"但不知这位女前辈名讳怎生称呼,她可还在世上么?"丘处机叹道:"这位女前辈当年行侠江湖,行迹隐秘异常,极少有人见过她的真面目。除了先师之外,只怕世上无人知道她的真实姓名,先师也从来不跟人说。这位前辈早在首次华山论剑之前就已去世,否则以她这般武功与性子,岂有不去参与之理?"

郭靖点点头道:"正是。不知她可有后人留下?"丘处机叹了口气道:"乱子就出在这里。那位前辈生平不收弟子,就只一个随身相侍。丙人若守在那墓中,竟然也是十余不出,那前辈的一身尺人武功都传给了丫环。这丫环素不涉足江湖,武林中自然无人知闻,她却收了两个弟子。大弟子姓李,你想必知道,江湖上叫她什么赤练仙子李莫愁。"

郭靖"啊"了一声,道:"这李莫愁好生歹毒,原来渊源于此。"丘处机道:"你见过她?"郭靖道:"数月之前,在江湖曾碰上过。此人武功果然了得。"丘处机道:"你伤了她?"郭靖摇头道:"没有。其实也没当真会面,只见到她下手连杀数女,狠辣无比,较之当年的铜尸梅超风尤有过之。"

丘处机道:"你没伤她也好,否则麻烦多得紧。她的师妹姓龙……"郭靖一凛,道:"是那姓龙的女子?"丘处机脸色微变,道:"怎么？你也见过她了？可出了什么事？"郭靖道："弟子不曾见过她。只是此次上山，众位师兄屡次骂我是妖人淫贼，又说我为姓龙的女子而来，教我好生摸不着头脑。"

丘处机哈哈大笑，随即叹了口气，说道："那也是重阳宫该遭此劫。若非阴错阳差，生了这个误会，不但北斗大阵必能挡住那批邪魔，而你早得一时三刻上山，郝师弟也不致身受重伤。"他见郭靖满面迷惘之色，说道："今日是那姓龙女子十八岁生辰。"郭靖顺口接了一句："嗯，是她十八岁生辰！"可是一个女子的十八岁生辰，为什么能酿成这等大祸，仍是半点也不明白。

丘处机道："这姓龙的女子名字叫作什么，外人自然无从得知，那些邪魔外道都叫她小龙女，咱们也就这般称呼她罢。十八年前的一天夜里，重阳宫外突然有婴儿啼哭之声，宫中弟子出去察看，见包袱中裹着一个婴儿，放在地下。重阳宫要收养这婴儿自是极不方便，可是出家人慈悲为本，却也不能置之不理，那时掌教师兄和我都不在山上，众弟子正没做理会处，一个中年妇人突然从山后过来，说道：'这孩子可怜，待我收留了她罢！'众弟子正是求之不得，当下将婴儿交给了她。后来马师兄与我回宫，他们说起此事，讲到那中年妇人的形貌打扮，我们才知是居于活死人墓中的那个丫环。她与我们全真七子曾见过几面，但从未说过话。两家虽然相隔极近，只因上辈的这些纠葛，当真是鸡犬相闻，却老死不相往来。我们听过算了，也就没放在心上。

"后来她弟子赤练仙子李莫愁出山，此人心狠手辣，武艺极高，在江湖上闹了个天翻地覆。全真教数次商议，要她治一治，终于碍着这位墓中道友的面子，不便出手。我们写了一封信送到墓中，信中措辞十分客气。可是那信送入之后，宛似石沉大海，始终不见答覆，而她对李莫愁仍是纵容如故，全然不加管束。

"过得几年，有一日墓外荆棘丛上挑出一条白布灵幡，我们知道是那位道友去世了，于是师兄弟六人到墓外致祭。刚行礼毕，荆棘丛中出来一个十三四岁的小女孩，向我们还礼，答谢吊祭，说道：

'师父去世之时,命弟子告知各位道长,那人作恶横行,师父自有制她之法,请各位不必操心。'说毕转身回入。我们待欲详询,她已进了墓门。先师曾有遗训,全真派门下任何人不得踏进墓门一步。她既进去,只索罢了,只是大家心中奇怪,那位道友既死,还能有什么制治弟子之法?只是见那小女孩孤苦可怜,便送些粮食用品过去,但每次她总是原封不动,命一个仆妇退了回来。看来此人性子乖僻,与她祖师、师父一模一样。但她既有仆妇照料,那也不需旁人代为操心了。后来我们四方有事,少在宫中,于这位姑娘的讯息也就极少听见。不知怎的,李莫愁忽然在江湖上销声匿迹,不再生事。我们只道那位道友当真遗有妙策,都感钦佩。

"去年春天,我与王师弟赴西北有事,在甘州一位大侠家中盘桓,竟听到了一件惊人的消息。说道一年之后,四方各处的邪魔外道要群集终南山,有所作为。终南山是全真教的根本之地,他们上山来自是对付我教,那岂可不防?我和王师弟还怕这讯息不确,派人四出打听,果然并非虚假。只是他们上终南山来却不是冲着我教,而是对那活死人墓中的小龙女有所图谋。"郭靖奇道:"她小小一个女孩子,又从不出外,怎能跟这些邪魔外道结仇生怨?"丘处机道:"到底内情如何,既跟我们不相干,本来也就不必理会。但一旦这群邪徒来到终南山上,我们终究无法置身事外,于是辗转设法探听,才知这件事是小龙女的师姊挑拨起来的。"郭靖道:"李莫愁?"

丘处机道:"是啊。原来她们师父教了李莫愁几年功夫,瞧出她本性不善,就说她学艺已成,令她下山。李莫愁当师父在世之日,虽然作恶,总还有几分顾忌,待师父一死,就借吊祭为名,闯入活死人墓中,想将师妹逐出。她自知所学未曾尽得师祖、师父的绝艺,要到墓中查察有无武功秘笈之类遗物。那知墓中布置下许多巧妙机关,李莫愁费尽了机,才进了两道墓门,在第三道墓边却看到师父的一封遗书。她师父早料到她必定会来,这通遗书放在那里等她已久,其中写道:某年某月某日,是她师妹十八岁的生辰,自那时起便是她们这一派的掌门。遗书中又嘱她痛改前非,否则难获善终。那便是向她点明,倘若她怙恶不悛,她师妹便当以掌门人身分清理门户。

"李莫愁很是生气,再闯第三道门,却中了她师父事先伏下的毒计,若非小龙女给她治伤疗毒,当场就得送命。她知道厉害,只得退出,但如此缩手,那肯甘心?后来又闯了几次,每次都吃了大亏。最后一次竟与师妹动手过招。那时小龙女不过十五六岁年纪,武功却已远胜师姊,如不是手下容让,取她性命也非难事……"

郭靖插口道:"此事只怕江湖上传闻失实。"丘处机道:"怎么?"郭靖道:"我恩师柯大侠曾和李莫愁斗过两场,说起她的武功,实有独到之处。连一灯大师的及门高弟武三通武大哥也败在她手下。那小龙女若是未满二十岁,功夫再好,终难胜她。"

丘处机道:"那是王师弟听丐帮中一位朋友说的,到底小龙女是不是当真胜过了师姊李莫愁,其时并无第三人在场,谁也不知,只是江湖上有人这么说罢了。这一来,李莫愁更是心怀不忿,知道师父偏心,将最上乘的功夫留着给师妹。于是她传言出来,说道某年某月某日,活死人墓中的小龙女要比武招亲……"郭靖听到"比武招亲"四字,立即想到杨康、穆念慈当年在北京之事,不禁轻轻"啊"了一声。

丘处机知他心意,也叹了口气,道:"她扬言道:若是有谁胜得小龙女,不但小龙女委身相嫁,而墓中的奇珍异宝、武功秘笈,也尽数相赠。那些邪魔外道本来不知小龙女是何等样人,但李莫愁四下宣扬,说她师妹的容貌远胜于她。这赤练仙子据说甚是美貌,姿色莫说武林中少见,就是大家闺秀,只怕也是少有人及。"

郭靖心中却道:"那又何足为奇?我那蓉儿自然胜她百倍。"

丘处机续道:"江湖上妖邪人物之中,对李莫愁着迷的人着实不少。只是她对谁都不加青眼,有谁稍为无礼,立施毒手,现下听说她另有个师妹,相貌更美,而且公然比武招亲,谁不想来一试身手?"郭靖恍然大悟,道:"原来这些人都是来求亲的。怪不得宫中道兄们骂我是淫贼妖人。"

丘处机哈哈大笑，又道："我们又探听到，这些妖邪对全真教也不是全无顾忌。他们大举集人齐上终南山来，我们倘若干预此事，索性乘机便将全真教挑了，除了这眼中之钉。我和王师弟得到讯息，决意跟众妖邪周旋一番，当即传出法帖，召集本教各代道侣，早十天都聚在重阳宫中。只刘师哥和孙师妹在山西，不及赶回。我们一面操演北斗阵法，一面送信到墓中，请小龙女提防。那知此信送入，仍是没有回音，小龙女竟然全不理睬。"

郭靖道："或许她已不在墓中了。"丘处机道："不，在山顶遥望，每日都可见到炊烟在墓中升起。你瞧，就在那边。"说着伸手西指。郭靖顺着他手指瞧去，但见山西郁郁苍苍，十余里地尽是树林，亦不知那活死人墓是在何处。想像一个十八岁的少女，整年住在墓室之中，若是换作了蓉儿，真要闷死她了。

丘处机又道："我们师兄弟连日布置御敌。五日之前，各路哨探陆续赶回，查出众妖邪之中最厉害的是两个大魔头。他们约定先在山下普光寺中聚会，以手击碑石为号。你无意之中在碑上拍了一下，又显出功力惊人，无怪我那些没用的徒孙要大惊小怪。

"那两个大魔头说起来名声着实不小，只是他们今年方到中原，这才震动武林。你在桃花岛隐居，与世隔绝，因而不知。那贵公子是蒙古的王子，据说还是大汗成吉思汗的近系子孙。旁人都叫他作霍都王子。你在大漠甚久，熟识蒙古王族，可想得到此人来历么？"

郭靖喃喃说了几遍"霍都王子"，回思他的容貌举止，却想不起会是谁的子嗣，但觉此人容貌俊雅，傲狠之中又带了不少狡诈之气。成吉思汗共生四子，长子术赤剽悍英武，次子察合台性子暴躁而实精明，三子窝阔台即当今蒙古皇帝，性格宽和，四子拖雷血性过人，相貌均与这霍都大不相同。

丘处机道："只怕是他自高身价，胡乱吹嘘，那也是有的。此人武功是西藏一派，今年年初来到中原，出手就伤了河南三雄，后来又在甘凉道上独力杀死兰州七霸，名头登时响遍了半边天，我们可料不到他竟会揽上这门子事。另一个藏僧名叫达尔巴，天生神力，和霍都的武功全然一路，看来是霍都的师兄还是帅叔。他是和尚，自然不是要来娶那女子，多半是来帮霍都的。

"其余的淫贼奸人见这两人出头，都绝了求亲之念，然而当年李莫愁曾大肆宣扬，说古墓中珍宝多如山积，又有不少武功秘本，其么降龙十八掌的掌谱、一阳指的指法等等无不齐备。群奸虽然将信将疑，但想只要跟上山来，打开古墓，多少能分润一些好处，是以上终南山来的竟有百余人之众。本来我们的北斗阵定能将这些二流脚色尽挡在山下，纵然不能生擒，也教他们不得走近重阳宫一步。也是我教合当遭劫，这中间的误会，那也不必说了。"

郭靖甚感歉仄，呐呐的要说几句谢罪之言。丘处机将手一挥，笑道："出门一笑无拘碍，云在西湖月在天。宫殿馆阁，尽是身外之物，身子躯壳尚不足惜，又理这些身外物作甚？你十余年来勤修内功，难道这一点还勘不破么？"郭靖也是一笑，应了声："是!"丘处机笑道："其实我眼见重阳宫后院为烈火焚烧之时，也是暴跳如雷，此刻才宁静了下来，比之马师哥当时便心无挂碍，我的修为实是万万不及。"郭靖道："这些奸人如此毫没来来由的欺上门来，也难怪道长生气。"

丘处机道："北斗大阵全力与你周旋，两个魔头领着一批奸人，乘隙攻到重阳宫前。他们一上来就放火烧观，郝师弟出阵与那霍都王子动手。也是他过于轻敌，而霍都的武功又别具一格，怪异特甚。郝师弟出手时略现急躁，胸口中了他一掌。我们忙结阵相护。只是少了郝师弟一人，补上来的弟子功力相差太远，阵法威力便属有限。你若不及时赶到，全真教今日当真是一败涂地了。现下想来，就算守在山下的众弟子不认错了敌人，那些二流妖人固然无法上山，达尔巴与霍都二人却终究阻挡不住。此二人联手与北斗阵相斗，我们输是不会输的，但决不能如你这般赢得乾净爽快……"正说到这里，忽听西边呜呜呜一阵响亮，有人吹动号角。角声苍凉激越，郭靖听在耳中，不由得心迈阴山，神驰大漠，想起了蒙古黄沙莽莽、平野无际的风光。

再听一会，忽觉号角中隐隐有肃杀之意，似是向人挑战。丘处机脸现怒色，骂道："孽障，孽障！"眼望西边树林，说道："靖儿，那奸人与你订了十年之约，妄想这十年中肆意横行，好教你不便干预。天下那有这等称心如意之事？咱们过去！"郭靖道："是那霍都王子？"丘处机道："自然是他。他是在向小龙女挑战。"一边说，一边飞步下山。郭靖跟随在后。

二人行出里许，但听那号角吹得更加紧了，角声呜呜之中，还夹着一声声兵刃的铮铮撞击，显是那达尔巴也出手了。丘处机怒道："两个武学名家，却来合力欺侮一个少女，当真好不要脸。"说着足下加快。两人片刻间已奔到山腰，转过一排石壁。郭靖只见眼前是黑压压的一座大树林。林外高高矮矮的站着百余人，正是适才围攻重阳宫那些妖邪。两人隐身石壁之后，察看动静。

只见霍都王子与达尔巴并肩而立。霍都举角吹奏。那达尔巴左手高举一根金色巨杵。将戴在右手手腕上的一只金镯不住往杵上撞去，铮铮声响，与号角声相互应和，要引那小龙女出来。两人闹了一阵，树林中静悄悄的始终没半点声响。

霍都放下号角，朗声说道："小王蒙古霍都，敬向小龙女恭贺芳辰。"一语甫毕，树林人铮铮铮响了三下琴声，似是小龙女鼓琴回答。霍都大喜，又道："闻道龙姑娘扬言天下，今日比武招亲，小王不才，特来求教，请龙姑娘不吝赐招。"猛听得琴声激亢，大有怒意。众妖邪纵然不懂音律，却也知鼓琴者心意难平，出声逐客。

霍都笑道："小王家世清贵，姿貌非陋，愿得良配，谅也不致辱没。姑娘乃当世侠女，不须腼觍。"此言甫毕，但听琴韵更转高昂，隐隐有斥责之意。

霍都向达尔巴望了一眼，那藏僧点了点头。霍都道："姑娘既不肯就此现身，小王只好强请了。"说着收起号角，右手一挥，大踏步向林中走去。群豪蜂涌而前，均想："连大名鼎鼎的全真教也阻挡不了我们,谅那小龙女孤身一个小小女子,济得甚事?"但怕别人抢在头里,将墓中宝物先得了去,各人争先恐后,涌入树林。

丘处机高声叫道:"这是全真教祖师重阳真人旧居之地,快快退出来。"众人听得他叫声,微微一怔,但脚下毫不停步。丘处机怒道:"靖儿,动手罢!"二人转出石壁,正要抢入树林,忽听群豪高声叫嚷,飞奔出林。

丘郭二人一呆,但见数十人没命价飞跑,接着霍都与达尔巴也急步奔出,狼狈之状,比之适才退出重阳宫时不佑过了几倍。丘郭均急诧异:"那小龙女不知用何妙法驱退群邪?"这念头只在心中一闪间,便听得嗡嗡响声自远而近,月下但见白茫茫、灰蒙蒙一团物事从林中疾飞出来,扑向群邪头顶。郭靖奇道:"那是什么?"丘处机摇头不答,凝目而视,只见江湖豪客中有几个跑得稍慢,被那群东西在头顶一扑,登时倒地,抱头狂呼。郭靖惊道:"是一群蜂子,怎么白色的?"说话之间,那群玉色蜂子又已螫倒了五六人。树林前十余人滚来滚去,呼声惨厉,听来惊心动魄。郭靖心想:"给蜂子刺了,就真疼痛,也不须这般杀猪般的号叫,难道这玉蜂毒性异常么?"只见灰影幌动,那群玉蜂有如一股浓烟,向他他与丘处机面前扑来。

眼见群蜂来势凶猛,难以抵挡,郭靖要待转身逃走,丘处机气涌丹田,张口向群蜂一口喷出。蜂群飞得正急,突觉一股强风刮到,势道顿挫。丘处机一口气喷完,第二口又即喷出。郭靖学到诀窍,当即跟着鼓气力送,与丘处机所吹的一股风连成一起。二人使的都是玄门正宗的上乘功夫,蜂群抵挡不住,当先的数百只蜂子飞势立偏,从二人身旁掠过,却又追赶霍都、达尔巴等人去了。

这时在地下打滚的十余人叫声更是凄厉,呼爹喊娘,大声叫苦。更有人叫道:"小人知错啦,求小龙女仙姑救命!"郭靖暗暗骇异:"这些人都是江湖上的亡命之徒,纵然砍下他们一臂一腿,也未必会讨饶叫痛。怎地小小蜂子的一螫,然这般厉害?"

但听得林中传出铮铮琴声,接者树梢头冒出一股淡淡白烟。

丘郭二人只闻到一阵极甜的花香。过不多时,嗡嗡之声自远而近,那群玉蜂闻到花香,飞回林中,原来是小龙女烧香召回。

丘处机与小龙女做了十八年邻居,从不知她竟然有此本事,又是佩服,又觉有趣,说道:"早知我们这位芳邻如此神通广大,全真教大可不必多事。"他这两句话虽是对郭靖说的,但提气送出,有意也要小龙女听到。果然林中琴声变缓,轻柔平和,显是酬谢高义之意。丘处机哈哈大笑,朗声叫道:"姑娘不必多礼。贫道丘处机率弟子郭靖,敬祝姑娘芳辰。琴声铮铮两响,从此寂然。"

郭靖听那些中叫得可怜,道:"道长,这些人怎生救他们一救?"丘处机道:"龙姑娘自有处置,咱们走罢。"

当下二人转身东回,路上郭靖又求丘处机收杨过入门。丘处机叹道:"你杨铁心叔父是豪杰之士,岂能无后?杨康落得如此下场,我也颇有不是之处。你放心好了,我必尽心竭力,教养这小孩儿成人。"郭靖大喜,就在山路上跪下拜谢。

二人谈谈说说,回到重阳宫前,天色已明。众道正在收拾后院烬余,清理瓦石。

丘处机召集众道士,替郭靖吊见,指着那主持北斗大阵的长须道人,说道:"他是王师弟的大弟子,名叫赵志敬。第三代弟子之中,武功以他练得最纯,就由他点拨过儿的功夫罢。"

郭靖与此人交过手,知他武功确是了得,心中甚喜,当下命杨过向赵志敬行了拜师之礼,自已又向赵志敬郑重道谢。他在终南山盘桓数日,对杨过谆谆告诫叮嘱,这才与众人别过,回桃花岛而去。

丘处机回想当年传授杨康武功,却任由他在王府中养尊处优,终于铸成大错,心想:"自来严师出高弟,棒头出孝了。这次对过儿须得严加管教,方不致重蹈他父覆辙。"当下将杨过叫来,疾言厉色的训诲一顿,嘱他刻苦耐劳,事事听师父教训,不可有丝毫怠忽。

杨过留在终南山上,本已老大不愿,此时没来由的受了一场责骂,心中悲愤难这,当时忍着眼泪答应了,待得丘处机走开,不禁放声大哭。忽然背后一人冷冷的道:"怎么?祖师爷说错了你么?"

杨过一惊,止哭回头,只见背后站着的正是师父赵志敬,忙垂手道:"不是。"赵志敬道:"那你为什么哭泣?"杨过道:"弟子想起郭伯伯,心中难过。"赵志敬明明听得丘师伯厉声教训,他却推说为了思念郭靖,甚是不悦,心想:"这孩子小小年纪就已如此狡猾,若不重重责打,大了如何改?"沉着脸喝道:"你胆敢对师父说谎?"

杨过眼见全真教群道给郭靖打得落花流水,又见丘处机等被霍都一班妖邪逼得手忙脚乱,全赖郭靖救援,心中认定这些道士武功全都平常。他对丘处机尚且毫不佩服,更何况对赵志敬? 也是郭靖一时疏忽,未跟他详细说明全真派武功乃武学正宗,当年王重阳武功天下第一,各家各派的高手无一能敌。他自札所以能胜诸道,实因众道士未练到绝顶,却非全真派武功不济。可是杨过认定郭靖夫妇不愿收他为徒,便胡乱交给旁人传艺,兼之亲眼见到群道折剑倒地的种种狼狈情状,就算郭靖解释再三,他也是决不肯信的。这时他见师父脸色难看,心道:"我拜你为师,实是迫不得已,就算我武功练得跟你一模一样,又有屁用? 还不是大脓包一个?你凶霸霸的干么?"当下转过了头不答。

赵志敬大怒,嗓门提得更加高了:"我问你话,你胆敢不答?"杨过道:"师父要我答什么,我就答什么。"赵志敬听他出言挺撞,怒气再也按捺不住,反手挥去,拍的一声,登时将他打得脸颊红肿。杨过哇的一声,哭了出来,发足便奔。赵志敬追上去一把抓住,问道:"你到那里去?"杨过道:"快放手,我不跟你学武功啦。"

赵志敬更怒,喝道:"小杂种,你说什么?"杨过此时横了心,骂道:"臭道士,狗道士,你打死我罢!"其时于师徒之份看得最重,武林之中,师徒就如父子一般,师父就要处死弟子,为徒的往往也不敢反抗。杨过居然胆敢辱骂师尊,实是罕见罕闻的大逆不道之事。赵志敬气得脸色焦黄,举掌又劈脸打了下去。杨过突然间纵身跃起,抱住他手臂,张口牢牢咬住他的右手食指。

杨过自得欧阳锋授以内功秘诀，间中修息，已有了一些根柢。赵志敬盛怒之下，又道他是小小孩童，丝毫未加提防，给他紧抱狠咬，竟然挣之不脱，常言道十指连心，手指受痛，最是难忍。赵志敬左手在他肩头重重一拳，喝道："你作死么？快放开！"杨过此时心中狂怒，纵然刀枪齐施，他也决意不放，但觉肩头剧痛，牙齿更加用劲了，喀的一响，直咬抵骨。赵志敬大叫："哎唷！"左拳狠狠在他天灵盖上一锤，将他打得昏了过去，这才捏住他下颚，将右手食指抽了出来。但见满手鲜血淋漓，指骨已断，虽能续骨接指，但此后这根手指的力道必较往日为逊，武功不免受损，气恼之余，在杨过身上又踢了几脚。

他撕下杨过的衣袖，包了手指创口，四下一瞧，幸好无人在旁，心想此事若被旁人知晓，江湖上传扬出去，说全真教赵志敬给小徒儿咬断了指骨，实是颜面无存，当下取过一盆冷水，将杨过泼醒。

杨过一醒转，发疯般纵上又打。赵志敬一把扭住他胸口，喝道："畜生，你当真不想活了？"杨过骂道："狗贼，臭道士，长胡子山羊，给我郭伯伯打得爬在地下吃屎讨饶的没用家伙，你才是畜生！"

赵志敬右手出掌，又打了他一记。此时他有了提防，杨过要待还手，那里还能近身？瞬息之间，被他连踢了几个筋斗。赵志敬若要伤他，原是轻而易举，但想他究是自己徒弟，如下手重了，师父师伯问起来如何对答？可是杨过瞎缠猛打，倒似与他有不共戴天之仇一般，虽然身上连中拳脚，疼痛不堪，竟丝毫没退缩之意。

赵志敬对杨过拳打足踢，心中却是好生后悔，眼见他虽然全身受伤，却是越战越勇，最后迫于无奈，左手伸指在他胁下一点，封闭了他的穴道。杨过躺在地上动弹不得，眼中满含怒色。赵志敬道："你这逆徒，服不服了？"杨过双眼瞪着他，毫无屈服之意。赵志敬坐在一块大石上，呼呼喘气。他若与高手比武过招，打这一时三刻绝不致呼吸急喘，现下手脚自然不累，只是心中恼得厉害，难以宁定。

一师一徒怒目相对，赵志敬竟想不出善策来处置这顽劣的孩儿，正烦恼间，忽听钟声镗镗响起，却是掌教召集全教弟子。赵志敬吃了一惊，对杨过道："你若不再忤逆，我就放了你。"伸手解开了他穴道。

那知杨过猛地跃起，纵身扑上。赵志敬退开两步，怒道："我不打你，你还要怎地？"杨过道："你以后还打我不打？"赵志敬听得钟声甚急，不敢耽误，只得道："你若是乖乖地，我打你作甚？"杨过道："那也好。师父，你不打我，我就叫你师父。你再打我一记，我永不认你。"赵志敬气得只有苦笑，点了点头，道："掌教召集门人，快跟我去罢。"他见杨过衣衫扯烂，面目青肿，只怕旁人查问，给他略略整理一下，拉了他手，奔到宫前聚集。

赵志敬与杨过到达时，众道已分班站立。马钰、丘处机、王处一三人向外而坐。马钰双手击了三下，朗声说道："长生真人与清净散人从山西传来讯息，说道该处之事极为棘手。本座和两位师弟会商决定，长春真人和玉阳真人带同十名弟子，即日前去应援。"众道人面面相觑，有的骇异，有的愤激。丘处机当下叫出十名弟子的姓名，说道："各人即行收拾，明天一早随玉阳真人和我前去山西。余人都散了。"

众道散班，这才悄悄议论，说道："那李莫愁不过是个女子，怎地这生了得。连长生子刘师叔也制她不住？"有的道："清净散人孙师叔难道不是女子？可见女子之中也尽有能人，小觑不得。"有的道："丘师伯与王师叔一去，那李莫愁自当束手就缚。"

丘处机走到赵志敬身边，向他道："我本要带你同去，但怕耽误了过儿功夫，这一趟你就不用去了。"一眼瞥见杨过满脸伤痕，不觉一怔，道："怎么？跟谁打架了？"赵志敬大急，心想丘师伯得知实情，必然严责，忙向杨过连使眼色。杨过心中早有主意，见到赵志敬惶急之情，只作不知，支支吾吾的却不回答。丘处机怒道："是谁将你打得这个样子？到底是谁不好？快说。"赵志敬听丘师伯语气严厉，心中更是害怕。

杨过说："不是打架，是弟子摔了一交，掉下了山坑。"丘处机不

124

信,怒道:"你说谎,好好的怎会摔一交? 你脸上这些伤也不是摔的。"杨过道:"适才师祖爷教训弟子要乖乖的学艺……"丘处机道:"是啊,那怎么了?"杨过道:"师祖爷走开之后,弟子想师祖爷教训得是,弟子今后要力求上进,才不负了师祖爷的期望。"他这几句花言巧语,丘处机听得脸色渐和,嗯了一声。杨过接着道:"那知突然之间来了一条疯狗,不问情由的扑上来便咬,弟子踢它赶它,那疯狗却越来越凶。弟子只得转身逃走,一不小心,摔入了山坑。幸好我师父赶来,救了我起来。"

丘处机将信将疑,眼望赵志敬,意思询问这番话是真是假。赵志敬大怒,心道:"好哇,你这臭小子胆敢骂我疯狗?"但形格势禁,不得不为他圆谎,只得点头道:"是弟子救他起来的。"

丘处机这才信了,道:"我去之后,你好好传他本门玄功,每隔十天,由掌教师伯覆查一次,指点窍要。"赵志敬心中老大不愿,但师伯之言那敢违抗,只得躬身答应。杨过此时只想着逼得师父自认疯狗的乐趣,丘师祖之言全未听在耳里。待丘处机走开了十几步,赵志敬怒火上冲,忍不住伸手又要往杨过头顶击去。杨过大叫:"丘师祖!"丘处机愕然回头,问道:"什么?"赵志敬的手伸在半空,不敢落下,情势甚是尴尬,勉强回臂用手指去搔鬓边头发。杨过奔向丘处机,叫道:"师祖爷,你去之后,没人看顾我,这里好多师伯师叔都要打我。"丘处机脸一板,喝道:"胡说! 那有这等事?"他外表严厉,内心却甚慈祥,想起孤儿可怜,朗声道:"志敬,你好好照料这个孩儿,若有差失,我回来唯你是问。"赵志敬只得又答应了。

当日晚饭过后,杨过慢吞吞的走到师父所住的静室之中,垂手叫了声:"师父!"此刻是传授武功之时,赵志敬盘膝坐在榻上早已盘算了半日,心想:"这孩子这等顽劣,此时已是桀骜不驯,日后武功高了,还有谁更能制得住他? 但斤师伯与师父命我传他功夫,不传可又不成。"左思右想,好生委决不下,见他慢慢进来,眼光闪动,一副似笑非笑的模样,更可是老大生气,忽然灵机一动:"有了,他于本门功夫一窍不通,我只传他玄功口诀,修练之法却半点不教。

他记诵得几百句歌诀又有何用? 师父与师伯们问起,我尽可推诿,说他自己不肯用功。"琢磨已定,和颜悦色的道:"过儿,你过来。"杨过道:"你打不打我?"赵志敬道:"我传你功夫,打你作甚?"杨过见他如此神情,倒是大出意料之外,当下慢慢走近,心中严加戒备,生怕他有甚诡计。赵志敬瞧在眼里只作不知,说道:"我全真派功夫,乃是从内练出外,与外家功夫自外向内者不同。现下我传你本门心法,你要牢牢记住了。"当下将全真派的入门内功口诀,说了一遍。

　　杨过只听了一遍,就已记在心里,寻思:"这长胡子老山羊恼我恨我,岂肯当真传授功夫? 他多半教我些没用的假口诀作弄人。"过了一会,假装忘却,又向赵志敬请教。赵志敬照旧说了。次日,杨过再问师父,听他说的与昨日一般无异,这才相信非假,料得他若是胡乱捏造,连说三次,不能字字相同。

　　如此过了十日,赵志敬只是授他口诀,如何修练的实在法门却一字不说。到第十天上,赵志敬带他去见马钰,说已授了本门心法,命杨过背给掌教师祖听。杨过头至尾背了一遍,一字不错。马钰甚喜,连赞孩子聪明。他是敦厚谦冲的有道之士,君子可欺以方,那想得到得到赵志敬另有诡计。

　　夏尽秋至,秋去冬来,转瞬过了数月,杨过记了一肚皮的口诀,可是实在功夫却丝毫没有学到,若若武艺内功,与他上山之时实无半点差别。杨过于记诵口诀之初,过不了几天,即知师父是在作弄自己,但他既不肯相授,却也无法可想,眼见掌师师祖慈和,若是向他诉说,他心杯过责备赵志敬几句,只怕这长胡子山羊会另使毒计来折磨自己,只有待人师祖回来再说。但数月之间丘师祖始终不归。好在杨过对全真派武功本来瞧不起,学不学也不在乎,但赵志敬如此相欺,心中怀恨愈来愈烈,只是不肯吃眼前亏,脸上可越加恭顺。赵志敬暗自得意,心道:"你忤逆师父,到头来瞧是谁吃亏?"

　　转眼到了腊月,全真派中自王重阳传下来的门规,每年除夕前三日，门下弟子大较武功，考查这一年来各人的进境。众弟子见较武之期渐近，日夜勤练不息。

这一天腊月望日，全真七子的门人分头较艺，称为小较。各弟子分成七处，马钰的徒子徒孙成一处，丘处机、王处一等的徒子徒孙又各成一处。谭处端虽然已死，他的徒子徒孙仍是极盛。马钰、丘处机等怜念他早死，对他的门人加意指点，是以每年大较，谭氏门人倒也不输于其余六子的弟子。这一年重阳宫遇灾，全真派险遭颠覆之祸，全派上下都想到全真教虽然号称天下武学正宗，实则武林中各门各派好手辈出，这名号岌岌可危，因此人人勤练苦修，比往日更着意了几分。

全真教由王重阳首创，乃创教祖师。马钰等七子是他亲传弟子，为第二代。赵志敬、尹志平、程瑶迦等为七子门徒，属第三代。杨过等一辈则是第四代了。这日午后，玉阳子门下赵志敬、崔志方等人齐集东南角旷地之上，较武论艺。王处一不在山上，由大弟子赵志敬主持小较。第四代弟子或演拳脚，或使刀枪，或发暗器，或显内功，由赵志敬等讲评一番，以定甲乙。

杨过入门最迟，位居末座，眼见不少年纪与自己相若的小道士或俗家少年武艺精熟，各有专长，并无羡慕之心，却生怀恨之意。赵志敬见他神色间忿忿不平，有意要使他出丑，待两名小道士比过器械，大声叫道："杨过出来！"

杨过一呆，心道："你又没传我半点武艺，叫我出来干么？"赵志敬又叫道："杨过，你听见没有？快出来！"杨过只得走到座前，打了一躬，道："弟子杨过，参见师父。"全真门人大都是道人，但也有少数如杨过这般俗家子弟，行的是俗家之礼。

赵志敬指着场中适才比武得胜的小道士，说道："他也大不了你几岁，你去和比试罢。"杨过道："弟子又不会丝毫武艺，怎能和师兄比试？"赵志敬怒道："我传了你大半年功夫，怎说不会丝毫武艺？这大半年中你干什么来着？"杨过无话可答，低头不语。赵志敬道："你懒惰贪玩，不肯用功，拳脚自然生疏。我问你：'修真活计有何凭？心死群情今不生。'下两句是什么?"杨过道:"精气充盈功行具,灵光照耀满神京。"赵志敬道:"不错,我再问你:'秘语师传悟本初,来时无久去无余。'下两句是什么?"杨过答道:"历年尘垢揩磨尽,偏体灵明耀太虚。"赵志敬微笑道:"很好,一点儿也不错。你就用这几句法门,下场和师兄过招罢。"杨过又是一怔道:"弟子不会。"赵志敬心中得意,脸上却现大怒之色,喝道:"你学了功诀,却不练功,只是推三阻四,快快下场去罢。"

这几句歌诀虽是修习内功的要旨,教人收心息念,练精养气,但每一句均巾几招拳脚与之相配,合起来便是一套简明的全真派入门拳法。众道士亲耳听到杨过背诵口诀,丝毫无误,只道他临试怯场,好心的出言鼓励,幸灾乐祸的便嘲讽讪笑。全真弟子大都是良善之士,只因郭靖上终南山时一场大战,把群道打得一败涂地,得罪的人多了,是以颇有不少人迁怒于杨过,盼他多受挫折,虽然未必就是恶意,可是求出一口胸中肮脏之气,却也是人之常情。

杨过见众人催促,有些人更冷言冷语的连声讥刺,不由得怒气转盛,把心一横,暗道:"今日把命拚了就是。"当下纵跃入场,双臂舞动,直上直下的往那小道士猛击过去。那小道士见他一下场既不行礼,亦不按门规谦逊求教,已自诧异,待见他发疯般乱打,更是吃惊,不由得连连倒退。杨过早把生死置之度外,猛击上去着着进逼。那小道士退了几步,见他下盘虚浮,斜身出足,一招"风扫落叶",往他腿上扫去。杨过不知闪避之法,立足不住,扑地倒了,跌得鼻血长流。

群道见他跌得狼狈,有的笑了起来。杨过翻身爬起,也不抹拭鼻血,低头向小道士猛扑。小道士见他来得猛恶,侧身让过。杨过出招全然不依法度,双手一搂,已抱住对方左腿。小道士右掌斜飞,击他肩头,这招"揩磨尘垢"原是拆解自己下盘被袭的正法,但杨过在桃花岛既未学到武艺,在重阳宫又未得传授实用功夫,于对方什么来招全不知晓,只听蓬的一声,肩头热辣辣的一阵疼痛,已被重重的击中了一拳。他愈败愈狠,一头撞正对方右腿,小道士立足不定,已被他压倒在地。杨过抢起拳头,狠命往他头上打去。

小道士败中求胜,手肘猛地往他胸口撞去,乘他疼痛,已借势跃起,反手一推一甩,重重将杨过摔了一交,使的正是一招"无欠无余"。他打个稽首道:"杨师弟承让!"同门较艺,本来,分胜败就须住手,那知杨过劫若疯虎,又是疾冲过来。两三招之间,又被摔倒,但他越战越勇,拳脚也越出越快。

赵志敬叫道:"杨过,你早已输了,还比什么?"杨过那里理会,横踢竖打,竟无半分退缩。群道初时都觉好笑,均想:"我全真门中那有这般蛮打的笨功夫?"但后来见他情急拚命,只怕闯出祸来,纷纷叫道:"算啦,算啦。师兄弟切磋武艺,不必认真。"

再斗一阵,那小道士已大有怯意,只是闪避挡躲,不敢再容他近身。常言道:一人拚命,万夫莫当。杨过在终南山上受了大半年怨你,此时禁不住尽情发泄出来。小道士的武功虽远胜于他,却那有这等旺盛的斗志?眼见抵献不住,只得在场中绕圈奔逃。杨过在后疾追,骂道:"臭道士,你打得我好,打过了想逃么?"

此时旁观的十人中倒有八九个是道士,听他这么臭道士,贼道士的乱骂,不由得又是好气,又是好笑,人人都道:"这小子非好好管教一可。"那小道士给赶得急了,惊叫:"师父,师父!"盼赵志敬出言喝止。赵志敬连声怒喝,杨过却毫不理睬。

正没做理会处,人群中一声怒吼,窜出一名胖大道人,纵上前去,一把抓住杨过的后领,提将起来,拍拍拍二记耳光,下的竟是重手,打得他半边面颊登时肿了起来。杨过险些给这三下打晕了,一看之下,原来是与自己有仇的鹿清笃。杨过首日上山,鹿清笃被他使诈险些烧死,此后受尽师兄弟的计笑,说他本事还不及一个小小孩儿。他一直怀恨在心,此时见杨过九在胡闹,忍不住便出来动手。

杨过本就打豁了心,眼见是他,更知无幸,只是后心被他抓住了,动弹不得。鹿清笃一阵狞笑,又是拍拍拍三记耳光,叫道:"你不听师父的言语,就是本门叛徒,谁都打得。"说着举手又要打落。

赵志敬的师弟崔志方见杨过出手之际竟似不会半点本门功夫，又知赵志敬心地狭隘，只怕其中另有别情，眼见鹿清笃落手凶狠，恐防打伤了人，当即喝道："清笃，住手！"

鹿清笃听师叔叫喝，虽然不愿，只得将杨过放下，道："师叔你有所不知，这小子狡猾无赖之极，不重重教训，我教中还有什么规矩？"

崔志方不去理他，走到杨过面前，只见他两边面颊肿得高高的，又青又紫，鼻底口边都是鲜血，神情甚是可怜，当下柔声道："杨过，你师父教了你武艺，你怎不好好用功修习，却与师兄们撒泼乱打？"杨过恨恨的道："什么师父？他没教我半点武功。"崔志方道："我明明听到你背诵口诀，一点也没背错。"

杨过想起黄蓉在桃花岛上教他背诵四书五经，只道赵志敬所教的也是与武功绝无关连的经书，道："我又不想考试中状元，背这些劳什子何用？"崔志方假意发怒，要试一试他是否当真不会半点本门功夫，当下板起脸道："对尊长说话，怎么这等无礼？"倏地伸出手去，在他肩头一推。

崔志方是全真门下第三代的高手之一，武功虽不及赵志敬、尹志平等人，却也是内外兼修，功力颇深。这一推轻重疾徐恰到好处，触手之下，但觉杨过肩头微侧，内力自生，竟把他的推力卸开了一小半，虽然踉踉跄跄的退后几步，竟不跌倒。崔志方一惊，心头疑云大起，寻思："他小小年纪，入我门不过半年，怎能有此功力？他既具此内力，适才比武就绝不该如此乱打，难道当真有诈？"他那知杨过修息欧阳锋所传内功，不知不觉间已颇有进境。白驼山一派内功上手甚易，进展极速，不比全真派内功在求根基扎实。在初练的十年之中，白驼山的弟子功力必高出甚多，直到十年之后，全真派弟子才慢慢赶将上来。两派内功本来大不相同，但崔志方随手那么一推，自难分辨其间的差别。

杨过被他一推，胸口气都喘不过来，只道他也出手殴打自己。他此时天不怕，地不怕，纵然丘处机亲来，也要上动手，那里会忌惮什么崔志方、崔志圆？当下低头直冲，向他小腹撞去。崔志方怎能与小孩儿一般见识，微微一笑，闪身让开，一心要瞧瞧他的真实功夫，说道："清笃，你与杨师弟过过招，下手有分寸些，别太重了！"

鹿清笃巴不得有这句话，立时幌身挡在杨过前面，左掌虚拍，杨过向右一躲，鹿清笃右掌打出，这一掌"虎门手"劲力不小，砰的一响，正中杨过胸口。若非杨过已习得白驼山内功，非当场口喷鲜血不可，饶是如此，也是胸前疼痛不堪，脸如白纸。鹿清笃见一掌打他不倒，也是暗自诧异，右拳又击他面门。杨过伸臂招架，苦在他不明拳理，竟不会最寻常的拆解之法。鹿清笃右拳斜引，左拳疾出，又是砰的一响，打中他小腹。杨过痛得弯下了腰。鹿清笃竟然下手不容情，右掌掌缘猛斩而下，正中项颈。他满拟这一斩对准要害，要他立时晕倒，以报昔日之仇，那知杨过身子幌了几下，死命挺住，仍不跌倒，只是头脑昏眩，已全无还手之力。

崔志方此时已知他确是不会武功，叫道："清笃，住手！"鹿清笃向杨过道："臭小子，你服了我么？"杨过骂道："贼道士，终有一日要杀了你！"鹿清笃大怒，两拳连击，都打在他的鼻梁之上。

杨过被殴得昏天黑地，摇摇幌幌的就要跌倒，不知怎地，忽然间一股热气从丹田中直冲上来，眼见鹿清笃第三拳又向面门击至，闪无可闪，避无可避，自然而然的双腿一弯，口中阁的一声叫喝，手掌推出，正中鹿清笃小腹。但见他一个胖大身躯突然平平飞出，腾的一响，尘土飞扬，跌在丈许之外，直挺挺的躺在地下，再也不动。

旁观众道见鹿清笃以大欺小，毒打杨过，均有不平之意，长一辈的除赵志敬外都在出声阻拦，那知奇变陡生，鹿清笃竟被杨过掌力摔出，就此僵卧不动，人人都大为讶异，一起拥过去察看。

杨过于这蛤蟆功的内功原本不会使用，只是在危急拚命之际，自然而然的迸发，第一次在桃花岛上击晕了武修文，相隔数月，内力又已大了不少，而他心中对鹿清笃的憎恨，更非对武氏兄弟之可比，劲由心生，竟将他打得直飞出去。只听得众道士乱叫："啊哟，不好，死了！""没气啦，准是震碎了内脏！""快禀报掌教祖师。"杨过心知已闯下了大祸，昏乱中不及细想，掌下撒腿便奔。

群道都在查探鹿清笃死活，杨过悄悄溜走，竟无人留心。赵志敬见鹿清笃双眼上翻，不明生死，又骇又怒，大叫："杨过，杨过，你学的是什么妖法？"他武功虽强，但平日长在重阳宫留守，见闻不广，竟不识得蛤蟆功的手法。他叫了几声，不闻杨过答应。众道士回过身来，已不见他的踪影。赵志敬立传号令，命众人分头追拿，料想这小小孩童在这片刻之间又能逃到何处？

杨过慌不择路，发足乱闯，只拣树多林密处钻去，奔了一阵，只听得背后喊声大振，四下里都有人在大叫："杨过，杨过，快出来。"他心中更慌，七高八低的乱走，忽觉前面人影一幌，一名道士已见到了他，抢着过来。杨过急忙转身，西边又有一名道士，大叫："在这里啦，在这里啦。"杨过一矮身，从一丛灌木下钻了过去。那道士身躯高大，钻不过去，待得绕过树丛来寻，杨过已逃得不知去向。

杨过钻过灌木丛，向前疾冲，奔了一阵，耳听得群道呼声渐远，但始终不敢停步，避开道路，在草丛乱石中狂跑，到后来全身酸软，实在再也奔不动了，只得坐在石上喘气。坐了一会，心中只道："快逃，快逃。"可是双腿如千斤之重，说什么也站不起来。忽听身后有人嘿嘿冷笑，杨过大吃一惊，回过头来，吓得一颗心几乎要从口腔中跳将出来，只见身后一个道人横眉怒目，长须垂胸，正是赵志敬。

二人相对怒视半晌，片刻之间，都是一动也不动。杨过突然大叫一声，转身变逃。赵志敬抢上前去，伸手抓他后心。杨过向前急扑，幸好差了数寸，没给抓住，当即拾起一块石子，用力向后掷出。赵志敬侧身避过，足下加快，二人相距更加近了。杨过狂奔十几步，突见前面似是一道深沟，已无去路，也不知下面是深谷还是山溪，更不思索，便即涌身跃下。

赵志敬走到峭壁边缘向下张望，眼见杨过沿着青草斜坡，直滚进了树丛之中。立足处离下面斜坡少说也有六七丈，他可不敢就此跃下，快步绕道来到青草坡上，顺着杨过在草地上压平的一条路线，寻进树丛，却不见杨过的踪迹，越行树林越密，到后来竟已遮得不见日光。他走出十数丈，猛地省起，这是重阳祖师昔年所居活死人墓的所在，本派向有严规，任谁不得入内一步，可是若容杨过就此躲过，却是心有不甘，当下高声叫道："杨过，杨过，快出来。"

叫了几声，林中一片寂静，更无半点声息，他大着胆子，又向前走了几步，朦胧中见地下立着一块石碑，低头一看，见碑上刻着四个字道："外人止步。"赵志敬踌躇半晌，提高嗓子又叫："杨过你这小贼，再不出来，抓住你活活打死。"叫声甫毕，忽闻林中起了一阵嗡嗡异声，接着灰影幌动，一群白色蜂子从树叶间飞出，扑了过来。

赵志敬大惊，挥动袍袖要将蜂子驱开，他内力深厚，袖上的劲道原自不小，但挥了数挥，蜂群突分为二，一群正面扑来，另一群却从后攻至。赵志敬更是心惊，不敢怠慢，双袖飞舞，护住全身。群蜂散了开来，上下左右、四面八方的扑击。赵志敬不敢再行抵御，挥袖掩住头脸，转身急奔出林。

那群玉蜂嗡嗡追来，飞得虽不甚速，却是死缠不退。赵志敬逃向东，玉蜂追向东，他逃向西，玉蜂追向西。他衣袖舞得微一缓慢，两只蜂子猛地从空隙中飞了进去，在他右颊上各螫了一针。片刻之间，赵志敬只感麻痒难当，似乎五脏六腑也在发痒，心想："今日我命休矣！"到后来已然立足不定，倒在林边草坡上滚来滚去，大声呼叫。蜂群在他身畔盘旋飞舞了一阵，便回入林中。

杨过睡在石床上寒冷难当，全身发抖。只见小龙女取出一根绳索，在室东的一根铁钉上系住，拉绳横过室中，将绳子的另一端系在西壁的一口钉上。她轻轻纵起，横卧绳上。

第五回　活死人墓

　　杨过摔在山坡,滚入树林长草丛中,便即昏晕,也不知过了多少时候,忽觉身上刺痛,睁开眼来,只见无数白色蜂子在身周飞舞来去,耳中听到的尽是嗡嗡之声,跟着全身奇痒入骨,眼前白茫茫的一片,不知是真是幻,又晕了过去。

　　又过良久,忽觉口中有一股冰凉清香的甜浆,缓缓灌入咽喉,他昏昏沉沉的吞入肚内,但觉说不出的受用,微微睁眼,猛见到面前两尺外是一张生满鸡皮疙瘩的丑脸,正瞪眼瞧着自己。杨过一惊之下,险些又要晕去。那丑脸人伸出左手捏住他下颚,右手拿着一只杯子,正将甜浆灌在他口里。

　　杨过觉得身上奇痒剧痛已减,又发觉自己睡在一张床上,知那丑人救治了自己,微微一笑,意示相谢。那丑脸人也是一笑,喂罢甜浆,将杯子放在桌上。杨过见她的笑容更是十分丑陋,但奇丑之中却含仁慈温柔之意,登时心中感到一阵温暖,求道:"婆婆,别让师父来捉我去。"

　　那丑脸老妇柔声问道:"好孩子,你师父是谁?"杨过已好久没听到这般温和关切的声音,胸间一热,不禁放声大哭起来。那老妇左手握住他手,也不出言劝慰,只是脸含微笑,侧头望着他,目光中充满爱怜之色,右手轻拍他背心;待他哭了一阵,才道:"你好些了吗?"杨过听那老妇语音慈和,忍不住又哭了起来。那老妇拿手帕给他拭泪,安慰道:"乖孩子,别哭,别哭,过一会身上就不痛啦。"她越是劝慰,杨过越是哭得伤心。

忽听帷幕外一个娇柔的声音说道："孙婆婆，这孩子哭个不停，干什么啊？"杨过抬起头来，只见一只白玉般的纤手掀开帷幕，走进一个少女来。那少女披着一袭轻纱般的白衣，犹似身在烟中雾里，看来约莫十六七岁年纪，除了一头黑发之外，全身雪白，面容秀美绝俗，只是肌肤间少了一层血色，显得苍白异常。杨过脸上一红，立时收声止哭，低垂了头甚感羞愧，但随即用眼角偷看那少女，见她也正望着自己，忙又低下头来。

孙婆婆笑道："我没法子啦，还是你来劝劝他罢。"那少女走近床边，看他头上被玉蜂螫刺的伤势，伸手摸了摸他额角，瞧他是否发烧。杨过的额头与她掌心一碰到，但觉她手掌寒冷异常，不由得机伶伶打个冷战。那少女道："没什么。你已喝了玉蜂浆，半天就好。你闯进林子来干什么？"

杨过抬起头来，与她目光相对，只觉这少女清丽秀雅，莫可逼视，神色间却是冰冷淡漠，当真是洁若冰雪，也是冷若冰雪，实不知她是喜是怒，是愁是乐，竟不自禁的感到恐怖："这姑娘是水晶做的，还是个雪人儿？到底是人是鬼，还是神道仙女。"虽听她语音娇柔婉转，但语气之中似乎也没丝毫暖意，一时呆住了竟不敢回答。

孙婆婆笑道："这位龙姊姊是此间主人，她问你什么，你都回答好啦！"

这个秀美的白衣少女便是活死人墓的主人小龙女。其时她已过十八岁生辰，只是长居墓中，不见日光，所修习内功又是克制心意的一路，是以比之寻常同年少女似是小了几岁。孙婆婆是服侍她师父的女仆，自她师父逝世，两人在墓中相依为命。这日听到玉蜂的声音，知道有人闯进墓地外林，孙婆婆出去查察，见杨过已中毒晕倒，当下将他救了回来。本来依照她们门中规矩，任何外人都不能入墓半步，男子进来更是犯了大忌。只是杨过年幼，又见他遍体伤痕，孙婆婆心下不忍，是以破例相救。

杨过从石榻上翻身坐起，跃下地来，向孙婆婆和小龙女都磕了一个头，说道："弟子杨过，拜见婆婆，拜见龙姑姑。"

　　孙婆婆眉花眼笑,连忙扶起,说道:"啊,你叫杨过,不用多礼。"她在墓中住了几十年,从不与外人来往,此时见杨过人品俊秀,举止有礼,心中说不出的喜爱。小龙女却只点了点头,在床边一张石椅上坐了。孙婆婆道:"你怎么会到这里来? 怎生受了伤? 那一个歹人将你打成这个样子的啊?"她口中问着,却不等他答覆,出去拿了好些点心糕饼,不断劝他吃。

　　杨过吃了几口糕点,于是把自己的身世遭遇从头至尾的说了。他口齿伶俐,说来本已娓娓动听,加之新遭折辱,言语之中更是心情激动。孙婆婆不住叹息,时时插入一句二句评语,竟是语语护着杨过,一会儿说黄蓉偏袒女儿,行事不公,一会儿斥责赵志敬心胸狭隘、欺侮孩子。小龙女却不动声色,悠悠闲闲的坐着,只在听杨过说到李莫愁之时,与孙婆婆对望了数眼。孙婆婆听杨过说罢,伸臂将他搂在怀里,连说:"我这苦命的孩子。"小龙女缓缓站起身来,道:"他的伤不碍事,婆婆,你送他出去罢!"

　　孙婆婆和杨过都是一怔。杨过大声嚷道:"我不回去,我死也不回去。"孙婆婆道:"姑娘,这孩子若是回到重阳宫中,他师父定要难为他。"小龙女道:"你送他回去,跟他师父说说,教他别难为孩子。"孙婆婆道:"唉,旁人教门中的事,咱们也管不着。"小龙女道:"你送一瓶玉蜂蜜浆去,再跟他说,那老道不能不依。"她说话斯文,但语气中自有一股威严,教人难以违抗。孙婆婆叹了口气,知她自来执拗,多说也是无用,只是望着杨过,目光中甚有怜惜之意。

　　杨过霍地站起,向二人作了一揖,道:"多谢婆婆和姑姑医伤,我走啦!"孙婆婆道:"你到那里去?"杨过呆了片刻,道:"天下这么大,那里都好去。"但他心中实不知该到何处才是,脸上不自禁的露出凄然之色。孙婆婆道:"孩子,非是我们姑娘不肯留你过宿,实是此处向有严规,不容旁人入来,你别难过。"杨过昂然道:"婆婆说那里话来? 咱们后会有期了。"他满口学的是大人口吻,但声音稚嫩,孙婆婆听来又是可笑又是可怜,见他眼中泪珠莹然,却强忍着不让泪水掉将下来,对小龙女道:"姑娘,这深更半夜的,就让他明儿一早再去罢。"小龙女微微摇头,道:"婆婆,你难道忘了师父所说的规矩?"孙婆婆叹了口气,站起身来,低声向杨过道:"来,孩子,我给你一件物事玩儿。"杨过伸手背在眼上一抹,低头向门外奔了出去,叫道:"我不要。我死也不回到臭道士那里去。"

孙婆婆摇了摇头,道:"你不认得路,我带你出去。"上前携了他手。一出室门,杨过眼前便是漆黑一团,由孙婆婆拉着手行走,只觉转了一个弯又是一个弯,不知孙婆婆在黑暗之中如何认得这曲曲折折的路径。

原来这活死人墓虽然号称坟墓,其实是一座极为宽敞宏大的地下仓库。当年王重阳起事抗金之前,动用数千人力,历时数年方始建成,在其中暗藏器甲粮草,作为山陕一带的根本,外形筑成坟墓之状,以瞒过金人的耳目,又恐金兵终于来攻,墓中更布下无数巧妙机关,以抗外敌。义兵失败后,他便在此隐居。是以墓内房舍众多,通道繁复,外人入内,即是四处灯烛辉煌,亦易迷路,更不用说全无丝毫星火之光了。

两人出了墓门,走到林中,忽听得外面有人朗声叫道:"全真门下弟子尹志平,奉师命拜见龙姑娘。"声音远隔,显是从禁地之外传来。孙婆婆道:"外面有人找你来啦,且别出去。"杨过又惊又怒,身子剧颤,说道:"婆婆,你不用管我。一身作事一身当,我既失手打死了人,让他们杀我抵命便了。"说着大踏步走出。孙婆婆道:"我陪你去。"

孙婆婆牵着杨过之手,穿过丛林,来到林前空地。月光下只见六七名道人一排站着,另有四名火工道人,抬着身受重伤的赵志敬与鹿清笃。群道见到杨过,轻声低语,不约而同的走上了几步。

杨过挣脱孙婆婆的手,走上前去,大声道:"我在这里,要杀要剐,全凭你们就是。"

群道人料不到他小小一个孩儿居然这般刚硬,都是出乎意料之外。一个道人抢将上来,伸手抓住杨过后领拖了过去。杨过冷笑道:"我又不逃,你急什么?"那道人是赵志敬的大弟子,眼见师父为了杨过而身受玉蜂之螫,痛得死去活来,也不知性命是否能保。他向来对师父十分恭敬,心想做徒弟的居然会对师父如此忤逆,实是无法无天之至,听杨过出言冲撞,顺手在他头上就是一拳。

孙婆婆本欲与群道好言相说,眼见杨过被人强行拖去,已是大为不忍,突然见他被殴,心头怒火那里还按捺得下?立时大踏步上前,衣袖一抖,拂在那道人手上。那人只觉手腕上热辣辣的一阵剧痛,不由得松手,待要喝问,孙婆婆已将杨过抱起,转身而行。

莫看她似乎只是个龙锺衰弱的老妇,但这下出手夺人却是迅捷已极,群道只一呆间,她已带了杨过走出丈许之外。三名道人怒喝:"放下人来!"同时抢上。孙婆婆停步回头,冷笑道:"你们要怎地?"

尹志平知道活死人墓中人物与师门渊源极深,不敢轻易得罪,先行喝止各人:"大家散开,不得在前辈面前无礼。"这才上前稽首行礼,道:"弟子尹志平拜见前辈。"孙婆婆道:"干什么?"尹志平道:"这孩子是我全真教的弟子,请前辈赐还。"孙婆婆双眉一竖,厉声道:"你们当我之面,已将他这般毒打,待得拉回道观之中,更不知要如何折磨他。要我放回,万万不能!"尹志平忍气道:"这孩子顽劣无比,欺师灭祖,大坏门规。武林中人讲究的是敬重师长,敝教责罚于他,想来也是应该的。"孙婆婆怒道:"什么欺师灭祖,全是一面之词。"指着躺在担架中的鹿清笃道:"孩子跟这胖道士比武,是你们全真教自己定下的规矩。他本来不肯比,给你们硬逼着下场。既然动手,自然有输有赢,这胖道人自己不中用,又怪得谁了?"她相貌本来丑陋,这时心中动怒紫胀了脸皮,更是怕人。

说话之间,陆陆续续又来了十多名道士,都站在尹志平身后,窃窃私议,不知这个大声呼喝的丑老婆子是谁。

尹志平心想,打伤鹿清笃之事原也怪不得杨过,但在外人面前可不能自堕威风,说道:"此事是非曲直,我们自当禀明掌教师祖,由他老人家秉公发落。请前辈将孩子交下罢。"孙婆婆冷笑道:"你们的掌教又能秉什么公了?全真教自王重阳以下,从来就没一个好人。若非如此,咱们住得这般近,干么始终不相往来?"尹志平心想:"这是你们不跟我们往来,又怎怪得了全真教?你话中连我们创教真人也骂了,未免太也无礼。"但不愿由此而启口舌之争,致伤两家和气,只说:"请前辈成全,敝教若有得罪之处当奉掌教吩咐,再行登门谢罪。"

杨过揽着孙婆婆的头颈,在她耳边低声道:"这道人鬼计多,婆婆你别上他当。"

孙婆婆十八年来将小龙女抚养长大,内心深处常盼能再抚养一个男孩,这时见杨过跟自己亲热,极是高兴,当下心意已决:"说什么也不能让他们将孩子抢去。"于是高声叫道:"你定要带孩子去,到底想怎生折磨他?"尹志平一怔,道:"弟子与这孩子亡父有同门之谊,决不能难为亡友的孤儿,老前辈大可放心。"孙婆婆摇了摇头,说道:"老婆子素来不听外人罗唆,少陪啦。"说着拔步走向树林。

赵志敬躺在担架,玉蜂螫伤处麻痒难当,心中却极明白,听尹志平与孙婆婆斗口良久不决,愈听愈怒,突然间挺身从担架中跃出纵到孙婆婆跟前,喝道:"这是我的弟子,爱打爱骂,全凭于我。不许师父管弟子,武林中可有这等规矩?"

孙婆婆见他面颊肿得犹似猪头一般。听了他的说话,知道就是杨过的师父,一时之间倒无言语相答,只得强词夺理:"我偏不许你管教,那便怎么?"赵志敬喝道:"这孩子是你什么人?你凭什么来横加插手?"孙婆婆一怔,大声道:"他早不是你全真教的门人啦。这孩子已改拜我家小龙女姑娘为师,他好与不好,天下只小龙女姑娘一人管得。你们乘早别来多管闲事。"

此言出口,群道登时大哗。要知武林中的规矩,若是未得本师允可,决不能另拜别人为师,纵然另遇之明师本领较本师高出十倍,亦不能见异思迁,任意飞往高枝,否则即属重大叛逆,为武林同道所不齿。昔年郭靖拜江南七怪为师后,再跟洪七公学势,始终不称"师父",直至后来柯镇恶等正式允可,方与洪七公定师徒名份。

此时孙婆婆被赵志敬抢白得无言可对,她又从不与武林人士交往,那知这些规矩,当下信口开河,却不知犯了大忌。全真诸道本来多数怜惜杨过,颇觉赵志敬处事不合,但听杨过胆敢公然反出师门,那是全真教创教以来从所有之事,无不大为恼怒。

赵志敬伤处忽尔剧痛,忽尔奇痒,本已难以忍耐,只觉拚了一死,反而爽快,咬牙问杨过道:"杨过,此事当真?"

杨过原本不知天高地厚,眼见孙婆婆为了护着自己与赵志敬争吵,她就算说自己做下了千件万件十恶不赦之事,也都一口应承,何况只不过是改投师门,那正是他心中的意愿,又鄂说是拜小龙女为师,便是说他拜一只猪、一只狗为师,他也毫不迟疑的认了,当即大声叫道:"臭道士,贼头狗脑的山羊胡子牛鼻子,你这般打我,我为什么还认你为师? 不错,我已拜了孙婆婆为师,又拜了龙姑姑为师啦。"

赵志敬气得胸口几欲炸裂,飞身而起,双手往他肩头抓去。孙婆婆骂道:"臭杂毛,你作死么?"右臂格出,碰向赵志敬手腕。赵志敬是全真教第三代弟子中的第一高手,若论武功造诣,犹在尹志平之上,虽然身受重伤,出势仍是极为猛烈。二人手臂一交,各自倒退了两步。孙婆婆呀了一声,道:"好杂毛,倒非无能之辈。"赵志敬一抓不中,二抓又出。这次孙婆婆已不敢小觑于他,侧身避过,裙里腿无影无踪的忽地飞出。赵志敬听到风声,待要躲避,玉蜂所螫之处突然奇痒难当,不禁"嗳"的一声大叫,抱头蹲低,就在他大叫声中,孙婆婆已一脚踢在他胁下。赵志敬身子飞起,在半空中还是痒得"嗳"、"嗳"的大叫。

尹志平抢上两步,伸臂接住赵志敬,交给身后的弟子。他见这丑婆子武功招数奇异之极,眼见难敌,一声呼哨,六名道人从两侧围上,布成天罡北斗之阵,将孙婆婆与杨过包在中间。尹志平叫声:"得罪!"左右位当天枢、摇光的两名道人攻了上来。孙婆婆不识阵法,只还了几招,立知厉害,她又只能一手应敌,拆到十二三招时已是凶险百出,每一下攻着都被尹志平推动阵法化解开去,而北斗阵的攻势却是连绵不断。再拆十余招，孙婆婆右掌被两名道士缠住了，左侧又有两名道士攻上，只得放下杨过，出左手相迎，只听得北斗阵中一声呼哨，两名道士抢上来擒拿杨过。

孙婆婆暗暗心惊："这批臭道士可真的有点本事，老婆子对付不了。"一面出裙里腿逐开两人，口中嗡嗡嗡的低吟起来。这吟声初时极为轻微，众道并不在意，但她的吟声后一声与前一声相叠，重重叠叠，竟然越来越响。

尹志平与孙婆婆一起手相斗，即是全神戒备。他知当年住在这墓中的前辈武功可与本教创教祖师并驾争先，她的后人自然也非等闲之辈，是以听到嗡嗡之声，料想是一门传音摄心之术，急忙屏息宁神，以防为敌所制；可是听了一阵，她吟声不断加响，自己心旌却毫无动摇之象，正自奇怪，蓦地里想起一事，不由得大惊失色。正欲传令群道退开，但听得远处的嗡嗡之声，已与孙婆婆口中的吟声混成一片，尹志平大叫："大多儿快退！"群道一呆，心想："我们已占上风，不久便可生擒这一老一小，老婆子乱叫乱嚷又怕她何来？"突然树林中灰影闪动，飞出一群玉蜂，往众人头顶扑来。群道见过赵志敬所吃的苦头，登时个个吓得魂不附体，掉头就逃。蜂群急飞追赶。

眼见群道人人难逃蜂螯之厄，孙婆婆哈哈大笑。忽见林中抢出一个老道，手中高举两个火把，火头中有浓烟升起，挥向蜂群。群蜂被黑烟一薰，阵势大乱，慌不迭的远远飞走了。孙婆婆吃了一惊，看那老道时，只见他白发白眉，脸孔极长，看模样是全真教中的高手，喝问："喂，你这老道是谁？干么驱赶我的蜂儿。"那老道笑道："贫道郝大通，拜见婆婆。"

孙婆婆虽然向不与武林中人交往，但与重阳宫近在咫尺，也知广宁子郝大通是王重阳座下的七大弟子之一，心想赵志敬、尹志平这样的小道士能为已自不低，这个老道自然更加难缠，鼻中闻到火把上的浓烟，臭得便想呕吐，料想这火把是以专薰毒虫的药草所扎，眼下既无玉蜂可恃，只得乘早收篷，厉声喝道："你薰坏了我家姑娘的蜂子,怎生赔法,回头跟你算帐。"抱起杨过,纵身入林。

尹志平道:"郝师叔,追是不追?"郝大通摇头道:"创教真人定下严规,不得入林,且回观从长计议,再作道理。"

孙婆婆携着杨过的手又回墓中。二人共经这番患难,更是亲密了一层。杨过担心小龙女仍是不肯收留自己,孙婆婆道:"你放心,我定要说得她收你为止。"当下命他在一间石室中休息,自行去向小龙女关说。

杨过等了良久,始终不见她回来,越来越是焦虑,寻思:"龙姑姑多半不肯收留,就算孙婆婆强了她答应,我在此处也是无味。"想了片刻,心念已决,悄悄向外走去。

刚走出室门,孙婆婆匆匆走来,问道:"你到那里去?"杨过道:"婆婆,我去啦,等我年纪大些,再来望你。"孙婆婆道:"不,我送你到一处地方,教别人不能欺你。"杨过听了这话,知道小龙女果然不肯收留,不禁心中一酸,低头道:"那也不用了。我是个顽皮孩子,不论到那里,人家都不要我。婆婆你别多费心。"孙婆婆与小龙女争了半天,见她执意不肯,心中也自恼了,又见杨过可怜,胸口热血上涌,叫道:"孩子,别人不要你,婆婆偏喜欢你。你跟我走,不管去那里,婆婆总是跟你在一起。"

杨过大喜,伸手拉着她手,二人一齐走出墓门。孙婆婆气愤之下,也不转头去取衣物,伸手在怀中一摸,碰到一个瓶子,记起是要给赵志敬疗毒的蜂浆,心想这臭道士固然可恶,却是罪不至死,他不服这蜂浆,不免后患无穷,当下带着杨过,往重阳宫去。

杨过见她奔近重阳宫,吓了一跳,低声道:"婆婆,你又去干什么?"孙婆婆道:"给你的臭师父送药。"几个起落,已奔近道观之前。她跃上墙头,正要往院子中纵落,忽然黑暗中钟声镗镗急响,远远近近都是口哨之声。在一片寂静中猛地众声齐作,孙婆婆知已陷入重围,不由得暗暗心惊。

全真教是武林中一等一的大宗派,平时防范布置已异常严密,这日接连出事，更是四面八方都有守护，眼见有人闯入宫来，立时示警传讯，宫中众弟子当即分批迎敌。更有一群群道人远远散了出去，一来包围已入腹地之敌，二来阻挡敌人后援。

孙婆婆暗骂："老婆子又不是来打架，摆这些臭架子吓谁了？"高声叫道："赵志敬，快出来，我有话跟你说。"大殿上一名中年道人应声而出，说道："深夜闯入敝观，有何见教？"孙婆婆道："这是治他蜂毒的药，拿了去罢！"说着将一瓶玉蜂浆抛了过去。那道人伸手接住，将信将疑，寻思："她干么这等好心，反来送药。"朗声道："那是什么药？"孙婆婆道："不必多问，你给他尽数喝将下去，自见功效。"那道士道："我怎知你是好心还是歹意，又怎知是解药还是毒药。赵师兄已给你害得这么惨，怎么忽然又生出菩萨心肠来啦？"

孙婆婆听他出言不逊，竟把自己的一番好意说成是下毒害人，怒气再也不可抑制，将杨过往地下一放，急跃而前，夹手将玉蜂浆抢过，拔去瓶塞，对杨过道："张开嘴来！"杨过不明她用意，但依言张大了口。孙婆婆侧过瓷瓶，将一瓶玉蜂浆都倒在他嘴里，说道："好，免得让他们疑心是毒药。过儿，咱们走罢！"说着携了杨过之手，走向墙边。

那道士名叫张志光，是郝大通的第二弟子，这时不由得暗自后悔不该无端相疑，看来她送来的倒真是解药，赵志敬若是无药救治，只怕难以挨过，当下急步抢上，双手拦开，笑道："老前辈，你何必这么大的火性？我随口说句笑话，你又当真了。大家多年邻居，总该有点儿见面之情，哈哈，既是解药，就请见赐。"

孙婆婆恨他油嘴滑舌，举止轻佻，冷笑道："解药就只一瓶，要多是没有的了。赵志敬的伤，你自己想法儿给他治罢！"说着反手一个耳括子，喝道："你不敬前辈，这就教训教训你。"这一掌出手奇快，张志光不及闪避，拍的一响，正中脸颊，甚是清脆爽辣。

门边两名道士脸上变色，齐声说道："就算你是前辈，也岂能容你在重阳宫撒野？"一出左掌，一出右掌，从两侧分进合击。孙婆婆领略过全真教北斗阵的功夫，知道极不好惹，此时身入重地，那能跟他们恋战？幌身从双掌夹缝中窜过，抱起杨过就往墙头跃去。

眼见墙头无人，她刚要在墙上落足，突然墙外一人纵身跃起，喝道："下去罢！"双掌迎面推来。孙婆婆人在半空，无法借劲，只得右手还了一招，单掌与双掌相交，各自退后，分别落在墙壁两边。六七名道士连声呼啸，将她挤在墙角。

这六七人都是全真教第三代第子中的好手，特地挑将出来防守道宫大殿。刹时之间，此上彼退，此退彼上，六七人已波浪般攻了数次。孙婆婆被逼在墙角之中，欲待携着杨过冲出，那几名道人所组成的人墙却硬生生的将她挡住了，数次冲击，都给逼了回来。

又拆十余招，主守大殿的张志光知道敌人已无能为力，当即传令点亮蜡烛。十余根巨烛在大殿四周燃起，照得孙婆婆面容惨淡，一张丑脸阴森怕人。张志光叫道："守阵止招。"七名与孙婆婆对当的道人同时向后跃开，双掌当胸，各守方位。孙婆婆喘了口气，冷笑道："全真教威震天下，固然名不虚传。几十个年轻力壮的杂毛合力欺侮一个老太婆、一个小孩子。嘿嘿，厉害啊厉害！"

张志光脸上一红，说道："我们只是捉拿闯进重阳宫来的刺客。管你是老太婆也好，男子汉也好，长着身子进来，便得矮着身子出去。"孙婆婆冷笑道："什么叫做矮着身子出去？叫老太婆爬出山门，是也不是！"张志光适才脸上被她一掌打得疼痛异常，那肯轻易罢休，说道："若要放你，那也不难，只是须依我们三件事。第一，你放蜂子害了赵师兄，须得留下解药。第二，这孩子是全真教的弟子，不得掌教真人允可，怎能任意反出师门？你将他留下了。第三，你擅自闯进重阳宫，须得在重阳祖师之前磕头谢罪。"

孙婆婆哈哈大笑，道："我早跟咱家姑娘说，全真教的道士们全没出息，老太婆的话几时说错了？来来来，我跟你磕头陪罪。"说着福将下去，就要跪倒。

这一着倒是大出张志光意料之外，一怔之间，只见孙婆婆已然弯身低头，忽地寒光一闪，一枚暗器直飞过来。张志光叫声"啊唷"，急忙侧身避开，但那暗器来得好快，拍的一下，已打中了他左眼角,暗器粉碎,张志光额上全是鲜血。原来孙婆婆顺手从怀中摸出那装过玉蜂浆的空瓷瓶,冷不防的以独门暗器手法掷出。她这一派武功系女流所创,招数手法处处出以阴柔,变幻多端,这一招"前踞后恭"更是人所莫测,虽是一个空瓷瓶,但在近处蓦地掷出,张志光出其不意,却心能躲开。

群道见张志光满脸是血,齐声惊怒呼喝,纷纷拔出兵刃。全真道人都使长剑,一时之间庭院中剑光耀眼。孙婆婆负隅而立,微微冷笑,心知今日难有了局,但她性情刚硬,老而弥辣,那肯屈服,转头问杨过道:"孩子,你怕么?"杨过见到这些长剑,心中早在暗想:"若是郭伯伯在此,臭道士再多我也不怕。若凭孙婆婆的本事,我们却闯不出去。"听孙婆婆相问,朗声答道:"婆婆,让他们杀了我便是。此事跟你无关,你快出去罢。"

孙婆婆听这孩子如此硬气,又为自己着想,更是爱怜,高声道:"婆婆跟你一起死在这里,好让臭道士们遂了心意。"突然之间大喝一声:"着!"急扑而前,双臂伸出,抓住了两名道士的手腕,一拗一夺,已将两柄长剑抢了过来。这空手入白刃的功夫怪异之极,似是蛮抢,却又巧妙非凡。两道全没防备,眼睛一霎,手中已失了兵器。

孙婆婆将一柄长剑交给杨过,道:"孩子,你敢不敢跟臭道士们动手?"杨过道:"我自然不怕。就可惜没旁人在此。"孙婆婆道:"什么旁人?"杨过大声道:"全真教威名盖世,这等欺侮孤儿老妇的英雄之事,若无旁人宣扬出去,岂不可惜?"他听了孙婆婆适才与张志光斗口,已会意到其中关键。他说得清脆响亮,却带着明颢的童音。

群道听了这几句话,倒有一大半自觉羞愧,心想合众人之力而与一个老妇一个幼童相斗,确是胜之不武。有人低声道:"我去禀告掌教师伯,听他示下。"此时马钰独自在山后十余里的一所小舍中清修,教中诸务都已交付与郝大通处理。说这话的是谭处端的弟子,觉得事情闹大了,涉及全真教的清誉,非由掌教亲自主持不可。

张志光脸上被碎瓷片割伤了十多处,鲜血蒙住了左眼,惊怒之中不及细辨,还道左眼已被暗器击瞎,心想掌教师伯性子慈和,必定吩咐放人,自己这只眼睛算是白瞎了,当即大声叫道:"先拿下这恶婆娘,再去请掌教师伯发落。各位师弟齐上,把人拿下了。"

天罡北斗阵渐缩渐小,眼见孙婆婆只有束手被缚的份儿,那知待七道攻到距她三步之处,她长剑挥舞,竟是守得紧密异常,再也进不了一步。这阵法若由张志光主持,原可改变进攻之法,但他害怕对方暗器中有毒,若是出手相斗,血行加剧,毒性发作得更快,是以眯着左眼只在一旁喝令指挥。他既不下场,阵法威力就大为减弱。

群道久斗不下,渐感焦躁,孙婆婆突然一声呼喝,抛下手中长剑,抢上三步,从群道剑光中钻身出去,抓住一名少年道人的胸口,将他提了起来,叫道:"臭杂毛,你们到底让不让路?"群道一怔之间,忽地身后一人钻出,伸手在孙婆婆腕上一搭。孙婆婆尚未看清此人面容,只觉腕上酸麻,抓着的少年道人已被他夹手抢了过去,紧接着劲风扑面,那人一掌当面击来。孙婆婆暗想:"此人出掌好快。"急忙回掌挡格。双掌相交,拍的一响,孙婆婆退后一步。

此人也是微微一退,但只退了尺许,跟着第二掌毫不停留的拍出。孙婆婆还了一招,双掌撞击,她又退后一步。那人踏上半步,第三掌跟着击出。这三掌一掌快似一掌,逼得孙婆婆连退三步,竟无余暇去看敌人面目,到第四掌上,孙婆婆背靠墙壁,已是退无可退。那人右掌击出,与孙婆婆手心相抵,朗声说道:"婆婆,你把解药和孩子留下罢!"

孙婆婆抬起头来,但见那人白须白眉,满脸紫气,正是日间以毒烟驱赶玉蜂的郝大通,适才交了三掌,已知他内力深厚,远在自己之上,若是他掌力发足,定然抵不住,但她性子刚硬,宁死不屈,喝道:"要留孩子,须得先杀了老太婆。"郝大通知她与先师渊源极深,不愿相伤,掌上留劲不发,说道:"你我数十年邻居,何必为一个小孩儿伤了和气?"孙婆婆冷笑道:"我原是好意前来送药,你问问自己弟子，此言可假？"郝大通转头欲待询问，孙婆婆忽地飞出一腿，往他下盘踢去。

这一腿来得无影无踪，身不动，裙不扬，郝大通待得发觉，对方足尖已踢到小腹，纵然退后，也已不及，危急之下不及多想，掌上使足了劲力，"嘿"的一声，将孙婆婆推了出去。这一推中含着他修为数十年的全真派上乘玄功内力，但听喀喇一响，墙上一大片灰泥带着砖瓦落了下来。孙婆婆喷出一大口鲜血，缓缓坐倒，委顿在地。

杨过大惊，伏在她的身上，叫道："你们要杀人，杀我便是。谁也不许伤了婆婆。"孙婆婆睁开眼来，微微一笑，说道："孩子，咱俩死在一块罢。"杨过张开双手，护住了她，背脊向着郝大通等人，竟将自己安危全然置之外。

郝大通这一掌下了重手，眼见打伤了对方，心下也是好生后悔，那里还会跟着进击，当下要察看孙婆婆伤势，想给她服药治伤，只是给杨过遮住了，无法瞧见，温言道："杨过，你让开，待我瞧瞧婆婆。"杨过那肯信他，双手紧紧抱住了孙婆婆。郝大通说了几遍，见杨过不理，焦躁起来，伸手去拉他手臂。杨迥高声大嚷："臭道士，贼道士，你们杀死我好了，我不让你害我婆婆。"

正闹得不可开交，忽听身后冷冷的一个声音说道："欺侮幼儿老妇，算得什么英雄？"郝大通听那声音清冷寒峻，心头一震，回过头来，只见一个极美的少女站在大殿门口，白衣如雪，目光中寒意逼人。阳宫钟声一起，十余里内外群道密布，重重叠叠的守得严密异常，然而这少女斗然进来，事先竟无一人示警，不知她如何道能悄没声的闯进道院。郝大通问道："姑娘是谁？有何见教？"

那少女瞪了他一眼，并不答话，走到孙婆婆身边。杨过抬起头来，凄然道："龙姑姑，这恶道士……把……把婆婆打死啦！"这白衣少女正是小龙女。孙婆婆带着杨过离墓、进观、出手，她都跟在后面看得清清楚楚，料想郝大通不致狠下杀手，是以始终没有露面，那知形格势禁，孙婆婆终于受了重伤，她要待相救，已自不及。杨

150

过舍命维护孙婆婆的情形，她都瞧在眼里，见他眼中满是泪水，点了点头，道："人人都要死，那也算不了什么。"

孙婆婆自小将她抚养长大，直与母女无异，但小龙女十八年来过的都是止水不波的日子，兼之自幼修习内功，竟修得胸中没了半点喜怒哀乐之情，见孙婆婆伤重难愈，自不免难过，但哀戚之感在心头一闪即过，脸上竟是不动声色。

郝大通听得杨过叫她"龙姑姑"，知道眼前这美貌少女就是逐走霍都王子的小龙女，更是诧异不已。须知霍都王子铩羽败逃之事数月来传遍江湖，小龙女虽未下终南山一步，名头在武林中却已颇为响亮。

小龙女缓缓转过头来，向群道脸上逐一望去。除了郝大通内功深湛、心神宁定之外，其余众道士见到她澄如秋水、寒似玄冰的眼光，都不禁心中打了个突。

小龙女俯身察看孙婆婆，问道："婆婆，你怎么啦？"孙婆婆叹了口气，道："姑娘，我一生从来没求过你什么事，就是求你，你不答允也终是不答允。"小龙女秀眉微蹙，道："现下你想求我什么？"孙婆婆点了点头，指着杨过，一时却说不出话来。小龙女道："你要我照料他？"孙婆婆强运一口气，道："我求你照料他一生一世，别让他吃旁人半点亏，你答不答允？"小龙女踌躇道："照料他一生一世？"孙婆婆厉声道："姑娘，若是老婆子不死，也会照料你一生一世。你小时候吃饭洗澡、睡觉拉尿，难道……难道不是老婆子一手干的么？你……你……你报答过我什么？"小龙女上齿咬着下唇，说道："好，我答允你就是。"孙婆婆的丑脸上现出一丝微笑，眼睛望着杨过，似有话说，一口气却接不上来。

杨过知她心意，俯耳到她口边，低声道："婆婆，你有话跟我说？"孙婆婆道："你……你再低下头来。"杨过将腰弯得更低，把耳朵与她口唇碰在一起。孙婆婆低声道："你龙姑姑无依无靠，你……你……也……"说到这里，一口气再也提不上来，突然满口鲜血喷出，只溅得杨过半边脸上与胸口衣襟都是斑斑血点，就此闭目而死。杨过大叫："婆婆，婆婆！"伤心难忍，伏在她身上号啕大哭。

群道在旁听着，无不恻然，郝大通更是大悔，走上前去向孙婆婆的尸首行礼，说道："婆婆，我失手伤你，实非本意。这番罪业既落在我的身上，也是你命中该当有此一劫。你好好去罢！"小龙女站在旁边，一语不发，待他说完，两人相对而视。

过了半晌，小龙女才皱眉说道："怎么？你不自刎相谢，竟要我动手么？"郝大通一怔，道："怎么？"小龙女道："杀人抵命，你自刎了结，我就饶了你满观道士的性命。"郝大通尚未答话，旁边群道已哗然叫了起来。此时大殿上已聚了三四十名道人，纷纷斥责："小姑娘，快走罢，我们不来难为你。""瞎说八道！什么自刎了结，饶了我们满观道士的性命？""小小女子，不知天高地厚。"郝大通听群道喧扰，忙挥手约束。

小龙女对群道之言恍若不闻，缓缓从怀中取出一团冰绡般的物事，双手一分，右手将一块白绡戴在左手之上，原来是一只手套，随即右手也戴上手套，轻声道："老道士，你既贪生怕死，不肯自刎，取出兵刃动手罢！"

郝大通惨然一笑，说道："贫道误伤了孙婆婆，不愿再跟你一般见识，你带了杨过出观去罢。"他想小龙女虽因逐走霍都王子而名满天下，终究不过凭藉一群玉蜂之力。她小小年纪，就算武功有独得之秘，总不能强过孙婆婆去，让她带杨过而去，一来念着双方师门上代情谊，息事宁人，二来误杀孙婆婆后心下实感不安，只得尽量容让。

不料小龙女对他说话仍是恍如没有听见，左手轻扬，一条白色绸带忽地甩了出来，直扑郝大通的门面。这一下来得无声无息，事先竟没半点朕兆，烛光照映之下，只见绸带末端系着一个金色的圆球。郝大通见她出招迅捷，兵器又是极为怪异，一时不知如何招架，他年纪已大，行事稳重，虽然自恃武功高出对方甚多，却也不肯贸然接招，当下闪身往左避开。

那知小龙女这绸带兵刃竟能在空中转弯，郝大通跃向左边，这绸带跟着向左，只听得玎玎玎三声连响，金球疾颤三下，分点他脸上"迎香"、"承泣"、"人中"三个穴道。这三下点穴出手之快、认位之准，实是武林中的第一流功夫，又听得金球中发出玎玎声响，声虽不大，却是十分怪异，入耳荡心摇魄。郝大通大惊之下，急忙使个"铁板桥"，身子后仰，绸带离脸数寸急掠而过。他怕绸带上金球跟着下击，也是他武功精纯，挥洒自如，便在身子后仰之时，全身忽地向旁搬移三尺。这一着也是出乎小龙女意料之外，铮的一响，金球击在地下。她这金球击穴，着着连绵，郝大通竟在危急之中以巧招避过。

郝大通伸直身子，脸上已然变色。群道不是他的弟子，就是师侄，向来对他的武功钦服之极，见他虽然未曾受伤，这一招却避得极是狼狈，无不骇异。四名道人各挺长剑向小龙女刺去。小龙女道："是啦，早该用兵刃！"双手齐挥，两条白绸带犹如水蛇般蜿蜒而出，玎玎两响，接着又是玎玎两响，四名道人手腕上的"灵道穴"都被金球点中，呛啷、呛啷两声，四柄长剑投在地下。这一下先声夺人，群道尽皆变色，无人再敢出手进击。

郝大通初时只道小龙女武功多半平平，那知一动上手竟险些输在她的手里，不由得起了敌忾之心，从一名弟子手中接过长剑，说道："龙姑娘功夫了得，贫道倒失敬了，来来来，让贫道领教高招。"小龙女点了点头，玎玎声响，白绸带自左而右的横扫过去。

按照辈份，郝大通高着一辈，小龙女动手之际本该敬重长辈，先让三招，但她一上来就下杀手，于什么武林规矩全不理会。郝大通心想："这女孩儿武功虽然不弱，但似乎什么也不懂，显是绝少临敌接战的经历，再强也强不到那里。当下左手捏着剑诀，右手摆动长剑，与她的一对白绸带拆解起来。

群道团团围在周围，凝神观战。烛光摇幌下，但见一个白衣少女，一个灰袍老道，带飞如虹，剑动若电，红颜华发，渐斗渐烈。

郝大通在这柄剑上花了数十载寒暑之功，单以剑法而论，在全真教中可以数得上第三四位，但与这小姑娘翻翻滚滴拆了数十招，竟自占不到丝毫便宜。小龙女双绸带矫矢似灵蛇，圆转如意，再加两枚金球不断发出玎玎之声，更是扰人心魄。郝大通久战不下，虽然未落丝毫下风，但想自己是武林中久享盛名的宗匠，若与这小女子战到百招以上，纵然获胜，也已脸上无光，不由得焦躁起来，剑法忽变，自快转慢，招式虽然比前缓了数倍，剑上的劲力却也大了数倍。初时剑锋须得避开绸带的卷引，此时威力既增，反而去削斩绸带。

再拆数招，只听铮的一响，金球与剑锋相撞，郝大通内力深厚，将金球反激起来，弹向小龙女面门，当即乘势追击，众道欢呼声中剑刃随着绸带递进，指向小龙女手腕，满拟她非撒手放下绸带不可，否则手腕必致中剑。那知小龙女右手疾翻，已将剑刃抓住，喀的一响，长剑从中断为两截。

这一下群道齐声惊叫，郝大通向后急跃，手中拿着半截断剑，怔怔发呆。他怎想得到对方手套系以极细极韧的白金丝织成，是她师祖传下的利器，虽然轻柔软薄，却是刀枪不入，任他宝刀利剑都难损伤，剑刃被她蓦地抓住，随即以巧劲折断。

郝大通脸色苍白，大败之余，一时竟想不到她手套上有此巧妙机关，只道她当真是练就了刀枪不入的上乘功夫，颤声说道："好好好，贫道认输。龙姑娘，你把孩子带走罢。"小龙女道："你打死了孙婆婆，说一句认输就算了？"郝大通仰天打个哈哈，惨然道："我当真老胡涂了！"提起半截断剑就往颈中抹去。

忽听铮的一响，手上剧震，却是一枚铜钱从墙外飞入，将半截断剑击在地下。他内力深厚，要从他手中将剑击落，真是谈何容易？郝大通一凛，从这钱镖打剑的功夫，已知是师兄丘处机到了，抬起头来，叫道："丘师哥，小弟无能，辱及我教，你瞧着办罢。"只听墙外一人纵声长笑，说道："胜负乃是常事，苦是打个败仗就得抹脖子，你师哥再有十八颗脑袋也都割完啦。"人随身至，丘处机手持长剑，从墙外跃了进来。

他生性最是豪爽不过，厌烦多闹虚文，长剑挺出，刺向小龙女手臂，说道："全真门下丘处机向高邻讨教。"小龙女道："你这老道倒也爽快。"左掌伸出，又已抓住丘处机的长剑。郝大通大急叫："师哥，留神！"但为时已经不及，小龙女手上使劲，丘处机力透剑锋，二人手劲对手劲，喀喇一响，长剑又断。但小龙女也是震得手臂酸麻，胸口隐隐作痛。只这一招之间，她已知丘处机的武功远在郝大通之上，自己的"玉女心经"未曾练成，实是胜他不得，当下将断剑往地下一掷，左手夹着孙婆婆的尸身，右手抱起杨过，双足一登，身子腾空而起，轻飘飘的从墙头飞了出去。

丘处机、郝大通等人见她忽然露了这手轻身功夫，不由得相顾骇然。丘郝二人与她交手，已佑她武功虽精，比之自己终究尚有不及，但如此了得的轻身功夫却当真是见所未见。郝大通长叹一声，道："罢了，罢了！"丘处机道："郝师弟，枉为你修习了这多年道法，连这一点点挫折也勘不破？咱们师兄弟几个这次到山西，不也闹了个灰头土脸？"郝大通惊道："怎么？ 没人损伤吗？"丘处机道："这事说来话长，咱们见马师哥去。"

原来李莫愁在江南嘉兴连伤陆立鼎等数人，随即远走山西，在晋北又了几名豪杰。终于激动公愤，当地的武林首领大撒英雄帖，邀请同道群起而攻。全真教也接到了英雄帖。当时马钰与丘处机等商议，都说李莫愁虽然作恶多端，但她的师祖终究与重阳先师渊源极深，最好是从中调解，给她一条自新之路。当下刘处玄与孙不二两人连袂北上。那知李莫愁行踪诡秘，忽隐忽现，刘孙二人竟是奈何她不得，反给她又伤了几名晋南晋北的好汉。

后来丘处机与王处一带同十名弟子再去应援。李莫愁自知一人难与众多好手为敌，便以言语相激，与丘王诸人订约逐一比武。第一日比试的是孙不二。李莫愁暗下毒手，以冰魄银针刺伤了她，随即亲上门去，馈赠解药，叫丘处机等不得不受。这么一来，全真诸道算是领了她的情，按规矩不能再跟她为敌。诸人相对苦笑，铩羽而归。幸好丘处机心急回山，先走一步，没与王处一等同去太行山游览，这才及时救了郝大通的性命。

小龙女出了重阳宫后,放下杨过,抱了孙婆婆的尸身,带同杨过回到活死人墓中。她将孙婆婆尸身放在她平时所睡的榻上,坐在榻前椅上,支颐于几,呆呆不语。杨过伏在孙婆婆身上,抽抽噎噎的哭个不停。过了良久,小龙女道:"人都死了,还哭什么?你这般哭她,她也不会知道了。"杨过一怔,觉得她这话甚是辛辣无情,但仔细想来,却也当真如此,伤心益甚,不禁又放声大哭。

小龙女冷冷的望着他,脸上丝毫不动声色,又过良久,这才说道:"咱们去葬了她,跟我来。"抱起孙婆婆的尸身出了房门。杨过伸袖抹了眼泪,跟在她后面。墓道中没半点光亮,他尽力睁大眼睛,也看不见小龙女的白衣背影,只得紧紧跟随,不敢落后半步。她弯弯曲曲的东绕西回,走了半晌,推开一道沉重的石门,从怀中取出火摺打着火,点燃石桌上的两盏油灯。杨过四下里一看,不由得打个寒噤,只见空空旷旷的一座大厅上并列放着五具石棺。凝神细看,见两具石棺棺盖已密密盖着,另外二具的棺盖却只推上一半,也不知其中有无尸体。

小龙女指着右边第一具石棺道:"祖师婆婆睡在这里。"指着第二具石棺道:"师父睡在这里。"杨过见她伸手指向第三具石棺,心中怦怦而跳,不知她要说谁睡在这里,眼见棺盖没有推上,若是有僵尸在内,岂不糟糕之极?只听她道:"孙婆婆睡在这里。"杨过才知是具空棺,轻轻吐了一口气。他望着旁边两具空棺,好奇心起,问道:"那两口棺材呢?"小龙女道:"我师姊李莫愁睡一口,我睡一口。"杨过一呆,道:"李莫愁……李姑娘会回来么?"小龙女道:"我师父这么安排了,她总是要回来的。这里还少一口石棺,因为我师父料不到你会来。"杨过吓了一跳,忙道:"我不,我不!"小龙女道:"我答允孙婆婆要照料你一生一世。我不离开这儿,你自然也在这儿。"

杨过听她漠不在乎的谈论生死大事,也就再无顾忌,道:"就算你不让我出去,等你死了,我就出去了。"小龙女道:"我既说要照料你一生一世，就不会比你先死。"杨过道："为什么？你年纪比我大啊！"小龙女冷冷的道："我死之前，自然先杀了你。"杨过吓了一跳，心想："那也未必。脚生在我身上，我不会逃走么？"

小龙女走到第三具石棺前，推开棺盖，抱起孙婆婆便要放入。杨过心中不舍，说道："让我再瞧婆婆一眼。"小龙女见他与孙婆婆相识不过一日，却已如此重情，不由得好生厌烦，皱了皱眉头，当下抱着孙婆婆的尸身不动。杨过在暗淡灯光下见孙婆婆面目如，生又想哭泣。小龙女横了他一眼，将孙婆婆的尸身放入石棺，伸手抓住棺盖一拉，喀隆一声响，棺盖与石棺的笋头相接，盖得严丝合缝。

小龙女怕杨过再哭，对他一眼也不再瞧，说道："走罢！"左袖挥处，室中两盏油灯齐灭，登时黑成一团。杨过怕她将自己关在墓室之中，急忙跟出。

墓中天地，不分日夜。二中闹了这半天也都倦了。小龙女命杨过睡在孙婆婆房中。杨过自幼独身浪迹江湖，常在荒郊古庙中过夜，本来胆子甚壮，但这时要他在墓中独睡一室，想起石棺中那些死人，却是说不出的害怕。小龙女连说几声，他只是不应。小龙女道："你没听见么？"杨过道："我怕。"小龙女道："怕什么？"杨过道："我不知道。我不敢一人睡。"小龙女皱眉道："那么跟我一房睡罢。"当下带他到自己的房中。

她在暗中惯了，素来不点灯烛，这时特地为杨过点了一枝蜡烛。杨过见她秀美绝伦，身上衣衫又是皓如白雪，一尘不染，心想她的闺房也必陈设得极为雅致，那知一进房中，不由得大为失望，但见她房中空空洞洞，竟和放置石棺的墓室无异。一块本长条青石作床，床上铺了张草席，一幅白布当作薄被，此外更无别物。

杨过心想："不知我睡那里？只怕她要我睡在地下。"正想此事，小龙女道："你睡我的床罢！"杨过道："那不好，我睡地下好啦。"小龙女脸一板，道："你要留在这儿，我说什么，你就得听话。你跟全真教的道士打架，那由得你。哼哼，可是你若违抗我半点，立时取你性命。"杨过道："你不用这么凶，我听你话就是。"小龙女道：

"你还敢顶嘴？"杨过见她年轻美丽，却硬装狠霸霸模样，伸了伸舌头，就不言语了。小龙女已瞧在眼里，道："你伸舌头干什么？不服我是不是？"杨过不答，脱下鞋子，迳自上床睡了。

一睡到床上，只觉彻骨冰凉，大惊之下，赤脚跳下床来。小龙女见他吓得狼狈，虽然矜持，却也险些笑出声来，道："干什么？"杨过见她眼角之间蕴有笑容，便笑道："这床上有古怪，原来你故意作弄我。"小龙女正色道："谁作弄你了。这床便是这样的，快上去睡着。"说着从门角后取出一把扫帚，道："你若是睡了一阵溜下来，须吃我打十帚。"

杨过见她当真，只得又上床睡倒，这次有了防备，不再惊吓，只是草席之下似是放了一层厚厚的寒冰，越睡越冷，禁不住全身发抖，上下两排牙齿相击，格格作响。再睡一阵，寒气透骨，实在忍不下去了。

转眼向小龙女望去，见她脸上似笑非笑，大有幸灾乐祸之意，心中暗暗生气，当下咬紧牙关，全力与身下的寒冷抗御。只见小龙女取出一根绳索，在室东的一根铁钉上系住，拉绳横过室中，将绳子的另端系在西壁的一口钉上，绳索离地约莫一人来高。她轻轻纵起，横卧绳上，竟然以绳为床，跟着左掌挥出，掌风到处，烛火登熄。

杨过大为钦服，说道："姑姑，明儿你把这本事教给我好不好？"小龙女道："这本事算得什么？你好好的学，我有好多厉害本事教你呢。"杨过听得小龙女肯真心教他，登时将初时的怨气尽数抛到了九霄云外，感激之下，不禁流下泪来，哽咽道："姑姑，你待我这么好，我先前还恨你呢。"小龙女道："我赶你出去，你自然恨我，那也没什么希奇。"杨过道："倒不为这个，我只道你也跟我从前的师父一样，尽教我些不管用的功夫。"

小龙女听他话声颤抖，问道："你很冷么？"杨过道："是啊，这张床底下有什么古怪，怎地冷得这般厉害？"小龙女道："你爱不爱睡？"杨过道："我……我不爱。"小龙女冷笑道："哼，你不爱睡，普天下武林中的高手，不知道有多少人想睡此床而不得呢。"杨过奇道："那不是活受罪么？"小龙女道："哼，原来我宠你怜你，你还当是活受罪，当真不知好歹。"

杨过听她口气，似乎她叫自己睡这冷床确也不是恶意，于是柔声央求道："好姑姑，这张冷床有什么好处，你跟我说好不好？"小龙女道："你要在这床上睡一生一世，它的好处将来自然知道。合上眼睛，不许再说。"黑暗中听得她身上衣衫轻轻的响了几下，似乎翻了个身，她凌空睡在一条绳索之上，居然还能随便翻身，实是不可思议。

她最后两句话声音严峻，杨过不敢再问，于是合上双眼想睡，但身下一阵阵寒气透了上栈，想着孙婆婆又心中难过，那能睡着？过了良久，轻声叫道："姑姑，我抵不住啦。"但听小龙女呼吸徐缓，已然睡着。他又轻轻叫了两声，仍然不闻应声，心想："我下床来睡，她不会知道的。"当下悄悄溜下床来，站在当地，大气也不敢喘一口。

那知刚站定脚步，瑟的一声轻响，小龙女已从绳上跃了过来，抓住他左手扭在他背后，将他按在地下。杨过惊叫一声。小龙女拿起扫帚，在他屁股上用力击了下去。杨过知道求饶也是枉然，于是咬紧牙关强忍。起初五下甚是疼痛，但到第六下时小龙女落手已轻了些，到最后两下时只怕他挨受不起，打得更轻。十下打过，提起他往床上一掷，喝道："你再下来，我还要再打。"

杨过躺在床上，不作一声，只听她将扫帚放回门角落里，又跃上绳索睡觉。小龙女只道他定要大哭大闹一场，那知他竟然一声不响，倒是大出意料之外，问道："你干么不作声？"杨过道："没什么好作声的，你说要打，总须要打，讨饶也是无用。"小龙女道："哼，你在心里骂我。"杨过道："我心里没骂你，你比我从前那些帅父好得多。"小龙女奇道："为什么？"杨过道："你虽然打我，心里却怜惜我。越打越轻，生怕我疼了。"小龙女被他说中心事，脸上微微一红，好在黑暗之中，也不致被他瞧见，骂道："呸，谁怜惜你了，下次你不听话,我下手就再重些。"

杨过听她的语气温和,嬉皮笑脸的道:"你打得再重,我也喜欢。"小龙女啐道:"贱骨头,你一日不挨打,只怕睡不着觉。"杨过道:"那要瞧是谁打我。要是爱我的人打我,我一点也不恼,只怕还高兴呢。她打我,是为我好。有的人心里恨我,只要他骂我一句,瞪我一眼,待我长大了,要一个个去找他算帐。"小龙女道:"你倒说说看,那些人恨你,那些人爱你。"杨过道:"这个我心里记得清清楚楚。恨我的人不必提啦,多得数不清。爱我的有我死了的妈妈,我的义父,郭靖伯伯,还有孙婆婆和你。"

小龙女冷笑道:"哼,我才不会爱你呢。孙婆婆叫我照料你,我就照料你,你这辈子可别盼望我有好心待你。"杨过本已冷得难熬,听了此言,更如当头泼下一盆冷水,忍着气问道:"我有什么不好,为什么你这般恨我?"小龙女道:"你好不好关我什么事?我也没恨你。我这一生就住在这坟墓之中,谁也不爱,谁也不恨。"杨过道:"那有什么好玩?姑姑,你到外面去过没有?"小龙女道:"我没下过终南山,外面也不过有山有树,有太阳月亮,有什么好?"

杨过拍手道:"啊,那你可真是枉自活了这一辈子啦。城里形形色色的东西,那才教好看呢。"当下把自幼东奔西闯所见的诸般事物一一描述。他口才本好,这时加油添酱,更加说得希奇古怪,变幻百端。好在小龙女活了一十八岁从未下过终南山,不管他如何夸张形容,全都信以为真,听到后来,不禁叹了口气。

杨过道:"姑姑,我带你出去玩,好不好?"小龙女道:"你别胡说!祖师婆婆留下遗训,在这活死墓中住过的人,谁也不许下终南山一步。"杨过吓了一跳,道:"难道我也不能下山啦?"小龙女道:"自然不能"杨过听了倒也并不忧急,心道:"桃花岛是海中孤零零的一个岛,我去了也能离开,这座大坟又怎当真关得我住?"又问:"你说那个李莫愁李姑娘是你师姊,她自然也在这活死人墓中住过了,怎么又下终南山去?"小龙女道:"她不听我师父的话,是师父赶她出去的。"杨过大喜,心想:"有这么个规矩就好办,那一天我想出去了，只须不听你话，让你赶了出去便是。"但想这番打算可不能露了口风，否则就不灵了。

两人谈谈说说，杨过一时之间倒忘了身上的寒冷，但只住口片刻，全身又冷得发抖，当下央求道："姑姑，你饶了我罢。我不睡这床啦。"小龙女道："你跟全真教的师父打架，不肯讨一句饶，怎么现下这般不长进？"杨过笑道："谁待我不好，他就是打我，我也不肯输一句口。谁待我好呢，我为他死了也是心甘情愿，何况讨一句饶？"小龙女哑了一声，道："不害臊，谁待你好了？"

小龙女自幼受师父及孙婆婆抚养长大，十八年来始终与两个年老婆婆为伴。二人虽然对她甚好，只是她师父要她修习"玉女心经"，自幼便命她摒除喜怒哀乐之情，只要见她或哭或笑，必有重谴，孙婆婆虽是热肠之人，却也不敢碍了她进修，是以养成了一副冷酷孤僻的脾气。这时杨过一来，此人心热如火，年又幼小，言谈举止自与两位婆婆截然相反。小龙女听他说话，明知不对，却也与他谈得娓娓忘倦。她初时收留杨过，全为了孙婆婆的一句请托，但后来听杨过总说自己待他好，自然而然觉得自己确是待他不错。

杨过听她语音之中并无怒意，大声叫道："冷啊，冷啊，姑姑，我抵不住啦。"其实他身上虽冷，却也不须喊得如此惊天动地。小龙女道："你别吵，我把这石床的来历说给你知道。"杨过喜道："好。我不叫啦，姑姑你说罢。"

小龙女道："我说普天下英雄都想睡这张石床，并非骗你。这床是用上古寒玉制成，实修习上乘内功的良助。"杨过奇道："这不是石头么？"小龙女冷笑道："你说见过不少古怪事物，可见过这般冰冷的石头没有？这是祖师婆婆花了七年心血，到极北苦寒之地，在数百丈坚冰之下挖出来的寒玉。睡在这玉床上练内功，一年抵得上平常修练的十年。"杨过喜道："啊，原来有这等好处。"小龙女道："初时你睡在上面，觉得奇寒难熬，只得运全身功力与之相抗，久而久之，习惯成自然，纵在睡梦之中也是练功不辍。常人练功，就算是最劝奋之人，每日总须有几个时辰睡觉。要知道练功是逆天而行之事，气血运转，均与常时不同，但每晚睡将下来，气血处不免如旧运转，倒将白天所红尘成的功夫十成中耗去了九成，但若在这床上睡觉，睡梦中非但不耗白日之功，反而更增功力。"

杨过登时领悟，道："那么晚间在冰雪上睡觉，也有好处。"小龙女道："那又不然。一来冰雪被身子偎热，化而为水，二来这寒玉胜过冰雪之寒数倍。这寒玉床另有一桩好处，大凡修练内功，最忌的是走火入魔，是以平时练功，倒有一半的精神用来和心火相抗。这寒玉乃天下至阴至寒之物，修道人坐卧其上，心火自清，因此练功时尽可勇猛精进，这岂非比常人练功又快了一倍？"

杨过喜得心痒难搔，道："姑姑，你待我真好，你借了这床给我睡，我就不怕武家兄弟与郭芙他们了。全真教的赵志敬他们练功虽久，我也追得上。"小龙女冷冷的道："祖师婆婆传下的遗训，既在这墓中住，就得修心养性，绝了与旁人争竞之念。"杨过急道："难道他们这般欺侮我，又害死了孙婆婆，咱们就此算了。"小龙女道："一个人总是要死的，孙婆婆若是不死在郝大通手里，再过几年，她好端端的自己也会死。多活几年，少活几年，又有什么分别？报仇雪恨的话，以后不可再跟我提。"

杨过觉得这些话虽然言之成理，但总有什么地方不对，只是一时想不出话来反驳。就在此时，寒气又是阵阵侵袭，不禁发起抖来。小龙女道："我教你怎生抵挡这床上的寒冷。"于是传了他几句口诀与修习内功的法门，正是她那一派的入门根基功夫。杨过依法而练，只练得片刻，便觉寒气大减，待得内息转到第三转，但感身上火热，再也不嫌冰冷难熬，反觉睡在石床上甚是清凉舒服，双眼一合，竟迷迷糊糊的睡去了。睡了小半个时辰，热气消失，被床上的寒意冷醒了过来，当下又依法用功。如此忽醒忽睡，闹了一夜，次晨醒转却丝毫不觉困倦。原来只一夜之间，内力修为上便已有了好处。

两人吃了早饭，杨过将碗筷拿到厨下，洗涤乾净，回到大厅中来。小龙女道："有一件事，你去想想明白。若是你当真拜我为师呢，一生一世就得听我的话。若是不拜我为师，我仍然传你功夫，你将来若是胜得过我，就凭武功打出这活死人墓去。"杨过毫不思索，道："我自然拜你为师。就算你不传我半点武艺，我也会听你的话。"小龙女奇道："为什么？"杨过道："姑姑，您心里待我好，难道我不知道么？"小龙女板起脸道："我待你好不好，不许你再挂在嘴上说。你既决意拜我为师，咱们到后堂行礼去。"

杨过跟着她走向后堂，只见堂上也是空荡荡的没什么陈设，只东西两壁都挂着一幅画。西壁画中是两个姑娘。一个二十五六岁，正在对镜梳装，另一个是十四五岁的丫环，手捧面盆，在旁待候。画中镜里映出那年长女郎容貌极美，秀眉入鬓，眼角之间却隐隐带着一层杀气。杨过望了几眼，心下不自禁的大生敬畏之念。

小龙女指着那年长女郎道："这位是祖师婆婆，你磕头罢。"杨过奇道："她是祖师婆婆，怎么这般年轻？"小龙女道："画像的时候年轻，后来就不年轻了。"杨过心中琢磨着"画像的时候年轻，后来就不年轻了"这两句话，大生凄凉之感，怔怔的望着那幅画像，不禁要掉下泪来。

小龙女那知他的心意，又指着那丫环装束的少女道："这是我师父，你快磕头罢。"杨过侧头看那画像，见这少女憨态可掬，满脸稚气，那知后来竟成了小龙女的师父，当下不遑多想，跪下就向画像磕硕。

小龙女待他站起身来，指着东壁上悬挂着的画像道："向那道人吐一口唾抹。"杨过一看，见像中道人身材甚高，腰悬长剑，右手食指指着东北角，只是背脊向外，面貌却看不见。他甚感奇怪，问道："那是谁？干么唾他？"小龙女道："这是全真教的教主王重阳，我们门中有个规矩，拜了祖师婆婆之后，须得向他唾吐。"杨过大喜，他对全真教本来十分憎恶，觉得本门这个规矩妙之极矣，当下大大一口唾抹吐在王重阳画像的背上，吐了一口颇觉不够，又吐了两口，还待再吐，小龙女道："够啦！"

杨过问道:"咱们祖师婆婆好恨王重阳么?"小龙女道:"不错。"杨过道:"我也恨他。干么不把他的画像毁了,却留在这里?"小龙女道:"我也不知道,只听师父与孙婆婆说,天下男子就没一个好人。"她突然声音严厉,喝道:"日后你年纪大了,做了坏事出来,瞧我饶不饶你?"杨过道:"你自然饶我。"小龙女本来威吓示警,不意他竟立即答出这句话来,一怔之下,倒拿他无法可想,喝道:"快拜师父。"

杨过道:"师父自然是要拜的。不过你先须答允我一件事,否则我就不拜。"小龙女心想:"听孙婆婆说,自来收徒之先,只有师父叫徒儿答允这样那样,岂有徒儿反向师父要胁之理?"只是她生性沉静,倒也并不动怒,道:"什么事? 你倒说来听听。"杨过道:"我心里当你师父,敬你重你,你说什么我做什么,可是我口里不叫你师父,只叫你姑姑。"小龙女又是一呆,问道:"那为什么?"杨过道:"我拜过全真教那个臭道士做师父,他待我不好,我在梦里也咒骂师父。因此还是叫你姑姑的好,免得我骂师父时连累到你。"小龙女哑然失笑,觉得这孩子的想法倒也有趣,便道:"好罢,我答允你便是。"

杨过当下恭恭敬敬的跪下,向小龙女咚咚咚的叩了八个响头,说道:"弟子杨过今日拜小龙女姑姑为师,自今而后,杨过永远听姑姑的话,若是姑姑有甚危难凶险,杨过要舍了自己性命保护姑姑,若是侑坏人欺侮姑姑的话,杨过一定将他杀了。"其实此时小龙女的武功不知比他要高出多少,但杨过见她秀雅柔弱,胸中油然而生男子汉保护弱女子的气概,到后来竟越说越是慷慨激烈。小龙女听他语气诚恳,虽然话中孩子气甚重,却也不禁感动。

杨过磕完了头,爬起身来,满脸都是喜悦之色。小龙女道:"你有什么好高兴的? 我本事胜不过那全真教的老道丘处机,更加比不上你的郭伯伯。"杨过道:"他们再好也不干我事,但你肯真的教我功夫啊。"小龙女道:"其实学了武功也没什么用。只是在这墓中左右无事,我就教你罢了。"

杨过道："姑姑，咱们这一派叫作什么名字？"小龙女道："自祖师婆婆入居这活死人墓以来，从来不跟武林人物打交道，咱们这一派也没什么名字。后来李师姊出去行走江湖，旁人说她是'古墓派'弟子，咱们就叫'古墓派'罢！"杨过摇头道："古墓派这名字不好！"他刚拜师入门，便指谪本门的名字，小龙女也不以为意，说道："名字好不好有甚相干？你在这里等着，我出去一会。"

杨过想起自己孤零零的留在这墓之中，大是害怕，忙道："姑姑，我和你同去。"小龙女横了他一眼，道："你说永远听我话，我第一句话你就不听。"杨过道："我怕。"小龙女道："男子汉大丈夫，怕什么了？你还说要帮我打坏人呢。"杨过想了一想，道："好，那你快些回来。"小龙女冷冷的道："那也说不定，要是一时三刻捉不到呢？"杨过奇道："捉什么？"小龙女不再答话，迳自去了。

她这一出去，墓中更无半点声息。杨过心中猜想，不知她去捉什么人，但想她不会下终南山，定是去捉全真教的道人了，只是不知捉谁，捉来自然要折磨他一番，倒是大大的妙事，但姑姑孤身一人，别吃亏才好。胡思乱想了一阵，出了大厅，沿着走廊向西走去，走不了十多步，眼前便是一片漆黑。他只怕迷路，摸着墙壁慢慢走回，不料走到二十步以上，仍是不见大厅中的灯光。他惊慌起来，加快脚步向前。本已走错了路，这一慌乱，更是错上加错。越走越快，东碰西撞，黑暗中但觉处处都是歧路岔道，永远走不回大厅之中。他放声大叫："姑姑，姑姑，快来救我。"回音在墓道之中传来，隐隐发闷。

乱闯了一阵，只觉地下潮湿，拔脚时带了泥泞上来，原来已非墓道，却是走进了与墓道相通的地底隧道，他更是害怕，心道："我若在墓中迷路，姑姑总是能找到我。现下我走到了这里，她遍找不见，只道我逃了出去，她定会伤心得很。"当下不敢再走，摸到一块石头，双手支颐，呆呆的坐着，只想放声大哭，却又哭不出声。

这样枯坐了一个多时辰，忽然隐隐听到"过儿，过儿！"的叫声。

杨过大喜，急跃而起，叫道："姑姑，我在这里。"可是那"过儿，过儿"的叫声却越去越远。杨过大急，放大了嗓子狂喊："我在这里。"过了一阵子，仍听不见什么声息，突觉耳上一凉，耳朵被人提了起来。

他先是大吃一惊，随即大喜，叫道："姑姑，你来啦，怎么我一点也不知道？"小龙女道："你到这里来干什么？"杨过道："我走错了路。"小龙女嗯了一声，拉住他手便走，虽在黑暗之中，然而她便如在太阳下一般，转弯抹角，行走迅速异常。杨过道："姑姑，你怎么能瞧见？"小龙女道："我一生在黑暗中长大，自然不用光亮。"杨过才在这一个多时辰中惊悔交集，此时获救，自是喜不自胜，只不知说些什么才好。

片刻之间，小龙女又带他回到大厅。杨过叹了一口长气，道："姑姑，刚才我真是担心。"小龙女道："担心什么？我总会找到你的。"杨过道："不是担心这个，我怕你以为我自己逃走了，心里难过。"小龙女道："你若是逃走，我对孙婆婆的诺言就不用守了，又有什么难过？"

杨过听了，很觉无味，问道："姑姑，你捉到了么？"小龙女道："捉到了。"杨过道："你为什么捉他？"小龙女道："给你练习武功啊。跟我来！"杨过心想："原来她去捉个臭道人来给我过招，那倒有趣，最好捉的便是师父赵志敬，他给姑姑制服后，只有挨自己的拳打足踢，无法反抗，当真是大大的过瘾，跟随在后，越想越开心。"

小龙女转了几转，推开一扇门，进了一间石室，室中点着灯火。石室奇小，两人站着，转身也不容易，室顶又矮，小龙女伸长手臂，几可碰到。杨过不见道士，暗暗纳罕，问道："你捉来的道士呢？"小龙女道："什么道士？"杨过道："你不是说出去捉人来助我练功么？"小龙女道："谁说是人了？就在这儿。"俯身在石室角落里提起一只布袋，解开缚在袋口的绳索，倒转袋子一抖，飞出来三只麻雀。杨过大是奇怪，心道："原来姑姑出去是捉麻雀。"

小龙女道："你把三只麻雀都捉来给我，可不许弄伤了羽毛脚爪。"杨过喜道："好啊！"扑过去就抓。可是麻雀灵便异常，东飞西扑,杨过气喘吁吁,累得满头大汗,别说捉到,连羽毛也碰不到一根。

小龙女道:"你这么捉不成,我教你法子。"当下教了他一些窜高扑低、挥抓拿捏的法门,杨过才知她是经由捉麻雀而授他武功,当下牢牢记住。只是诀窍虽然领会了,一时之间却不易用得上。小龙女任他在小室中自行琢练习,带上了门出去。

这一旦杨过并未捉到一只,晚饭过后,就在寒玉床上练功。第二日再捉麻雀,跃起时高了数寸,出手时也快捷了许多。到第五日上,终于抓到了一只。杨过大喜不已,忙去告知小龙女。不料她殊无嘉许之意,冷冷的道:"一只有什么用,要连捉三只。"

杨过心想:"既能捉到一只,再捉两只又有何难?"岂知大谬不然,接连两日,又是一只也捉不到。小龙女见三只麻雀已累得精疲力尽,用饭粒饱饱喂了一顿,放出墓去,另行捉了三只来让他练习。到了第八日上,杨过才一口气将三只麻雀抓住。

小龙女道:"今天该上重阳宫去啦。"杨过惊道:"干什么?"小龙女不答,带着他走出墓门。杨过已有七日不见日光,户见之下,眼睛几乎睁不开来。

两人来到重阳宫前。杨过心下惴惴,不住斜眼瞧小龙女,却见她神色漠然,于她心意猜不到半分,只声她朗声叫道:"赵志敬,快出来。"

两人来到宫前,便有人报了进去,小龙女叫声甫毕,宫中涌出数十名道士。两名小道士左右扶着赵志敬,只见他形容憔悴,双目深陷,已无法自行站立。众道见到二人,都是手按剑柄,怒目而视。

小龙女双掌这边挡，那边拍，八十一只麻雀尽数聚在她胸前三尺之内。她双臂飞舞，两只之内。她双臂飞舞，两只手掌宛似化成了千手千掌，任他八十一只麻雀如何飞滚翻扑，始终逃不出她双掌所围成的圈子。

第六回　玉女心经

　　小龙女从怀中取出一个瓷瓶，交在杨过手中，高声道："这是治疗蜂毒的蜜浆，拿去给赵志敬罢。"杨过见到赵志敬，早就恨得牙痒痒地，只是不便拂逆小龙女之意，于是快步上前，将蜜浆在赵志敬面前地下重重一放。群道听说小龙女又到宫前，只道再次寻衅，来为孙婆婆报仇，一面严加戒备，一面飞报马钰、丘处机等师尊，那知她竟是来送解毒的蜜浆，愕然之下，都无言可对。杨过放下瓷瓶，向赵志敬望了一眼，满脸鄙夷之色，转头便走。

　　鹿清笃一见到杨过，发时便怒火上冲，叫道："好小子，叛出师门，就这么走了么？"那日他被杨过以蛤蟆功打晕，虽然一时闭气，但杨过功力甚浅，毕竟受伤不重，丘处机给他推拿了几次，将养数日，已然痊愈，此时飞步抢出，要报当日一推之仇。

　　小龙女道："过儿，今日且别还手。"杨过听得背后脚步声响，接着掌风飒然，有人抓向自己后领。他在活死人墓中睡了八日寒玉床，练了八日捉麻雀，小龙女虽只授了他一些捉雀的法门，但那是古墓派轻功精萃之所在，此时身上功夫与当日小较比武时已颇有不同，当下不先不后，直等鹿清笃手掌刚要抓到，这才矮身窜出，跟着乘势伸手在他衣角上一带。鹿清笃说什么也想不到短短数日内他轻功便已大有进境，大怒之下出手不免轻敌，急扑不中，身已前倾，再被他一带，登时立足不住，重重一交仆跌在地。

　　待得他爬起身来，杨过早已奔到小龙女身畔。鹿清笃大声怒喝，要待冲过去再打，群道中突然奔出一人，犹似足不点地般忽忽抢到,拉着他的手臂,回入人丛。鹿清笃被他抓住,登时半身麻木,抬头看时,原来是师叔尹志平,已骂到口边的一句话便即缩了回去。

尹志平朗声叫道:"多谢龙姑娘赐药。"说着躬身行礼。小龙女并不理睬,牵着杨过的手道:"回去罢。"尹志平道:"龙姑娘,这杨过是我全真教门下弟子,你强行收去,此事到底如何了断?"小龙女一怔,道:"我不爱听人罗唆。"挽着杨过手臂,快步入林。

尹志平、赵志敬等群道呆在当地,相顾愕然。

两人回入墓室。小龙女道:"过儿,你的功夫是有进益了,不过你打那胖道士,却很是不对。"杨过道:"这胖道士打得我苦,可惜今日没打够他。姑姑,干吗我不该打他?"小龙女摇头道:"不是不该打他,是打法不对。你不该带他仆跌,应该不出手带他,让他自行朝天仰摔一交。"杨过大喜,道:"那可有趣得紧,姑姑,你教我。"小龙女道:"我是过儿,你是胖道人,你就来捉我罢。"说着缓步前行。

杨过笑嘻嘻的伸手去捉她。小龙女背后似乎生了眼睛,杨过跑得快,她脚步也快,杨过走得慢了,她也就放慢脚步,总是与他不即不离的相距约莫三尺。杨过道:"我捉你啦!"纵身向前扑去,小龙女竟不闪避。杨过眼见双手要抱住她的脖子,那知就在两臂将合未合之际,小龙女斜刺里向后一滑,脱出了他臂圈。杨过忙回臂去捉,这一下急冲疾缩,自己势道用逆了,再也立足不稳,仰天一交,跌得背脊隐隐生痛。

小龙女伸手牵住他右手提起,助他站直。杨过喜道:"姑姑,这法儿真好,你身法怎么能这般快?"小龙女道:"你再捉一年麻雀,那就成啦。"杨过奇道:"我已会捉啦。"小龙女冷笑道:"哼,那就算会捉?我古墓派的功夫这么容易学会?你跟我来。"

当下带他到另一间石室之中。这石室比之先前捉麻雀的石室长阔均约大了一倍,室中已有六只麻雀在内。地方大了这么多,捕捉麻雀自然远为艰难,但小龙女又授了他一些轻功提纵术与擒拿功夫，八九日后，杨过已能一口气将六只麻雀尽数提住。

此后石室愈来愈大，麻雀只数也是愈来愈多，最后是在大厅中捕捉九九八十一只麻雀。古墓派心法确然神妙，寒玉床对修习内功又辅助奇大，只三个月工夫，八十一只麻雀杨过已能手到擒来。小龙女见他进步迅速，也觉喜欢，道："现下咱们要到墓外去捉啦。"杨过在墓中住了三月，大是气闷，听说到墓外练功，不由得喜形于色。小龙女道："有什么好喜欢的？这功夫难练得紧。八十一只麻雀，一只也不能飞走了。"

两人来到墓外，此时正当暮春三月，枝头一片嫩绿，杨过深深吸了几口气，只觉一股花香草气透入胸中，真是说不出的舒适受用。小龙女抖开布袋袋口，麻雀纷纷飞出，就在此时，她一双纤纤素手挥出，东边一收，西边一拍，将几只振翅飞出的麻雀挡了回来。群雀骤得自由，那能不四散乱飞？但说也奇怪，小龙女双掌这边挡，那边拍，八十一只麻雀尽数聚在她胸前三尺之内。

但见她双臂飞舞，两只手掌宛似化成了千手千掌，任他八十一只麻雀如何飞滚翻扑，始终飞不出她只掌所围作的圈子。杨过只看得目瞪口呆，又惊又喜，一定神间，立时想到："姑姑是在教我一套奇妙掌法。快用心记着。"当下凝神观看她如何出手挡击，如何回臂反扑。她发掌奇快，但一招一式，清清楚楚，自成段落。杨过看了半晌，虽然不明掌法中的精微之处，但已不似初见时那么诧异万分。

小龙女又打了一盏茶时分，双掌分扬，反手背后，那些麻雀骤脱束缚，纷纷冲天飞去。小龙女长袖挥处，两股袖风扑出，群雀尽数跌里，唧唧乱叫，才一只只的振翅飞去。

杨过大喜，牵着她衣袖，道："姑姑，我猜郭伯伯也不会你这本事。"小龙女道："我这套掌法叫作'天罗地网势'，是古墓派武功的入门功夫。你好好学罢！"于是授了他十儿招掌法，杨过一一学了。十余日内，杨过将八十一招"天罗地网势"学全了，练习纯熟。小龙女捉了一只麻雀，命他用掌法拦挡。最初挡得两三下，麻雀就从他手掌的空隙中窜了出去。小龙女候在一边，素手一伸，将麻雀挡了回来。杨过继续展开掌法，但不是出招未够快捷，就是时刻拿捏不准，只两三招，又给麻雀逃走。小龙女便挡回让他再练。

如此练习不辍，春尽夏来，日有进境。杨过天资颖悟，用功勤奋，所能挡住的麻雀不断增加，到了中秋过后，这套"天罗地网势"已然练成，掌法展了开来，已能将八十一只麻雀全数挡住，偶尔有几只漏网，那是因功力未纯之故，却非一蹴可至了。

这日小龙女说道："你已练成了这套掌法，再遇到那胖道士，便可毫不费力的摔他几个跟斗了。"杨过道："若和赵志敬动手呢？"小龙女不答，心想："瞧那赵志敬和孙婆婆动手时的身手，他若不是中了蜂毒，孙婆婆也未必能赢。你目下的功夫可还远不及他。"杨过明白她不答之答的含意，说道："现下我打不过他也不要紧，再过几年，就能胜过他了。姑姑，咱们古墓派的武功确比全真教要厉害些，是不是？"

小龙女仰头望着室顶石板，道："这句话世上只有你我二人相信。上次我和全真教姓丘的老道动手，武功我不及他，然而这并非古墓派不及全真教，只是我还没练作我派最精奥的功夫而已。"杨过一直以小龙女难胜丘处机为忧，听了此言，不由得喜上眉梢，道："姑姑，那是什么功夫？很难练么？你就起始练，好不好？"

小龙女道："我跟你说个故事，你才知道我派的来历。你拜我为师之前，曾拜过祖师婆婆。她姓林，名字叫做朝英，数十年前，武林中以祖师婆婆与王重阳二人武功最高。本来两人难分上下，后来王重阳因组义师反抗金兵，日夜忙碌，祖师婆婆却潜心练武，终于高出他一筹，但祖师婆婆向来不问武林中的俗事，不喜炫耀，因此江湖上知道她名头的人却是绝少。后来王重阳举义失败，愤而隐居在这活死人墓中，日夜无事，以钻研武学自遣，祖师婆婆那时却心情不佳，接连生了两场大病，因此待得王重阳二次出山，祖师婆婆却又不及他了。最后两人不知如何比武打赌，王重阳竟输给了祖师婆婆,这古墓就让给她居住。来,我带你去看看这两位先辈留下来的遗迹。"

杨过拍手道:"原来这座石墓是祖师婆婆从王重阳手中硬枪来的。早知如此,我住在这儿可又加倍开心了。"小龙女微微一笑,领着他来到一间石室。杨过见这座石室形状甚是奇特,前窄后宽,成为梯形,东边半圆,西边却作三角形状,问道:"姑姑,这间屋子为何建成这个怪模样?"小龙女道:"这是王重阳钻研武学的所在,前窄练掌,后宽使拳,东圆研剑,西角发镖。"杨过在屋室中走来走去,只觉莫测高深。

小龙女伸手向上一指,说道:"王重阳武功的精奥,尽在于此。"杨过抬头看时,但见室顶顶石板上刻满了诸般花纹符号,均是以利器刻成,或深或浅,殊无规则,一时之间,那能领略得出其中的奥妙?

小龙女走到东边,伸手到半圆的弧底推了几下,一块大石缓缓移开,现出一扇洞门。她手持蜡烛,领杨过进去。里面又是一室,却和先一间处处对称,而又处处相反,乃是后窄前宽,西圆东角。杨过抬头仰望,见室顶也是刻满了无数符号。

小龙女道:"这是祖师婆婆的武功之秘。她赢得古墓,乃是用智,若论真实功夫,确是未及王重阳。她移居古墓之后,先参透了王重阳所遗下的这些武功,更潜心苦思,创出了克制他诸般武功的法子。那就都刻在这儿了。"杨过喜道:"这可妙极了。丘处机、郝大通他们武功再高,总也强不过王重阳去,你只消将祖师婆婆的武功学会了,自然胜过了这些臭道士。"小龙女道:"话是不错,只可惜没人助我。"杨过昂然道:"我助你。"小龙女横了他一眼,道:"只可惜你本事不够。"杨过满脸通红,甚感羞愧。

小龙女道:"祖师婆婆这套功夫叫作'玉女心经'须得二人同练,互为臂助。当时祖师婆婆是和我师父一起练的。祖师婆婆练成不久,便即去世,我师父却还没练成。"杨过转愧为喜,道:"我是你徒儿,也能与你同练。"小龙女沉吟道:"好!咱们走着瞧罢。第一步,你先得练成本门各项武功。第二步是学全真派武功。第三步再练克制全真派武功的玉女心经。我师父去世之时，我还只十四岁，本门功夫是学全了，全真派武功却只练了个开头，更不用说玉女心经了。第一步我可教你，第二步、第三步咱俩须得一起琢磨着练。

从那日起，小龙女将古墓派的内功所传，拳法掌法，兵刃暗器，一项项的传授。如此过得两年，杨过已尽得所传，藉着寒玉床之助，进境奇速，只功力尚浅而已。古墓派武功创自女子，师徒三代又是女人，不免柔灵有余，沉厚不足。但杨过生性浮躁轻动，这武功的路子倒也合于他的本性。

小龙女年纪渐长，越来越是出落得清丽无伦。这年杨过已十六岁了，身材渐高，喉音渐粗，已是个俊秀少年，非复初入古墓时的孩童模样，但小龙女和他相处惯了，仍当他孩童看待。杨过对师父越来越是敬重，两年之间，竟无一事违逆师意。小龙女刚想到要做什么，他不等师父开口，早就抢先办好。但小龙女冷冰冰的性儿仍与往时无异，对他不苟言笑，神色冷漠，似没半点亲人情份。杨过却也不以为意。小龙女有时抚琴一曲，琴韵也是平和冲浅。杨过便在一旁静静聆听。

这一日小龙女说道："我古墓派的武功，你已学全啦，明儿咱们就练全真派的武功。这些全真老道的功夫，练起来可着实不容易，当年师父也不十分明白，我更加没能领会多少。咱们一起从头来练。我若是解得不对，你尽管说好了。"次日师徒俩到了第一间奇形石室之中，依着王重阳当年刻在室顶的文字符号修习。

杨过练了几日，这时他武学的根柢已自不浅，许多处所一点即透，初时进展极快。但十余日后，突然接连数日不进反退，愈练愈是别扭。

小龙女和他拆解研讨，却也感到疑难重重。杨过心下烦躁，大发自己脾气。小龙女道："我与师父学练全真武功，练不多久，便难进展一步，其时祖师婆婆已不在世，无处可请教益。明知由于未得门径口诀，却也无法可想。我曾说要到全真教去偷口诀，给师父重重训斥了一顿。这门功夫就此搁下了,反正是全真派武功,不练也不打紧。你也不用生气,此事不难,咱们只消去捉个全真道士来,逼他传授入门口诀,那就行了。跟我走罢。"这一言提醒了杨过,忽然想起赵志敬传过他的"全真大道歌"中有云:"大道初修通九窍,又窍原在尾闾穴。先从涌泉脚底冲,涌泉冲起渐至膝。过膝徐徐至尾闾,泥丸顶上回旋急。金锁关穿下鹊桥,重楼十二降宫室。"于是将这几句话背了出来。

小龙女细辨歌意,说道:"听来这确是全真派武功的要诀。你既知道,那再好也没有了。"当下杨过将赵志敬所传的口诀,逐一背诵出来。当日赵志敬所传,确是全真派上乘内功的基本秘诀,只是未授其用法,至于什么"涌泉"、"十二重楼"、"泥丸"等等名称更是毫不解说,杨过只是熟记在心,自是毫无用处。此时小龙女一加推究,指出其中关键,杨过立时便明白了。数月之间,两人已将王重阳在室顶所留的武功精要大致参究领悟。

这一日两人在石室中对剑已毕,小龙女叹道:"初时我小觑全真派的武功,只知它虽号称天下武学正宗,其实也不过如此,但到今日,始知此道实是深不可测。咱们虽尽知其法门秘要,但要练到得心应手,劲力自然而至,却不知何年何月方能成功。"杨过道:"全真派武功虽精,但祖师婆婆既留下克制之法,自然尚有胜于它的本事。这叫做一山还有一山高。"小龙女道:"从明日起,咱们要练玉女心经了。"

次日两人同到第二间石室,依照室顶的符号练功。这番修习却比学练全真派武功容易得多,林英所创破解王重阳武功的法门,还是源自她原来的武学。

过得数月,二人已将"玉女心经"的外功练成。有时杨过使全真剑法,小龙女就以玉女剑法破解,待得小龙女使全真剑法,杨过便以玉女剑法克制。那玉女剑法果是全真剑法的克星,一招一式,恰好把全真剑法的招式压制得动弹不得,步步针锋相对,招招制敌机先,全真剑法不论如何腾挪变化,总是脱不了玉女剑法的笼罩。

外功初成,转而进练内功。全真内功博大精深,欲在内功上创制新法而胜过之,真是谈何容易?那林朝英也真是聪明无比,居然别寻蹊径,自旁门左道力抢上风。小龙女抬头望着室顶的图文,沉吟不语,一动不动的连看数日,始终皱眉不语。

杨过道:"姑姑,这功夫很难练么?"小龙女道:"我从前听师父说,这心经的内功须二人同练,只道能与你合修,那知却不能够。"杨过大急,忙问:"为什么?"小龙女道:"若是女子,那就可以。"杨过急道:"那有什么分别?男女不是一样么?"小龙女摇头道:"不一样,你瞧这顶上刻着的是什么图形?"杨过向她所指处望去,见室顶角落处刻着无数人形,不下七八十个,瞧模样似乎均是女相,姿式各不相同,全身有一丝丝细线向外散射。杨过仍是不明原由,转头望着她。

小龙女道:"这经上说,练功时全身热气蒸腾,须拣空旷无人之处,全身衣服畅开而修习,使得热气立时发散,无片刻阻滞,否则转而郁积体内,小则重病,大则丧身。里杨过道:"那么咱们解开衣服修习就是了。"小龙女道:"到后来二人以内力导引防护,你我男女有别,解开了衣服相对,成何体统?"

杨过这两年来专心练功,并未想到与师父男女有别,这时觉得与师父解开全身衣衫而相对练功确然不妥,到底有何不妥,却也说不上来。小龙女其时已年逾二十,可是自幼生长古墓,于世事可说一无所知,本门修练的要旨又端在克制七情六欲,是以师徒二人虽是少年男女,但朝夕相对,一个冷淡,一个恭诚,绝无半点越礼之处。此时谈到解衣练功,只觉是个难题而已,亦无他念。杨过忽道:"有了!咱俩可以并排坐在寒玉床上练。"小龙女道:"万万不行。热气给寒玉床逼回,练不上几天,你和我就都死啦。"

杨过沉吟半晌,问道:"为什么定须两人在一起练?咱俩各练各的,我遇上不明白地方,慢慢再问你不作吗?"小龙女摇头道:"不成。这门内功步步艰难,时时刻刻会练入岔道,若无旁人相助,非走火入魔不可,只有你助我、我助你,合二人之力方能共渡险关。"

杨过道:"练这门内功,果然有些麻烦。"小龙女道:"咱们将外功再练得熟些,也足够打败全真老道了。何况又不是真的要去跟他们打架,就算胜他们不过,又有什么了?这内功不练也罢。"杨过听师父这般说,当下答应了,便也不将此事放在心上。

这日他练完功夫,出墓去打些獐兔之类以作食粮,打到一只黄麂后,又去追赶一头灰兔,这灰兔东闪西躲,灵动异常,他此时轻身功夫已甚是了得,一时之间竟也追不上。他童心大起,不肯发暗器相伤,却与它比赛轻功,要累得兔儿无力奔跑为止。一人一兔越奔越远,兔儿转过山坳,忽然在一大丛红花底下钻了过去。

这丛红花排开来长达数丈,密密层层,奇香扑鼻,待他绕过花丛,兔儿已影踪不见。杨过与它追逐半天,已生爱惜之念,纵然追上,也会相饶,找不到也就罢了。但见花丛有如一座大屏风,红瓣绿枝,煞是好看,四下树荫垂盖,便似天然结成的一座花房树屋。杨过心念一动,忙回去拉了小龙女来看。

小龙女淡然道:"我不爱花儿,你既喜欢,就在这儿玩罢。"杨过道:"不,姑姑,这真是咱们练功的好所在,你在这边,我到花丛的那一边去。咱俩都解开了衣衫,可是谁也瞧不见谁。岂不绝妙?"

小龙女听了大觉有理。她跃上树去,四下张望,见东南西北都是一片清幽,只闻泉声鸟语,杳无人迹,确是个上好的练功所在,于是说道:"亏你想得出,咱们今晚就来练罢。"

当晚二更过后,师徒俩来到花荫深处。静夜之中,花香更是浓郁。小龙女将修习玉女心经的口诀法门说了一段,杨过问明白了其中疑难不解之处,二人各处花丛一边,解开衣衫,修习起来。杨过左臂透过花丛,与小龙女右掌相抵,只要谁在练功时遇到难处,对方受到感应,立时能运功为助。

两人自此以夜作昼。晚上练功,白日在古墓中休息。时当盛暑,夜间用功更为清凉,如此两月有余,相安无事。那玉女心经共分九段行功,这一晚小龙女已练到第七段,杨过也已练到第六段。当晚两人隔着花丛各自用功,全身热气蒸腾,将那花香一薰,更是芬芳馥郁。渐渐月到中天，再过半个时辰，两人六段与七段的行功就分别练成了。突然间山后传来脚步声响，两个人一面说话，一面走近。

　　这玉女心经单数行功是"阴进"，双数为"阳退"。杨过练的是"阳退"功夫，随时可以休止，小龙女练的"阴进"却须一气呵成，中途不能微有顿挫。此时她用功正到要紧关头，对脚步声和说话声全然不闻。杨过却听得清清楚楚，心下惊异，忙将丹田之气逼出体外，吐纳三次，止了练功。只听那二人渐行渐近，语音好生熟悉，原来一个是以前的师父赵志敬，一个却是尹志平。两人越说越大声，竟是互相争辩。

　　只听赵志敬道："尹师弟，事你再抵赖也是无用。我去禀告丘师伯，凭他查究罢。"尹志平道："你苦苦逼我，为了何来？难道我就不知？你不过想做第三代弟子的首座弟子，将来好做我教的掌门人。"赵志敬冷笑道："你不守清规，犯了我教的大戒，怎能再做首座弟子？"尹志平道："我犯了什么大戒？"赵志敬大声喝道："全真教第四条戒律，淫戒！"

　　杨过隐身花丛，偷眼外望，只见两个道人相对而立。尹志平脸色铁青，在月光映照下更是全无血色，沉着嗓子道："什么淫戒？"说了这四字，伸手按住剑柄。赵志敬道："你自从见了活死人墓中的那个小龙女，整日价神不守舍，胡思乱想，你心中不知几千百遍的想过，要将小龙女搂在怀里，温存亲热，无所不为。我教讲究的是修心养性。你心中这么想，难道不是已了淫戒么？"

　　杨过对师父尊敬无比，听赵志敬这么说，不由得怒发欲狂，对二道更是恨之切骨。但听尹志平颤声道："胡说八道，连我心中想什么，你也知道了？"赵志敬冷笑道："你心中所思，我自然不知，但你晚上说梦话，却不许旁人听见么？你在纸上一遍又一遍书写小龙女的名字，不许旁人瞧见么？"尹志平身子摇幌了两下，默然不语。赵志敬得意洋洋，从怀中取出一张白纸，扬了几扬，说道："这是不是你的笔迹？咱们交给掌门马师伯、你座师丘师伯认认去。"尹志平再也忍耐不住，刷的一声，长剑出鞘，分心便刺。

赵志敬侧身避开，将白纸塞入怀内，狞笑道："你想杀我灭口么？只怕没这等容易。"尹志平一言不发，疾刺三剑，但每一剑都疲他避开了。到第四剑上，铮的一声，赵志敬也是长剑出手，双双相交，当下便在花丛之旁斗起来。这两人都是全真派第三代高弟，一个是丘处机的首徒，一个是王处一的首徒，武功原在伯仲之间。尹志平咬紧牙关狠命相扑，赵志敬却在恶斗之中不时夹着几句讥嘲，意图激怒对方，造成失误。

此时杨过已将全真派的剑法尽数学会，见二人酣斗之际，进击退守，招数虽然变化多端，但大致尽在意料之中，心想姑姑教的本事果然不错。只见二人翻翻滚滚的拆了数十招，尹志平使的尽是进手招数，赵志敬不断移动脚步，冷笑道："我会的你全懂，你会的我也都练过。要想杀我，休想啊休想。"他守得稳凝无比，尹志平奋力全扑，每一招却都被他挡开。再斗一阵，眼见二人脚步不住移向小龙女身边，杨过大惊，心想："这两名贼道若是打到我姑姑身畔，那可糟啦！"

蓦地里赵志敬突然反击，将尹志平逼了回去。他急进三招，尹志平连退三步。杨过见二人离师父远了，心中暗喜，那知尹志平忽然剑交左手，右臂里出，呼的一掌，当胸拍去。赵志敬笑道："你就是有三只手，也只有妙手偷香的本事，终难杀我。"当下左掌相迎。两人剑刺掌击，比适才斗得更加凶了。

小龙女潜心内用，对外界一切始终不闻不见。杨过见二人走近几迮，心中就焦急万分，移远几步，又略略放心。

斗到酣处，尹志平大声怒喝，连走险招，竟然不再挡架对方来剑，一味猛攻。赵志敬暗呼不妙，知他处境尴尬，宁可给自己刺死，也不能让暗恋人家姑娘的事里漏出去。他与尹志平虽然素来不睦，却绝无害死他之意，这么一来，登时落在下风。再拆数招，尹志平左剑平刺，右掌正击，同时左腿横扫而出，正是全真派中的"三连环"绝招。赵志敬高纵丈余，挥剑下削。尹志平长剑脱手，猛往对方掷去，跟着"嘿"的一声，双掌齐出。

杨过见这几招凌厉变幻，已非己之所知，不禁手心人全是冷汗，眼见赵志敬身在半空，一个势虚，一个势实，看来这两掌要打得他筋折骨断。岂知赵志敬竟在这情势危急异常之际忽然空中翻身，急退寻丈，轻轻巧巧的落了下来。

瞧他身形落下之势，正对准了小龙女坐处花丛，杨过大惊之下再无细思余暇，纵身而起，左掌从右掌中穿出，托在赵志敬背心，一招"彩楼抛球"，使劲挥出，将他庞大的身躯抛在两丈以外。但他此时内力未足，这一下劲力使得猛了，劲集左臂，下盘便虚，登时站立不稳，身子一侧，左足踏上了一根花枝。那花枝迅即弹回，碰在小龙女脸上。

只这么轻轻一弹，小龙女已大吃一惊，全身大汗涌出，正在急速运转的内息阻在丹田之中，再也回不上来，立即昏晕。

尹志平斗然间见杨过出现，又斗然间见到自己昼思夜想的意中人竟隐身在花丛之中，登时呆了，实不知是真是幻。此时赵志敬已站直身子，月光下已瞧清楚小龙女的面容，叫道："妙啊，原来她在这里偷汉子。"

杨过大怒，厉声喝道："两个臭道士都不许走，回头找你们算帐。"见小龙女摔倒后便即不动，想起她曾一再叮嘱，练功之际必须互相全力防护，纵然是獐兔之类无意奔到，也能闯出大祸，这时她大受惊吓，定然为害非小，心下惶恐无比，伸手去摸她的额头，只觉一片冰凉，忙将她衣襟拉过，遮好她身子，将她抱起，叫道："姑姑，你没事么？"

小龙女"嗯"了一声，却不答话。杨过稍稍放心，道："姑姑，咱们先回去，回头再来杀这两个贼道。"小龙女全身无力，偎倚在他怀里。杨过迈开大步，走过二人身边。尹志平痴痴呆呆的站在当地。赵志敬哈哈大笑，道："尹师弟，你的意中人在这里跟旁人干那无耻的勾当，你与其杀我，还不如杀他！"尹志平听而不闻，不作一声。

　　杨过听了"干那无耻的勾当"七字,虽不明他意之所指,但知总是极恶毒的咒骂,盛怒之下,将小龙女轻轻放在地下,让她背脊靠在一株树上,折了一根树枝拿在手中,向赵志敬戟指喝道:"你胡说些什么?"

　　事隔两年,杨过已自孩童长成一个长身玉立的少年,赵志敬初时并不知道是他,待得听他二次喝骂,脸庞又转到月光之下,这才瞧清楚原来是自己的徒儿,自己忙乱中竟被他摔了一交,不由得惭怒交迸,见他上身赤裸,喝道:"杨过,原来是你这小畜生!"杨过道:"你骂我也还罢了,你骂我姑姑什么?"赵志敬哈哈一笑,道:"人言道古墓派是姑娘派,向来传女不传男,个个是冰清玉洁的处女,却原来污秽不堪,暗中收藏男童,幕天席地的干这调调儿!"

　　小龙女适于此时醒来,听了他这几句话,惊怒交集,刚调顺了的气息又复逆转,双气相激,胸口郁闷无比,知道已受内伤,只骂得一声:"你胡说,咱们没有……"突然口中鲜血狂喷,如一根血柱般射了出来。

　　尹志平与杨过一齐大惊,双双抢近。尹志平道:"你怎么啦?"俯身察看她的伤势。杨过只道他意欲加害,左手推向他胸口。尹志平顺手一格。杨过对全真派的武功招招熟习,手掌一翻,已抓住他手腕,先拉后送,将他摔了出去。

　　此时杨过的武功其实远不及尹志平,如与别派武学之士相斗,对手武功与尹志平相若,杨过非输不可。但林朝英当年钻研克制全真武功之法,每一招每一式都是配合得丝丝入扣,而她创成之后从未用过,是以全真弟子始终不知世上竟有这一门本门克星的武功。此时杨过突然使将出来,尹志平猝不及防,又当心神激里之际,竟全无招架之功,这一交虽未跌倒,但身子已在两丈之外,站在赵志敬身旁。

　　杨过道:"姑姑,你莫埋他们,我先扶你回去。"小龙女气喘吁吁的道:"不,你杀了他们,别……别让他们在外边说……说我……"杨过道:"好。"纵身而前,手中树枝向赵志敬当胸点去。赵志敬那将他放在眼里，长剑微摆，削他树枝。那知杨过所使剑招正是全真剑法的对头，树枝尖头一颤，嗤地弯过，已点中赵志敬手腕上穴道。赵志敬手腕一麻，暗叫不好。杨过左掌横劈，直击他左颊，这一劈来势怪极，乃是从最不可能处出招。赵志敬要保住长剑，就得挺头受了他这一劈，若要避招，长剑非撒手不可。

赵志敬武功了得，虽处劣势，竟是丝毫不乱，放手撒剑，低头避过，跟着左掌前探，就在这一瞬之间要夺回长剑。岂知林朝英在数十年前早已料敌机先，对全真高手或能使用的诸般巧妙厉害变着，尽数预拟了对付之策。赵志敬这招自觉别出心裁，定能败中求胜，那想到杨过与小龙女早就将此招拆解得烂熟于胸。杨过夺到敌剑，见他左掌一闪，已知他要用此着，司剑刺去，抢先削他手掌。赵志敬大惊，急忙缩手。杨过剑尖已指在他胸口，喝道："躺下！"左脚勾出。赵志敬要害被刺，动弹不得，被他一勾，当即仰天摔倒。杨过提起长剑，疾往他小腹刺下。

忽然身后风声飒然，一剑刺到，厉声喝道："你胆敢弑师么？"这一剑攻敌之必救，杨过于大惊大怒交攻之际，仍能审察缓急，立时回剑挡格，当的一声，双剑相交。尹志平见他回剑既快且准，不禁暗暗称赞，突觉自己手中长剑不挺自伸，竟被对方黏了过去。一惊之下，急运内力回夺。他内力自是远为深厚，双力互夺，杨过长剑反被牵一过去。不料杨过正是要诱他使这一着，只微一凝持，突然放剑，双掌直欺，猛击他前胸，同时剑柄反弹上来，双掌一剑，三路齐至，尹志平武功再高，也挡不住这怪异之极的奇袭。

当此之时，尹志平只得撒剑回掌，并手横胸，急挡一招，只是手臂弯得太内，已难以发劲，总算杨过功力不深，未能将他双臂立时折断，但也已震得他胸口剧痛，两臂酸麻，急忙倒退三步，运气护住胸前要穴。赵志敬已乘机跳起身来。杨过双剑在手，向二人攻去。

赵尹二人数招之间，被一个初出茅庐的少年杀得手忙脚乱，都是既惊且怒，再也不敢大意。两人并肩而立，使开掌法，只守不攻，要先摸清对方的武功路子再说。这么一来，杨过虽双手皆有利器而对方赤手空拳,但二人守得严密异常,再也不能如初交手时那么杀他们个措手不及。玉女心经剑术之中,并无克制全真派拳脚的招数。要知林朝英旨在盖过王重阳,如以利剑制敌肉掌,非但胜之不武,抑且自失身分,她于此自是不屑去费丝毫心思,加之赵尹二人功力固然远胜,又是联防而求立于不败之地,杨过双剑闪烁,纵横挥动,却无可乘之机,到后来便渐落下风。赵志敬掌力沉厚,不断催劲,压向他剑上。

尹志平定了定神,暗想两个长辈合斗一个少年,那成什么样子? 眼见胜算已然在握,又记挂小龙女的安危,喝道:"杨过,你快扶你姑姑回去,跟我们瞎缠什么?"杨过道:"姑姑恨你们胡说八道,叫我非杀了你们不可。"尹志平呼的一掌,将他左手剑震歪了,向左跃开三步,叫道:"且住!"杨过道:"你想逃么?"尹志平道:"杨过,你想杀我们两个,这叫做千难万难,不过好教你姑姑放心,今日之事,我姓尹的若是吐露了半句,立时自刎相谢。倘有食言……"说到此处,忽然身形一幌,夹手将杨过左手长剑抢出,说道:"有如此指!"左手竖掌,右手挥剑,将左手的小指与无名指削了下来。

这几下行动有似鹘起鹊落,迅捷无比,杨过丝毫没有提防。他一呆之下,已知尹志平之言确是出自真心,心想:"我同时斗他们两个,果然难胜,不如先杀了姓赵的,回头再来杀他。"当即喝道:"姓尹的,你割手指有什么用? 除非把脑袋割下来,我才信你的。"尹志平惨笑道:"要我性命,嘿嘿,只要你姑姑说一句话,有何不可?"杨过道:"行!"向前踏上两步,蓦地里挺剑向背后刺出,直指赵志敬胸口。

这一招"木兰回射"阴毒无比,赵志敬正自全神倾听二人说话,那料到他忽施偷击,待得惊觉,剑尖已刺上了小腹。赵志敬只感微微一痛,立时气运丹田,小腹斗然间向后缩了半尺,疾起右腿,竟将杨过手中长剑踢飞。杨过不等他右腿缩回,伸指向他膝弯里点去,正中穴道。赵志敬虽然逃脱性命,却再也站立不住,右腿跪倒在杨过面前。

杨过伸手接住从空中落下的长剑,指在赵志敬咽喉,道:"我曾拜你为师,磕过你八个头,现下你已非我师,这八个头快磕回来。"赵志敬气得几欲晕去,脸皮紫胀,几成黑色。杨过手上稍稍用力,剑尖陷入他喉头肉里。赵志敬骂道:"你要杀便杀,多说什么?"杨过挺剑正要刺去,忽听小龙女在背后说道:"过儿,弑师不祥,你叫他立誓不说今日之事,就……就饶了他罢!"

　　杨过对小龙女之言奉若神明,听她这般说,便道:"你发个誓来。"赵志敬虽然气极,毕竟性命要紧,说道:"我不说就是,发什么誓?"杨过道:"不成,非发个毒誓不可。"赵志敬:"好,今日之事,咱们这里只有四人知道。若我对第五人提起,教我身败名裂,逐出师门,为武林同道所不齿,终于不得好死!"

　　小龙女与杨过都不谙世事,只道他当真发了毒誓。尹志平却听出他誓言之中另藏别意,待要提醒杨过,又觉不便明助外人;只见杨过抱着小龙女,脚步迅捷,转过山腰去了。他左手两根手指上鲜血不住直流,痴痴的站着,竟自不知疼痛。

　　杨过抱着小龙女回到古墓,将她放在寒玉床上。小龙女叹道:"我身受重伤,怎么还能与寒气相抗?"杨过"啊"了一声,心中愈惊,暗想:"原来姑姑受伤如此之重。"掌下抱她到隔壁她自己卧房。她自将寒玉床让给杨过后,初时仍与他同室而卧,过了年余,才搬入隔壁石室。小龙女刚一卧倒,又是"哇"的一声,喷出了大口鲜血,杨过赤裸的上身被喷得满胸是血。她喘息几下,便喷一口血。杨过吓得手足无措,只是流泪。

　　小龙女淡淡一笑,说道:"我把血喷完了,就不喷了,又有什么好伤心的?"杨过道:"姑姑,你别死。"小龙女道:"你自己怕死,是不是?"杨过愕然道:"我?"小龙女道:"我死之前,自然先将你杀了。"这话她在两年多前曾说过一次,杨过早就忘了,想不到此时重又提起。小龙女见他满脸讶异之色,道:"我若不杀你,死了怎有脸去见孙婆婆? 你独个儿在这世上,又有谁来照料你?"杨过脑中一片惶乱，不知说什么好。

小龙女吐血不止，神情却甚为镇定，浑若无事。杨过灵机一动，奔去舀了一大碗玉蜂蜜浆来，喂她喝了下去。这蜜浆疗伤果有神效，过不多时，她终于不再吐血，躺在床上沉沉睡去。杨过心中略定，只是惊疲交集，再也支持不住，坐在地下，也倚墙睡着了。

不知过了多少时候，忽觉咽喉上一凉，当即惊醒。他在古墓中住了多年，虽不能如小龙女般黑暗中视物有如白昼，但在墓中来去，也已不须秉烛点灯。睁开眼来，只见小龙女坐在床沿，手执长剑，剑尖指在他的喉头，一惊之下，叫道："姑姑！你……"

小龙女淡然道："过儿，我这伤势是好不了啦，现下杀了你，咱们一块儿见孙婆婆去罢！"杨过只是急叫："姑姑！"小龙女道："你心里害怕，是不是？挺快的，只一剑就完事。"杨过见她眼中忽发异光，知她立时就要下杀手，胸中求生之念热切无比，再也顾不得别的，一个打滚，飞腿去踢她手中长剑。

小龙女虽然内伤沉重，身手迅捷，竟是不减平时，侧身避开了他这一脚，剑尖又点在他的喉头。杨过连变几下招术，但他每一招每一式全是小龙女所点拨，那能不在她意料之中？长剑如影随形，始终不离他咽喉三寸之处。杨过吓得全身都是汗，暗想："今日逃不了性命，定要给姑姑杀了。"危急中双掌一并，凭虚击去，欺她伤后无力，招数虽精，该无劲力与自己对掌。

小龙女识得他的用意，仍是上身微侧，让他的掌力呼呼两响在自己肩头掠过，叫道："过儿，不用斗了！"长剑略挺，剑尖颤了几颤，一招巧妙无比的"分花拂柳"，似左实右，已点在杨过喉头。她运劲前送，正要在他喉头刺落，见到他乞怜的眼色，突然心中伤痛难禁，登时眼前发黑，全身酸软，当的一声，长剑落地，接着便晕了过去。

这一剑刺来，杨过只是待死，不料她竟会在这紧急关头昏去。他一呆之下，当真是死里逃生，急步奔出古墓。但见阳光耀目，微风拂衣，花香扑面，好鸟在树，那里还是墓中阴沉惨怛的光景？

他惊魂略定，当即展开轻功，向山下急奔，下山的路子越跑越快，只中午时分，已到了山脚。他见小龙女不曾追来，稍稍放心，才放慢脚步而行。走了一阵，腹中饿得咕咕直响。他自幼闯荡江湖，找东西吃的本事着实了得，四下张望，见西边山坡上长着一大片玉米，于是过去摘了五根棒子。玉米尚未成熟，但已可食得。他拾了一些枯柴，正想设法生火烧烤来吃，忽听树后脚步声细碎，有人走近。

他侧身先挡住了玉米，以免给乡农捉贼捉赃，再斜眼看时，却见是个妙龄道姑，身穿杏黄道袍，脚步轻盈，缓缓走近。她背插双剑，剑柄上血红丝襟在风中猎猎作响，显是会武。杨过心想此人定是山上重阳宫里的，多半是清净散人孙不二的弟子。他心悸之余，不敢多生事端，低了头自管在地下掇拾枯枝。

那道姑走到他身前，问道："喂，上山的路怎生走法？"杨过暗道："这女子是全真教弟子，怎能不识上山路径？定是不怀好意。"当下也不转头，随手向山一指，道："顺大路上去便是。"那道姑见他上身赤裸，下身一条裤子甚是敝旧，蹲在道旁执拾柴草，料想是个寻常庄稼汉。她自负美貌，任何男子见了都要目不转瞬的呆看半晌，这少年居然瞥了自己一眼便不再瞧第二眼，竟是瞎了眼一般，不禁有气，但随即转念："这些蠢牛笨马一般的乡下人又懂得什么？"说道："你站起来，我有话问你。"

杨过全真教上上下下早就尽数恨上了，当下装聋作哑，只作没听见。那道姑道："傻小子，我的话你听见没有？"杨过道："听见啦，可是我不爱站起来。"那道姑听他这么说，不禁嗤的一笑，说道："你瞧瞧我，是我叫你站起来啊！"这两句话声音娇媚，又甜又腻。杨过心中一凛："怎么她说话这等怪法？"抬起头来，只见她肤色白润，双颊晕红，两眼水汪汪的斜睨自己，似乎并无恶意；一眼看过之后，又低下头来拾柴。

那道姑见他满脸稚气，虽然瞧了自己第二眼，仍是毫不动心，不怒反笑，心想："原来是个不懂事的孩子。"从怀里取出两锭银子，叮叮的相互撞了两下，说道："小兄弟，你听我话，这两锭银子就给你。"

杨过原不想招惹她，但听她说话奇怪，倒要试试她有何用意，于是索性装痴乔呆，怔怔的望着银子，道："这亮晶晶的是什么啊？"那道姑一笑，说道："这是银子。你要新衣服啦、大母鸡啦、白米饭啦，都能用银子去买来。"杨过装出一股茫然不解的神情，道："你又骗我啦，我不信。"那道姑笑道："我几时骗过你了？喂，小子，你叫什么名字？"杨过道："人人都叫我傻蛋，你不知道么？你叫什么名字？"那道姑笑道："傻蛋，你只叫我仙姑就得啦，你妈呢？"杨过道："我妈刚才臭骂我一顿，到山上砍柴去啦。"那道姑道："嗯，我要用一把斧头，你去家里拿来，借给我使使。"杨过心中大奇，双眼发直，口角流涎，傻相却装得越加像了，不住摇头，道："那使不得，我家斧头不能借人的。要是爹爹知道我借给你，定要用扁担揍我。"那道姑笑道："你爹妈见了银子，欢喜还来不及啦，一定不会揍你。"说着扬手将一锭银子向他掷去。

杨过伸手去接，假装接得不准，让那银子撞在肩头，落下来时，又碰上了右脚，他捧住右脚，左足单脚而跳，大叫："嗳哟，嗳，你打我！我跟妈妈说去！"说着大叫大嚷，银子也不要了，向前急奔。

那道姑见他傻得有趣，微微而笑，解下身上腰带，向杨过的右足挥出。杨过听到风声，回头一望，见到腰带来势，吃了一惊："这是我古墓派的功夫！难道她不是全真派的道姑？"当下也不闪避，让她腰带缠住右足，扑地摔倒，全身放松，任她横拖倒曳的拉回来，只是心下戒惧："她上山去，难道是冲着姑姑？"

他一想到小龙女，不知她此时生死如何，不由得忧急无比，心念已决，纵然死在她的手里，也要再去看看她。这念头在他脑海中兜了几转，那道姑已将他拉到面前，见他虽然满脸灰土，却是眉清目秀，心道："这乡下小子生得倒俊，只可惜绣花枕头，肚子里却是一包乱草。"听他兀自大叫大嚷，胡言乱语，微微笑道："傻蛋，你要死还是要活？"说着拔出长剑，抵在他胸口。

杨过见她出手这招"锦笔生花"正是古墓派嫡传剑法，心下甚无疑惑："此人多半是师伯李莫愁的弟子，上山找我姑姑，定然不怀里意，从她挥腰带、出长剑的手法看来，武功颇为了得，我便装傻到底，好教她全不提防。"于是满脸惶恐，求道："仙姑，你……你别杀我，我听你的话。"那道姑笑道："好，你如不听我吩咐，一剑就将你杀了。"杨过叫道："我听，我听。"那道姑挥起腰带，拍的一声轻响，已缠回腰间，姿态飘逸，甚是洒脱。杨过暗赞一声："好！"脸上却仍是一股茫然之色。道姑心道："这傻子又怎懂得这一手功夫之难？我这可是俏媚眼做给瞎子看了。"说道："你快回家去拿斧头。"

杨过依言奔向前面的农舍，故意足步蹒跚，落脚极重，摇摇摆摆，显得笨拙异常。那道姑瞧得极不顺眼，叫道："你可别跟人说起，快去快回。"杨过应道："是啦！"悄悄在一所农舍的门边一张，见屋内无人，想是都在田地里耕作，当下在壁上取了一柄伐树砍柴用的短斧，顺手又在板凳上取过一件破衣披在身上，傻里傻气的回来。

他虽在作弄那道姑，心中总是挂念着小龙女的安危，脸上不禁深有忧色。那道姑嗔道："你哭丧着脸干么？快给我笑啊。"杨过咧开了嘴，傻笑几声。那道姑秀眉微蹙，道："跟我上山去。"杨过忙道："不，不，我妈吩咐我不可乱走。"那道姑喝道："你不听话，我立时杀了你。"说着伸左手扭住他耳朵，右手长剑高举，作势欲斩。杨过杀猪也似的大嚷起来："我去啊，我去啊！"

那道姑心想："这人蠢如猪羊，正合我用。"于是拉住他袖子，走上山去。她轻功不弱，行路自然极快。杨过却跌跌撞撞，左脚高，右脚低，远远跟在后面，走了一阵，便坐在路边石上不住拭汗，呼呼喘气。那道姑连声催促快走。杨过道："你走起路来像兔子一般，我怎么跟得上？"那道姑见日已偏西，心中老大不耐烦，回过来挽住他手臂，向山上急奔。杨过只是跟不上，双脚乱跨，忽尔在她脚背上重重里了一脚。

那道姑"嗳哟"一声，怒道："你作死么？"但见他气息粗重，实在累得厉害,当下伸出左臂托在他腰里,喝一声:"走罢!"揽着他身子向山上疾驰,轻功施展开来,片刻间就奔出数里。

杨过被她揽在臂弯,背心感到的是她身上温软,鼻中闻到的是她女儿香气,索性不使半点力气,任她带着上山。那道姑奔了一阵,俯下头来,只见他脸露微笑,显得甚是舒服,不禁有气,松开手臂,将他掷在地上,嗔道:"你好开心么?"杨过摸着屁股大叫:"哎唷,哎唷,仙姑摔痛傻蛋屁股啦。"

那道姑又好气又好笑,骂道:"你怎么这生傻?"杨过道:"是啊,我本来就叫傻蛋嘛。仙姑,我妈说我不姓傻,姓张。你可是姓仙么?"那道姑道:"你叫我仙姑就得啦,管我姓什么呢。"原来她正是赤练仙子李莫愁的大弟子洪凌波,便是当日去杀陆立鼎满门而被武三娘逐走的小道姑。杨过想探听她的姓名,那知她竟不吐露。

她在石上坐下,整理被风吹散了的秀发。杨过侧着头看她,心道:"这道姑也算得美了,只是还不及桃花岛郭伯母,更加不及我姑姑。"洪凌波向他横了一眼,笑道:"傻蛋,你尽管瞧着我干甚?"杨过道:"我瞧着就是瞧着,又有什么干不干的?你不许我瞧,我不瞧就是了,有什么希罕?"洪凌波噗哧一笑,道:"你瞧罢!喂,你说我好不好看?"从怀里摸出一只象牙小梳,慢慢梳着头发。

杨过道:"好看啊,就是,就是……"洪凌波道:"就是什么?"杨过道:"就是不大白。"洪凌波向来自负肤色白腻,肌理晶莹,听他这么说,不禁勃然而怒,站起身来喝道:"傻蛋,你要死了,说我不够白?"杨过摇头道:"不大白。"洪凌波怒道:"谁比我更白了?"杨过道:"昨晚跟我一起睡的,就比你白得多。"洪凌波道:"谁?是你媳妇儿,还是你娘?"心中转过一个念头,就想将这肤色比自己更白的女人杀了。杨过道:"都不是,是我家的白羊儿。"洪凌波转怒为笑,道:"真是傻子,人怎能跟畜牲比?快去罢。"挽着他臂膀,快步上山。

将至直赴重阳宫的大路时,洪凌波折而向西,朝活死人墓的方向走去。杨过心想:"她果然去找我姑姑。"洪凌波走了一会,从怀中取出一张地图,找寻路径。杨过道:"仙姑,前面走不通啦,树林子里有鬼。"洪凌波道:"你怎知道?"杨过道:"林子里有个大坟,坟里有恶鬼,谁也不敢走近。"洪凌波大喜,心道:"活死人墓果然是在此处。"

原来洪凌里近年得师父传授,武功颇有进益,在山西助师打败武林群豪,更得李莫愁的欢心。她听师父谈论与全真诸子较量之事,说道若是练成了"玉女心经",便不用畏惧全真教这些牛鼻子老道,奴可惜记载这门武学的书册留在终南山古墓之中。洪凌波问她为什么不到墓中研习这门功夫。李莫愁含糊而答,只说已把这地方让给了小师妹,师姊妹俩不大和睦,向来就没来往。她极其好胜,自己曾数度闯入活死人墓、铩羽被创、狼狈逃走之事,自不肯对徒儿说起,反说那小师妹年纪幼小,武功平平,做师姊可不便以大欺小。当下洪凌波极力怂恿师父去占墓夺经。其实李莫愁此念无日或忘,但对墓中机关始终参详不透,是以迟迟不敢动手,听徒儿说得热切,只是微笑不答。

洪凌波扬了几次,见师父始终无可无不可,当下暗自留了心,向师父详问去终南山古墓的道路,私下绘了一图,却不知李莫愁其实并未尽举所知以告。这次师父派她上长安杀一个仇家,事成之后,便迳自上终南山来,不意却与杨过相遇;当下命杨过便短斧砍开阻路荆棘,觅路入墓。

杨过心想这般披荆斩棘而行,搅上一年半载也走不近古墓,当下痴痴呆呆的只是依命而行。闹了大半时辰,天色全黑,还行不到里许路,离古墓仍极遥远。他记挂小龙女之心越来越是热切,暗想不如带这道姑进去,瞧她能有什么古怪,当下举斧乱劈几下,对准一块石头砍了下去,火星四溅,斧口登时卷了。他大声叫道:"嗳哟,嗳哟,这儿有一块大石头。斧头坏啦,回头爹爹准要打我。仙姑,我……我要回家去啦。"

洪凌波早已十分焦急,瞧这等走法,今晚无论如何不能入墓,口中只骂:"傻蛋,不许回去!"杨过道:"仙姑,你怕不怕鬼?"洪凌波道:"鬼才怕我呢,我一剑就将恶鬼劈成两半。"杨过喜道:"你不骗我么?"洪凌波道:"我骗你干么?"杨过道:"恶鬼既然怕你,我就带你到大坟去。那恶鬼出来,你可要赶跑他啊!"洪凌波大喜道:"你识得到大坟去的路?快带我去。"杨过怕她疑心,唠唠叨叨的再三要她答应,定要杀了恶鬼。洪凌波连声安慰,叫他放心,说道便有十个恶鬼也都杀了。

杨过道:"早几年,我到大坟边放羊,睡了一觉,醒来时已半夜啦。我瞧见坟里出来一个白衣女鬼,吓得我没命的逃走,路上摔了一交,头也跌破了,你瞧,这儿还有一个疤儿。里说着凑近身去,要她来摸。他一路上给她揽着之时,但觉她吹气如兰,挨近她身子很是舒畅,这时乘机使诈,将脑袋凑近她脸边。洪凌波笑着叫了一声:"傻蛋!"随手一摸,并不觉得有什么疤痕,也不以为意,只道:"快领我过去。"

杨过牵着她手,走出花木丛来,转到通往古墓的秘道。此时已近中夜,星月无光。杨过拉着她手,只觉温腻软滑,人中暗暗奇怪:"姑姑与她都是女子,怎么姑姑的手冰冰冷的,她却这么温暖。"不自禁手上用劲,捏了几捏。若是武林中有人对洪凌波这般无礼,她早已拔剑杀却,但她只道杨过是个傻瓜,此时又有求于他,再者见他俊美,心中也有几分喜欢,竟未动怒,暗道:"这傻蛋倒也不是傻得到底,却也知道我生得好看。"

不到一顿饭功夫,杨过已将洪凌波领到墓前。他出来时心慌意乱,未将墓门关上,但见那块作为墓门的大石碑仍是倒在一边。他心中怦怦乱跳,暗暗祷告:"但愿姑姑没死,让我得能再见她一面。"这时再也没心绪和洪凌波捣鬼,只道:"仙姑,我带你进去,可是恶鬼倘若吃了我,我变了鬼,那就永远缠住你不放啦。"当即举步入内。

洪凌波心想:"这傻蛋忽然大胆,倒也奇怪。"当下不暇多想,在黑暗中紧紧跟随,她听师父说活死人墓中道路迂回曲折,只要走错一步,立时迷路,却见杨过毫不迟疑的快步而前,东一转,西一绕,这边推开一扇门，那边拉开一块大石，竟是熟悉异常。洪凌波暗暗生疑："墓中道路有什么难走？难道师父骗我，她是怕我私自进入么？"片刻之间，杨过已带她走到古墓中心的小龙女卧室。

他轻轻推开了门，侧耳倾听，不闻半点声响，待要叫唤："姑姑！"想起洪凌波在侧，急忙忍住，低声道："到啦！"

洪凌波此时深入古墓，虽然艺高人胆大，毕竟也是惴惴不安，听了杨过之言，忙取出火摺，打口点燃了桌上的蜡烛，只见一个白衣女子躺在床上。她早料到会在墓中遇到师叔小龙女，却想不到她竟是这般泰然高卧，不知是睡梦正酣，还是没将自己放在眼里，当下平剑当胸，说道："弟子洪凌波，拜见师叔。"

杨过张大了口，一颗心几乎从胸腔中跳了出来，全神注视小龙女的动静，只见她一动不动，隔了良久，才轻轻"嗯"了一声。从洪凌波说话到小龙女答应，杨过等得焦急异常，恨不得扑上前去，抱住师父放声大哭，待听她出声，心头有如一块大石落地，喜悦之下，再也克制不住，"哇"的一声，哭了出来。洪凌波问道："傻蛋，你干什么？"杨过呜咽道："我……我好怕。"

小龙女缓缓转过身来，低声道："你不用怕，刚才我死过一次，一点也不难受。"洪凌波斗然间见到她秀丽绝俗的容颜，大吃一惊："世上居然有这等绝色美女！"不由得自惭形秽，又道："弟子洪凌波，拜见师叔。"小龙女轻轻的道："我师姊呢？她也来了么？"洪凌波道："我师父命弟子先来，请问师叔安好。"小龙女道："你出去罢，这个地方莫说是你，连你师父也是不许来的。"

洪凌波见她满脸病容，胸前一滩滩的都是血渍，说话中气短促，显是身受重伤，当下将提防之心去了一半，问道："孙婆婆呢？"小龙女道："她早死啦，你快出去罢。"洪凌波更是放心，暗想："当真是天缘巧合，不想我洪凌波竟成了这活死人墓的传人。"眼见小龙女命在倾刻，只怕她忽然死去，无人能知收藏"玉女心经"的所在，忙道："师叔，师父命弟子来取玉女心经。你交了给我，弟子立时给你治伤。"

小龙女长期修练,七情六欲本来皆已压制得若有若无,可说万事不萦于怀,但此时重伤之余,失了自制,听她这么说,不由得又急又怒,晕了过去。洪凌波抢上去在她人中上捏了几下,小龙女悠悠醒来,说道:"师姊呢?你请她来,我有话……有话跟她说。"洪凌波眼见本门的无上秘笈竟然唾手可得,实是迫不及待,一声冷笑,从怀里取出两枚长长的银针,厉声道:"师叔,你认得这针儿,不快交出玉女心经,可莫怪弟子无礼。"

杨过曾吃过这冰魄银针的大苦头,只不过无意捏在手里,便即染上剧毒,若是刺在身上,那还了得?眼见事势危急,叫道:"仙姑,那边有鬼,我怕!"说着扑将过去,抱住她背心,顺手便在她"肩贞""京门"两穴上各点一指。洪凌波做梦也想不到这"傻蛋"竟有一身上乘武功,要待骂她胡说八道,已是全身酸麻,软瘫在地。杨过怕她有自通经脉之能,随即在她"巨骨穴"上又再重重点上几指,说道:"姑姑,这女人真坏,我用银针来刺她几下好不好?"说着用衣襟裹住手指,拾起银针。

洪凌波身子不能动弹,这几句话却清清楚楚的听在耳里,见他拾起银针,笑嘻嘻的望住自己,只吓得魂飞魄散,要待出言求情,苦在张口不得,只是目光露出哀怜之色。小龙女道:"过儿,关上了门,防我师姊进来。"杨过应道:"是!"刚要转身,忽听身后一个娇媚的女子声音说道:"师妹,你好啊?我早来啦。"

杨过大惊转身,烛光下只见得门口俏生生的站着一个美貌道姑,右眼桃腮,嘴角边似笑非笑,正是赤练仙子李莫愁。

当洪凌波打听活死人墓中道路之时,李莫愁早料到她要自行来盗玉女心经,派她到长安杀人等等,其实都是有意安排。她一直悄悄跟随其后,见到她如何与杨过相遇,如何入墓,如何逼小龙女献经,又如何中计失手,只因她身法迅捷,脚步轻盈,洪凌波与杨过竟是丝毫没有察觉,直至斯时,方始现身。

小龙女矍然而起,叫了声:"师姊!"跟着便不住咳嗽。李莫愁冷冷的指着杨过道："这人是谁？祖师婆婆遗训，古墓中不准臭男子踏进一步，你干么容他在此？"小龙女猛烈咳嗽，无法答话。杨过挡在小龙女身前相护，朗声道："她是我姑姑，这里的事，不用你多管！"李莫愁冷笑道："好傻蛋，真会装蒜！"拂尘挥动，呼呼呼住了三招。这三招虽先后而发，却似同时而到，正是古墓派武功的厉害招数，别派武学之士若不明忞中奥妙，一上手就给她系得筋断骨折。杨过对这门功夫习练已熟，虽远不及李莫愁功力深厚，仍是轻描淡写的闪开了她三招混一的"三燕投林"。

李莫愁拂尘回收，暗暗吃惊，瞧他闪避的身法竟是本门武学，厉声道："师妹，这小贼是谁？"小龙女怕再呕血，不敢高声说话，低低的道："过儿，拜见了大师伯。"杨过呸了一声道："这算什么师伯？"小龙女道："你俯耳过来，我有话说。"

杨过只道她要劝自己向李莫愁磕头，心下不愿，但仍是俯耳过去。小龙女声细若蚊，轻轻道："脚边床角落里，有一块突起的石板，你用力向左边板，然后立即跳上床来。"李莫愁也当她是在嘱咐徒儿向自己低头求情，眼前一个身受重伤，一个是后辈小子，那里放在心上，自管琢磨怎生想个妙法，勒逼师妹献出玉女心经。

杨过点点头，朗声道："好，弟子拜见大师伯！"慢慢伸手到小龙女脚边床边里一摸，触手处果有一块突起的石板，当下用力板动，跟着跃上床去。只听得轧轧几响，石床突然下沉。李莫愁一惊，佑道古墓中到处都是机关，当年师父偏心，瞒过了自己，却将运转机关的法门尽数传给师妹，立即抢上来向小龙女便抓。

此时小龙女全无抵御之力，石床虽然下沉，但李莫愁见机奇快，出手迅捷之极，这一下竟要硬生生将她抓下床来。杨过大惊，奋力拍出一掌，将她手抓击开，只觉眼前一黑，砰里两响，石床已落入下层石室。室顶石块自行推上，登时将小龙女师徒与李莫愁师徒四人一上一下的隔成两截。

杨过朦胧中见室中似有桌椅之物，于是走向桌旁，取火摺点燃了桌上的半截残烛。小龙女叹道："我血行不足，难以运功治伤。

但纵然身未受伤，咱师徒俩也斗不过我师姊……"杨过听到她"血行不足"四字，也不待她说完，提起左手，看准了腕上筋脉，狠命咬落，登时鲜血迸出。他将伤口放在小龙女嘴边，鲜血便汩汩从她口中流入。

小龙本来全身冰冷，热血入肚，身上便微有暖意，但知此举不妥，待要挣扎，杨过早已料到，伸指点了她腰间穴道，教她动弹不得。过不多时，伤口血凝，杨过又再咬破，然后再咬右腕，灌了几次鲜血之后，杨过只感头晕眼花，全身无力，这才坐直身子，解开她的穴道。小龙女对他凝视良久，不再说话，幽幽叹了口气，自行练功。杨过见蜡烛行将燃尽，换上了一根新烛。

这一晚两人各自用功。杨过是补养失血后的疲倦。小龙女服食杨过的鲜血后精神大振，两个时辰后，自知性命算是保住了，睁开眼来，向他微微一笑。杨过见她双颊本来惨白，此时忽然有两片红晕，有如白玉上抹了一层淡淡的胭脂，大喜道："姑姑，你好啦。"小龙女点点头。杨过欣喜异常，却不知说什么好。

小龙女道："咱们到孙婆婆的屋里去，我有话跟你说。"杨过道："你不累么？"小龙女道："不碍事。"伸手在石壁的机括上扳了几下，石块转动，露出一道门来。此处的道路杨过亦已全不识得。小龙女领着他在黑暗中转来转去，到了孙婆婆屋中。

她点亮烛火，将杨过的衣服打成一个包裹，将自己的一对金丝手套也包在里面。杨过呆呆的望着她，奇道："姑姑，你干什么？"小龙女不答，又将两大瓶玉蜂浆放在包中。杨过喜道："姑姑，咱们要出去了，是么？那当真好得很。"

小龙女道："你好好去罢，我知道你是好孩子，你待我很好。"杨过大惊，问道："姑姑你呢？"小龙女道："我向师父立过誓，是终身不出此墓的。除非……除非……嗯，我不出去。"说着黯然摇头。

杨过见她脸色严正，语气坚定，显是决计不容自己反驳，当下不敢再说，但此事实在重大，终于又鼓起勇气道："姑姑，你不去，我也不去。我陪着你。"小龙女道："此时我师姊定是守住了出墓的要道,要逼我交出玉女心经。我功夫远不如她,又受了伤,定然斗她不过,是不是?"杨过道:"是。"小龙女道:"咱们留着的粮食,我看勉强也只吃得二十来天,再吃些蜂蜜什么,最多支持一个月。一个月之后,那怎么办?"杨过一呆,道:"咱们强冲出去,虽然打不过师伯,却也未必不能逃命。"小龙女摇头道:"你若知道你师伯的武功脾气,就知咱们决不能逃命。那时不但要惨受折辱,而且死时苦不堪言。"杨过道:"若是如此,我一个人更是难以逃出。"

小龙女摇头道:"不!我去邀她相斗,一路引她走入古墓深处,你就可乘机逃出。你出去之后,搬开墓左的大石,拔出里面的机括,就有两块万斤巨石落下,永远封住了墓门。"杨过愈听愈惊,道:"姑姑,你会开动机括出来,是不是?"

小龙女摇头道:"不是。当年王重阳起事抗金,图谋大举,这座石墓是他积贮钱粮兵器的大仓库。是以机关重重,布置周密,又在幕门口安下这两块万斤巨石,称为'断龙石'。万一义师未兴,而金兵已得知风声先行来攻,要是寡不敌众,他就放下巨石,闭墓而终,攻入墓来的敌人也决计难以生还。因断龙石既落之后,不能再启。你知人墓甬道甚是狭窄,只容一人通行,就算进墓的敌人有千人之众,却也只能排成长长的一列,仅有当先的一人能摸到堵塞了墓门的巨石,一个人不论力气多大,终究抬它不起。那老道如此安排,自是宁死不屈、又与敌人同归于尽的意思。他抗金失败后,独居石墓,金主侦知他的所在,曾前后派了数十名高手来杀他,都被他或擒或杀,竟无一人得逃脱。后来金主暴毙,继位的皇帝不知原委,便放过了他,因此这两块断龙石始终不曾用过。王重阳让出活死人墓时,将墓中一切机关尽数告知了祖师婆婆。"

杨过越听越是心惊,垂泪道:"姑姑,我死活都要跟着你。"小龙女道:"你跟着我有什么好?你说外面的世界好玩得很,你就出去玩罢。以你现下的功夫,全真教的臭道士们已不能跟你为难。你骗过洪凌波,比我聪明得多,以后也不用我来照料你了。"杨过奔上去抱住她,哭道:"姑姑,我若不能跟你在一起,一生一世也不会快活。"

　　小龙女本来冷傲绝情,说话斩钉截铁,再无转圜余地,但此时不知怎的,听了杨过这几句话不禁胸中热血沸腾,眼中一酸,忍不住要流下泪来。她大吃一惊,想起师父临终时对她千叮万嘱的言语:"你所练功夫,乃是断七情、绝六欲的上乘功夫,日后你若是为人流了眼泪,动了真情,不但武功大损,且有性命之忧,切记切记。"当下用力将杨过推开,冷冷的道:"我说什么,你就得依我吩咐。"

　　杨过见她突然严峻,不敢再说。小龙女将包裹缚在他背上,从壁上摘下长剑,递在他手中,厉声道:"待会我叫你走,你立刻就走,一出墓门,立即放下巨石闭门。你师伯厉害无比,时机稍纵即逝,你听不听我话?"杨过哽咽着声音道:"我听话。"小龙女道:"你若不依言而行,我死于阴间,也是永远恨你。走罢!"说着拉了杨过的手,开门而出。

　　杨过从前碰到她手,总是其寒如冰,但此时被她握住,却觉她手掌一阵热一阵冷,与平昔大异,只是心煎如沸,无暇去想此种小事,当下跟随着她一路走出。行了一阵,小龙女摸着一块石壁,低声道:"她们就在里面,我一将师姊引开,你便从西北角伤门冲出。洪凌波若是追你,你就用玉蜂针伤她。"杨过心乱如麻,点头答应。

　　玉蜂针是古墓派的独门暗器,林朝英当年有两件最厉害的暗器,一是冰魄银针,另一就是玉蜂针。这玉蜂针乃是细如毛发的金针,六成黄金、四成精钢,以玉蜂尾刺上毒液里过,虽然细小,但因黄金沉重,掷出时仍可及远。只是这暗器太过阴毒,林朝英自来极少使用,中年后武功出神入化,更加不须用此暗器。小龙女的师父因李莫愁不肯立誓永居古墓以承衣钵,传了她冰魄银针后,玉蜂针的功夫就没传授。

　　小龙女凝神片刻,按动石壁机括,轧轧声响,石壁缓缓向左移开。她双绸带立即挥出,左攻李莫愁,右攻洪凌波,身随带进,去势迅捷已极。这时李莫愁早已解开了洪凌波身上穴道,斥责了她几句,正在推算墓中方位,想觅路出室,突见小龙女攻进,师徒俩都是一惊。李莫愁拂尘挥出，挡开了她绸带。拂尘与绸带都是至柔之物，以柔敌柔，但李莫愁功力远胜，两件兵器一交，小龙女的绸带登时倒卷回来。

小龙女左带回转，右带继出，刹时间连进数招，两条绸带夭矫灵动。李莫愁又惊又怒："师父果然好生偏心，她几时传过我这门功夫？"但自忖尽可抵敌得住，也不必便下杀手，一来玉女心经未得，若是杀了她，在这偌大石墓中实难寻找，二来也要瞧瞧师父究竟传了她什么厉害本事。

洪凌波向来自负精明强干，不意今日折在一个少年手里，给他装傻乔呆的作弄了半天，居然没瞧出半点破绽，一直便在气脑，眼见师父与师叔斗得热闹，叱道："傻蛋，你这臭小子心眼儿可坏得到了家。"双手持剑，踏上半步，叫道："瞧我削不削下你的鼻子来。"双剑左刺右击，嗤嗤嗤连进数招。杨过见她来势凌厉，只得举剑相挡。若在平时，他定要出言讥嘲，跟她再开开玩笑，但此时想起与小龙女分手在即，眼眶中满蕴热泪，望出来模糊一片，只是顺手招架，殊无还击之意。洪凌波递了数剑，虽然伤他不得，但见他出手无力，只道他本领平常，更是自恨先前大意，竟不提防的给他点中了穴道。

李莫愁与师妹拆了十余招，拂尘一翻，卷住了她左手绸带，笑道："师妹，瞧瞧你姊姊的本事。"手劲到处，绸带登时断为两截。寻常便兵刃斗殴，以刀剑震断对方的刀剑已属难能，拂尘和绸带均是极柔软之物，她居然能以刚劲震断绸带，比之震断刀剑可就更难上十倍。李莫愁显了这一手，脸上大有得色。

小龙女不动声色，道："你本事好便怎样？"半截断带扬出，已裹住了她拂尘的丝线，右手绸带里地飞去，卷住了拂尘木柄，一力向左，一力向右，拍的一声，拂尘断为两截。这一手论功力远比李莫愁适才震断绸带为浅，但出手奇快，运劲巧妙，却也使李莫愁措手不及。她微微一惊，抛下拂尘柄，空手夹夺绸带，直逼得小龙女连连倒退。

又拆了十余招,小龙女已退到了东边石壁之前,眼见身得已无退路,忽地反手在石壁上一抹,叫道:"过儿,快走!"喀喇一响,西北角露出一个洞穴。李莫愁大吃一惊,急忙转身,要拦住杨过。小龙女抛下绸带,扑上去双掌连下杀手。李莫愁只得回身抵挡。小龙女喝道:"过儿,还不快走?"

杨过望着小龙女,知道此事已无可挽回,叫道:"姑姑,我去啦!"刷刷刷突进三剑,剑尖直指洪凌波面前。洪凌波一直见他剑招软弱,那知蓦地里剑势陡强,危急中只得向后跃开。杨过弯腰冲出石门,回过头来,要向小龙女再瞧最后一眼。

小龙女与师姊赤手对掌,虽在重伤之余,但习了玉女心经后招数变幻,数十招内原可不落下风,但她见杨过的背影在洞口一幌,想到此后与他永远不能再见,忽地胸口一热,眼中发酸,似要流下泪来。她从来不动真情,今日却两番要哭,不禁大是惊惧。高手对掌,那容得有丝毫疏神?李莫愁见她一呆,立即乘隙而入,一把抓住她左手手腕的"会宗穴",出脚勾去。小龙女站立不定,倒在地下。

杨过回头过来,正见到小龙女被师姊勾倒,但见李莫愁扑上去要伤害师父,胸中热血上涌,大叫:"别伤我姑姑!"又从石门中窜入,自后扑上,拦腰抱住了李莫愁。这一抱是各家招数之所无,却是他情急之下胡打蛮来。李莫愁一心要拿师妹,竟未提防他去而复回,被他双手牢牢抱住,一时竟挣扎不脱。

她虽出手残暴,任性横行,不为习俗所羁,但守身如玉,在江湖上闯荡多年,仍是处女,斗然间被杨过牢牢抱住,但觉一般男子热气从背脊传到心里,荡心动魄,不由得全身酸软,满脸通红,手臂上登时没了力气。小龙女乘机出手反扣她手腕脉门,可是洪凌波的剑尖却也指到了杨过背心。

小龙女仰卧在地,眼见剑到,当即向左滚动,将杨过与李莫愁同时带在一旁,洪凌波这一剑便刺了个空。小龙女跃起身来,喝道:"过儿,快出去!"

杨过牢牢抱住李莫愁的腰，叫道："姑姑，你快出去！我抱着她，她走不了。"这瞬息之间，李莫愁已连转了十几次念头，知道事势危急，生死只间一发，然而被他抱在怀中，却是心魂俱醉，快美难言，竟然不想挣扎。

　　小龙女好生奇怪："师姊如此武功，怎么竟会被过儿制得动弹不得？难道是穴道给扣住了？"见洪凌波左手剑又向杨过刺去，当即伸出双指在她右手剑的平面剑刃上推去，那剑斗地跳起，碰向她左手长剑。当的一声，洪凌波双手虎口发麻，两柄长剑同时落地，吓了一跳，向后跃开。

　　这双剑相交，迸出几星火花，就在这火花的一下闪烁之中，李莫愁觉到师妹瞧向自己的眼光中露出奇异之色，不禁大羞，骂道："臭小子，你作死么？"双臂运劲挣卸，脱出了杨过的怀抱，跳起身来，随即发掌向小龙女拍去。

　　小龙女正注视着杨过的动静，突觉李莫愁掌到，不及以招数化解，只得还掌挡架，但觉师姊掌力沉厚，被她震得胸口隐隐作痛，见杨过爬起后仍来相助自己，喝道："过儿，你当真不听我的话，是不是？"杨过道："你什么话都听，就是这一句不听。好姑姑，我跟你死活都在一起。"小龙女听他说得诚挚，心中又动真情，眼见李莫愁又是挥掌拍来，自知此刻功力大损，这一掌万万接她不得，当下低头旁窜，抓起杨过，从石门中奔了出去。

　　李莫愁如影随形，伸手向她背心抓去，叫道："别走！"小龙女回手一扬，十余枚玉蜂针掷了过去。李莫愁蓦地闻到一股蜜糖的甜香，知道暗器厉害，大骇之下，急忙挺腰向后摔出，撞正洪凌波身上，两人一齐跌倒。

　　但听得叮叮叮极轻微的几响，几枚玉蜂针都打在石壁之上，接着又是轧轧两声，却是小龙女带着杨过逃出石室，开动机关，又将室门堵住了。

杨过依言推开棺盖，抱起小龙女轻轻放入石棺，随即跃入棺中，和好并头卧倒。两人挤在一起，已无转倒余地。小龙女又是欢喜，又是奇怪。

第七回　重阳遗篇

杨过随着小龙女穿越甬道，奔出古墓，大喜无已，在星光下吸了几口气，道："姑姑，我去放下断龙石，将两个坏女子闷死在墓里。"说着便要去找寻机关。小龙女摇摇头，道："且慢，等我先回进去。"杨过一惊，忙问："为什么？"小龙女："师父嘱咐我好好看守此墓，决不能让旁人占了去。"

杨过道："咱们封住墓门，她们就活不成。"小龙女道："可是我也回不进去啦。师父的话我永远不敢违抗。可不像你！"说着瞪了他一眼。杨过胸口热血上涌，伸手挽住她手臂，道："姑姑，我听你的话就是。"小龙女克制心神，生怕激动，一句话也不敢多说，摔脱了他手，走进墓门，道："你放石罢！"说着背脊向外，只怕自己终于变卦，更不回头瞧他一眼。

杨过心意已决，深深吸了口气，胸臆间尽是花香与草木的清新之气，抬头上望，但见满天繁星，闪烁不已，暗道："这是我最后一次瞧见天星了。"奔到墓碑左侧，依着小龙女先前指点，运劲搬开巨石，困然下面有一块圆圆的石子，当下抓住圆石，用力一拉。圆石离开原位后露出一孔，一股细沙迅速异常的从孔中向外流出，墓门上边两块巨石便慢慢落下。这两块断龙石重逾万斤，当年王重阳构里此墓之时，合百余人之力方始安装完成，此时将墓门堵死，李莫愁、小龙女、洪凌波三人武功再高，也决不能生出此墓了。

小龙女听到巨石下落之声，忍不住泪流满面，回过头来。杨过待巨石落到离地约有二尺之时，突然一招"玉女投梭"，身子如箭一般从这二尺空隙中窜了进去。小龙女一声惊叫,杨过已站直身子,笑道:"姑姑,你再也赶我不出去啦。"一言甫毕,腾腾两声猛响,两块巨石已然着地。

小龙女惊喜交集,泪动过度,险些又要晕去,倚靠在石壁之上,只是喘气,过了良久,才道:"好罢,咱两个便死在一起。"牵着杨过的手,走向内室。

李莫愁师徒正在四周找寻机关,东敲西打,茫无头绪,实是焦急万状,突见二人重又现身,不由得喜出望外。子莫愁身形一幌,抢到小龙女与杨过身后,先挡住了二人退路。小龙女冷冷的道:"师姊,我带你去一个地方。"李莫愁迟疑不答,心道:"这墓中到处都是机关,莫要着了她的道儿。她若是要使甚手脚,我可是防不胜防。"小龙女道:"我带你去拜见师父灵柩,你不愿去也就罢了。"李莫愁道:"你可不能凭师父之名来骗我。"小龙女微微冷笑,也不答话,迳向门口走去。李莫愁见她言语举止之中自有一股威仪,似乎令人违抗不得,当下师徒两人跟随在后,只是步步提防,不敢有丝毫怠忽。小龙女携着杨过之手前行,也不怕师姊在后暗算,带着她们进了放石棺的灵室。

李莫愁从未来过此处,念及先师教养之恩,心中微觉伤感,但随即想起师父偏心,哀戚之念立时转为愤怒,竟不向师父灵柩磕拜,怒道:"我们师徒之间早已情断义绝,你带我来作甚?"小龙女淡淡的道:"这里还空着两具石棺,一具是你用的,一具是我用的。我就这么跟你说一声,你爱那一具可以任拣。"说着伸手向两具石棺一指。

李莫愁大怒,喝道:"你胆敢恁地消遣我?"语歇招出,发掌击向小龙女胸前。那知小龙女眼见掌到,竟不还手。李莫愁一怔,心道:"这一掌可莫劈死了她。"掌绿离她胸口数寸,硬生生的收了转来。小龙女心平气和的道:"师姊,墓门的断龙石已经放不啦!"

李莫愁脸色立时惨白,墓中诸般机关她虽不尽晓,却知"断龙石"是闭塞墓门的最厉害杀着,当年师父曾遇大敌,险些不能抵御,几乎要放"断龙石"将敌人挡在外面,后来终于连使冰魄银针和玉锋针伤了强敌。不料师妹竟将自己闭在墓内,惊惶之下,颤声道:"你另有出去的法子,是不是?"

小龙女淡然道:"断龙石一闭,墓门再不能开,你难道不知?"李莫愁伸臂揪住她胸口衣襟,厉声道:"你骗人!"小龙女仍是不动声色,说道:"师父留下的玉女心经就在那边,你要看,只管去看好啦。我和过儿在这儿,你要杀,尽管下手。但你想生离古墓,我瞧是不成的啦!"

李莫愁抓住小龙女胸口的手慢慢松开,凝神瞪视,但见她一副漫不在乎的神气,知她并非说谎,随即念头一转,道:"也好,我先杀了你师徒俩!"挥掌击向她面门。杨过闪身而上,挡住小龙女身前,叫道:"你先杀我罢!"李莫愁手掌下沉,转到了小龙女胸口,留劲不发,恶狠狠的瞧着杨过,说道:"你这般护着她,就是为她死了也是心甘,是不是?"杨过朗声道:"正是!"李莫愁左手斜出,将杨过腰中长剑抢在手里,指住他的咽喉,厉声道:"我只要杀一个人。你再说一遍,你死还是她死?"杨过不答,只是朝着小龙女一笑。此时二人早已把生死置之度外,不论李莫愁施何杀手,也都不放在心上。

李莫愁长叹一声,说道:"师妹,你的誓言破了,你可下山去啦。"

古墓派祖师林朝英当年苦恋王重阳,终于好事难谐。她伤心之余,立下门规,凡是得她衣钵真传之人,必须发誓一世居于古墓,终身不下终南山,但若有一个男子心甘情愿的为她而死,这誓言就算破了。不过此事决不能事先让那男子得知。只因林朝英认定天下的男子无不寡恩薄情,王重阳英雄侠义,尚自如此,何况旁人?决无一个能心甘情愿为心爱的女子而死,若是真有此人,那么她后代弟子跟他下山也自不枉了。李莫愁比小龙女早入师门,原该承受衣钵,但她不肯立那终身不下山之誓,是以后来反由小龙女得了真传。

此时李莫愁见杨过这般诚心对待小龙女,不由得又是羡慕,又是恼恨,想起陆展元对自己的负心薄幸,双眉扬起,叫道:"师妹,你当真有福气。"长剑疾向杨过喉头刺去。小龙女见她真下毒手,事到临头,却也不由得不救,左手挥动,十余枚玉锋针掷了过去。

李莫愁双足一点,身子跃起,避开毒针。小龙女已拉了杨过奔向门口,回头说道:"师姊,我誓言破也好,石破也好,咱们四个命中是要在这墓中同归于尽。我不愿再见你面,咱们各死各的罢。"伸手在壁角一按,石门落下,又将四人隔开。

小龙女心情激动,一时难以举步。杨过扶着她到孙婆婆房中休息,倒了两杯玉蜂浆,服侍她喝了一杯,自己也喝了一杯。小龙女幽幽的叹了口气,道:"过儿,你为什么甘愿为我死?"杨过道:"天下就只你待我好,我怎么不肯为你死?"小龙女不语,隔了半晌,才道:"早知这样,咱们也不用回进墓来陪她们一起死啦。不过,若不回来,不知你甘愿为我而死,我这誓言也不能算破。"杨过道:"咱们想法子出去,好不好?"小龙女道:"你不知道古墓的构里多妙,咱们是不能再出去啦。"杨过叹了口气。

小龙女道:"你后悔了,是不是?"杨过道:"不,在这里我是跟你在一起,外边世界上又没疼我的人。"小龙女以前不许他说"你疼我什么",杨过自后就一直不提,这时她心情已变,听了不禁大有温暖之感,问道:"那你干么又叹气了?"杨过道:"我想若是咱俩一块儿下山,天下好玩的事真多,有你和我在一起,当真是快活不过。"

小龙女自婴儿之时即在古墓之中长大,向来心如止水,师父与孙婆婆从来不跟她说外界之事,她自然无从想像,此时给杨过一提,不由心事如潮,但觉胸口热血一阵阵的上涌,待欲运气克制,总是不能平静,不禁暗暗惊异,自觉生平从未经历此境,想必是重伤之后,功力难复。她却不知以静功压抑七情六欲,原是逆天行事,并非情欲就此消除,只是严加克制而已。她此时已年过二十,突遭危难,却有一个少年男子甘心为她而死,自不免激动真情,有如堤防溃决，诸般念头纷至沓来。

她坐在床上运了一会功，但觉浮躁无已，当下在室中走来走去，却越走越是郁闷，当下脚步加快，奔跑起来。杨过见她双颊潮红，神情激动，自与她相识以来从未见她如此，不禁大是骇异。小龙女奔了一阵，重又坐到床上，向杨过望去，但见他脸上满是关切之情，心中忽然一动："反正我就要死了，他也要死了。咱们还分什么师徒姑侄？ 若是他来抱我，我决不会推开，便让他紧紧的抱着我。"

杨过见她眼波流动，胸口不住起伏喘气，只道她伤势又发，急道："姑姑，你怎么啦？"小龙女柔声道："过儿，你过来。"杨过依言走到床边，小龙女握住他手，轻轻在自己脸上抚摸，低声道："过儿，你喜不喜欢我？"杨过只怠她脸上烫热如火，心中大急，颤声道："你胸口好痛么？"小龙女微笑道："不，我心里舒服得很。过儿，我快死啦，你跟我说，你是不是真的很喜欢我？"杨过道："当然啦，这世上就只你是我的亲人。"小龙女道："要是另外有个女子，也像我这样待你，你会不会也待她好。"杨过道："谁待我好，我也待她好。"他此言一出，突觉小龙女握着他的手颤了几颤，登时变得冰冷，抬起头来，见她本来晕红娇里的俏脸忽又回复了一向的苍白。

杨过惊道："我说错了么？"小龙女道："你若要再去喜欢世上别的女子，那还是别喜欢我的好。"杨过笑道："咱们没几天就要死啦，我还去喜欢什么别的女子？ 难道我会去待李莫愁和她那个徒儿很好吗？"

小龙女嫣然一笑，道："我当真胡涂啦。不过我还是爱听你亲口发一个誓。"杨过道："发什么誓？"小龙女道："我要你说，你今后心中就只有我一个儿，若是有了别个女子，就得给我杀死。"

杨过笑道："莫说我永远不会，要是我当真不好，不听你话，你杀我也是该的。"于是依言发誓道："弟子杨过，这一生一世，心中就只有姑姑一个，倘若日后变了心，不用姑姑来杀，只要一见姑姑的脸，弟子就亲手自杀。"小龙女很是开心，叹道："你说得很好，这么我就放心啦。"紧紧握着他手不放。杨过但觉阵阵温热从她手上传来。

小龙女道："过儿，我真是不好。"杨过忙道："不，你一直都好。"小龙女摇头道："我以前对你很凶，起初要赶你出去，幸亏孙婆婆留住了你。要是我不赶走你，孙婆婆也不会死啊！"说到这里，眼泪不禁夺眶而出。她自五岁开始练功，就不再流泪，这时重又哭泣，心神大震，全身骨节格格作响，似觉功劲内力正在离身而去。杨过大骇，只叫："你……姑姑，你怎么了？觉得怎样？"

就在这当口，忽然轧轧声响，石门推开，李莫愁与洪凌波走了进来。原来李莫愁心想断龙石已下，左右是个死，也不再顾忌墓中到处伏有厉害机关，鼓勇前闯，竟被她连过几间石室，到了孙婆婆房里。她暗自庆幸，只道此番运气奇佳，竟没触发机关受困，却没想到墓中机关原为抵挡大队金兵而设，皆是巨石所构，粗大笨重，须有人操纵方能抗敌，小龙女既不施暗算，诸般机关自也全无动静。

杨过立即抢过，挡在小龙女身前。李莫愁道："你让开，我有话跟师妹说。"杨过防她使诈伤害师父，不肯离开，道："你说便是。"李莫愁瞪眼向他望了一阵，叹道："似你这般男子，当真是天下少有。"小龙女忽地站起，问道："师姊，你说他怎么啦，好还是不好？"李莫愁道："师妹，你从未下过山，不知世上人心险恶，似他这等情深义重之人，普天下再难找出第二个来。"她在情场中伤透了心，悲愤之余，不免过甚其辞，把普天下所有真情的男子都抹杀了。

小龙女极是喜慰，低声道："那么，有他陪着我一起死，也自不枉了这一生。"李莫愁道："师妹，他到底是你什么人？你已嫁了他么？"小龙女道："不，他是我徒儿。他说待我很好。但到底好不好，我也不知道。"

李莫愁大是奇怪，摇头道："师妹，我瞧瞧你的手臂。"伸出左手轻轻握住小龙女的手，右手捋起她衣袖，但见雪白的肌肤上殷红一点，正是师父所点的守宫砂。李莫愁暗暗钦佩："这二人在古墓中耳鬓里磨，居然能守之以礼，她仍是个冰清玉洁的处女。"当下卷起自己衣袖，一点古宫砂也是娇里欲滴，两条白臂傍在一起，煞是动人，不过自己是无可奈何才守身完贞，师妹却是有人心甘情愿的为她而死，幸与不幸，大相迳庭，想到此处，不禁长长叹了口气，放开了小龙女的手。

小龙女道："你有什么话要跟我说？"李莫愁本意要羞辱她一番，说她勾引男子，败坏师门，想激得她于惭怒交迸之际无意中透露出墓的机关，但此时已无言可说，沉吟片刻，又有了主意，说道："师妹，我是来向你陪不是啦。"小龙女大出意外，她素知这位师姊心高气傲，决不肯向人低头，这句话不知是何用意，当下淡淡的道："你做你的事，我做我的，各行其是，那也不用陪什么不是。"李莫愁道："师妹，你听我说，我们做女子的，一生最有福气之事，乃是有一个真心的郎君。古人有言道：易求无价宝，难得有情郎。做姊姊的命苦，那是不用说了。这少年待你这么好，你实是什么都不欠缺的了。"小龙女微微一笑，道："我确是很开心啊。他永远不会对我负心的，我知道。"

李莫愁心中一酸，接着道："那你该当下山去好好快活一番才是啊。花花世界，你二人双宿双飞，赏心乐事，当真无穷无尽。"小龙女抬走头来，出了一会神，轻轻道："是啊，可惜现下已经迟了。"李莫愁道："为什么？"小龙女道："断龙石已经放下，纵然师父复生，咱们也不能再出去了。"李莫愁低声下气，费了一番唇舌，原盼引起她求生之念，凭着她对古墓地形的熟习，找寻一条生路，那知到头来仍然无望，急怒之下，不由得杀意骤生，手腕微翻，举掌往她头顶击落。

杨过在旁怔怔的听着她二人对答，蓦见李莫愁忽施杀手，慌乱中自然而然的蹲下身子，阁的一声大叫，双掌推出，使出了欧阳锋所授的蛤蟆功。这是他幼时所学功夫，自住古墓后从来没有练过，但深印脑海之中，于最危急时不思自出。李莫愁这一掌将落未落，突觉一股凌厉之极的掌风从旁压到，急忙回掌向下挡架。杨过在

211

神雕侠侣　壹

第七回

重阳遗篇

古墓中修习两年,内力已强,虽跟蛤蟆功全不相干,这一推之力却也已大非昔比,砰的一声,竟将李莫愁推得向后飞出,在石壁上重重一撞,只感背脊剧痛。

李莫愁大怒,双掌互擦,斗室中登时腥臭弥漫,中人欲呕。小龙女知道杨过适才这一击只是侥幸得手,师姊真正厉害的"赤练神掌"功夫施展出来,合自己与杨过二人之力也是抵挡不住,当即拉着杨过手臂,闪身穿出室门。

李莫愁挥掌拍出,那知手掌尚在半空,左颊上忽地吃了一记耳光,虽然不痛,声音却甚清脆,但听小龙女叫道:"你想学玉女心经的功夫,这就是了!"李莫愁只一怔间,右颊上又中了一掌。她素知师父"玉女心经"的武功厉害之极,此时但见小龙女出手快捷无比,而手掌之来又是变幻无方,明明是本门武功路子,偏生自己全然不解其中奥妙,自是玉女心经功夫无疑,心中立时怯了,眼睁睁望着师妹携同杨过走入另室,关上了室门。她兀自抚着脸颊,暗道:"总算她手下留情,若是这两掌中使了劲力,我这条命还在么?"却不知小龙女这门功夫尚未练成,掌法虽然精妙,掌力却不能伤人。

杨过见师父乾净利落的打了李莫愁两下耳光,大是高兴,道:"姑姑,这心经的功夫,李莫愁便敌不过……"一言未毕,忽见小龙女颤抖不止,似乎难以自制,惊叫:"姑姑,你怎么……你……"小龙女颤声道:"我……我好冷……"适才她击出这两掌,虽然发劲极轻,使的却是巾家真力,重伤后元功未复,这一牵动实是受损不小。她一生在寒玉床上练功,原是至寒的底子,此时制力一去,犹如身堕万仞玄冰之中,奇冷彻骨,牙齿不住打战。杨过急得只叫:"怎么办?"情急之下,将她紧紧搂在怀中,欲以自身的热气助她抗寒,只抱了一会,但觉小龙女身子越来越冷,渐渐自己也抵挡不住。

小龙女自觉内力在一点一滴的不断消失,说道:"过儿,我是不成的啦,你……你抱我到……到那放石棺的地方去。"杨过一阵伤心欲绝,说不出话来,但随即想起,反正大家已没几天好活,这时陪她一起死了也是一样，于是快快活活的道："好。"抱着她走到放石棺的室中，将她放在一具石棺的盖上，点燃了蜡烛。烛光映照之下，石棺厚重，更显得小龙女柔纤弱。

小龙女道："你推开这……这具石棺的盖儿，把我放进去。"杨过道："好！"小龙女察觉他语音中并无伤感之意，微觉奇怪。杨过推开棺盖，抱起她轻轻放入，随即跃进棺中，和她并头卧倒。两人挤在一起，已无转侧余地。

小龙女又是欢喜，又是奇怪，问道："你干什么？"杨过道："我自然跟你在一起。让那两个壤女人睡那口石棺。"小龙女长长叹了口气，心中十分平安，身上寒意便已不如先前厉害，转眼向杨过瞧去，只见他目光也正凝视着自己。她偎依在杨过身上，心头一阵火热，只盼他伸臂来搂抱自己，但杨过两条手臂伸直了，规规矩矩的放在他自己大腿之上，似乎惟恐碰到了她身子。

小龙女微感害羞，脸上一红，转过了头不敢再去瞧他，心头迷乱了半晌，忽然见到棺盖内侧似乎写得有字，凝目瞧去，果见是十六个大字：

"玉女心经，技压全真。重阳一生，不弱于人。"

这十六个字以浓墨所书，笔力苍劲，字体甚大。其时棺盖只推开了一半，但斜眼看去，仍是清清楚楚。小龙女"咦"的一声，道："那是什么意思？"杨过顺着她目光瞧去，见到那十六个大字，微一沉吟，说道："是王重阳写的？"小龙女道："好像是他写的。他似说咱们的玉女心经虽然胜得过全真派武功，然而他自己却并不弱于咱们祖师婆婆，是不是？"杨过笑道："这牛鼻子老道吹牛。"小龙女再看那十六个字时，只见其后还写得有许多小字，只是字体既小，又是在棺盖的彼端，她睡在这一头却已难以辨认，说道："过儿，你出去。"杨过摇头道："我不出去。"小龙女微笑道："你先出去一会儿，待会再进来陪我。"杨过这才爬出石棺。

小龙女坐起身来，要杨过递过烛台，转身到彼端卧倒，观看小字。此时看来，这此小字都已颠倒，她逐一慢慢读去，连读了两遍，忽感手上无力,烛台一幌,跌在胸前。杨过忙伸手抢起,扶她出了石棺,问道:"怎么?那些字写的是什么?"

小龙女脸色异样,定神片刻,才叹了口气道:"原来祖师婆婆死后,王重阳又来过古墓。"杨过道:"他来干么?"小龙女道:"他来吊祭祖师婆婆。他见到石室顶上祖师婆婆留下的玉女心经,竟把全真派所有的武功尽数破去。他便在这石棺的盖底留字说道,咱们祖师婆婆所破去的,不过是全真派的粗浅武功而已,但较之最上乘的全真功夫,玉女心经又何足道哉?"

杨过"呸"了一声道:"反正祖师婆婆已经过世,他爱怎么说都行。"小龙女道:"他在留言中又道:他在另一间石室中留下破解玉女心经之法,后人有缘,一观便知。"杨过好奇心起,道:"姑姑,咱们瞧瞧去。"小龙女道:"王重阳的遗言中说道,那间石室是在此室之下。我在这里一辈子,却不知尚有这间石室。"杨过央求道:"姑姑,咱们想法子下去瞧瞧。"

此时小龙女对他已不若往时严厉,虽然身子疲倦,仍觉还是顺着他的好,微微一笑,说道:"好罢!"在室中巡视沉思,最后向适才睡卧过的石棺内注视片刻,道:"原来这具石棺也是王重阳留下的。棺底可以掀开。"

杨过大喜,道:"啊,我知道啦,那是通向石室的门儿。"当即跃入棺中,四下摸索,果然摸到个可容一手的凹处,于是紧紧握住了向上一提,却是纹丝不动。小龙女道:"先朝左转动,再向上提。"杨过依言转而后提,只听喀喇一响,棺底石板应手而起,大喜叫道:"行啦!"小龙女道:"且莫忙,待洞中秽气出尽后再进去。"

杨过坐立不安,过了一会,道:"姑姑,行了吗?"小龙女叹道:"似你这般急性儿,也真难为你陪了我这几年。"缓缓站起,拿了烛台,与他从石棺底走入,下面是一排石级,石级尽处是条短短甬道,再转了个弯,果然走进了一间石室。

室中也无特异之处,两人不约而同的抬头仰望,但见室顶密密麻麻的写满了字迹符号,最右处写着四个大字:"九阴真经"。

両人都不知九阴真经中所载实乃武学最高的境界，看了一会，但觉奥妙难解。小龙女道："就算这功夫当真厉害无比，于咱们也是全无用处了。"

杨过叹了口气，正欲低头不看，一瞥之间，突见室顶西南角绘着一幅图，似与武功无关，凝神细看，倒像是幅地图，问道："那是什么？"小龙女顺着他手指瞧去，只看了片刻，全身登时便如僵住了，再也不动。

过了良久，她兀自犹如石像一般，凝望着那幅图出神。杨过害怕起来，拉拉她衣袖，问道："姑姑，怎么啦？"小龙女"嗯"的一声，忽然伏在他胸口抽抽噎噎的哭了起来。杨过柔声道："你身上又痛了，是不是？"小龙女道："不，不是。"隔了半响，才道："咱们可以出去啦。"杨过大喜，一跃而起，大叫："当真？"小龙女点了点头，轻声道："那幅图画，绘的是出墓的秘道。"她熟知墓中地形，是以一见便明白此图含义。

杨过欢喜无已，道："妙极了！那你干么哭啊？"小龙女含着眼泪，嫣然笑道："我以前从来不怕死，反正一生一世是在这墓中，早些死、晚些死又有什么分别？可是，可是这几天啊，我老是想到，我要到外面去瞧瞧。过儿，我又是害怕，又是欢喜。"

杨过拉着她手，说道："姑姑，你和我一起出去，我采花儿给你戴，捉蟋蟀给你玩，好不好？"他虽然长大了，但所想到的有趣之事，还是儿时的那些玩意。小龙女从来没与人玩过，听他兴高采烈的说着，也就静静的倾听，心中虽想："还是尽快出去的好"，但身子酸软无力，又实是不想离开古墓，过了好一会，终于支持不住，慢慢靠向杨过肩头。杨过说了一会，不听她回答，转过头来，只见她双眼微闭，呼吸细微，竟自沉沉睡去了。他心中一畅，倦困暗生，迷糊之间竟也入了睡乡。

过了不知多少时候，突然腰间一酸，腰后"中枢穴"上被人点了一指。他一惊而醒，待要跃起抵御，后颈已被人施擒拿手牢牢抓住，登时动弹不得，侧过头来，但见李莫愁师徒笑吟吟的站在身旁，师父也已被点中了穴道。原来杨、龙两人殊无江湖上应敌防身的经历，喜悦之余，竟没想到要回上去安上棺底石板，却被李莫愁发现了这地下石室，偷袭成功。

李莫愁冷笑道："好啊，这里竟还有一个如此舒服的所在，两个娃儿躲了起来享福。师妹，你倒用心推详推详，说不定会有一条出墓的道路。"小龙女道："我就算知道，也不会跟你说。"李莫愁本来深信她先前所说并无虚假，断龙石既已放下，更无出墓之望，但她刚才说这两句话的语气神情，显然是知道出墓的法子。李莫愁一听之下，不由得喜从天降，说道："好师妹，你带我们出去，从此我不再跟你为难便了。"小龙女道："你们自己进来，便自己想法子出去，为什么要我带领你们？"

李莫愁素知这个师妹倔强执拗，即令师父在日，也常容让她三分，用强胁迫九成无效，但当此生死关头，不管怎么也都要逼一逼了，于是伸指在两人颈下"天突穴"上重重一点，又在两人股腹之间的"五枢穴"上点了一指。那"天突穴"是人身阴维、任脉之会，"五枢穴"是足少阳带脉之会，李莫愁使的是古墓派秘传点穴手法，料知两人不久便周身麻里难当，非吐露秘密不可。

小龙女闭上了眼，浑不理会。杨过道："若是我姑姑知道出路，咱们干么不逃出去，却还留在这儿？"李莫愁笑道："她刚才话中已露了口风，再也赖不了啦。她自然知道这古墓另有秘密出口，等你们养足了精神，当然便出去了。师妹，你到底说是不说？"小龙女轻轻的道："你到了外面，也不过是想法子去杀人害人，出去又有什么好？"

李莫愁抱膝坐在一旁，笑吟吟的不语。过了一会，杨过已先抵受不住，叫道："喂，李莫愁，祖师婆婆传下这手点穴法来，是叫你对付敌人呢还是欺侮自己人？你用来害自己师妹，可对得住祖师婆婆么？"李莫愁微笑道："你叫我李莫愁，咱们早就不是自己人了。"

杨过在小龙女耳边低声道："你千万别说出墓的秘密，李莫愁若不知道，始终不会杀死我们，等得她一知出路，立刻就下毒手了。"小龙女道："啊，你说得对，我倒没想到。我本来就只是偏偏不肯跟她说。"此时她卧倒在地，睁眼便见到室顶的地图，心想："这地图若给师姊发现，那可糟了。我眼光决不能瞧向地图。"

当年王重阳得知林朝英在活死人墓中逝世，想起她一生对自己情痴，这番恩情实是非同小可，此时人鬼殊途，心中伤痛实难自已，于是悄悄从密道进墓，避开她的丫环弟子，对这位江湖旧侣的遗容熟视良久，仰住声息痛哭了一场，这才巡视自己昔时所建的这座石墓，见到了林朝英所绘自己背立的画像，又见到两间石室顶上她的遗刻。但见玉女心经中所述武功精微奥妙，每一招都是全真武功的克星，不由得脸如死灰，当即退了出来。

他独入深山，结了一间茅芦，一连三年足不出山，精研这玉女心经的破法，虽然小处也有成就，但始终组不成一套包蕴内外、融会贯串的武学。心灰之下，对林朝英的聪明才智更是佩服，甘拜下风，不再钻研。十余年后华山论剑，夺得武学奇书九阴真经。他决意不练经中功夫，但为好奇心所驱使，禁不住翻阅一遍。

他武功当时已是天下第一，九阴真经中所载的诸般秘奥精义，一经过目，思索上十余日，即已全盘豁然领悟，当下仰天长笑，回到活死人墓，在全墓最隐秘的地下石室顶上刻下九阴真经的要旨，并一一指出破除玉女心经之法。他看了古墓的情景，料想那几具空棺将来是林朝英的弟子所用。她们多半是临终时自行入棺等死，其时自当能得知全真派祖师一生不输于人。于是在那具本来留作己用的空棺盖底写下了十六字，好教林朝英后人于临终之际，得知全真教创教祖师的武学，实非玉女心经所能克制。

这只是他一念好胜，却非有意要将九阴真经里漏于世，料想待得林朝英的弟子见到九阴真经之时，也已奄奄一息，只能将这秘密带入地下了。

王重阳与林朝英均是武学奇才，原是一对天造地设的佳偶。二人之间，既无或男或女的第三者引起情海波澜，亦无亲友师弟间的仇怨纠葛。王重阳先前尚因专心起义抗金大事，无暇顾及儿女私情，但义师毁败、枯居古墓，林朝英前来相慰，柔情高义，感人实深，其时已无好事不谐之理，却仍是落得情天长恨，一个出家做了黄冠，一个在石墓中郁郁以终。此中原由，丘处机等弟子固然不知，甚而王林两人自己亦是难以解说，惟有归之于"无缘"二字而已。却不知无缘系"果"而非"因"，二人武功既高，自负益甚，每当情苗渐茁，谈论武学时的争竞便随伴而生，始终互不相下，两人一直至死，争竞之心始终不消。林朝英创出了克制全真武功的玉女心经，而王重阳不甘服输，又将九阴真经刻在墓中。只是他自思玉女心经为林朝英自创，自己却依傍前人的遗书，相较之下，实逊一筹，此后深自谦抑，常常告诫弟子以容让自克、虚怀养晦之道。

　　至于室顶秘密地图，却是当石墓建造之初即已刻上，原是为防石墓为金兵长期围困，得以从秘道脱身。这条秘道却连林朝英也不知悉。林朝英只道一放下"断龙石"，即与敌人同归于尽，却没想到王重阳建造石墓之时，正谋大举以图规复中原，满腔雄心壮志，岂肯一败之下便自处于绝地？后来王重阳让出石墓之时，深恐林朝英讥其预留逃命退步，失了慷慨男儿的气概，是以并不告知，却也是出于一念好胜。

　　小龙女不敢去看地图，眼光只望着另一个角落，突然之间，"解穴秘诀"四个小字有如电光般闪入眼中。她心中一凛，将秘诀仔细看了几遍，一时大喜过望，若不是素有自制，几乎便叫了出来。秘诀中讲明自通穴道之法，若是修习内功时走火，穴道闭塞，即可以此法自行打通。本来若有人练到九阴真经，武功必已到了一流境界，绝少再会给人点中穴道，这秘诀原本用以对付自身内心所起的魔头。但在小龙女此时处境，却是救命的妙诀。

　　她转念又想："我纵然通了穴道，但打不过师姊，仍是无用。"当即细看室顶经文，要找一门即知即用的武功，一出手就将李莫愁制住，但约略瞥去，每一项皆是艰深繁复，料想就算是最易的功夫，也须数十日方能练成，却又不敢多看，生恐李莫愁顺着自己目光抬头仰望，即便发见室顶地图与九阴真经。耳听得杨过大呼小叫，不住与李莫愁斗口，幸得如此，这个向来细心的师姊才没留心自己的眼光，突然间心念一动，想到了计策，抬头将九阴真经中"解穴秘诀"与"闭气秘诀"两项默念一遍，俯嘴在杨过耳边，轻轻教给了他。

杨过登时便即领会。小龙女轻声道："先解穴道。"杨过生怕李莫愁师徒发觉，口中大声呻吟，不断胡言乱语，叫道："啊哟，李师伯，你下手实在太也狠毒，对不住祖师婆婆，更对不住祖师婆婆的婆婆，婆婆的太婆……"

两人依着王重阳遗篇中所示的"解穴秘诀"默运玄功，两人内功本有根柢，片刻间已将身上被点的两处穴道解开。两人外表一无动静，但李莫愁还是立即察觉有异，喝道："干什么？"纵身过来。

小龙女跃起身来，反手出掌，在她肩头轻轻一拍，正是玉女心经中的上乘武功。李莫愁万料不到她竟能自解穴道，大惊之下，急忙后跃。小龙女道："师姊，你想不想出去？"

李莫愁一听大喜，她自负武功高强，才智更是罕逢匹敌，此时竟被一个从未见过世面的小师妹玩弄于掌股之上，不由得愤恚异常，但想且当忍一时之气，先求出墓，再治她不迟，她虽有几下怪招，但着身无力，这时已觉到似乎并非她手下容情，而实是内劲不足，没什么了不起，当即笑道："这才是好师妹呢，我跟你陪不是啦，你带我出去罢。"

杨过心想，眼前机会大好，正可乘机离间她师徒，说道："我姑姑说，只能带你们之中一个人出去，你说是带你呢，还是带你徒儿？"李莫愁道："你这坏小里，乘早给我闭嘴。"小龙女还没明白杨过的用意，但处处护着他，随即道："正是，我只能带一个人，多了不行。"杨过笑道："师伯，还是让洪师姊跟我们出去的好，你年纪大了，活得够啦。洪师姊相貌又比你美得多。"其实李莫愁年纪虽然较大，美貌却犹胜徒儿，听了这话，更是恼怒，却仍不作声。杨过道："好罢！我们走！姑姑在前带路，我走第二，走在最后的就不能出去。"

小龙女此时已然会意，轻轻一笑，携着杨过的手，走出石室。李莫愁与洪凌波不约而同的抢在后面，两人同时挤在门口，只怕小龙女当真放下机关，将最后一人隔在墓中。李莫愁怒道："你跟我抢么？"左手伸出，已板住了洪凌波肩头。洪凌波知道师父出手狠辣，若不停步，立时会毙于她掌下，只得让师父走在前头，心中又恨又怕。

李莫愁紧紧跟在杨过背后，一步也不敢远离，只觉小龙女东转西弯，越走越低。同时脚下渐渐潮湿，心知早已出了古墓，只是在暗中隐约望去，到处都是岔道。再走一会，道路奇陡，竟是笔直向下，若非四人武功均高，早已摔了下去。李莫愁暗想："终南山本不甚高，这般走法，不久就到山下，难道我们是在山腹中么？"

下降了约莫半个时辰，这路渐平，只是湿气却也渐重，到后来更听到了淙淙水声，路上水没至踝。越走水越高，自腿而腹，渐与胸齐。小龙女低声问杨过道："那闭气秘诀你记得明白罢？"杨过低声道："记得。"小龙女道："待会你闭住气，莫喝下水去。"杨过道："嗯，姑姑，你自己要小心了。"小龙女点点头。

说话之间，水已浸及咽喉。李莫愁暗暗吃惊，叫道："师妹，你会洇水吗？"小龙女道："我一生长于墓中，怎会洇水？"李莫愁略觉放心，踏出一步，不料脚底忽空，一股水流直冲口边。她大惊之下，急忙后退，但小龙女与杨过却已钻入了水中，到此地步，前面纵是刀山剑海，也只得闯了过去，突觉后心一紧，衣衫已被洪凌波拉住，忙反手回击，这一下出手不轻，却甩她不脱。此时水声轰轰，虽是地下潜流，声势却也惊人。李莫愁与洪凌波都不通水性，被潜流一冲，立足不定，都漂浮了起来。

李莫愁虽然武功精湛，此刻也是惊慌无已，伸手乱抓乱爬，突然间触到一物，当即用力握住，却是杨过的左臂。杨过正闭住呼吸，与小龙女携着手在水底一步步向前而行。斗然被李莫愁抓到，忙运擒拿法卸脱，但李莫愁既已抓住，那里还肯放手？一股股水往她口中鼻中急灌，直至昏晕，仍是牢牢抓住。杨过几次甩解不脱，生怕用力过度,喝水入肚,也就由得她抓着。

四人在水底拖拖拉拉,行了约莫一顿饭时分,小龙女与杨过气闷异常,渐渐支持不住,两人都喝了一肚子水,幸差水势渐缓,地势渐高,不久就露口出水。又行了一柱香时刻,越走眼前越亮,终于在一个山洞里钻了出来。二人筋疲力尽,先运气吐出腹中之水,躺在地下喘息不已。

此时李莫愁仍牢牢抓着杨过手臂,直至杨过逐一扳开她的手指,方始放手。小龙女先点了李莫愁师徒二人肩上的穴道,才将她们放在一块圆石之上,让腹中之水慢慢从口中流出。

过了良久,李莫愁"啊、啊"几声,先自醒来,但见阳光耀眼,当真是重见天日,回想适才坐困石墓、潜流遭厄的险状,兀自不寒而栗,虽然上身麻软,心中却远较先前宽慰。又过良久,洪凌波才慢慢苏醒。

小龙女对李莫愁道:"师姊,你们请便罢!"李莫愁师徒双手瘫痪,下半身却行动自如,当下站起身来,默默无言的对望一眼,一前一后的去了。

杨过游目四顾,但见浓荫匝地,花光浮动,心中喜悦无限,只道:"姑姑,你说好看么?"小龙女点头微笑。两人想起过去这数天的情景,真是恍同隔世。四下里寂无人声,原来这山洞是在终南山山脚一处极为荒僻的所在。当晚二人里在树荫下草地上睡了。

次晨醒来,依杨过说就要出去游玩,但小龙女从未见过繁华世界,不知怎的,竟自大为害怕,说道:"不,我得先养好伤,然后咱们须得练好玉女心经。"杨过在自己头顶重击一掌,说道:"该死! 打你这胡涂小子! 我竟忘了你的伤。"又想下山之后,再要和师父解开衣衫一同练功,实是诸多不便,当下便助她运功疗伤。不到半月,小龙女内伤已然痊愈。

两人在一株大松树下搭了两间小茅屋以蔽风雨。茅屋上扯满了紫藤。杨过喜欢花香浓郁,更在自己居屋前种了些玫瑰茉莉之类香花。小龙女却爱淡雅,说道松叶清香,远胜异花奇卉,她所住的茅屋前便一任自然,惟有野草。

师徒俩日间睡眠,晚上用功。数月过去,先是小龙女练成,再过月余,杨过也功行圆满了。两人反覆试演,已是全无窒碍,杨过又提入世之议。

小龙女但觉如此安稳过活,世上更无别事能及得上,但想他留恋红尘,终是难以长羁他在荒山之中,于是说道:"过儿,咱俩的武功虽已大非昔比,但跟你郭伯父、郭伯母相较,又是怎地?"杨过道:"那自然还远远及不上。"小龙女道:"你郭伯父将功夫传了他女儿,又传了武氏兄弟,他日相遇,咱们仍会受他们欺辱。"

一听此言,杨过跳了起来,怒道:"他们若再欺侮我,岂能与他们干休?"小龙女冷冷的道:"你打他们不过,可也是枉然。"杨过道:"那你帮我。"小龙女道:"我打不赢你郭伯母,仍是无用。"杨过低头不语,筹思对策。沉吟了一会,说道:"瞧在郭伯伯的份上,我不跟他们争闹就是。"小龙女心想:"他在墓中住了两年多,练了古墓派内功,居然火性大减,倒也难得。"其实杨过只是年纪长了,多明事理,想起郭靖相待自己确是一片真情,心下感激,是以甘愿为他而退让一步,何况与郭芙、武氏兄弟也无什么深仇大恨,只不过幼时为了蟋蟀而争闹而已,此时回想,早已淡然。

小龙女道:"你肯不跟人争竞,那是再好也没有了。不过听你说道,到了外边,就算你肯让了别人,别人还是会来欺侮你,咱们若不练成王重阳遗下来的功夫,遇上了武功高强之人,终究还是抵敌不过。"杨过知她雅不欲离开这清静的所在,不忍拂逆其意,便道:"姑姑,我听你话,打从明儿起,咱们起手练那九阴真经。"

就因这一席话,两人在山谷中又多住了一年有余。小龙女和杨过重经秘道潜入墓中,将重阳遗刻诵读数日,记忆无误,这才出来修习。年余之间,师徒俩内功外功俱皆精住。但墓中的重阳遗刻只是对付玉女心经的法门,仅为九阴真经的一小部份,是以二人所学,比之郭靖、黄蓉毕竟尚远为不如,但此却非二人所知了。

这一日练武已毕,两人均觉大有进境。杨过跳上跳下的十分开心,小龙女却愀然不乐。杨过不住说笑话给她解闷。小龙女只是不声不响。杨过知道此时重阳遗刻上的功夫已然学会,若说要融会贯通,自不知要到何年何月,但其中诀窍奥妙却已尽数知晓,只要日后继续修习,功夫越深,威力就必越强。料想小龙女不愿下山,却无藉口相留,是以烦恼,便道:"姑姑,你不愿下山,咱们就永远在这里便是。"小龙女喜道:"好极啦……"只说了三个字,便即住口,明知杨过纵然勉强为己而留,心中也难真正快活,幽幽的道:"明儿再说罢。"晚饭也不吃,回到小茅屋中睡了。

杨过坐在草地上发了一阵呆,直到月亮从山后升起,这才回屋就寝。睡到午夜,睡梦中隐隐听得呼呼风响,声音劲急,非同寻常。他一惊而醒,侧耳听去,正是有人相斗的拳声掌风。他急忙窜出茅屋,奔到师父的茅屋外,低声道:"姑姑,你听到了么?"

此时掌风呼呼,更加响了,按理小龙女必已听见,但茅屋中却不闻回答。杨过又叫了两声,推开柴扉,只见榻上空空,原来师父早已不在了。他更是心惊,忙寻声向掌声处奔去。奔出十余丈,未见相斗之人,单听掌风,已知其中之一正是师父,但对手掌风沉雄凌厉,武功似犹在师父之上。

杨过急步抢去,月光下只见小龙女与一个身材魁梧的人盘旋来去,斗得正急。小龙女虽然身法轻盈,但那人武功高强之处,在他掌力笼罩之下,小龙女只是勉力支撑而已。杨过大骇,叫道:"师父,我来啦!"两个起落,已纵到二人身边,与那人一朝相,不禁惊喜交集,原来那人满腮须髯,根根如戟,一张脸犹如刺里相似,正是分别已久的义父欧阳锋。

但见他凝立如山,一掌掌缓缓的劈将出去,小龙女只是闪避,不敢正面接他掌力。杨过叫道:"都是自己人,且莫斗了。"小龙女一怔,心想这大胡子疯汉怎会是自己人,一凝思间,身法略滞。欧阳锋斜掌从肘下穿出,一股劲风直扑她面门,势道雄强无比。杨过

223

大骇,急纵而前,只见小龙女左掌已与欧阳锋右掌抵上,知道师父功力远远不及义父,时刻稍久,必受内伤,当即伸五指在欧阳锋右肘轻轻一拂,正是他新学九阴真经中的"手挥五弦"上乘功夫。他虽习练未熟,但落点恰到好处,欧阳锋手臂微酸,全身消劲。

小龙女见机何等快捷,只感敌人势弱,立即催击,此一瞬间欧阳锋全身无所防御,虽轻加一指,亦受重伤。杨过翻手抓住了师父手掌,夹在二人之间,笑道:"两位且住,是自己人。"欧阳锋尚未认出是他,只觉这少年武功奇高,未可小觑,怒道:"你是谁,什么自己人不自己人?"

杨过知他素来疯疯癫癫,只怕他已然忘了自己,大叫道:"爸爸,是我啊,是你的儿子啊。"这几句话中充满了激情。欧阳锋一呆,拉着他手,将他脸庞转到月光下看去,正是数年来自己到处找寻的义儿,只是一来他身材长高,二来武艺了得,是以初时难以认出。他当即抱住杨过,木叫大嚷:"孩儿,我找得你好苦!"两人紧紧搂在一起,都流下泪来。

小龙女自来冷漠,只道世上就只杨过一人情热如火,此时见欧阳锋也是如此,心中对下山一事更是凛然有畏,静静坐在一旁,愁思暗生。

欧阳锋那日在嘉兴王铁枪庙中与杨过分手,躲在大钟之下,教柯镇恶奈何不得。他潜运神功,治疗内伤,七日七夜之后内力已复,但给柯镇恶铁杖所击出的外伤实也不轻,一时难以痊可。他掀开巨钟,到客店中又去养了二十来天伤,这才内外痊愈,便去找寻杨过,但一隔匝月,大地茫茫,那里还能寻到他的踪迹?寻思:"这孩子九成是到了桃花岛上。"当即弄了一只小般,驶到桃花岛来,白天不敢近岛,直到黑夜,方始在后山登岸。他自知非郭靖、黄蓉二人之敌,又不知黄药师不在岛上,就算自己本领再大一倍,也打这三人不过,是以白日躲在极荒僻的山洞之中,每晚悄悄巡游。岛上布置奇妙,他也不敢随意乱走。

如此一年有余,总算他谨慎万分,白天不敢出洞一步,踪迹始终未被发觉,直到一日晚上听到武修文兄弟谈话,才知郭靖送杨过到全真教学艺之事。欧阳锋大喜,当即偷船离岛,赶到重阳宫来。那知其时杨过已与全真教闹翻,进了活死人墓。此事在全真教实是奇耻大辱,全教上下,人人绝口不谈,欧阳锋虽千方百计打听,却探不到半声消息。这些时日中,他踏遍了终南山周围数百里之地,却那里知道杨过竟深藏地底,自然寻找不着。

这一晚事有凑巧,他行经山谷之旁,突见一个白衣少女对着月亮抱膝长叹。欧阳锋疯疯癫癫的问道:"喂,我的孩儿在那里?你有没见他啊?"小龙女横了他一眼,不加理睬。欧阳锋纵身上前,伸手便抓她臂膀,喝道:"我的孩儿呢?"小龙女见他出手强劲,武功之高,生平从所未见,即是全真教的高手,亦是远远不及,不由得大吃一惊,忙使小擒拿手卸脱。欧阳锋这一抓原期必中,那知竟被对方轻轻巧巧的拆解开了,也不问她是谁,左手跟着又上。两人就这么毫没来由的斗了起来。

义父义子各叙别来之情。欧阳锋神智半清半迷,过去之事早已说不大清楚,而对杨过所述也是不甚了了,只知他这些年来一直在跟小龙女练武,大声道:"她武功又不及我,何必跟她练?让我来教你。"小龙女那里跟他计较,听见后淡淡一笑,自行走在一旁。

杨过却感到不好意思,说道:"爸爸,师父待我很好。"欧阳锋妒忌起来,叫道:"她好,我就不好么?"杨过笑道:"你也好。这世界上,就只你两个待我好。"欧阳锋的话虽然说得不明不白,杨过却也知他在几年中到处找寻自己,实是费尽了千辛万苦。

欧阳锋抓住他的手掌,嘻嘻傻笑,过了一阵,道:"你的武功倒练得不错,就可惜不会世上最上乘的两大奇功。"杨过道:"那是什么啊?"欧阳锋浓眉倒竖,喝道:"亏你是练武之人,世上两大奇功都不知晓。你拜她为师有什么用?"杨过见他忽喜忽怒,不由得暗自担忧,心道:"爸爸患病已深,不知何时方得痊愈?"欧阳锋哈哈大笑,道:"嘿,让爸爸教你。那两大奇功第一是蛤蟆功,第二是九阴真经。我先教你蛤蟆功的入门功夫。"说着便背诵口诀。杨过微笑道:"你从前教过我的,你忘了吗?"欧阳锋搔搔头皮,道:"原来你已经学过,再好也没有了。你练给我瞧瞧。"

杨过自入古墓之后,从未练过欧阳锋昔日所授的怪异功夫,此时听他一说,欣然照办。他在桃花岛时便已练过,现下以上乘内功一加运用,登时使得花团锦簇。欧阳锋笑道:"好看!好看!就是不对劲,中看不中用。我把其中诀窍尽数传了你罢!"当下指手划脚、滔滔不绝的说了起来,也不理会杨过是否记得,只是说个不停,说一段蛤蟆功,又说一段颠倒错乱的九阴真经。杨过听了半晌,但觉他每句话中都似妙义无穷,但既繁复,又古怪,一时之间又那能领会得了这许多?

欧阳锋说了一阵,瞥眼忽见小龙女坐在一旁,叫道:"啊",不好,莫要给你的女娃娃师父偷听了去。"走到小龙女跟前,说道:"喂,小丫头,我在传我孩儿功夫,你别偷听。"小龙女道:"你的功夫有什么希罕?谁要偷听了?"欧阳锋侧头一想,道:"好,那你走得远远地。"小龙女靠在一株花树之上,冷冷的道:"我干么要听你差遣?我爱走就走,不爱走就不走。"欧阳锋大怒,须眉戟张,伸手要往她脸上抓去,但小龙女只作不见,理也不理。杨过大叫:"爸爸,你别得罪我师父。"欧阳锋缩回了手,说道:"好好,那就我们走得远远地,可是你跟不跟来偷听?"

小龙女心想过儿这个义父为人极是无赖,懒得再去理他,转过了头不答,不料背心上突然一麻,原来欧阳锋忽尔长臂,在她背心穴道上点了一指,这一下出手奇快,小龙女又全然不防,待得惊觉想要抵御,上身已转动不灵。欧阳锋跟着又伸指在她腰里点了一下,笑道:"小丫头,你莫心焦,待我传完了我孩儿功夫,就来放你。"说着大笑而去。

杨过正在默记义父所传的蛤蟆功与九阴真经,但觉他所说的功诀有些缠夹不清,乱七八糟,然而其中妙用极多,却是绝无可疑,潜心思索,毫不知小龙女被袭之事。欧阳锋走过来牵了他手,道:"咱们到那边去,莫给你的小师父听了去。"杨过心想小龙女怎会偷听,你就是硬要传她,她也决不肯学,但义父心性失常,也不必和他多所争辩,于是随着他走远。

小龙女麻软在地、又是好气又是好笑,心想自己武功虽然练得精深,究是少了临敌的经验,以致中了李莫愁暗算之后,又遭这胡子怪人的偷袭,于是潜运九阴神功,自解穴道,吸一口气向穴道冲袭几次。岂知两处穴道不但毫无松动之象,反而更加酸麻,不由得大骇。原来欧阳锋的手法刚与九阴真经逆转而行,她以王重阳的遗法冲解,竟然是求脱反固。试了几次,但觉被点处隐隐作痛,当下不敢再试,心想那疯汉传完功夫之后,自会前来解救,她万事不萦于怀,当下也不焦急,仰头望着天上星辰出了一会神,便合眼睡去。

过了良久,眼上微觉有物触碰,她黑夜视物如同白昼,此时竟然不见一物,原来双眼被人用布蒙住了,随觉有一张臂抱住了自己。这人相抱之时,初时极为胆怯,后来渐渐放肆,渐渐大胆。小龙女惊骇无已,欲待张口而呼,苦于口舌难动,但觉那人以口相就,亲吻自己脸颊。她初时只道是欧阳锋忽施强暴,但与那人面庞相触之际,却觉他脸上光滑,决非欧阳锋的满脸里髯。她心中一荡,惊惧渐去,情欲暗生,心想原来杨过这孩子却来戏我。只觉他双手越来越不规矩,缓缓替自己宽衣解带,小龙女无法动弹,只得任其所为,不由得又是惊喜,又是害羞。

欧阳锋见杨过甚是聪明,自己传授口诀,他虽不能尽数领会,却很快便记住了,心中欣喜,越说兴致越高,直说到天色大明,才将两大奇功的要旨说完。杨过默记良久,说道:"我也学过九阴真经,但跟你说的却人不相同。却不知是何故?"欧阳锋道:"胡说,除此之外,还有什么九阴真经?"杨过道:"比如练那易筋锻骨之术,你说第三步是气血逆行,冲天柱穴。我师父却说要意守丹田,通章门穴。"欧阳锋摇头道:"不对,不对……嗯,慢来……"他照杨过所说一行,忽觉内力舒发,意境大不相同。他自想不到郭靖写给他的经文其实已加颠倒窜改,不由得心中混乱一团,喃喃自语:"怎么?到底是我错了,还是你的女娃娃师父错了?怎会有这等事?"

杨过见他两眼发直,一副神不守舍的模样,连叫他几声,不闻答应,怕他疯病又要发作,心下甚是担忧,忽听得数丈外树后忽喇一声,人影一闪,花丛中隐约见到杏黄道袍的一角。此处人迹罕至,怎会有外人到此?而且那人行动鬼鬼祟祟,显似不怀好意,不禁疑心大起,急步赶去。那人脚步迅速,向前飞奔,瞧他后心,乃是一个道人。杨过叫道:"喂,是谁?你来干什么?"施展轻功,提步急追。

那道人听到呼喝,奔得更加急了,杨过微一加劲,身形如箭般直纵过去,一把抓住了他肩头,扳将过来,原来是全真教的尹志平。杨过见他衣冠不整,脸上一阵红一阵白,喝道:"你干什么?"尹志平是全真教第三代弟子的首座,武功既高,平素举止又极有气派,但不知怎的,此时竟是满脸慌张,说不出话来。杨过见他怕得厉害,想起那日他自断手指立誓,为人倒是不坏,于是放松了手,温言道:"既然没事,你就走罢!"尹志平回头瞧了几眼,慌慌张张的急步去了。

杨过暗笑:"这道士失魂落魄似的,甚是可笑。"当下回到茅屋之前,只见花树丛中露出小龙女的两只脚来,一动不动,似乎已经睡着了。杨过叫了两声:"姑姑!"不闻答应,钻进树丛,只见小龙女卧在地下,眼上却蒙着一块青布。

杨过微感惊讶,解开了她眼上青布,但见她眼中神色极是异样,晕生双颊,娇羞无限。杨过问道:"姑姑,谁给你包上了这块布儿?"小龙女不答,眼中微露责备之意。杨过见她身子软瘫,似乎被人点中了穴道,伸手拉她一下,果然她动弹不得。杨过念头一转,已明原委:"定是我义父用逆劲点穴法点中了她,否则任他再厉害的点穴功夫,姑姑也能自行通解。"于是依照欧阳锋适才所授之法,给她解开了穴道。

　　不料小龙女穴道被点之时，固然全身软瘫，但杨过替她通解了，她仍是软绵绵的倚在杨过身上，似乎周身骨骼尽皆熔化了一般。杨过伸臂扶住她肩膀，柔声道："姑姑，我义父做事颠三倒四，你莫跟他一般见识。"小龙女脸藏在他的怀里，含含糊糊的道："你自己才颠三倒四呢，不怕丑，还说人家！"杨过见她举止与平昔大异，心中稍觉慌乱，道："姑姑，我……我……"小龙女抬起头来，嗔道："你还叫我姑姑？"杨过更加慌了，顺口道："我不叫你姑姑叫什么？要我叫师父么？"小龙女淡淡一笑，道："你这般对我，我还能做你师父么？"杨过奇道："我……我怎么啦？"

　　小龙女卷起衣袖，露出一条雪藕也似的臂膀，但见洁白似玉，竟无半分瑕疵，本来一点殷红的守宫砂已不知去向，羞道："你瞧。"杨过摸不着头脑，搔搔耳朵，道："姑姑，我不懂啊。"小龙女嗔道："我跟你说过，不许再叫我姑姑。"她见杨过满脸惶恐，心中顿生说不尽的柔情，低声道："咱们古墓派的门人，世世代代都是处女传处女。我师父给我点了这点守宫砂，昨晚……昨晚你这么对我，我手臂上怎么还有守宫砂呢？"里杨过道："我昨晚怎么对你啊？"小龙女脸一红，道："别说啦。"隔了一会，轻轻的道："以前，我怕下山去，现下可不同啦，不论你到那里，我总是心甘情愿的跟着你。"

　　杨过大喜，叫道："姑姑，那好极了。"小龙女正色道："你怎么仍是叫我姑姑？难道你没真心待我么？"她见杨过不答，心中焦急起来，颤声道："你到底当我是什么人？"杨过诚诚恳恳的道："你是我师父，你怜我教我，我发过誓，要一生一世敬你重你，听你的话。"小龙女大声道："难道你不当我是你妻子？"

　　杨过从未想到过这件事，突然被她问到，不由得张皇失措，不知如何回答才好，喃喃的道："不，不！你不能是我妻子，我怎么配？你是我师父，是我姑姑。"小龙女气得全身发抖，突然"哇"的一声，喷出一口鲜血。

　　杨过慌了手脚，只是叫道："姑姑，姑姑！"小龙女听他仍是这么叫，狠狠凝视着他，举起左掌，便要向他天灵盖拍落，但这一掌始终落不下去，她目光渐渐的自恼恨转为怨责，又自怨责转为怜惜，叹了一口长气，轻轻的道："既是这样，以后你别再见我。"长袖一拂，转身疾奔下山。

杨过大叫："姑姑，你到那里去？我跟你同去。"小龙女回过身来，眼中泪珠转来转去，缓缓说道："你若再见我，就只怕……只怕我……我管不住自己，难以饶你性命。"杨过道："你怪我不该跟义父学武功，是不是？"小龙女凄然道："你跟人学武功，我怎会怪你？"转身快步而行。

杨过一怔之下，更是不知所措，眼见她白衣的背影渐渐远去，终于在山道转角处隐没，不禁悲从中来，伏地大哭。左思右想，实不知如何得罪了师父，何以她神情如此特异，一时温柔缠绵，一时却又怨愤决绝？为什么说要做自己"妻子"，又不许叫她姑姑，想了半天，心道："此事定然与我义父有关，必是他得罪我师父了。"

于是走到欧阳锋身前，只见他双目呆瞪，一动也不动。杨过道："爸爸，你怎么得罪我师父啦？"欧阳锋道："九阴真经，九阴真经。"杨过道："你干么点了她的穴道，惹得她生这么大气？"欧阳锋道："到底该是逆冲天柱，还是顺通章门？"杨过急道："爸爸，我师父干么走了？你说啊，你对她怎么啦？"欧阳锋道："你师父是谁？我是谁？谁是欧阳锋？"

杨过见他疯病大发，又是害怕，又是难过，温言道："爸爸，你累啦，咱们到屋里歇歇去罢。"欧阳锋突然一个觔斗，倒转了身子，以头撑地，大叫："我是谁？我是谁？欧阳锋到那里去了？"双掌乱舞，身子急转，以手行路，其快如风的冲下山去。杨过大叫："爸爸！"想要拉他，被他飞足踢来，正中下巴。这一脚踢得劲力好不沉重，杨过站立不定，仰后便倒。待得立直身子，只见欧阳锋已在十余丈外。

杨过追了几步，猛地住足，只呆得半晌，欧阳锋已然不见人影，四顾茫然，但见空山寂寂，微闻鸟语。他满心惶急，大叫："姑姑，姑姑！爸爸，爸爸！"隔了片刻，四下里山谷回音，也是叫道："姑姑，姑姑！爸爸，爸爸！"

他数年来与小龙女寸步不离，既如母子，又若姊弟，突然间她不明不白的绝裾而去，岂不叫他肝肠欲断？伤心之下，几欲在山石上一头撞死。但心中总还存着一个指望，师父既突然而去，多半也能突然而来。义父虽得罪了她，她想到我却并无过失，自然会回头寻我。

这一晚他又怎睡得安稳？只要听到山间风声响动，或是里鸣斗起，都疑心是小龙女回来了，一骨碌爬起身来，大叫："姑姑！"出去迎接，每次总是凄然失望。到后来索性不睡了，奔上山巅，睁大了眼四下眺望，直望到天色大亮，惟见云生谷底，雾迷峰巅，天地茫茫，就只他杨过一人而已。

杨过里胸大号，蓦地想起："师父既然不回，我这就找她去。只要见得着她，不管她如何打我骂我，我总是不离开她。她要打死我，就让她打死便了。"心意既决，登时精神大振，将小龙女与自己的衣服用物胡乱包了一包，负在背上，大踏步出山而去。

一到有人家处，就打听有没见到一个白衣美貌女子。大半天中，他接连问了十几个乡民，都是摇头说并没瞧见。杨过焦急起来，再次询问，出言就不免欠缺了礼貌。那些山民见他一个年轻小多子，冒冒失失的打听什么美貌闺女，心中先就有气，有一人就反问那闺女是他什么人。杨过道："你不用管。我只问你有没见到她从此间经过？"那人便要反唇相稽。旁边一个老头拉了拉他衣袖，指着东边一条小路，笑道："昨晚老汉见到有个仙女般的美人向东而去，还道是观世音菩萨下凡，却原来是老弟的相好……"杨过不听他说完，急忙一揖相谢，顺着他所指的小路急步赶了下去，虽听得背后一阵轰笑，却也没在意，怎知道那老者见他年轻无礼，故意胡扯骗他。

奔了一盏茶时分，眼前出现两条岔路，不知向那一条走才是。

寻思："姑姑不喜热闹，多半是拣荒僻的路走。"当下踏上左首那条崎岖小路。岂料这条路越走越宽，几个转弯，竟转到了一条大路上来。他一日一晚没半点水米下肚，眼见天色渐晚，腹中饿得咕咕直响，只见前面房屋鳞次栉比，是个市镇，当下快步走进一家客店，叫道："拿饭菜来。"

店伴送上一份家常饭菜，杨过扒了几口，胸中难过，喉头噎住，竟是食不下咽，心道："虽然天黑，我还是得去找寻姑姑，错过了今晚，只怕今后永难相见。"当下将饭菜一推，叫道："店伴，我问你一句话。"店伴笑着过来，道："小爷有甚吩咐？可是这饭菜不合口味？小的吩咐去另做，小爷爱吃什么？"

杨过连连摇手，道："不是说饭菜。我问你，可有见到一个穿白衫子的美貌姑娘，从此间过去么？"店伴沉吟道："穿白衣，嗯，这位姑娘可是戴孝？家中死了人不是？"杨过好不耐烦，问道："到底见是没是？"店伴道："姑娘倒有，确也是穿白衫子的……"杨过喜道："向那条路走？"店伴道："可过去大半天啦！小爷，这娘儿可不是好惹的……"突然放低声音，说道："我劝你啊！还是别去找她的好。"杨过又惊又喜，知是寻到了姑姑的踪迹，忙问："她……怎么啦？"问到此句，声音也发颤了。

那店伴道："我先问你，你知不知道那姑娘是会武的？"杨过心道："我怎会不知？"忙道："知道啊，她是会武的。"那店伴道："那你还找她干么？可险得紧哪。"杨过道："到底是什么事？"那店伴道："你先跟我说，那白衣美女是你什么人？"杨过无奈，看来不先说些消息与他，他决不能说小龙女的行纵，于是说道："她是我……是我的姊姊，我要找她。"那店伴一听，肃然起敬，但随即摇头道："不像，不像。"杨过焦躁起来，一把抓他衣襟，喝道："你到底说是不说？"那店伴一伸舌头，道："对，对，这可像啦！"

杨过喝道："什么又是不像、又是像的？"那店伴道："小爷，你先放手，我喉管给你抓得闭住了气，嘿嘿，说不出话。要勉强说当然也可以，不过……"杨过心想此人生性如此，对他用强也是枉然，当下松开了手。那店伴咳嗽几声，道："小爷，我说你不像，只为那娘……那女……嘿嘿，你姊姊，透着比你年轻貌美，倒像是妹子，不是姊姊。说你像呢，为的是你两位都是火性儿，有一门子爱抡拳使棍的急脾气。"杨过只听得心花怒放，笑逐颜开，道："我……我姊姊跟人动武了吗？"

那店伴道："可不是么？不但动武，还伤了人呢，你瞧，你瞧。"指着桌上几条刀剑砍起的痕迹，得意洋洋的道："这事才教险呢，你姊姊本事了得，一刀将两个道爷的耳朵也削了下来。"杨过笑问："什么道爷？"心想定是全真教的牛鼻子道人给我姑姑教训了一番。那店伴道："就是那个……"说到这里，突然脸色大变，头一缩，转身便走。

杨过料知有异，不自追出，端起饭碗，举筷只往口中扒饭，放眼瞧去，只见两个道人从客店门外并肩住来。两人都是二十六七岁年纪，脸颊上都包了绷带，走到杨过之旁的桌边坐下。一个眉毛粗浓的道人一叠连声的只雇快拿酒菜。那店伴含笑过来，偷空向杨过眨下眼睛，歪了歪嘴。杨过只作不见，埋头大嚼。他听到了小龙女的消息，心中极是欢畅，吃了一碗又添一碗。他身上穿的是小龙女缝制的粗布衣衫，本就简里，一日一夜之间急赶，更是尘土满身，便和寻常乡下少年无异。那两个道士一眼也没瞧他，自行低声说话。

杨过故意唏哩呼噜的吃得甚是大声，却自全神倾听两个道人说话。

只听那浓眉道人道："皮师弟，你说韩陈两位今晚准能到么？"另一个道人嘴巴甚大，喉音嘶哑，粗声道："这两位都是丐帮中铁铮铮的汉子，与申师叔有过命的交情，申师叔出面相邀，他们决不能不到。"杨过斜眼微睨，向两人脸上瞥去，并不相识，心想："重阳宫中牛鼻子成千，我认不得他们，他们却都认得我这反出全真教的小子，可不能跟他们朝相。哼，他们打不过我姑姑，又去约什么丐帮中的叫化子作帮手。"听那浓眉道人道："说不定路远了，今晚赶不到……"那姓皮的道人道:"哼,姬师兄,事已如此,多担心也没用,谅她一个娘们,能有多大……"那姓姬的道人忙道:"喝酒,别说这个。"随即招呼店伴,吩咐安排一间上房,当晚就在店中歇息。

杨过听了二人寥寥几句对话,料想只消跟住这两个道人,便能见着师父。想到此处,心中欢欣无限。待二人进房,命店伴在他们隔壁也安排一间小房。

那店伴掌上灯,悄声在杨过耳畔道:"小爷,你可得留神啊,你姊姊割了那两个道爷耳朵,他们准要报仇。"杨过悄声道:"我姊姊脾气再好不过,怎会割人家耳朵?"那店伴阴阳怪气的一笑,低声道:"她对你自然好啦,对旁人可好不了。你姊姊正在店里吃饭……嘿嘿,当真是姊姊?小的可不大相信,就算是姊姊罢,那道爷坐在她旁边,就只向她的腿多瞧了几眼,你姊姊就发火啦,拔剑跟人家动手……"他滔滔不绝,还要说下去,杨过听得隔壁已灭了灯,忙摇手示意,叫他免开尊口,心中暗暗生气:"那两个臭道人定是见到姑姑美貌,不住瞧她,惹得她生气。哼,全真教中又怎有好人?"又想:"姑姑曾到重阳宫中动手,那两个道人自然认得她,脸上的模样还能好看得了?"

他等店伴出去,熄灯上炕,这一晚是决意不睡的了,默默记诵了一遍欧阳锋所授的两大神功秘诀,但这两项秘诀本就十分深奥,欧阳锋说得又太也杂乱无章,他记得住的最多也不过两三成而已,这时也不敢细想,生怕想得出了神,对隔房动静竟然不知。

这般静悄悄的守到中夜,突然阮子中登登两声轻响,有人从墙外跃了进来。接着隔房窗子啊的一声推开。姬姓的道人问道:"是韩陈两位么?"院子中一人答道:"正是。"姬道人道:"请进罢!"轻轻打开房门,点亮油灯。杨过全神贯注,倾听四人说话。

只听那姓姬的道人说道:"贫道姬清虚,皮清玄,拜见韩陈两位英雄。"杨过心道:"全真教以'处志清静'四字排行,这两个牛鼻子是全真教中的第四代弟子,不知是郝大通还是刘处玄那一条老牛的门下。"听得一个嗓音尖锐的人说道:"我们接到你申师叔的帖子,马不停蹄的赶来。那小贱人当真十分了得么?"姬清虚道:"说来惭愧,我们师兄弟跟她打过一场,不是她的对手。"

那人道:"这女子的武功是什么路数?"姬清虚道:"申师叔疑心她是古墓派传人,是以年纪虽小,身手着实了得。"杨过听到"古墓派"三个字,不自禁轻轻"哼"了声。

只听姬清虚又道:"可是申师叔提起古墓派,这小丫头却对赤练仙子李莫愁口出轻侮言语,那么又不是了。"那人道:"既是如此,料来也没什么大来头。明儿在那里相会? 对方有多少人?"姬清虚道:"申师叔和那女子约定,明儿正午,在此去西南四十里的豺狼谷相会,双方比武决胜。对方有多少人,现下还不知道。我们既有丐帮英雄韩陈两位高手压阵助拳,也不怕他们人多。"另一个声音苍老的人道:"好,我哥儿俩明午准到,韩老弟,咱们走罢。"

姬清虚送到门口,压低了语声说道:"此处离重阳宫不远,咱们比武的事,可不能让宫中马、刘、丘、王几位师祖知晓,否则我们会受重责。"那姓韩的哈哈一笑,说道:"你们申师叔的信中早就说了,否则的话,重阳宫中高手如云,何必又来约我们两个外人作帮手?"那姓陈的道:"你放心,咱们决不里漏风声就是。别说不能让马刘丘王郝孙六位真人得知,你们别的师伯、师叔们知道了恐怕也不大妥当。"两名道人齐声称是。杨过心想:"他们联手来欺我姑姑,却又怕教里旁人知道,哼,鬼鬼祟祟,作贼心虚。

只听那四人低声商量了几句,韩陈二人越墙而出,姬清虚和皮清玄送出墙去。

杨过见陆无双危在顷刻，再也延缓不得，伸指在牛臀上一戳。那牯牛放开四蹄，向六人直冲过去。六人恶斗正酣，突然见疯牛冲来，都吃了一惊，四下纵开避让。

第八回　白衣少女

　　杨过轻轻推开窗门，闪身走进姬皮二道房中，但见炕上放着两个包裹，拿起一个包裹一掂，裹面有二十来两银子，心想："正好用作盘缠。"当下揣在怀里。另一个包裹四尺来长，却是包着两柄长剑。他分别拔出，使重手法将两柄剑都折断了，重行还归入鞘，再将包裹包好，正要出房，转念一想，拉开裤子，在二道被窝中拉了一大泡尿。

　　耳听得有人上墙之声，知道这两个道士的轻身功夫也只寻常，不能一跃过墙，须得先跳上墙头，再纵身下地，当下闪身回房，悄悄掩上房门，两个道人竟然全无知觉。杨过俯耳于墙，倾听隔房动静。

　　只听两个道人低声谈论，对明日比武之约似乎胜算在握，一面解衣上炕，突然皮清玄叫了起来："啊，被窝中湿漉漉的是什么？啊，好臭，姬师兄，你这么懒，在被窝中拉尿？"姬清虚啐道："什么拉尿？"接着也大叫了起来："那里来的臭猫子到这儿拉尿。"皮清玄道："猫儿拉尿那有这样多？"姬清虚道："咦，奇怪……哎，银子呢？"房中霎时一阵大乱，两人到处找寻放银两的包裹。杨过暗暗好笑。只听得皮清玄大声叫道："店伴儿，店伴儿，你们这里是黑店不是？半夜三更偷客人银子？"

　　两人叫嚷了几声，那店伴睡眼惺忪的起来诘问。皮清玄一把抓住他胸口，说他开黑店。那店伴叫起撞天屈来，惊动了客店中掌柜的、烧火的、站堂的都纷纷起来，接着住店的客人也挤过来看热闹。杨过混在人丛之中，只见那店伴大逞雄辩，口舌便给，滔滔不绝，只驳得姬皮二道哑口无言。这店伴生性最爱与人斗口，平素没事尚要撩拨旁人，何况时有人惹上头来，更何况他是全然的理直气壮？只说得口沫横飞，精神越来越旺。姬皮二道老羞成怒，欲待动手，但想到教中清规，此处是终南山脚下，怎敢胡来？只得忍气吞声，关门而睡。那店伴兀自在房外唠叨不休。

　　次日清晨，杨过起来吃面，那多嘴店伴过来招呼，口中喃喃不绝的还在骂人，杨过笑问："那两个贼道怎么啦？"店伴得意洋洋，说道："直娘贼，这两个臭道士想吃白食、住白店，本来瞧在重阳宫的份上，那也不相干，可是他们竟敢说我们开黑店。今儿天没亮，两个贼道就溜走了。哼，老子定要告到重阳宫去，全真教的道爷成千成万，那一个不是严守清规戒律？这两个贼道的贼相我可记得清清楚楚，定要认了他们出来……"杨过暗暗好笑，又挑拨了几句，给了房饭钱，问明白去豺狼谷的路径，迈步便行。

　　转瞬间行了三十余里，豺狼谷已不在远，眼见天色尚只辰初。杨过心道："我且躲在一旁，瞧姑姑怎生发付那些歹人。最好别让姑姑先认出我来。"想起当日假扮庄稼少年耍弄洪凌波之事，心下甚是得意，决意依样葫芦，再来一次，当下走到一家农舍后院，探头张望，只见牛栏中一条大牯牛正在发威，低头挺角，向牛栏的木栅猛撞，登登大响。杨过心念一动："我就扮成个牧童，姑姑乍见之下，定然认我不出。"

　　他悄悄跃进农舍，屋中只有两个娃娃坐在地下玩土，见到了吓得不敢作声。他找了套农家衣服换上，穿上草鞋，抓一把土搓匀了抹在脸上，走近牛栏，只见壁上挂着一个斗笠、一枝短笛，正是牧童所用之物，心中甚喜，这样一来，扮得更加像了，于是摘了斗笠戴起，拿一条草绳缚在腰间，将短笛插在绳里，然后开了栏门。那牯牛见他走近，已在荷荷发怒，一见栏门大开，登时发足急冲出来，猛往他身上撞去。

杨过左掌在牛头上一按,飞身上了牛背。这牸牛身高肉壮,足足有七百来斤重,毛长角利,甚是雄伟,一转眼已冲上了大路。它正当发情,暴躁异常,出力跳跃颠里,要将杨过震下背来。杨过稳稳坐着,极是得意,笑叱道:"你再不听话,可有苦头吃了。"提起手掌,用掌缘在牛肩上一斩。这一下他只使了二成内力,可是那牸牛便已痛得抵受不住,大声里叫,正要跃起发威,杨过又是一掌斩了下去。这般连斩十余下,那牸牛终于不敢再行倔强。杨过又试出只要用手指戳它左颈,它就转右,戳它右颈,立即转左,戳后则进,戳前即退,居然指挥如意。

杨过大喜,猛力在牛臀上用手指一戳,牸牛向前狂奔,竟是迅速异常,几若奔马,不多时穿过一座密林,来到一个四周群山壁立的山谷,正与那店伴所说的无异。当下跃落牛背,任由牸牛在山坡上吃草,手中牵着绳子,躺在地下装睡。

他不住望着头顶太阳,只见红日渐渐移到中天,心中越来越是慌乱,生怕小龙女不理对方的约会,竟然不来。四下里一片寂静,只有那牸牛不时发出几下鸣声。突然山谷口有人击掌,接着南边山后也传来几下掌声。杨过躺在坡上,跷起一只泥腿,搁在膝上,将斗笠遮住了大半边脸,只露出右眼在外。

过了一会,谷口进来三个道人。其中两个就是昨日在客店中见过的姬清虚与皮清玄,另一个约莫四十来岁年纪,身材甚矮,想来就是那个什么"申师叔"了,凝目看他相貌,依稀在重阳宫曾经见过。跟着山后也奔来两人。一个身材粗壮,另一个面目苍老,满头白发,两人都是乞丐装束,自是丐帮中的韩陈二人。五人相互行近,默默无言的只一拱手,各人排成一列,脸朝西方。

就在此时,谷口外隐隐传来一阵得得蹄声,那五人相互望了一眼,一齐注视谷口,只听得蹄声细碎,越行越近,谷口黑白之色交映,一匹黑驴驮着一个白衣女子疾驰而来。杨过遥见之下,心中一凛:"不是姑姑!难道又是他们的帮手?"只见那女子驰到距五人数丈处勒定了黑驴,冷冷的向各人扫了一眼,脸上全是鄙夷之色,似乎不屑与他们说话。

姬清虚叫道："小丫头，瞧你不出，居然有胆前来，把帮手都叫出来罢。"那女子冷笑一声，刷的一声，从腰间拔出一柄又细又薄的弯刀，宛似一弯眉月，银光耀眼。姬清虚道："我们这里就只五个，你的帮手几时到来，我们可不耐烦久等。"那女子一扬刀，说道："这就是我的帮手。"刀锋在空中划过，发出一阵嗡嗡之声。

此言一出，六个人尽皆吃惊。那五人惊的是她孤身一个女子，居然如此大胆，也不约一个帮手，竟来与武林中的五个好手比武。杨过却是失望伤痛之极，满心以为在此必能候到小龙女，岂知所谓"白衣美貌女子"，竟是另有其人，斗然间胸口逆气上涌，再也难以自制，"哇"的一声，放声大哭。

他这一哭，那六个人却也吃了一惊，但见是山坡上一个牵牛放草的牧童，自是均未在意，料来乡下一个小小孩童受了什么委屈，因而在此啼哭，姬清虚指着那姓韩的道："这位是丐帮中的韩英雄。"指着那姓陈的道："这位是丐帮中的陈英雄。"又指着"申师叔"道："我们师叔申志凡道长，你曾经见过的。"那女子全不理睬，眼光冷冷，在五人脸上扫来扫去，竟将对方视若无物。

申志凡道："你既只一人来此，我们也不能跟你动手。给你十日限期，十天之后，你再约四个帮手，到这里相会。"那女子道："我说过已有帮手，对付你们这批酒囊饭袋，还约什么人？"申志凡怒道："你这女娃娃，当真狂得可以……"他本待破口喝骂，终于强忍怒你，问道："你到底是不是古墓派的？"那女子道："是又怎样？不是又怎样？牛鼻子老道，你敢跟姑娘动手呢还是不敢？"申志凡见她孤身一人，却是有恃无恐，料得她必定预伏好手在旁，古墓派的李莫愁却是个惹不得的人物，于是说道："姑娘，我倒要请问，你平白无端的伤了我派门人，到底是什么原因？倘若曲在我方，小道登门向你师父谢罪，要是姑娘说不出一个缘由，那可休怪无礼。"

那女子冷然一笑，道："自然是因你那两个牛鼻子无礼，我才教训他们。不然天下杂毛甚多，何必定要削他们两个的耳朵？"申志凡愈是见她托大,愈是惊疑不定。那姓陈乞丐年纪虽老,火气却是不小,抢上一步,喝道:"小娃娃,跟前辈说话,还不下驴?"说着身形幌处,已欺到黑驴跟前,伸手去抓她右臂。这一下出手迅速之极,那女子不及闪躲,立时被他抓住,她右手握刀,右臂被抓,已不能挥力挡架。

不料冷光闪动,那女子手臂一扭,一柄弯刀竟然还是劈了下来。那陈姓乞丐大骇,急忙撒手,总算他见机极快,变招迅捷,但两根手指已被刀锋划破。他急跃退后,拔出单刀,哇哇大叫:"贼贱人,你当真活得不耐烦啦。"那姓韩你丐从腰间取出一对链子锤,申志凡亮出长剑。姬清虚与皮清玄也抓住剑柄,拔剑出鞘,斗觉手上重量有异,两人不约而同"咦"的一声,大吃一惊,原来手中抓住的各是半截断剑。

那女子见到二道狼狈尴尬的神态,不禁噗哧一笑。杨过正自悲伤,听到那女子笑声,见到二道的古怪模样,也不自禁的破涕为笑。只见那女子一弯腰,刷的一刀,往皮清玄头上削去。皮清玄急忙缩头,那知也这一刀意势不尽,手腕微抖,在半空中转了个弯,终于划中皮清玄的右额,登时鲜血迸流。其余四人又惊又怒,团团围在她黑驴四周。姬皮二人退在后面,手里各执半截断剑,抛去是舍不得,拿着又没用,不知如何是好。

那女子一声清啸,左手一提里绳,胯下黑驴猛地纵出数丈。韩陈二丐当即追近,刀锤纷举,攻了上去。申志凡跟着抢上,使开全真派剑法,剑剑刺向敌人要害。杨过看他剑法虽狠,但比之尹志平、赵志敬等大有不如,料来是"志"字辈中的三四流脚色。

他此时心神略定,方细看那女子容貌,只见她一张瓜子脸,颇为俏丽,年纪似尚比自己小着一两岁,无怪那店伴不信这个"白衣美貌女子"是他姊姊。她虽也穿着一身白衣,但肤色微黑,与小龙女的皎白胜雪截然不同。但见她刀法轻盈流动,大半却是使剑的路子,刺削多而砍斫少。杨过只看了数招,心道:"她使的果然是我派武功,难道又是李莫愁的弟子?"心想两边都不是好人,不论谁胜谁败，都不必理会，又想："凭你也配称什么'白衣美貌女子'了？你给我姑姑做丫环也不配。"于是曲臂枕头，仰天而卧，斜眼观斗。

起初十余招那少女居然未落下风，她身在驴背，居高临下，弯刀挥处，五人不得不跳跃闪避。又斗十余招，姬清虚见手中这柄断剑实在管不了用，心念一动，叫道："皮师弟，跟我来。"奔向旁边树丛，拣了一株细长小树，用断剑齐根斩断，削去枝叶，俨然是一根里棒。皮清玄依样削棒。二道左右夹攻，挺棒向黑驴刺去。

那少女轻叱："不要脸！"挥刀挡开双棒，就这么一分心，那姓韩乞丐的链子锤与申志凡的长剑前后齐到。那少女急使险招，低头横身，铁锤夹着一股劲风从她脸上掠过。当的一声，弯刀与长剑相交，就在此时，黑驴负痛长嘶，前足提了起来，原来被姬清虚刺了一棒。那姓陈乞丐就地打个滚，展开地堂刀法，刀背在驴腿上重重一击，黑驴登时跪倒。这么一来，那少女再也不能乘驴而战，眼见剑里齐至，当即飞身而起，左手已抓住皮清玄的里棒，用力一拗，里棒断成两截。她双足着地，回刀横削，格开那姓陈乞丐砍来的一刀。杨过一惊："怎么？她已受了伤？"

原来那少女左足微跛，纵跃之间显得不甚方便，一直不肯下驴，自是为了这个缘故。杨过侠义之心顿起，待要插手相助，转念想到："我和姑姑好端端在古墓中长相里守，都是那恶女人李莫愁到来，才闹到这步田地。这女子又冒充我姑姑，要人叫她'白衣美貌女子'，好不要脸！"当下转过了头，不去瞧她。

耳听得兵刃相交叮当不绝，好奇心终于按捺不住，又回过头来，但见相斗情势已变，那少女东闪西避，已是遮拦多还手少。突然那姓韩乞丐铁锤飞去，那少女侧头让过，正好申志凡长剑削到，玎的一声轻响，将她束发的银环削断了一根，半边鬓发便披垂下来。那少女秀眉微扬，嘴唇一动，脸上登如罩了一层严霜，反手还了一刀。

杨过见她扬眉动唇的怒色，心中剧烈一震："姑姑恼我之时，也是这般神色。"只因那少女这一发怒，杨过立时决心相助，当下拾起七八块小石子放入怀中,但见她左支右绌,神情已十分狼狈。申志凡叫道:"你与赤练仙子李莫愁到底怎生称呼?再不实说,可莫怪我们不客气了!"那少女弯刀横回,突从他后脑钩了过来。申志凡没料到她会忽施突袭,挡架不及。姓陈你丐急叫:"留神!"姬清虚猛力举里棒向弯刀背上击去,才救了申志凡性命。五人见她招数如此毒辣,下手再不容情。霎时之间,那少女连遇险招。申志凡料想这少女与李莫愁必有渊源,日后被那赤练魔头得讯息,那可祸患无穷,眼见她并无后援,正好杀了灭口,于是招招指向她的要害。

杨过见她危在顷刻,再也延缓不得,翻身上了牛背,随即溜到牛腹之下,双足勾住牛背,伸指在牛臀上一戳。那牯牛放开四蹄,向六人直冲过去。

六人恶斗正酣,突然见到疯牛冲来,都吃了一惊,四下纵开避让。

杨过伏在牛腹之下,看准了五个男子的背心穴道,小石子一枚枚掷出,或中"魂门",或中"神堂",但听得唴里、拍喇、"哎唷"连响,五人双臂酸麻,手中兵刃纷纷落地。杨过却已驱赶牯牛回上山坡。他从牛腹下翻身落地,大叫大嚷:"啊",大牯牛发疯啦,这可不得了啦!里

申志凡穴道被点,兵刃脱手,又不见敌人出手,自料是那少女的帮手所为,此人武功如此高明,那里还敢恋战?幸好双腿仍能迈步,发足便奔,总算他尚有义气,叫道:"陈大哥,韩兄弟,咱们走罢!"余人不暇细想,也都跟着逃走。皮清玄慌慌张张,不辨东西,反而向那少女奔去。姬清虚大叫:"皮师弟,到这里来!"皮清玄待要转身,那少女抢上一步,弯刀斫将下来。皮清玄大惊,手中又无兵刃,急忙偏身闪避,岂知那少女弯刀斫出时方向不定,似东实西,如上却下,冷光闪处,已砍到了他面门。皮清玄危急中举手挡格,擦的一声,弯刀已削去了他四根手指。他尚未觉得疼痛,回头急逃。

姓韩乞丐逃出十余步,见陆无双不再追来,心道:"这丫头跛了

脚,怎追我得上?"想到她足跛,不自禁的向她左腿瞧了一眼,转身又奔。岂知这一下正犯了那少女的大忌,登时怒气勃发,不可抑止,叫道:"贼叫化,你道我追你不上么?"舞动弯刀,挥了几转,呼的一声,猛地掷出。只见那弯刀在半空中银光闪闪,噗的一声,插入那姓韩乞丐左肩。那人一个踉跄,肩头带着弯刀,狂奔而去。不多时五人均已窜入了树林。

那少女冷笑几声,心中大是狐疑:"难道有人伏在左近? 他为什么要助我?"自己使惯了的银弧刀给那姓韩乞丐带了去,不禁有些可惜,拾起那姓陈乞丐掉在地下的单刀拿在手里,急步往四下树林察看,静悄悄的没半个人影,回到谷中。但见杨过哭丧着脸坐在地下,呼天抢地的叫苦。

那少女问道:"喂,牧童儿,你叫什么苦?"杨过道:"这牛儿忽然发疯,身上撞烂了这许多毛皮,回去主人家定要打死我。"那少女看那牯牛,但见毛色光鲜,也没撞损什么,说道:"好罢,总算你这牛儿帮了我一个忙,给你一锭银子。"说着从怀中掏出一锭三两银子的元宝,掷在地下。她想杨过定要大喜称谢,那知他仍是愁眉苦脸,摇着头不拾银子。那少女道:"你怎么啦? 傻瓜,这是银子啊。"杨过道:"一锭不够。"那少女又取出一锭银子掷在地下。杨过有意逗她,仍是摇头。

那少女恼了,秀眉一扬,沉脸骂道:"没啦,傻瓜!"转身便走。杨过见了她发怒的神情,不自禁的胸头热血上涌,眼中发酸,想起小龙女平日责骂自己的模样,心意已决:"一时之间若是寻不着姑姑,我就尽瞧这姑娘恼怒的样儿便了。"当下伸手抱住她右腿,叫道:"你不能走!"那少女用力一挣,却被他牢牢抱住了挣不脱,更是发怒,叫道:"放开! 你拉着我干么?"杨过见她怒气勃勃,心中愈是乐意,叫道:"我回不了家啦,你救命。"跟着便大叫:"救命,救命!"

那少女又好气又好笑,举刀喝道:"你再不放手,我一刀砍死你。"杨过抱得更加紧了,假意哭了起来,说道:"你砍死我算啦,反正我回家去也活不成。"那少女道:"你要怎地?"杨过道:"我不知道,我跟着你去。"那少女心想:"没来由的惹得这傻瓜跟我胡缠。"提刀便砍了下去。杨过料想她不会真砍,仍是抱住她小腿不放,那知这少女出手狠辣,这一刀真是砍向他头顶,虽不想取他性命,却要在他头顶砍上一刀,好叫他吃点苦头,不敢再来歪缠。杨过见单刀直砍下来,待刀锋距头不过数寸,一个打滚避开,大叫:"杀人哪,杀人哪!"

那少女更加恼怒,抢上又是挥刀砍去。杨过横卧地下,双脚乱踢,大叫:"我死啦,我死啦!"他一双泥足瞎伸乱撑,模样要有多难看就有多难看,但那少女几次险些被他踢中手腕,始终砍他不中。杨过见她满脸怒色,正是要瞧这副嗔态,不由得痴痴的凝望。那少女见他神色古怪,喝道:"你起来!"杨过道:"那你杀我不杀?"那少女道:"好,我不杀你就是。"杨过慢慢爬起,呼呼呼的大声喘息,暗中运气闭血,一张脸登时惨白,全无血色,就似吓得魂不附体一般。

那少女心中得意,"呸"了一声道:"瞧你还敢不敢胡缠?"举刀指着山坡上皮清玄那几根被割下来的手指,说道:"人家这般凶神恶煞,我也砍下他的爪子来。"杨过装出惶恐畏惧模样,不住畏缩。那少女将单刀插在腰带上,转身找寻黑驴,可是那驴子早已逃得不知去向,只得徒步而行。

杨过拾起银子,揣在怀里,牵了牛绳跟在她后面,叫道:"姑姑,你带我去。"那少女那加理睬,加快脚步,转眼间将他抛得影踪不见。那知刚歇得一歇,只见他牵着牯牛远远奔来,叫道:"带我去啊,带我去啊。"那少女秀眉紧蹙,展开轻功,一口气奔出数里,只道他再也追赶不上,不料过不多时,又隐隐听到"带我去啊"的叫声。那少女怒从心起,反身奔去,拔出单刀,高高举起。杨过叫道:"啊哟!"抱头便逃。那少女只要他不再跟随,也就罢了,转身再行。

走了一阵,听得背后一声牛鸣,回头望时,但见杨过牵了牯牛遥遥跟在后面,相距约有三四十步。那少女站定脚步等他过来。可是杨过见她不走,也就定立不动,她如前行,当即跟随,若是返身举刀追来,他转头就逃。这般追追停停,天色已晚,那少女始终摆脱不了他的纠缠。她见这小牧童虽然傻里傻气,脚步却是异常迅捷,想是在山地中奔跑惯了,要待追上去打晕了他,或是砍伤他两腿,每次总是给他连滚带爬、惊险异常的溜脱。

又缠了几次,那少女左足跛了,行得久后,甚感疲累,于是心生一计,高声叫道:"好罢,我带你走便是,你可得听我的话。"杨过喜道:"你当真带我去?"那少女道:"是啊,干么要骗你? 我走得累了,你骑上牛背,也让我骑着。"杨过牵了牯牛快步走近,暮霭苍茫中见她眼光闪烁,知她不怀好意,当下笨手笨脚的爬上了牛背。那少女右足一点,轻轻巧巧的跃上,坐在杨过身前,心想:"我驴子逃走了,骑这牯牛倒也不坏。"足尖在牛胁上重重一踢。牯牛吃痛,发蹄狂奔。那少女微微冷笑,蓦地里手肘用力向后撞去,正中杨过胸口。杨过叫声"啊哟!"一个倒斗翻下了牛背。

那少女甚是得意,心想:"任你无赖,此次终须着了我的道儿。"伸指在牛胁里一戳,那牯牛奔得更加快了,忽听杨过仍是大叫大嚷,声音就在背后,一回头,只见他两手牢牢拉住牛尾,双足离地,给牯牛拖得腾空飞行,满脸又是泥沙,又是眼泪鼻涕,情状之狼狈实是无以复加,可偏偏就是不放牛尾。那少女无法可施,提起单刀正要往他手上砍去,忽听人声喧哗,原来牯牛已奔到了一个市集上。人众拥挤,牯牛无路可走,终于停了下来。

杨过有意要逗那少女生气以瞧她的怒色,躺在地下大叫:"我胸口好疼啊,你打死我啦!"市集上众人纷纷围拢,探问缘由。

那少女钻入人丛,便想乘机溜走,岂知杨过从地下爬将过去,又已抱住她右腿,大叫:"别走,别走啊!"旁人问道:"干什么? 你们吵些什么?"杨过叫道:"她是我媳妇儿,我媳妇儿不要我,还打我。"那人道:"媳妇儿打老公,那还成什么世界?"那少女柳眉倒竖,左脚踢出。杨过把身旁一个壮汉一推,这一脚正好踢在他的腰里。那大汉怒极,骂道:"小贱人,踢人么?"提起醋钵般的拳头里去。那少女在他手肘上一托,借力挥出,那大汉二百来斤的身躯忽地飞起,在空中哇哇大叫,跌入人丛,只压得众人大呼小叫,乱成一团。

那少女竭力要挣脱杨过,被他死命抱住了却那里挣扎得脱?眼见又有五六人抢上要来为难,只得低头道:"我带你走便是,快放开。"杨过道:"你还打不打我?"那少女道:"好,不打啦!"杨过这才松手,爬起身来。二人钻出人丛,奔出市集,但听后面一片叫嚷之声。杨过居然在百忙之中仍是牵着那条牯牛。

杨过笑嘻嘻的道:"人家也说,媳妇儿不可打老公。"那少女恶狠狠的道:"死傻蛋,你再胡说八道,说我是你媳妇儿什么,瞧我不把你的脑袋瓜子砍了下来。"说着提刀一扬。杨过抱住脑袋,向旁逃过几步,求道:"好姑娘,我不敢说啦。"那少女啐道:"瞧你这副脏模样,丑八怪也不肯嫁你做媳妇儿。"杨过嘻嘻傻笑,却不回答。

此时天色昏暗,两人站在旷野之中,遥望市集中炊烟袅袅升起,腹中都感饥饿。那少女道:"傻蛋,你到市上去买十个馒头来。"杨过摇头道:"我不去。"那少女脸一沉,道:"你干么不去?"杨过道:"我才不去呢!你骗我去买馒头,自己偷偷的溜了。"那少女道:"我说过不溜就是了。"杨过只是摇头。那少女握拳要打,他却又快步逃开。两人绕着大牯牛,捉迷藏般团团乱转。那少女一足跛了,行走不便,眼见这孩子跌倒爬起,大呼小叫,自己虽有轻身功夫,却总是追他不上。

她恼怒已极,心想自己空有一身武功,枉称机智乖巧,却给这个又脏又臭的乡下小傻蛋缠得束手无策,算得无能之至。也是杨过一副窝囊相装得实在太像,否则她几次三番杀不了这小傻蛋,心中早该起疑。她沿着大道南行,眼见杨过牵着牯牛远远跟随,心中计算如何出其不意的将他杀了。走了一顿饭工夫,天色更加黑了,只见道旁有一座破旧石屋,似乎无人居住,寻思:"今晚我就睡在这里,等那傻瓜半夜里睡着了,一刀将他砍死。"当即向石屋走去,推门进去,只觉尘气扑鼻,屋中桌椅破烂,显是废弃已久。她割些草将一张桌子抹乾净了,躺在桌上闭目养神。

只见杨过并不跟随进来,她叫道:"傻蛋,傻蛋!"不听他答应,心想:"难道这傻蛋知道我要杀他,因而逃了!"当下也不理会,过了良久，迷迷糊糊的正要入睡，突然一阵肉香扑鼻。她跳起身来，走到门外，但见杨过坐在月光之下，手中拿着一大块肉，正自张口大嚼，身前生了一堆火，火上树枝搭架，挂着野味烧烤，香味一阵阵的送来。

杨过见她出来，笑了笑道："要吃么？"将一块烤得香喷喷的腿肉掷了过去。那少女接在手中，似是一块黄里腿肉，肚中正饿，撕下一片来吃了，虽然没盐，却也甚是鲜美，当下坐在火旁，斯斯文文的吃了起来。她先将腿肉一片片的撕下，再慢慢咀嚼，但见杨过吃得唾沫乱溅，嗒嗒有声，不由得恶心，欲待石吃，腹中却又饥饿，只见转过了头不去瞧他。

她吃完一块，杨过又递了一块给她。那少女道："傻蛋，你叫什么名字？"杨过楞楞的道："你是神仙不是？怎知道我名叫傻蛋？"那少女心中一乐，笑道："哈，原来你就叫傻蛋。你爸爸妈妈呢？"杨过道："都死光啦。你叫什么名字？"那少女道："我不知道。你问来干么？"杨过心想："你不肯说，我且激你一激。"得意洋洋的道："我知道啦，你也叫傻蛋，因此不肯说。"那少女大怒，纵起身来，举拳往他头上猛击一记，骂道："谁说我叫傻蛋？你自己才是傻蛋。"杨过哭丧着脸，抱头说道："人家问我叫什么名字，我说不知道，人家就叫我傻蛋，你也说不知道，自然也是傻蛋啦。"那少女道："谁说不知道了？我不爱跟你说就是。我姓陆，知不知道？"

这少女就是当日在嘉兴南湖中采莲的幼女陆无双。她与表姊程英、武氏兄弟采摘花朵时摔断了腿，武三娘为她接续断骨，适在此时洪凌波奉师命来袭，以致接骨不甚妥善，伤愈之后左足短了寸许，行走时略有跛态。她皮色虽然不甚白皙，但容貌秀丽，长大后更见娇美，只是一足跛了，不免引以为恨。

那日李莫愁杀了她父母婢仆，将她掳去，本来也要杀害，但见到她颈中所系的锦帕，记起她伯父陆展元昔日之情，迟迟不忍下手。陆无双聪明精乖，知道落在这女魔头手中，生死系于一线，这魔头来去如风,要逃是万万逃不走的,于是一起始便曲意迎合,处处讨好,竟奉承得那杀人不眨眼的赤练仙子加害之意日渐淡了。李莫愁有时记起当年恨事,就将她叫来折辱一场。陆无双故意装得蓬头垢面,一跷一拐。李莫愁见了她这副可怜巴巴的模样,胡乱打骂一番,出了心中之气,也就不为已甚。陆无双如此委曲求全,也亏她一个小小女孩,居然在这大魔头门下挨了下来。

她将父母之仇昱藏心中,丝毫不露。李莫愁问起她的父母,她总是假装想不起来。当李莫愁与洪凌波练武之时,她就在旁递剑传巾、斟茶送果的侍候,十分殷勤。她武学本有些根柢,看了二人练武,心中暗记,待李洪二人出门时便偷偷练习,平时更加意讨好洪凌波。后来洪凌波乘着师父心情甚佳之时代陆无双求情,也拜在她门下作了徒弟。

如是过了数年,陆无双武功日进,只是李莫愁对她总是心存疑忌,别说最上乘的武功,就是第二流的功夫也不肯传授。倒是洪凌波见她可怜,暗中常加点拨,因此她的功夫说高固然不高,说低却也不低。这日李莫愁与洪凌波师待先后赴活死人墓盗"玉女心经",陆无双见她们长久不归,决意就此逃离魔窟,回江南去探访父母的生死下落。她幼时虽见父母被李莫愁打得重伤,料想凶多吉少,究未亲见父母逝世,心中总存着一线指望,要去探个水落石出。临走之时,心想一不作,二不休,竟又盗走了李莫愁的一本"五毒秘传",那是记载诸般毒药和解药的抄本。

她左足跛了,最恨别人瞧她跛足,那日在客店之中,两个道人向她的破足多看了几眼,她立即出言斥责,那两个道人脾气也不甚好,三言两语,动起手来,她使弯刀削了两个道人的耳朵,才有日后豺狼谷的约斗。当日李莫愁掳她北去之时,她在里洞口与杨过曾见过一面,但其时二人年幼,日后都变了模样,数年前匆匆一会,这时自然谁都记不起了。

陆无双吃完两块烤肉,也就饱了。杨过却借着火光掩映,看她的脸色，心道："我姑姑此刻不知身在何处？眼前这女子若是姑姑，我烤獐腿给她吃，岂不是好？"心下寻思，呆呆的凝望着好，竟似痴了。陆无双哼了一声，心道："你这般无礼瞧我，现下且自忍耐，半夜里再杀你。"当即回入石屋中睡了。

睡到中夜，她悄悄起来，走到屋外，只见火堆边杨过一动不动的睡着，火堆早已熄了，于是蹑手蹑足的走到他身后，手起刀落，往他背心砍去，突然手腕一抖，虎口震得剧痛，登时把捏不定，当的一声，单刀脱手，只觉中刀之处似铁似石。她一惊非小，急忙转身逃开，心道："难道这傻蛋竟练得周身刀枪不入？"奔出数丈，见杨过并不追来，回头一望，只见他仍是伏在火边不动。

陆无双疑心大起，叫道："傻蛋，傻蛋！我有话跟你说。"杨过只是不应。她凝神细看，但见杨过身形缩成一团，模样极是古怪，当下大着胆子走近，见他竟然不似人形，伸手摸了摸，衣服下硬硬的似是一块大石。抓住衣服向上提起，衣服下果然是一块岩石，又那里有杨过的人在？

她呆了一呆，叫道："傻蛋，傻蛋！"不听答应，当下侧耳倾听，似乎屋子中传出一阵阵鼾声，循声寻去，只见杨过正睡在她适才所睡的桌上，背心向外，鼾声大作，浓睡正酣。陆无双盛怒之下，也不去细想他怎会突然睡到了桌上，立即纵身而上，提起单刀，挺刀尖向他背心插落。

这一下刀锋入肉，手上绝无异感，却听杨过打了几下鼾，说起梦话来："谁在我背上搔里，嘻嘻，别闹，别闹，我怕里。"

陆无双惊得脸都白了，双手发颤，心道："此人难道竟是鬼怪？"转身欲逃，一时之间双足竟然不听使唤。只听他又说梦话："背上好里，定是小老鼠来偷我的黄獐肉。"伸手背后，从衣衫底下拉出半里黄獐，拍的一声，抛在地下。陆无双舒了一口你气，这才明白："原来这傻蛋将黄獐肉放在背上，刚才这刀刺在兽肉上啦，却教我虚惊一场。"

她连刺两次失误，对杨过憎恨之心更加强了，咬牙低声道："臭傻蛋，瞧我这次要不要了你的小命。"闪身扑上，举刀向他背心猛砍。杨过于鼾声呼呼中翻了个身，这一刀拍的一声，砍在桌上，深入木里。

陆无双手上运劲，待要拔刀，杨过正做什么恶梦，大叫："妈婀，妈啊，小老鼠来咬我啊。"两条泥腿里地伸出，左腿搁在陆无双臂弯里的"曲池穴"，右腿却搁在她肩头的"肩井穴"。这两处都是人身大穴，他两条泥腿摔将下来，无巧不巧，恰好撞正这两处穴道。陆无双登时动弹不得，呆呆的站着，让身子作了他搁腿的架子。

她心中怒极，身子虽不能动，口中却能说话，喝道："喂，傻蛋，快把臭脚拿开。"只听他打呼声愈加响了。她不知如何是好，恼恨之下，张口将唾沫向他吐去。杨过翻了个身，右脚尖漫不经意的掠了过来，正好在她"巨骨穴"上轻轻一碰。陆无双立时全身酸麻，连嘴也张不开了，鼻中只闻到他脚上臭气阵阵冲来。

就这么搁了一盏茶时分，陆无双气得几欲晕去，心中赌咒发誓："明日待我穴道松了，定要在这傻蛋身上斩他十七八刀。"再过一阵，杨过心想也作弄她得够了，放开双足，转过身来，虽在黑暗之中，她脸上的气恼神色仍是瞧得清清楚楚。她越是发怒，似乎越是与小龙女相似，杨过痴痴的瞧着，那里舍得闭眼？其实陆无双相貌和小龙女全不相似，只是天下女子生气的模样总是大同小异，杨过念师情切，百无聊赖之中，瞧瞧陆无双的嗔态怒色，自觉是依稀瞧到了小龙女，那也是画饼之意、望梅之思而已。

过了一会，月光西斜，从大门中照射进来。陆无双见杨过双眼睁开，笑眯眯的瞧着自己，心中一凛："莫非这傻蛋乔呆扮痴？他点我穴道，并非无意碰巧撞中？"想到此处，不由得出了一身冷汗。就在此时，忽见杨过斜眼望着地下，她歪过眼珠，顺着他眼光看去，只见地下并排列着三条黑影，原来有三个人站在门口。凝神再看，三条黑影的手中都拿着兵刃，她暗暗叫苦："糟啦，糟啦，对头找上了门来，偏生给这傻蛋撞中了穴道。"她连遭怪异，心中虽然起疑，却总难信如此肮脏猥琐的一个牧童竟会有一身高明武功。

杨过闭上了眼大声打鼾。只听门口一人叫道:"小贼人,快出来,你站着不动,就想道爷饶了你么?"杨过心道:"原来又是个牛鼻子。"又听另一人道:"我们也不要你的性命,只要削你两只耳朵、三根手指。"第三人道:"老子在门外等着,爽爽快快的出来动手罢。"说着向外跃出。三人围成半圆,站在门外。

杨过伸个懒腰,慢慢坐起,说道:"外面叫什么啊,陆姑娘,你在那里?咦,你干么站着不动?"在她背上推了几下。陆无双但觉一股强劲力道传到,全身一震,三处被封的穴道便即解开,当下也不及细想,俯身拾起单刀,跃出大门,只见三个男人背向月光而立。

她更不打话,翻腕向左边那人挺刀刺去。那人手中拿的是条铁鞭,看准尖刀砸将下来。他铁鞭本就沉重,兼之臂力甚强,砸得又准,当的一声,陆无双单刀脱手。杨过横卧桌上,见陆无双向旁跳开,左手斜指,心道:"好,那道人的长剑保不住。"果然她手腕斗翻,已施展古墓派武功,夺过道人手中长剑,顺手斫落,噗的一声,道人肩头中剑。他大声咒骂,跃开去撕道袍裹伤。

陆无双舞剑与使鞭的汉子斗在一起。另一个矮小汉子手持花枪,东一枪西一枪的攒刺,不敢过份逼近。那使鞭的猛汉武艺不弱,斗了十余合,陆无双渐感不支。那人出手与步履之间均有气度,似乎颇为自顾身分,陆无双数次失手,他竟并不过份相逼。

那道人裹好伤口,空手过来,指着陆无双骂道:"古墓派的小贼人,下手这般狠毒!"挺臂舞拳,向她急冲过去。白光闪动,那道人背上又吃了一剑,可是那矮汉的花枪却也刺到了陆无双背心,使鞭猛汉的铁鞭戳向她肩头。杨过暗叫:"不好!"双手握着的两枚石子同时掷出,一枚里开花枪,另一枚打中了猛汉右腕。

不料那猛汉武功了得,右腕中石,铁鞭固然无力前伸,但左掌快似闪电,里地穿出,噗的一声,击正陆无双胸口。杨过大惊,他究竟年轻识浅,看不透这猛汉左手上拳掌功夫的了得,急忙抢出,一把抓住他后领运劲甩出。那猛汉腾空而起,跌出丈许之外。那道人与矮汉子见杨过如此厉害,忙扶起猛汉,头也不回的走了。

杨过俯头看陆无双时，见她脸如金纸，呼吸甚是微弱，受伤实是不轻，伸左手扶住她背脊，让她慢慢坐起，但听得格啦、格啦两声轻响，却是骨骼互撞之声，原来她两根肋骨被那猛汉一掌击断了。她本已昏晕过去，两根断骨一动，一阵剧痛，便即醒转，低低呻吟。杨过道："怎么啦？很痛么？"陆无双早痛得死去活来，咬牙骂道："问什么？自然很痛。抱我进屋去。"杨过托起她身子，不免略有震动。陆无双断骨相撞，又是一阵难当剧痛，骂道："好，鬼傻蛋，你……你故意折磨我。那三个家伙呢？"杨过出手之时，她已被击晕，是以不知是他救了自己性命。

杨过笑了笑，道："他们只道你已经死了，拍拍手就走啦。"陆无双心中略宽，骂道："你笑什么？死傻蛋，见我越痛就越开心，是不是？"杨过每听她骂一句，就想起小龙女当日叱骂自己的情景来。他在活死人墓中与小龙女相处这几年，实是他一生中最欢悦的日子，小龙女纵然斥责，他因知师父真心相待，仍是内心感到温暖。此时找寻师父不到，恰好碰到另一个白衣少女，凄苦孤寂之情，竟得稍却。实则小龙女秉性冷漠，纵对杨过责备，也不过不动声色的淡淡数说几句，那会如陆无双这般乱骂？但在杨过此时心境，总是有一个年轻女子斥骂自己，远比无人斥骂为佳，对她的恶言相加只是微笑不理，抱起她放在桌上。陆无双横卧下去时断骨又格格作声，忍不住大声呼痛，呼痛时肺部吸气，牵动肋骨，痛得更加厉害了，咬紧牙关，额头上全是冷汗。

杨过道："我给你接上断骨好么？"陆无双骂道："臭傻蛋，你会接什么骨？"杨过道："我家里的癞皮狗跟隔壁的大黄狗打架，给咬断了腿，我就给它接过骨。还有，王家伯伯的母猪撞断了肋骨，也是我给接好的。"陆无双大怒，却又不敢高声呼喝，低沉着嗓子道："你骂我癞皮狗，又骂我母猪。你才是癞皮狗，你才是母猪。"杨过笑道："就算是猪，我也是公猪啊。再说，那癞皮狗也是雌的，雄狗不会癞皮。"陆无双虽然伶牙利齿，但每说一句，胸口就一下牵痛，满心要跟他斗口，却是力所不逮，只得闭眼忍痛，不理他的唠叨。

杨过道:"那癞皮狗的骨头经我一接,过不了几天就好啦,跟别的狗打起架来,就和没断过骨头一样。"

陆无双心想:"说不定这傻蛋真会接骨。何况若是无人医治,我准没命。可是他跟我接骨,便得碰到我胸膛,那……那怎么是好?哼,他若治我不好,我跟他同归于尽。若是治好了,我也决不容这见过我身子之人活在世上。"她幼遭惨祸,忍辱挣命,心境本已大异常人,跟随李莫愁日久,耳染目濡,更学得心狠手辣,小小年纪,却是满肚子的恶毒心思,低声道:"好罢!你若骗我,哼哼,小傻蛋,我决不让你好好的死。"

杨过心道:"此时不加刁难,以后只怕再没机缘了。"于是冷冷的道:"王家伯伯的母猪撞断了肋骨,他闺女向我千求万求,连叫我一百声'好哥哥',我才去给接骨……"陆无双连声道:"呸,呸,呸,臭傻蛋……臭傻蛋……啊唷……"胸口又是一阵剧痛。杨过笑道:"你不肯叫,那也罢了。我回家啦,你好好儿歇着。"说着站起身来,走向门口。

陆无双心想:"此人一去,我定要痛死在这里了。"只得忍气道:"你要怎地?"杨过道:"本来嘛,你也得叫我一百声好哥哥,但你一路上骂得我苦了,须得叫一千声才成。"陆无双心下计议:"一切且答应他,待我伤愈,再慢慢整治他不迟。"于是说道:"我就叫你好哥哥,好哥哥,好哥哥……哎唷……哎唷……"杨过道:"好罢,还有九百九十七声,那就记在帐上,等你好了再叫。"走近身来,伸手去解她衣衫。

陆无双不由自主的一缩,惊道:"走开!你干什么?"杨过退了一步,道:"隔着衣服接断骨我可不会,那些癞皮狗、老母猪都是不穿衣服的。"陆无双也觉好笑,可是若要任他解衣,终觉害羞,过了良久,才低头道:"好罢,我闹不过你。"杨过道:"你不爱治就不治,我又不希罕……"

正说到此处,忽听得门外有人说道:"这小贱人定然在此方圆二十里之内，咱们赶紧搜寻……"陆无双一听到这声音，只吓得面无人色，当下顾不得胸前痛楚，伸手按住了杨过的嘴巴，原来外面说话的正是李莫愁。

杨过听了她声音，也是大吃一惊。只听另一个女子声音道："那叫化子肩头所插的那把弯刀，明明是师妹的银弧刀，就可惜没能起出来认一下。"此人自是洪凌波了。

她师徒俩从活死人墓中死里逃生，回到赤霞庄来，发见陆无双竟已逃走，这也罢了，不料她还把一本"五毒秘传"偷了去。李莫愁横行江湖，武林人士尽皆忌惮，主要还不因她武功，而在她五毒神掌与冰魄银针的剧毒。"五毒秘传"中载得有神掌与银针上毒药及解药的药性、制法，倘若流传了出去，赤练仙子便似赤练蛇给人拔去了毒牙。秘传中所载她早熟烂于胸，自不须带在身边，在赤霞庄中又藏得机密万分，那知陆无双平日万事都留上了心，得知师父收藏的所在，既然决意私逃，便连这本书也偷了去。

李莫愁这一怒真是非同小可，带了洪凌波连日连夜的追赶，但陆无双逃出已久，所走的又是荒僻小道。李莫愁师徒自北至南、自南回北兜截了几次，始终不见她的踪影。这一晚事有凑巧，师徒俩行至潼关附近，听得丐帮弟子传言，召只西路帮众聚会。李莫愁心想丐帮徒众遍于天下，耳目灵通，当会有人见到陆无双，于是师徒俩赶到集会之处，想去打探消息，在路上恰好撞到一名五袋弟子由一名丐帮帮众背着飞跑，另外十七八名乞儿在旁卫护。李莫愁见那人肩头插了一柄弯刀，正是陆无双的银弧刀。她闪身在旁窃听，隐约听到那些乞丐愤然叫嚷，说给一个跛足丫头用弯刀掷中了肩头。

李莫愁大喜，心想他既受伤不久，陆无双必在左近，当下急步追赶，寻到了那破屋之前。但见屋前烧了一堆火，又微微闻到血腥气，忙幌亮火摺四下照看，果见地下有几处血迹，血色尚新，显是恶斗未久。李莫愁一拉徒儿的衣袖，向那破屋指了指。洪凌波点点头，推开屋门，舞剑护身，闯了进去。

陆无双听到师父与师姊说话，已知无幸，把心一横，躺着等死。只听得门声轻响，一条淡黄人影闪了进来，正是师姊洪凌波。

洪凌波对师里情谊倒甚不错，知道此次师父定要使尽诸般恶毒法儿，折磨得师里痛苦难当，这才慢慢处死，眼见她躺在桌上，当下举剑往她心窝中刺去，免她零碎受苦。

剑尖刚要触及陆无双心口，李莫愁伸手在她肩头一拍，洪凌波手臂无劲，立时垂下。李莫愁冷笑道："难道我不会动手杀人？要你忙什么？"对陆无双道："你见到师父也不拜了么？"她此时虽当盛怒，仍然言语斯文，一如平素。陆无双心想："今日既已落在她手中，不论哀求也好，挺撞也好，总是要苦受折磨。"于是淡淡的道："你与我家累世深仇，什么话也不必说啦。"李莫愁静静的望着她，目光中也不知是喜是愁。洪凌波脸上满是哀怜之色。陆无双上唇微翘，反而神情倨傲。

三人这么互相瞪视，过了良久，李莫愁道："那本书呢？拿来。"陆无双道："给一个恶道士、一个臭叫化子抢去啦！"李莫愁暗吃一惊。她与丐帮虽无梁子，跟全真教的过节却是不小，素知丐帮与全真教渊源极深，这本"五毒秘传"落入了他们手中，那还了得？

陆无双隐约见到师父淡淡轻笑，自是正在思量毒计。她在道上遁逃之际，提心吊胆的只怕师父追来，此刻当真追上了，反而不如先时恐惧，突然间想起："傻蛋到那里去了？"她命在顷刻，想起那个肮脏痴呆的牧童，不知不觉竟有一股温暖亲切之感。突然间火光闪亮，蹄声腾腾直响。

李莫愁师徒转过身来，只见一头大牯牛急奔入门，那牛右角上缚了一柄单刀，左角上缚着一丛烧得正旺的柴火，眼见冲来的势道极是威猛，李莫愁当即闪身在旁，但见牯牛在屋中打了个圈子，转身又奔了出去。牯牛进来时横冲直撞，出去时也是发足狂奔，转眼间已奔出数丈之外。李莫愁望着牯牛后影，初时微感诧异，随即心念一动："是谁在牛角上缚上柴火尖刀？"转过身来，师徒俩同声惊呼，躺在桌上的陆无双已影踪不见。

洪凌波在破屋前后找了一遍，跃上屋顶。李莫愁料定是那牯牛作怪，当即追出屋去。黑暗中但见牛角上火光闪耀，已穿入了前面树林。她在火光照映下见牛背上无人，看来陆无双并非乘牛逃走，转念一想："是了，定是有人在外接应，赶这怪牛来分我之心，乘乱救了她去。"但一时之间不知向何方追去才是，当下脚步加快，片刻间已追上牯牛，纵身跃上牛背，却瞧不出什么端倪，立即踪下，在牛臀上踢了一脚，撮口低啸，与洪凌波通了讯号，一个自北至南，一个从西到东的追去。

这牯牛自然是杨过赶进屋去的。他听到李莫愁师徒的声音，当即溜出后门，站在窗外偷听，只一句话，便知李莫愁是要来取陆无双性命，灵机一动，奔到牯牛之旁，将陆无双那柄给铁鞭砸落在地的单刀拾起，再拾了几根枯柴，分别缚上牛角，取火燃着了柴枝，伏在牛腹之下，手脚抱住牛身，驱牛冲进屋去，一把抱起陆无双，仍是藏在牛腹底下逃出屋来。他行动迅捷，兼之那牯牛模样古怪，饶是李莫愁精明，事出不意，却也没瞧出破绽。待得她追上牯牛，杨过早已抱着陆无双跃入长草中躲起。

这一番颠动，陆无双早痛得死去活来，于杨过里样相救、怎样抱着她藏身在牛腹之下、怎样跃入草丛，她都是迷糊不清，过了好一阵，神智稍复，"啊"的一声叫了出来。杨过忙按住她口，在她耳边低声道："别作声！"只听脚步声响，洪凌波道："咦，怎地一霎眼就不见了人？"远处李莫愁道："咱们走罢。这小贱人定是逃得远了。"但听洪凌波的脚步声渐渐远去。陆无双极是气闷，又待呼痛，杨过仍是按住她嘴不放。

陆无双微微一挣，发觉被他搂在怀内，又羞又急，正想出手打去。杨过在她耳边低声道："别上当，你师父在骗你。"这句话刚说完，果然听得李莫愁道："当真不在此处。"说话声音极近，几乎就在二人身旁。陆无双吃了一惊，心道："若不是傻蛋见机，这番可没命了！"原来李莫愁疑心她就藏在附近，口中说走，其实是施展轻功，悄没声的掩了过来。陆无双险些中计。

杨过侧耳静听,这次她师徒俩才当真走了,松开按在陆无双嘴上的手,笑道:"好啦,不用怕啦。"陆无双道:"放开我。"杨过轻轻将她平放草地,说道:"我立时给你接好断骨,咱们须得赶快离开此地,待得天明,可就脱不了身啦。"陆无双点了点头。杨过怕她接骨时挣扎叫痛,惊动李莫愁师徒,当即点了她的麻软穴,伸手去解她衣上扣子,说道:"千万别作声。"

　　解开外衣后,露出一件月白色内衣,内衣之下是个杏黄色肚兜。杨过不敢再解,目光上移,但见陆无双秀眉双蹙,紧紧闭着双眼,又羞又怕,浑不似一向的蛮横模样。杨过情窦初开,闻到她一阵阵处女体上的芳香,一颗心不自禁的怦怦而跳。陆无双睁开眼来,轻轻的道:"你给我治罢!"说了这句话,又即闭眼,侧过头去。杨过双手微微发颤,解开她的肚兜,看到她乳酪一般的胸脯,怎也不敢用手触摸。

　　陆无双等了良久,但觉微风吹在自己赤裸的胸上,颇有寒意,转头睁眼,却见杨过正自痴痴的瞪视,怒道:"你……你瞧……瞧……什么?"杨过一惊,伸手去摸她肋骨,一碰到她滑如凝脂的皮肤,身似电震,有如碰到炭火一般,立即缩手。陆无双道:"快闭上眼睛,你再瞧我一眼,我……我……"说到此处,眼泪流了下来。

　　杨过忙道:"是,是。我不看了。你……你别哭。"果真闭上眼睛,伸手摸到她断了的两根肋骨,将断骨仔细对准,忙拉她肚兜遮住她胸脯,心神略定,于是折了四根树枝,两根放在她胸前,两根放在背后,用树皮牢牢绑住,使断骨不致移位,这才又扣好她里衣与外衣的扣子,松了她的穴道。

　　陆无双睁开眼来,但见月光里在杨过脸上,双颊绯红,神态忸怩,正自偷看她的脸色,与她目光一碰,急忙转过头去。此时她断骨对正,虽然仍是疼痛,但比之适才断骨相互锉轧时的剧痛已大为缓和,心想:"这傻蛋倒真有点本事。"她此时自己看出杨过实非常人,更不是傻蛋,但她一起始就对之嘲骂轻视,现下纵然蒙他相救,却也不肯改颜尊重，当下问道："傻蛋，你说怎生好？呆在这儿呢，还是躲得远远地？"杨过道："你说呢？"陆无双道："自然走啊，在这儿等死么？"杨过道："到那儿去？"陆无双道："我要回江南，你肯不肯送我去？"杨过道："我要寻我姑姑，不能去那么远。"陆无双一听，脸色沉了下来，道："好罢，那你快走！让我死在这儿罢。"

陆无双若是温言软语的相求，杨过定然不肯答应，但见她目蕴怒色，眉含秋霜，依稀是小龙女生气的模样，不由得难以拒却，心想："说不定姑姑恰好到了江南，我送陆姑娘去，常言道好心有好报，天见可怜，却教我撞见了姑姑。"他明知此事渺茫之极，只是无法拒绝陆无双所求，只好向自己巧所辩解罢了，当下叹了口气，俯身将她抱起。

陆无双怒道："你抱我干么？"杨过笑道："抱你到江南去啊。"陆无双大喜，噗嗤一笑，道："傻蛋，江南这么远，你抱得我到么？"话虽这么说，却安安静静的伏在他怀里，一动也不动了。

这时那头大牯牛早奔得不知去向。杨过生怕给李莫愁师徒撞见，尽拣荒僻小路走。他脚下迅捷，上身却是稳然不动，全没震痛陆无双的伤处。陆无双见身旁树木不住倒退，他这一路飞驰，竟然有如奔马，比自己空身急奔还要迅速，轻功实不在师父之下，心中暗暗惊奇："原来这傻蛋身负绝艺，他小小年纪，怎能练到这一身本事？"不久东方渐白，她抬起头来，见杨过脸上虽然肮脏，却是容貌清秀，双目更是灵动有神，不由得心中一动，渐渐忘了胸前疼痛，过了一阵，竟尔沉沉睡去。

待得天色大明，杨过有些累了，奔到一棵大树底下，轻轻将她放下，自己坐在她身边休息。陆无双睁开眼来，浅浅一笑，说道："我饿啦，你饿不饿？"杨过道："我自然也饿，好罢，咱们找家饭店吃饭。"站起身来，又抱起了她，只是抱了半夜，双臂微感酸麻，当下举起她坐在自己肩头，缓缓而行。

陆无双两只脚在杨过胸前轻轻的一里一里，笑道："傻蛋，你到底叫什么名字？总不成在别人面前，我也叫你傻蛋。"杨过道："我没名字，人人都叫我傻蛋。"陆无双愠道："你不说就算啦！那你师父是谁？"杨过听她提到"师父"二字，他对小龙女极是敬重，那敢轻忽玩闹，正色答道："我师父是我姑姑。"陆无双信了，心道："原来他是家传的武艺。"又问："你姑姑是那一家那一派？"杨过呆头呆脑的道："她是住在家里的，派什么的我可不知道啦。"陆无双嗔道："你装傻！我问你，你学的是那一门子武功？"杨过道："你问我家的大门吗？怎么说是纸糊的，那明明是木头的。"陆无双心下沉吟："难道此人当真是个傻蛋？武功虽好，人却痴呆么？"于是温言道："傻蛋，你好好跟我说，你为什么救我性命？"

杨过一时难以回答，想了一阵，道："我姑姑叫我救你，我就救你。"陆无双道："你姑姑是谁？"杨过道："姑姑就是姑姑。她叫我干什么，我就干什么。"陆无双叹了口气，心想："这人原来真是傻的。"本来已对他略有温柔之意，此时却又转生厌憎。杨过听她不再说话，问道："你怎么不说话啦？"陆无双哼了一声。杨过又问一句。陆无双嗔道："我不爱说话就不说话，傻蛋，你闭着嘴巴！"杨过知她此时脸色定然好看，只是她坐在自己肩头，难以见到，不禁暗感可惜。

不多时，来到一个小市镇。杨过找了一家饭店，要了饭菜，两人相对而坐。陆无双闻到他身上的牛粪气息，眉头一皱，道："傻蛋，你坐到那边去，别跟我一桌。"杨过笑了笑，走到另一张桌旁坐了。陆无双见他仍是面向自己，心中烦躁，越瞧越觉此人傻得讨厌，沉脸道："你别瞧我。"指着远处一张桌子道："坐到那边去。"杨过裂嘴一笑，捧了饭碗，坐在门槛上吃了起来。陆无双道："这才对啦。"她肚中虽饿，但胸口刺痛，难以下咽，只感一百个的不如意，欲待拿杨过出气，他又坐得远了，呼喝不着。

正烦恼间，忽听门外有人高声唱道："小小姑娘做好事哪。"又有人接唱道："施舍化子一碗饭哪！"陆无双抬起头来，只见四名乞丐一字排在门外，一齐望着自己，眼见这四人来意不善，心中暗暗吃惊。又听第三个化子唱道："天堂有路你不走哪！"第四个唱道：

262

"地狱无门你闯进来!"四个乞丐唱的都是讨饭的"莲花落"调子,每人都是右手持一只破碗,左手拿一根树枝,肩头负着四只麻布袋子。陆无双曾听师姊里谈时说起,丐帮帮众以所负麻袋数目分辈份高低,这四人各负四袋,那均是四袋弟子,想起昨天在豺狼谷中相斗的那韩陈二人,背上似乎各负五只麻袋,比之眼前这四人还高了一级。自己若是身上无伤,对这四丐自是不惧,可是现下提筷子都没力气,却如何迎敌?傻蛋轻功虽然了得,但这么疯疯颠颠的,就算会武,也决不能高,一时不禁彷徨无计。

杨过自管自吃饭,对这四个化子恍若未见。他吃完了一碗,自行走到饭桶边满满的又装一碗,伸手到陆无双面前的菜盘中抓起一条鱼来,汤水鱼汁,淋得满桌都是,傻笑道:"嘻嘻,我吃鱼!"

陆无双秀眉微蹙,已无余暇斥骂。只听那四个乞丐又唱了起来,唱的仍是"小小姑娘"那四句。四个乞丐连唱三遍,八只眼睛瞪视着她。陆无双不知如何应付才是,当下缓缓扒着饭粒,只作没有听见,心中却是焦急万分。

一个化子大声说道:"小姑娘,你既一碗饭也不肯施舍,就再施舍一柄弯刀罢。"另一个道:"你跟我们去,我们也不能难为你。只要问明是非曲直,自有公平了断。"隔了一会,第三个道:"快走罢,难道真要我们用强不成?"陆无双回答也不是,不答也不是,不知如何是好。第四个化子道:"我们不能强丐恶化,四个大男人欺侮一个小姑娘,也教江湖上好汉笑话,只是要你去评一评理。"陆无双听了四人语气,知道片刻之间就要动武,虽然明知难敌,却也不能束手待毙,左手抚着长凳,只待对方上来,就挺凳拒敌。

杨过心想:"该出手啦!"走到陆无双桌边,端起汤碗,口中咬着一大块鱼,含含糊糊的道:"我……我要泡点儿汤!"汤碗一侧,把半碗热汤倒在陆无双右臂上。她坐西朝东,右臂处于内侧,这半碗汤倒将下去,她立时身子一缩,转头去看。杨过叫道:"啊哟!"毛手毛脚的去替她抹拭,就在此时,左手向外一扬,四根竹筷激飞而出,分射四名化子。

这四根竹筷去势实在太快,那四个化子还没看清,只觉臂弯处一痛,呛里里声响,四只破碗一齐摔在地下石匣得粉碎。杨过拉起身上破衣,不住价往陆无双袖子上抹去,说道:"你……你别生气……我……我……我给你抹乾净。"陆无双叱道:"别瞎捣乱!"回头瞧那四个化子时,登时惊得呆了。

　　只见四个乞丐的背影在街角处一幌而没,地下满是破碗的碎片。陆无双大是惊疑:"这四人忒也古怪,怎地平白无端的突然走了?"

　　她见杨过双手都是鱼汤菜汁,还在桌上乱抹,斥道:"快走开,也不怕脏?"杨过道:"是,是!"双手在衣襟上大擦一阵。陆无双皱起眉头,问道:"那四个叫化子怎么走啦?"杨过道:"他们见姑娘小气,不肯施舍,再求也是无用,这就走啦。"

　　陆无双沉吟片刻,不明所以,取出银子,叫杨过去买了一头驴子,付了饭钱后,跨上驴背。但刚上驴背,断骨处便是剧痛,忍不住呻吟出声。杨过道:"可惜我又脏又臭,要不然倒可扶着你。"陆无双道:"哼,尽说废话。"里绳一抖,那驴子的脾气甚是倔强,挨到墙边,将她身子往墙上擦去。陆无双手脚都无力气,惊呼一声,竟从驴子上摔了下来。她右足着地,稳稳站定,可是牵动伤处,疼痛难当,怒道:"你明明见我摔下来,也不来扶。"杨过道:"我……身上脏啊。"陆无双道:"你就不会洗洗么?"杨过傻笑几下,却不说话。陆无双道:"你扶我骑上驴子去。"杨过依言扶她上了驴背。那驴子一觉背上有人,立时又要捣鬼。

　　陆无双道:"你快牵着驴子。"杨过道:"不,我怕驴子踢我。要是我那条大牯牛跟着来,可就好了。"陆无双气极:"这傻蛋说他不傻却傻,说他傻呢,却又不傻。他明明是想抱着我。"无可奈何,只得道:"好罢,你也骑上驴背来。"杨过道:"是你叫我的,可别嫌我脏,又骂我打我。"陆无双道:"是啦,罗罗唆唆的多说干么?"杨过这才一笑跨上驴背,双手搂住了她,两腿微一用力,那驴子但感腹边大痛,那里还敢作怪,乖乖的走了。

杨过道:"向那儿走?"陆无双早已打听过路径,本想东行过潼关,再经中州,折而南行,那是大道,但见了丐帮这四个化子后,寻思前边路上必定还有丐帮徒众守候,不如走小路,经竹林关,越龙驹寨,再过紫荆关南下,虽然路程迂远些,却是太平得多,也更加不易给师父追上,沉吟一会,向东南方一指,道:"往那边去。"

驴子蹄声得得,缓缓而行,刚出市集,路边一个农家小孩奔到驴前,叫道:"陆姑娘,有件物事给你。"说着将手中一束花掷了过来,转头撒头撒腿就跑。陆无双伸手接过,见是一束油菜花,花束上缚着一封信,忙撕开封皮,抽出一张黄纸,见纸上写道:

"尊师转眼即至,即速躲藏,切切!"

黄纸甚是粗糙,字迹却颇为秀雅。陆无双"咦"了一声,惊疑不定:"这小孩是谁?他怎知我姓陆?又怎知我师父即会追来?"问杨过道:"你识得这小孩,是不是?又是你姑姑派来的了?"

杨过在她脑后早已看到了信上字迹,心想:"这明明是个寻常农家孩童,定是受人差遣送信。只不知写信的人是谁?看来倒是好意。当真李莫愁追来,那便如何是好?"他虽学了玉女心经和九阴真经,一身而兼修武林中两大秘传,但究竟时日太浅,虽知秘奥,功力未至,也是枉然,若给李莫愁赶上,可万万不是敌手,青天白日的实是无处躲藏,正自沉吟无计,听陆无双问起,答道:"我不识得这小傻蛋,看来也不是我姑姑派来的。"

刚说了这两句话,只听吹打声响,迎面抬来一乘花轿,数十人前后簇拥,原来是迎娶新娘。虽是乡间村夫的粗鄙鼓乐,却也喜气洋洋,自有一股动人心魄的韵味。杨过心念一动,问道:"你想不想做新娘子?"

但见陆无双

眉头微蹙，似乎

睡梦中也感到断骨处

的痛楚，杨过登时想起

小龙女来，跟着记起她要

自己立过的誓，全身冷汗直冒，

啪啪两下，重重打了自己两个耳光。

第九回　百计避敌

　　陆无双正自惶急，听他忽问傻话，怒道："傻蛋！又胡说什么？"杨过笑道："咱们来玩拜天地成亲。你扮新娘子好不好？那才教美呢？脸上披了红布，别人说什么也瞧你不见。"陆无双一怔，道："你教我扮新娘子躲过师父？"杨过嘻嘻笑道："我不知道，你扮新娘子，我就扮新官人。"

　　此时事势紧迫，陆无双也无暇斥骂，心想："这傻蛋的主意当真古怪，但除此之外，实在亦无别法。"问道："怎么扮法啊？"杨过也不敢多挨时刻，扬鞭在驴臀上连抽几鞭，驴子发足直奔。

　　乡间小路狭窄，一顶八人抬的大花轿塞住了路，两旁已无空隙。迎亲人众见驴子迎面奔来，齐声叱喝，叫驴上乘客勒里缓行。杨过双腿一夹，却催得驴子更加快了，转眼间已冲到迎亲的人众跟前。早有两名壮汉抢上前来，欲待拉住驴子，以免冲撞花轿。杨过皮鞭挥处，卷住了二人手臂，一提一放，登时将二人摔在路旁，向陆无双道："我要扮新郎啦。"身子前探，右手伸出，已将骑在一匹白马上的新郎提将过来。

　　那新郎十七八岁年纪，全身新衣，头戴金花，突然被杨过抓住，自是吓得魂不附体。杨过举起他身子往空中一抛，待他飞上一丈有余，再跌下来时，在众人惊呼声中伸手接住。迎亲的共有三十来人，半数倒是身长力壮的关西大汉，但见他如此本领，新郎又落入他手中，那敢上前动手？一个老者见事多了，料得是大盗拦路行劫，抢上前来唱个肥诺，说道："大王请饶了新官人。大王须用多少盘缠使用，大家尽可商量。"杨过向陆无双笑道："媳妇儿，怎么他叫我大王？我又不姓王？我瞧他比我还傻。"陆无双道："别瞎缠啦，我好似听到了师父花驴上的铃子声响。"

杨过一惊，侧耳静听，果然远处隐隐传来一阵铃声，心想："她来得好快啊。"说道："铃子？什么铃子？是卖糖的么？那好极啦，咱们买糖吃。"转头向那老者道："你们全都听我的话，就放了他，要不然……"说着又将新郎往空中一抛。那新郎吓得哇哇大叫，哭将起来。那老者只是作揖，道："全凭大王吩咐。"杨过指着陆无双道："她是我媳妇儿，她见你们玩拜天地成亲，很是有趣，也要来玩玩……"陆无双斥道："傻蛋，你说什么？"杨过不去理她，说道："你们快把新娘子的衣服给她穿上，我就扮新官人玩儿。"

儿童戏耍，原是常有假扮新官人、新娘子拜天地成亲之事，天下皆然，不足为异。但万料不到一个拦路行劫的大盗忽然要闹这玩意，众人都是面面相觑，做声不得。看杨陆二人时，一个是弱冠少年，一个是妙龄少女，说是一对夫妻，倒也相像。众中正没做理会处，杨过听金铃之声渐近，跃下驴背，将新郎横放驴子鞍头，让陆无双守住了，自行到花轿跟前，掀开轿门，拉了新娘出来。

那新娘吓得尖声大叫，脸上兜着红布，不知外面出了什么事。杨过伸手拉下她脸上红布，但见她脸如满月，一副福相，笑道："新娘子美得紧啊。"在她脸颊上轻轻一摸。新娘子这时吓得呆了，反而不敢作声。杨过左手提起新娘，叫道："若要我饶她性命，快给我媳妇儿换上新娘的打扮。"

陆无双耳听得师父花驴的鸾铃声越来越近，向杨过横了一眼，心道："这傻蛋不知天高地厚，这当口还说笑话？"但听迎亲的老者连声催促："快，快！快换新郎新娘的衣服。"送嫁喜娘当即七手八脚的除下了新娘的凤冠霞披、锦衣红裙，替陆无双穿戴。杨过自己动手，将新郎的吉服穿上，对陆无双道："乖媳妇儿，进花轿去罢。"陆无双叫新娘先进花轿，自己坐在她身上，这才放下轿帷。

杨过看了看脚下的草鞋，欲待更换，铃声却已响到山角之处，叫道："回头向东南方走,快吹吹打打!有人若来查问,别说见到我们。"纵身跃上白马,与骑在驴背上的新郎并肩而行。众人见新夫妇都落入了强人手中,那敢违抗,锁呐锣钹,一齐响起。

花轿转过头来,只行得十来丈,后面鸾铃声急,两匹花驴踏着小步,追了上来。陆无双在轿中听到铃响,心想能否脱却大难,便在此一瞬之间了,一颗心怦怦急跳,倾听轿外动静。杨过装作害羞,低头瞧着马颈,只听得洪凌波叫道:"喂,瞧见一个跛脚姑娘走过没有?"迎亲队中的老者说道:"没……没有啊?"洪凌波再问:"有没见一个年轻女子骑了牲口经过?"那老者仍道:"没有。"师徒俩纵驴从迎亲人众身旁掠过,急驰而去。

过不多时,李洪二人兜过驴头,重行回转。李莫愁拂尘挥出,卷住轿帷一拉,嗤的一声,轿帷撕下了半截。杨过大惊,跃马近前,只待她拂尘二次挥出,立时便要出手救人,那知李莫愁向轿中瞧了一眼,笑道:"新娘子挺俊呀。"抬头向杨过道:"小子,你福气不小。"杨过低下了头,那敢与她照面,但听蹄声答答,二人竟自去了。

杨过大奇:"怎么她竟然放过了陆姑娘?"向轿中张去,但见那新娘吓得面如土色,簌簌发抖,陆无双竟已不知去向。杨过更奇,叫道:"哎唷,我的媳妇儿呢?"陆无双笑道:"我不见啦。"但见新娘裙子一动,陆无双钻了出来,原来她低身躲在新娘裙下。她知师父行事素来周密,任何处所决不轻易放过,料知她必定去后复来,是以躲了起来。杨过道:"你安安稳稳的做新娘子罢,坐花轿比骑驴子舒服。"陆无双点了点头,对新娘道:"你挤得我好生气闷,快给我出去。"新娘无奈,只得下轿,骑在陆无双先前所乘的驴上。

新娘和新郎从未见过面,此时新郎见新娘肥肥白白,颇有几分珠圆玉润;新娘偷看新郎,倒也五官端正。二人心下窃喜,一时倒忘了身遭大盗劫持,后果大是不妙。

一行人行出二十来里,眼见天色渐渐晚了。那老者不住向杨过哀求放人,以免误了拜天地的吉期。杨过斥道:"你噜唆什么?"

一句话刚出口,忽然路边人影一闪,两个人快步奔入树林。杨过心下起疑,追了下去,依稀见到二人的背影,衣衫褴褛,却是化子打扮。杨过勒住了马,心想:"莫非丐帮已瞧出了蹊跷,又在前边伏下人手?事已如此,只得向前直闯。"

不久花轿抬到,陆无双从破帷里探出头来,问道:"瞧见了什么?"杨过道:"花轿帷子破了,你脸上又不兜红布。扮新娘子嘛,总须得哭哭啼啼,就算心里一百个想嫁人,也得一把眼泪一把鼻涕,喊爹叫娘,不肯出门。天下那有你这般不怕丑的新娘子?"

陆无双听他话中之意?似乎自己行藏已被人瞧破,只轻轻骂了声"傻蛋",不再言语。又行一阵,前面山路渐渐窄了,一路上岭,甚是崎岖难行,迎亲人众早已疲累不堪,但生怕惹恼了杨过,没一个敢吐半句怨言。

转眼间夕阳在山,归鸦哑哑的叫着从空中飞过。正行之间,忽然山角后几个人齐声唱道:"小小姑娘做好事哪,施舍一把银弯刀哪。"

陆无双脸上变色,心道:"原来那四个化子埋伏在这儿。"花轿转过山角,只见迎面站着三个乞丐,三人都是身材高大,与日间在饭店中所见的四人截然不同。杨过见他们每人肩头都负着五只麻布袋,心想:"这三个五袋叫化,定比那四个四袋的要厉害些,看来非当真动手不可了。"

迎亲人众与轿夫等正行得没好气,早有人挥鞭向一个乞丐头上击去,高声叫道:"快让路,快让路!"那乞丐也不闪避,抓住鞭梢一拉,那人扑地倒了,跌了个狗吃屎。若在平时,众人定是一拥而上,但先前给杨过吓得怕了,人人均想:"原来这三个叫化跟那强盗是一多。"没一人敢再向前,反而退了几步。

一名乞丐朗声说道:"恭喜姑娘大喜啊,小叫化要讨几文赏钱。"陆无双回头低声道:"傻蛋,我身上有伤,动手不得,你给我打发了去。"杨过道:"好。"纵马上前,喝道:"呸,今儿是我娶媳妇的好日子,叫化儿莫要叽哩咕噜,快给让开了。"一名叫化向杨过打量了几眼,一时摸不准他的来历。那四个四袋弟子先前给竹筷打中手腕,都以为是陆无双所出手,并未向师伯师叔提到杨过。

　　一名叫化右手一扬,杨过的坐骑受惊,前足提起。杨过假装乘坐不稳,幌了几下便摔落马背,半晌爬不起身。三个乞丐心想:"原来此人是真的新郎。"丐帮是侠义道的帮会,向来锄强扶弱,济困拯危,所以跟陆无双为难,只为她伤了帮中兄弟,眼见杨过不会武功,这般摔了他一交,均觉歉然,一名乞丐当即伸手拉了他起来,说道:"对不住,您包涵些。"杨过喃喃骂道:"你们,哎,真是……讨钱就讨钱,怎地惊了我的牲口?"摸出三枚小钱,每人给了一枚。三丐依照丐帮规矩,接过谢了。

　　杨过笑嘻嘻的向陆无双道:"你要我打发,我已经打发啦。"陆无双嗔道:"你尽跟我装傻,有什么好?"杨过道:"是,是!"退在一旁,挥袖扑打身上的灰土。

　　陆无双见三个化子仍是拦在路口,冷然道:"你们要怎地?"一名化子说道:"姑娘是古墓派的高手,我兄弟三人好生仰慕,要请姑娘指点几招。"陆无双道:"我身负重伤,还能动什么手? 你们既然不服气,那就约定日子,待我伤愈,自会前来领教。你们三位是丐帮高手,今日合力来欺侮一个身上负伤的年轻女子,那才是英雄好汉呢!"

　　三个化子给她这几句话一挡,果觉己方理亏。其中二人齐声说道:"好罢! 待你伤愈之后,再来找你理论。"另一人却道:"慢来,你伤在何处? 到底是真是假,须得让我瞧瞧。倘若真是有伤,今日就饶过了你。"他不知她伤在胸口,原是言出无心。陆无双却登时双颊飞红,不由得大怒,气愤之下,一时说不出话来,隔了半晌,才骂道:"江湖上说什么丐帮英雄仗义,却原来尽是无耻之徒。"三个乞丐听她辱及丐帮名声,脸色立变,一丐性子甚是暴躁,抢上一步,伸出大手就要往花轿中抓她出来。

　　杨过见情势紧迫,叫道:"慢来,慢来。你们讨钱,我已经给了,怎么又来跟我媳妇儿罗唆?"说着抢过来拦在轿前,又道:"看三位仁兄虽然做了化子,但个个相貌堂堂,将来必定升官发财,怎地来调戏我的新媳妇,干这般轻薄无赖的勾当?"

三个化子一怔,倒也无言可答。那火爆性子的化子道:"你让开,我们只是要领教她古墓派的武功,谁轻薄来?"说着用手轻轻一推。杨过大叫一声,往路旁摔去。丐帮自来相传有个规矩,决不许先行出手殴打不会武艺之人。那化子料不到这新郎如此不济,只这么轻轻一推便即摔倒,若是摔伤了他,帮中必有重罚,其余两个同伴也脱不了干系。三人大惊,同时抢上来扶起。杨过只叫得惊天动地:"哎唷,哎唷!我的妈啊!"三个化子也瞧不清他到底伤了没有。

杨过一面呼痛,一面说道:"你这三人也是傻的,我新媳妇儿怕羞,怎肯跟不相识之人说话。这样罢!你们要领教什么?先跟我说。我悄悄问了我新媳妇,再来跟你们说,好是不好?"

三个化子见他半傻不傻,实是老大不耐烦,但又不便对他动手。三丐中年纪最大的那人寻思:"这姓陆的女子假扮新娘,这人若是真新郎,就不该如此出力回护。若是假新郎,又不该如此脓包。"细细打量他身形举止,始终瞧不出端倪。

那火爆性子的化子将手一扬,喝道:"你让是不让?"杨过双手张开,大声道:"你们要欺侮我媳妇儿,那是万万不可。"另一个化子叫道:"陆姑娘,你叫这傻蛋挡着,难道还能挡一辈子不成?爽爽快快,拿句话出来罢。"杨过奇道:"咦,你也知道我叫傻蛋,真是奇哉怪也。"那火爆性子的化子向陆无双道:"我们也不领教别的,只想见识一下你那弯刀斩肩的功夫,这一招叫做什么?"

陆无双也知杨过尽这么跟他们歪缠,总是没个了结,心中正自寻思脱身之计,听那化子问起,顺口答道:"那叫'貂蝉拜月',怎么啊?"杨过接口道:"不错,我媳妇那弯刀这么呼的一声,就砍在你肩头啦。"右手一探,从那化子肩头绕了过去,拍的一下,掌缘在他肩后轻轻斩了一下。

这一下出手,三个化子都是吃了一惊,立时跃开,均想:"这里原来假扮新郎,戏弄我们。"那火性化子肩头吃了一掌,虽然杨过未运劲力,却已大感脸上无光,叫道:"好啊,贼里乌装傻,来来来,先领教你的高招。"

杨过道:"你说向我媳妇领教,怎么又向我领教?"那化子怒道:"跟阁下领教也是一样。"杨过道:"那就糟啦,我什么也不会。"转头向陆无双问道:"好媳妇儿,我的亲亲小媳妇儿,你说我该教他什么?"

陆无双此时再无怀疑,知他定然身负绝艺,刚才他这反手一斩,乾净利落,自己就决计办不了,只是不知他武功家数,便随口说道:"再来一招'貂蝉拜月'。"杨过道:"好!"腰一弯,手一长,拍的一声,又在那化子后肩斩了一掌。这一下出手,三丐更是惊骇。杨过明明与那丐相对而立,并不移步转身,只一伸手,手掌就斩到了他的肩后,这招掌法实是怪异之极。陆无双心中也是一震:"这明明是我古墓派的武功,他怎么也会?"又道:"你再来一招'西施捧心'。"杨过道:"好啊!"左拳打出,正中对方心口。

那化子身上中拳,只觉一股大力推来,不由自主的飞出一丈开外,却仍是稳稳站立,胸口中拳处也不觉疼痛,倒似给人抱起来放在一丈之外一般。外另两名化子左右抢上。杨过急叫:"媳妇儿,我对付不了,快教我。"陆无双道:"昭君出塞,麻姑献寿。"杨过左手斜举,右手五指弹起,作了个弹琵琶的姿式,五根手指一一弹在右首化子身上,正是"昭君出塞";随即侧身让开左首化子踢来的一脚,双手合拳迥上抬击,砰的一声,击中对方下巴,说道:"这是'麻姑献寿',对不对啊?"他不欲伤人,是以手上并未用劲。

他连使四招,招招是古墓派"美女拳法"的精奥功夫。古墓派自林朝英开派,从来传女不传男。林朝英创下这套"美女拳法",每一招都取了个美女的名称,使出来时娇媚婀娜,却也均是凌厉狠辣的杀手。杨过跟小龙女学武,这套拳法自然也曾学过,只是觉得拳法虽然精妙,总是扭扭捏捏,男人用之不雅,当练习之时,不知不觉的在纯柔的招数中注入了阳刚之意,变妩媚而为潇洒,然气韵虽异,拳式仍是一如原状。

三个化子莫名其妙的中招，却又不觉疼痛，对杨过的功夫并未佩服，齐声呼啸，攻了上来。杨过东闪西避，叫道："媳妇儿，不得了，你今儿要做小寡妇！"陆无双嗤的一笑，叫道："天孙织绵！"杨过右手挥左，左手送右，作了个掷梭织布之状，这一挥一送，双手分别又都打在两名化子的肩头。陆无双又叫："文君当炉，贵妃醉酒！"杨过举手作提铛斟酒之状，在那火性化子头上一凿，接着身子摇幌，跌跌撞撞的向右歪斜出去，肩头正好撞中另一个化子的胸口。

　　三个化子又惊又怒，三人施展平生武功，竟然连他衣服也碰不到，而这小子手挥目送，要打那里就是那里，虽然打在身上不痛，却也是古怪之极。陆无双连叫三招"弄玉吹萧"、"洛神凌波"、"钩弋握拳"，杨过一一照做。陆无双佩服已极，故意出个难题，见他正伸拳前击，立即叫道："则天垂里。"当他此时身形，按理万不能发这一招但杨过自恃内力高出敌手甚多，竟尔身子前扑，双掌以垂里式削将下来。三个化子见他前胸露出老大破绽，心中大喜，同时抢功，那知为他内力所逼，都是腾腾腾的退出数步。

　　陆无双惊喜交集，叫道："一笑倾国！"这却是她杜撰的招数，美人嫣然一笑固能倾国倾城，但怎能用以与人动手过招？杨过一怔，立即纵声大笑，哈哈哈哈，嘿嘿嘿嘿，呼呼呵呵，运起了"九阴真经"中的极高深内功。虽然他尚未练得到家，不能用以对付真正高手，但那三名五袋弟子究只是三四流脚色，听得笑声怪异，不禁头晕目眩，身子摇了几摇，扑地跌倒。须知每人耳中有一半月形小物，专司人身平衡，若此半月形物受到震里，势不免头重脚轻，再也站立不稳。杨过的笑声以强劲内力吐出，人人耳鼓连续不断的受到冲击，蓦地里均感天旋地转。陆无双几欲晕倒，急忙抓住轿中扶手。只听啊唷、砰砰之声响成一片，迎亲人众与新郎、新娘一一摔倒在地。

　　杨过笑声止息，三名化子跃起身来，脸如土色，头也不回的走了。

　　众人休息半晌，才抬起花轿又行，此时对杨过奉若神明，更是不敢有半点违抗。二更时分，到了一个市镇，杨过才放迎亲人众脱身。

众中只道这番为大盗所掳，扣押勒赎固是意料中事，多半还要大吃苦头，岂知那大盗当真只是玩玩假扮新郎新娘，就此了事，实是意外之喜，不由得对杨过千恩万谢。随伴的喜娘更是口彩连篇："大王和压寨娘子百年好合、白头偕老、多生几位小大王！"只惹得杨过哈哈大笑，陆无双又羞又嗔。

杨过与陆无双找了一家客店住下，叫了饭菜，正坐下吃饭，忽见门口人影一闪，有人探头进来，见到杨陆二人，立即缩头转身。杨过见情势有异，追到门口，见院子中站着两人，正是在豹狼谷中与陆无双相斗的申志凡与姬清虚。二道拔出长剑，纵身扑上。杨过心想："你们找我晦气干么？想自讨苦吃？"两个道士扑近，却是侧身掠过，奔入大堂，抢向陆无双。就在此时，蓦地里传来叮玲、叮玲一阵铃响。

铃声突如其来，待得入耳，已在近处，两名道士脸色大变，互相瞧了一眼，急忙退向西首第一间房里，砰的一声关上了门，再也不出来了。杨过心想："臭道士，多半也吃过那李莫愁的苦头，竟吓成这个样子。"

陆无双低声道："我师父追到啦，傻蛋，你瞧怎么办？"杨过道："怎么办？躲一躲罢！"刚伸出手去扶她，铃声斗然在客店门口止住，只听李莫愁的声音道："你到屋上去守住。"洪凌波答应了，飕的一声，上了屋顶。又听掌柜的说道："仙姑，你老人家住店……哎唷，我……"噗的一声，仆跌在地，再无声息。他怎知李莫愁最恨别人在她面前提到一个"老"字，何况当面称她为"老人家"？拂尘挥出，立时送了掌柜他老人家的老命。她问店小二："有个跛脚姑娘，住在那里？"那店小二早已吓得魂不附体只说："我……我……"一句话也答不出来。李莫愁左足将他踢开，右足踢开西首第一间房的房门，进去查看，那正是申姬二道所住之处。

杨过寻思："只好从后门溜出去,虽然定会给洪凌波瞧见,却也不用怕她。"低声道："媳妇儿,跟我逃命罢。"陆无双白了他一眼,站起身来,心想这番如再逃得性命,当真是老天爷太瞧得起啦。

两人刚转过身,东角落里一张方桌旁一个客人站了起来,走近杨陆二人身旁,低声道："我来设法引开敌人,快想法儿逃走。"这人一直向内坐在暗处,杨陆都没留意他的面貌。他说话之时脸孔向着别处,话刚说完,已走出大门,只见到他的后影。这人身材不高,穿一件宽大的青布长袍。

杨陆二人只对望得一眼,猛听得铃声大振,直向北响去。洪凌波叫道："师父,有人偷驴子。"黄影一闪,李莫愁从房中跃出,追出门去。陆无双道："快走!"杨过心想："李莫愁轻功迅捷无比,立时便能追上此人,转眼又即回来。我背了陆姑娘行走不快,仍是难以脱身。"灵机一动,闯进了西首第一间房。

只见申志凡与姬清虚坐在炕边,脸上惊惶之色兀自未消,此时片刻也延挨不得,杨过不容二道站起喝问,抢上去手指连挥,将二人点倒,叫道："媳妇儿,进来。"陆无双走进房来。杨过掩上房门,道："快脱衣服!"陆无双脸上一红,啐道："傻蛋,胡说什么?"杨过道："脱不脱由你,我可要脱了。"除了外衣,随即将申志凡的道袍脱下穿上,又除了他的道冠,戴在自己头上。陆无双登时醒悟,道:"好,咱们扮道士骗过师父。"伸手去解衣纽,脸上又是一红,向姬清虚踢了一脚,道:"闭上眼睛啦,死道士!"姬清虚与申志凡不能转动的只是四肢而非五官,当即闭上眼睛,那敢瞧她?

陆无双又道："傻蛋,你转过身去,别瞧我换衣。"杨过笑道:"怕什么,我给你接骨之时,岂不早瞧过了?"此语一出,登觉太过轻薄无赖,不禁讪讪的有些不好意思。陆无双秀眉一紧,反手就是一掌。

杨过只消头一低,立时就轻易避过,但一时失魂落魄,呆呆的出了神,拍的一下,这一记重重击在他的左颊。陆无双万万想不到这掌竟会打中,还着实不轻,也是一呆,心下歉然,笑道:"傻蛋,打痛了你么？谁叫你瞎说八道？"

杨过抚着面颊，笑了一笑，当下转过身去。陆无双换上道袍，笑道："你瞧！我像不像个小道士？"杨过道："我瞧不见，不知道。"陆无双道："傻蛋，转过身来啦。"杨过回过头来，见她身上那件道袍宽宽荡荡，更加显得她身形纤细，正待说话，陆无双忽然低呼一声，指着炕上，只见炕上棉被中探出一个道士头来，正是豺狼谷中被她砍了几根手指的皮清玄。原来他一直便躺在炕上养伤，一见陆无双进房，立即缩头进被。杨陆二人忙着换衣，竟没留意。陆无双道："他……他……"想说"他偷瞧我换衣"却又觉不便出口。

就在此时，花驴铃声又起。杨过听过几次，知道花驴已被李莫愁夺回，那青衫客骑驴奔出时铃声杂乱，李莫愁骑驴之时，花驴奔得虽快，铃声却疾徐有致。他一转念间，将皮清玄一把提起，顺手闭住了他的穴道，揭开炕门，将他塞入炕底。北方天寒，冬夜炕底烧火取暖，此时天尚暖热，炕底不用烧火，但里面全是烟灰黑炭，皮清玄一给塞入，不免满头满脸全是灰土。

只听得铃声忽止，李莫愁又已到了客店门口。杨过向陆无双道："上炕去睡。"陆无双皱眉道："臭道士睡过的，脏得紧，怎能睡啊？"杨过道："随你便罢！"说话之间，又将申志凡塞入炕底，顺手解开了姬清虚的穴道。陆无双虽觉被褥肮脏，但想起师父手段的狠辣，只得上炕，面向里床。刚刚睡好，李莫愁已踢开房门，二次来搜。杨过拿着一只茶杯，低头喝茶，左手却按住姬清虚背心的死穴。李莫愁见房中仍是三个道士，姬清虚脸如死灰，神魂不定，于是笑了一笑，去搜第二间房。她第一次来搜时曾仔细瞧过三个道人的面貌，生怕是陆无双乔装改扮，二次来搜时就没再细看。

这一晚李莫愁、洪凌波师徒搜遍了镇上各处，吵得家家鸡犬不宁。杨过却安安稳稳的与陆无双并头躺在炕上，闻到她身上一阵阵少女的温馨香味，不禁大乐。陆无双心中思潮起伏，但觉杨过此人实是古怪之极，说他是傻蛋，却又似聪明无比，说他聪明罢，又老是疯疯颠颠的。她躺着一动也不敢动，心想那傻蛋定要伸手相抱，那时怎生是好？过了良久良久，杨过却没半点动静，反而微觉失望，闻到他身上浓重的男子气息，竟尔颠倒难以自已，过了良久，才迷迷糊糊的睡了。

杨过一觉醒来，天已发白，见姬清虚伏在桌上沉睡未醒，陆无双鼻息细微，双颊晕红，两片薄薄红唇略见上翘，不由得心中大动，暗道："我若是轻轻的亲她一亲，她决不会知道。"少年人情窦初开，从未亲近过女子，此刻朝阳初升，正是情欲最盛之时，想起接骨时她胸脯之美，更是按捺不住，伸过头去，要亲她口唇。尚未触到，已闻一阵香甜，不由得心中一荡，热血直涌上来，却见她双眉微蹙，似乎睡梦中也感到断骨处的痛楚。杨过见到这般模样，登时想起小龙女来，跟着记起她要自己立过的誓："我这一生一世心中只有姑姑一个，若是变心，不用姑姑杀我，我立刻就杀了自己。"全身冷汗直冒，当即拍拍两下，重重打了自己两个耳光，一跃下炕。

这一来陆无双也给惊醒了，睁眼问道："傻蛋，你干什么？"杨过正自羞愧难当，含含糊糊的道："没什么，蚊子咬我的脸。"陆无双想起整晚和他同睡，突然间满脸通红，低下了头，轻轻的道："傻蛋，傻蛋！"话声中竟是大有温柔缠绵之意。

过了一会，她抬起头来，问道："傻蛋，你怎么会使我古墓派的美女拳法？"杨过道："我晚上做梦，那许多美女西施啦、貂婵啦，每个人都来教我一招，我就会了。"陆无双呸了一声，料知再问他也不肯说，正想转过话头说别的事，忽听得李莫愁花驴的铃声响起，向西北方而去，却又是回头往来路搜寻，料来她想起那部"五毒秘传"落入陆无双手中，迟一日追回，便多一日危险，是以片刻也不敢耽搁，天色微明，就骑驴动身。

杨过道："她回头寻咱们不见，又会赶来。就可惜你身上有伤，震里不得，否则咱们盗得两匹骏马，一口气奔驰一日一夜，她那里还追得上？"陆无双嗔道："你身上可没伤，干么你不去盗一匹骏马，一口气奔驰一日一夜？"杨过心想："这姑娘当真是小心眼儿，我随口一句话，她就生气。"只是爱瞧她发怒的神情，反而激她道："若不是你求我送到江南,我早就去了。"陆无双怒道:"你去罢,去罢!傻蛋,我见了你就生气,宁可自个儿死了的好。"杨过笑道:"嘿,你死了我才舍不得呢。"

他怕陆无双真的大怒,震动断骨,一笑出房,到柜台上借了墨笔砚台,回进房来,将墨在水盆中化开了,双手醮了墨水,突然抹在陆无双脸上。

陆无双未曾防备,忙掏手帕来抹,不住口的骂道:"臭傻蛋,死傻蛋。"只见杨过从炕里掏出一大把煤灰,用水和了涂在脸上,一张脸登时凹凹凸凸,有如生满了疙瘩。她立时醒悟:"我虽换了道人装束,但面容未变,若给师父赶上,她岂有不识之理?"当下将淡墨水匀匀的涂在脸上。女孩儿家生性爱美,虽然涂黑脸颊,仍是犹如搽脂抹粉一般细细整容。

两人改装已毕,杨过伸脚到炕下将两名道人的穴道踢开。陆无双见他看也不看,随意踢了几脚,两名道人登时发出呻吟之声,心下暗暗佩服:"这傻蛋武功胜我十倍。"但钦佩之意,丝毫不形于色,仍是骂他傻蛋,似乎浑不将他瞧在眼里。

杨过去市上想雇一辆大车,但那市镇太小,无车可雇,只得买了两匹劣马。这日陆无双伤势已轻了些,两人各自骑了一匹,慢慢向东南行去。

行了一个多时辰,杨过怕她支持不住,扶她下马,坐在道旁石上休息。他想起今晨居然对陆无双有轻薄之意,轻薄她也没什么,但如此对不起姑姑,自己真是大大的混帐王八蛋,正在深深自责,陆无双忽道:"傻蛋,怎么不跟我说话?"杨过微笑不答,忽然想到一事,叫道:"啊哟,不好,我真胡涂。"陆无双道:"你本就胡涂嘛!"杨过道:"咱们改装易容,那三个道人尽都瞧在眼里,若是跟你师父说起,岂不是糟了?"陆无双抿嘴一笑,道:"那三个臭道人先前骑马经过,早赶到咱们头里去啦,师父还在后面。你这傻蛋失魂落魄的,也不知在想些什么,竟没瞧见。"

杨过"啊"了一声,向她一笑。陆无双觉得他这一笑之中似含深意,想起自己话中"失魂落魄的,也不知想些什么"那几个字,不禁脸儿红了。就在此时,一匹马突然纵声长嘶。陆无双回过头来,只见道路转角处两个老丐并肩走来。

杨过见山角后另有两个人一探头就缩了回去,正是申志凡和姬清虚,心下了然:"原来这三个臭道士去告知了丐帮,说我们改了道人打扮。"当下拱手说道:"两位叫化大爷,你们讨米讨八方,贫道化缘却化十方,今日要请你们布施布施了。"一个化子声似洪钟,说道:"你们就是剃光了头,扮作和尚尼姑,也休想逃得过我们耳目。快别装傻啦,爽爽快快的,跟我们到执法长老跟前评理去罢。"杨过心想:"这两个老叫化背负八只布袋,只怕武功甚是了得。"那二人正是丐帮中的八袋老丐,眼见杨陆二人都是未到二十岁的少年,居然连败四名四袋弟子、三名五袋弟子,料想这中间定然另有古怪。

双方均自迟疑之际,西北方金铃响起,玎玲,玎玲,轻快流动,抑扬悦耳。陆无双暗想:"糟了,糟了。我虽改了容貌装束,偏巧此时又撞到这两个死鬼化子,给他们一揭穿,怎么能脱得师父的毒手?唉,当真运气太坏,魔劫重重,偏有这么多人吃饱了饭没事干,尽是找上了我,缠个没了没完。"

片刻之间,铃声更加近了。杨过心想:"这李莫愁我是打不过的,只有赶快向前夺路逃走。"说道:"两位不肯化缘,也不打紧,就请让路罢。"说着大踏步向前走去。两个化子见他脚下虚浮,似乎丝毫不懂武功,各伸右手抓去。杨过右掌劈出,与两人手掌相撞,三只手掌略一凝持,各自退了三步。这两名八袋老丐练功数十年,均是内力深湛,在江湖上已是少逢敌手,要论武功底子,实是远胜杨过,只是论到招数的奇巧奥妙,却又不及。杨过借力打力,将二人掌力化解了,但要就此闯过,却也不能。三人心中各自暗惊。

就在此时,李莫愁师徒已然赶到。洪凌波叫道:"喂,叫化儿,小道士,瞧见一个跛脚姑娘过去没有?"两个老丐在武林中行辈甚高,听洪凌波如此询问,心中有气,只是丐帮帮规严峻,绝不许帮众任意与外人争吵,二人顺口答道:"没瞧见!"李莫愁眼光锐利,见了杨陆二人的背影,心下微微起疑:"这二人似乎曾在那里见过。"又见西人相对而立,剑拔弩张的便要动武,心想在旁瞧个热闹再说。

杨过斜眼微睨,见她脸现浅笑,袖手观斗,心念一动:"有了,如此这般,就可去了她的疑心。"转身走到洪凌波跟前,打个问讯,嘶哑着嗓子说道:"道友请了。"洪凌波以道家礼节还礼。杨过道:"小道路过此处,给两个恶丐平白无端的拦住,定要动武。小道未携兵刃,请道友瞧在老君面上,相借宝剑一用。"说罢又是深深一躬。洪凌波见他脸上凹凹凸凸,又黑又丑,但神态谦恭,兼之提到道家之祖的太上老君,似乎不便拒却,于是拔出长剑,眼望师父,见她点头示可,便倒转剑柄,递了过去。杨过躬身谢了,接过长剑,剑尖指地,说道:"小道若是不敌,还请道友念在道家一派,赐与援手。"洪凌波皱眉哼了一声,却不答话。

杨过转过身来,大声向陆无双道:"师弟,你站在一旁瞧着,不必动手,教他丐帮的化子们见识见识我全真教门下的手段。"李莫愁一凛:"原来这两个小道士是全真教的。可是全真教跟丐帮素来交好,怎地两派门人却闹将起来?"杨过生怕两个老丐喝骂出来,揭破了陆无双的秘密,挺剑抢上,叫道:"来来来,我一个斗你们两个。"陆无双却大为担忧:"傻蛋不知我师父曾与全真教的道士大小十余战,全真派的武功有那一招一式逃得过她的眼去?天下道教派别多着,正乙、大道、太一,什么都好冒充,怎地偏偏指明了全真教?"

两个老丐听他说道"全真教门下"五字,都是一惊,齐声喝道:"你当真是全真派门人?你和那……"

杨过那容他们提到陆无双,长剑刺出,分攻两人胸口小腹,正是全真教嫡传剑法。两个老丐辈份甚高,决不愿合力斗他一个后辈,但杨过这一招来得奇快,不得不同时举棒招架。铁棒刚举,杨过长剑已从铁棒空隙中穿了过去,仍是疾刺二人胸口。两个老丐万料不到他剑法如此迅捷,急忙后退。杨过毫不容情,着着进逼,片刻之间，已连刺二九一十八剑，每一剑都是一分为二，刺出时只有一招，手腕抖处，剑招却分而为二。这是全真派上乘武功中的"一剑化三清"剑术，每一招均可化为三招，杨过每一剑刺出，两个老丐就倒退三步，这一十八剑刺过，两个老丐竟然一招也还不了手，一共倒退了五十四步。玉女心经的武功专用以克制全真派，杨过未练玉女心经，先练全真武功，只是练得并不精纯，"一剑化三清"是化不来的，"化二清"倒也心得似模似样。

李莫愁见小道士剑法精奇，不禁暗惊，心道："无怪全真教名头这等响亮，果然是人才辈出，这人再过十年，我那里还能是他对手？看来全真教的掌教，日后定要落在这小道人身上。"她若跟杨过动手，数招之间便能知他的全真剑法似是而非，底子其实是古墓派功夫，但外表看来，却是真伪难辨。杨过从赵志敬处得到全真派功夫的歌诀，此后曾加修习，因此他的全真派武功却也不是全盘冒充。洪凌波与陆无双自然更加瞧得神驰目眩。

杨过心想："我若手下稍缓，让两个老叫化一开口说话，那就凶多吉少。"这一十八剑刺过，长剑急抖，却已抢到了二丐身后，又是一剑化为两招刺出。二丐急忙转身招架，杨过不容他们铁棒与长剑相碰，幌身闪到二丐背后，两丐急忙转身，杨过又已抢到他们背后。他自知若凭真实功夫，莫说以一敌二，就是一个化子也抵敌不过，是以回旋急转，一味施展轻功绕着二丐兜圈。

全真派每个门人武功练到适当火候，就须练这轻功，以便他日练"天罡北斗阵"时抢位之用。杨过此时步代虽是全真派武功，但呼吸运气，使的却是"玉女心经"中的心法。古墓派轻功乃天下之最，他这一起脚，两名丐帮高手竟然跟随不上，但见他急奔如电，白光闪处，长剑连刺。若是他当真要伤二人性命，二十个化子也都杀了。二丐身子急转，抢棒防卫要害，此时已顾不得抵挡来招，只是尽力守护，凭老天爷的慈悲了。

如此急转了数十圈，二丐已累得头晕眼花，脚步踉跄，眼见就要晕倒。李莫愁笑道："喂，丐帮的朋友，我教你们个法儿，两个人背靠背站着,那就不用转啦。"这一言提醒,二丐大喜,正要依法施为,杨过心想:"不好!给他们这么一来,我可要输。"当下不再转身移位,一招两式,分刺二丐后心。

二丐只听得背后风声劲急,不及回棒招架,急忙向前迈了一步,足刚着地,背后剑招便到,大惊之下,只得提气急奔。那知杨过的剑尖直如影子一般,不论两人跑得如何迅捷,剑招始终是在他两人背后幌动。二丐脚步稍慢,背上肌肉就被剑尖刺得剧痛。二丐心知杨过并无相害之意,否则手上微一加劲,剑尖上前一尺,刃锋岂不穿胸而过?但脚下始终不敢有丝毫停留。三人都是发力狂奔,片刻间已奔出两里有余,将李莫愁等远远抛在后面。

杨过突然足下加劲,抢在二丐前头,笑嘻嘻的道:"慢慢走啊,小心摔交!"二丐不约而同的双棒齐出。杨过左手一伸,已抓住一根铁棒,同时右手长剑平着剑刃,搭在另一根铁棒上向左推挤,左掌张处,两根铁棒一齐握住。二丐惊觉不妙,急忙运劲里夺。杨过功力不及对方,那肯与他们硬拚,长剑顺着铁棒直划下去。二丐若不放手,八根手指立时削断,只得撒棒后跃,脸上神色极是尴尬,斗是斗不过,就此逃走,却又未免丢人太甚。

杨过说道:"敝教与贵帮素来交好,两位千万不可信了旁人挑拨。怨有头,债有主,古墓派的赤练仙子李莫愁明明在此,两位何不找她去?"二丐并不识得李莫愁,但素知她的厉害,听了杨过之言,心中一凛,齐声道:"此话当真?"杨过道:"我干么相欺?小道也是给这魔头逼得走投无路,这才与两位动手。"说到此处,双手捧起铁棒,恭恭敬敬的还了二丐,又道:"那赤练仙子随身携带之物天下闻名,两位难道不知么?"一个老丐恍然而悟,说道:"啊,是了,她手中拿着拂尘,花驴上系有金铃。那个穿黄衫的就是她了?"杨过笑道:"不错,不错。用银弧飞刀伤了贵帮弟子的那个姑娘,就是李莫愁的弟子……"微一沉吟,又道:"就只怕……不行,不行……"那声若洪钟的老丐性子甚是急躁,忙问:"怕什么?"杨过道:"不行,不行。"那丐急道:"不行什么?"杨过道:"想那李莫愁横行天下,江湖

神雕侠侣 壹

第九回

百计避敌

上人物个个闻名丧胆，贵帮虽然厉害，却没一个是她的敌手。既然伤了贵帮朋友的是她弟子，那也只好罢休。"

那老丐给他激得哇哇大叫，拖起铁棒，说道："哼，管她什么赤练仙子、黑练仙子，今日非去斗斗她不可！"说着就要往来路奔回。另一个老丐却甚为持重，心想我二人连眼前这个小道人也斗不过，还去惹那赤练仙子，岂非白白送死？当下拉住他手臂，道："也不须急在一时，咱们回去从长计议。"向杨过一拱手，说道："请教道友高姓大名。"杨过笑道："小道姓萨，名叫华滋。后会有期。"打个问讯，回头便走。

两丐喃喃自语："萨华滋，萨华滋？可没听过他的名头，此人年纪轻轻，武功居然如此了得……"一丐突然跳了起来，骂道："直娘贼，狗里鸟！"另丐问道："什么？"那丐道："他名叫萨华滋，那是杀化子啊，给这小贼道骂了还不知道。"两丐破口大骂，却也不敢回去寻他算帐。

杨过心中暗笑，生怕陆无双有失，急忙回转，只见陆无双骑在马上，不住向这边张望，显是等得焦急异常。她一见杨过，脸有喜色，忙催马迎了上来，低声道："傻蛋，你好，你撇下我啦。"

杨过一笑，双手横捧长剑，拿剑柄递到洪凌波面前，躬身行礼，道："多谢借剑。"洪凌波伸手接过。杨过正要转身，李莫愁忽道："且慢。"她见这小道士武艺了得，心想留下此人，必为他日之患，乘他此时武功不及自己，随手除掉了事。

杨过一听"且慢"二字，已知不妙，当下将长剑又递前数寸，放在洪凌波手中，随即撒手离剑。洪凌波只得抓住剑柄，笑道："小道人，你武功好得很啊。"

李莫愁本欲激他动手，将他一拂尘击毙，但他手中没了兵刃，自己是何等身分，那是不能用兵刃伤他的了，于是将拂尘往后领中一插，问道："你是全真七子那一个的门下？"

杨过笑道："我是王重阳的弟子。"他对全真诸道均无好感，心中没半点尊敬之意，丘处机虽相待不错，但与之共处时刻甚暂，临别时又给他狠狠的教训了一顿，固也明白他并无恶意，心下却总不愤，至于郝大通、赵志敬等，那更是想起来就咬牙切齿。他在古墓中学练王重阳当年亲手所刻的九阴真经要诀，若说是他的弟子，勉强也说得上。但照他的年纪，只能是赵志敬、尹志平辈的徒儿，李莫愁见他武功不弱，才问他是全真七子那一个的门人，实已抬举了他。杨过若是随口答一个丘处机、王处一的名子，李莫愁倒也信了。但他不肯比杀死孙婆婆的郝大通矮着一辈，便抬出王重阳来。重阳真人是全真教创教祖师，生平只收七个弟子，武林中众所周知，这小道人降生之日，重阳真人早已不在人世了。

李莫愁心道："你这小丑八怪不知天高地厚，也不知我是谁，在我面前胆敢捣鬼。"转念一想："全真教士那敢随口拿祖师爷说笑？又怎敢口称'王重阳'三字？但他若非全真弟子，怎地武功招式又明明是全真派的？"

杨过见她脸上虽然仍是笑吟吟地，但眉间微蹙，正自沉吟，心想自己当日扮了乡童，跟洪凌波闹了好一阵，又在古墓中又和她们师徒数度交手，别给她们在语音举止中瞧出破绽，事不宜迟，走为上策，举手行了一礼，翻身上马，就要纵马奔驰。

李莫愁轻飘飘的跃出，拦在他马前，说道："下来，我有话问你。"杨过道："我知道你要问什么？你要问我，有没见到一个左腿有些不便的美貌姑娘？可知她带的那本书在那里？"李莫愁心中一惊，淡淡的道："是啊，你真聪明。那本书在那里？"杨过道："适才我和这个师弟在道旁休息，见那姑娘和三个化子动手。一个化子给那姑娘砍了一刀，但又有两个化子过来，那姑娘不敌，终于给他们擒住……"

李莫愁素来镇定自若，遇上天大的事也是不动声色，但想到陆无双既被丐帮所擒，那本"五毒秘传"势必也落入他们手中，不由得微现焦急之色。

杨过见谎言见效，更加夸大其词："一个化子从那姑娘怀里掏出一本什么书来，那姑娘不肯给，却让那化子打了老大一个耳括子。"陆无双向他横了一眼，心道："好傻蛋，你胡说八道损我，瞧我不收拾你？"杨过明知陆无双心中骇怕，故意问她道："师弟，你说这岂不叫人生气？那姑娘给几个化子又摸手、又摸脚，吃了好大的亏啊，是不是？"陆无双低垂了头，只得"嗯"了一声。

说到此处，山角后马蹄声响，拥出一队人马，仪仗兵勇，声势甚盛，原来是一队蒙古官兵。其时金国已灭，淮河以北尽属蒙古。李莫愁自不将这些官兵放在眼里，但她急欲查知陆无双的行纵，不想多惹事端，于是避在道旁，只见铁蹄扬尘，百余名蒙古兵将拥着一个官员疾驰而过。那蒙古官员身穿锦袍，腰悬弓箭，骑术甚精，脸容虽瞧不清楚，纵马大跑时的神态却颇为剽捍。

李莫愁待马队过后，举拂尘拂去身上给奔马扬起的灰土。她拂尘每动一下，陆无双的心就剧跳一下，知道这一拂若非拂去尘土，而是落在自己头上，势不免立时脑浆迸裂。

李莫愁拂罢尘土，又问："后来怎样了？"杨过道："几个化子掳了那姑娘，向北方去啦。小道路见不平，意欲拦阻，那两个老叫化就留下来跟我打了一架。"

李莫愁点了点头，微微一笑，道："很好，多谢你啦。我姓李名莫愁，江湖上叫我赤练仙子，也有人叫我赤练魔头。你听见过我的名字么？"杨过摇头道："我没听见过。姑娘，你这般美貌，真如天仙下凡一样，怎可称为魔头啊？"李莫愁这时已三十来岁，但内功深湛，皮肤雪白粉嫩，脸上没一丝皱纹，望之仍如二十许人。她一生自负美貌，听杨过这般当面奉承，心下自然乐意，拂尘一摆，道："你跟我说笑，自称是王重阳门人，本该好好叫你吃点苦头再死。既然你还会说话，我就只用这拂尘稍稍教训你一下。"

杨过摇头道："不成，不成，小道不能平白无端的跟后辈动手。"李莫愁道："死到临头，还在说笑。我怎么是你的后辈啦？"杨过道："我师父重阳真人，跟你祖师婆婆是同辈，我岂非长着你一辈？你这么一个年轻貌美的小姑娘，我老人家是不能欺侮你的。"李莫愁浅浅一笑，对洪凌波道："再将剑借给他。"杨过摇手道："不成，不成，我……"他话未说完，洪凌波已拔剑出鞘，只听擦的一响，手中拿着的只是个剑柄，剑刃却留在剑鞘之内。她愕然之间，随即醒悟，原来杨过还剑之时暗中使了手脚，将剑刃捏断，但微微留下几分勉强牵连，拔剑时稍一用力，当即断截。

李莫愁脸上变色。杨过道："本来嘛，我是不能跟后辈的年轻姑娘们动手的，但你既然定要逼我过招，这样罢，我空手接你拂尘三招。咱们把话说明在先，只过三招，只要你接得住，我就放你走路。但三招一过，你却不能再跟我纠缠不清啦。"他知当此情势，不动手是不成的了，但若当真比拚，自然绝不是她对手，索性老气横秋，装出一派前辈模样，再以言语挤兑，要她答应只过三招，不能再发第四招，自己反正是斗她不过，用不用兵刃也是一样，最好她也就此不使那招数厉害之极的拂尘。

李莫愁岂不明白他的用意，心道："凭你这小子也接得住我三招？"说道："好啊，老前辈，后辈领教啦。"

杨过道："不敢……"突然间只见黄影幌动，身前身后都是拂尘的影子。李莫愁这一招"无孔不入"，乃是向敌人周身百骸进攻，虽是一招，其实千头万绪，一招之中包含了数十招，竟是同时点他全身各处大穴。她适才见杨过与两丐交手，剑法精妙，确非庸手，定要在三招之内伤他，倒也不易，是以一上手就使出生平最得意的"三无三不手"来。

这三下招数是她自创，连小龙女也没见过。杨过突然见到，吓了一跳。这一招其实是无可抵挡之招，闪得左边，右边穴道被点，避得前面，后面穴道受伤，只有武功远胜于李莫愁的高手，以狠招正面扑击，才能逼得她回过拂尘自救。杨过自然无此功力，情急之下，突然一个里斗，头下脚上，运起欧阳锋所授的功大，经脉逆行，全身穴道尽数封闭，只觉无数穴道上同时微微一麻，立即无事。他身子急转，倒立着飞腿踢出。

李莫愁眼见明明已点中他多处穴道，他居然仍能还击，心中大奇,跟着一招"无所不至"。这一招点的是他周身诸处偏门穴道。杨过以头撑地,伸出左手,伸指戳向她右膝弯"委中穴"。李莫愁更惊,急忙避开,"三无三不手"的第三手"无所不为"立即使出。

这一招不再点穴,专打眼睛、咽喉、小腹、下阴等人身诸般柔软之处,是以叫作"无所不为",阴狠毒辣,可说已有些无赖意味。当她练此毒招之时,那想得到世上竟有人动武时会头下脚上,匆忙中一招发出,自是照着平时练得精熟的部位攻击敌人,这一来,攻眼睛的打中了脚背,攻咽喉的打中了小腿,攻小腹的打中了大腿,攻下阴的打中了胸膛,攻其柔虚,逢其坚实,竟然没半点功效。

李莫愁这一惊真是非同小可,她一生中见过不少大阵大仗,武功胜过她的人也曾会过,只是她事先料敌周详,或攻或守,或击或避,均有成竹在胸,却万料不到这小道士竟有如此不可思议的功夫,只一呆之下,杨过突然张口,已咬住了她拂尘的尘尾,一个翻身,直立起来。李莫愁手中一震,竟被他将拂尘夺了过去。

当年二次华山论剑,欧阳锋逆运经脉,一口咬中黄药师的手指,险些送了他的性命。盖逆运经脉之时,口唇运气,一张一合,自然而然会生咬人之意。一人全身诸处之力,均不及齿力厉害,常人可用牙齿咬碎胡桃,而大力士手力再强,亦难握破胡桃坚壳。因此杨过内力虽不及李莫愁远甚,但牙齿一咬住拂尘,竟夺下她用以扬威十余载的兵刃。

这一下变生不测,洪凌波与陆无双同时惊叫,李莫愁虽然惊讶,却丝毫不惧,双掌轻拍,施展赤练神掌,扑上夺他拂尘。她一掌刚要拍出,突然叫道:"咦,是你! 你师父呢?"原来杨过脸上涂了泥沙,头下脚上的急转几下,泥沙剥落,露出了半边本来面目。同时洪凌波也已认出了陆无双,叫道:"师父,是师妹啊。"先前陆无双一直不敢与李莫愁、洪凌波正面相对,此时杨过与李莫愁激斗,她凝神观看,忘了侧脸避开洪凌波的眼光。

杨过左足一点,飞身上了李莫愁的花驴,同时左手弹处,一根玉蜂针射进了洪凌波所乘驴子的脑袋。

李莫愁盛怒之下，飞身向杨过扑去。杨过纵身离鞍，倒转拂尘柄，噗的一声，将花驴打了个脑浆迸裂，大叫："媳妇儿，快随你汉子走。"身子落在马背，挥拂尘向后乱打。陆无双立即纵马疾驰。李莫愁的轻功展开来，一二里内大可赶上四腿的牲口，但被杨过适才的怪招吓得怕了，不敢过份逼近，只是施展小擒拿手欲夺还拂尘，第四招上左手三指碰上了拂尘丝，反手抓住一拉，杨过拿捏不住，又给她夺回。

洪凌波胯下的驴子脑袋中了玉蜂针，突然发狂，猛向李莫愁冲去，张嘴大咬。李莫愁喝道："凌波，你怎么啦。"洪凌波道："驴子斗倔性儿。"用力勒里，拉得驴子满口是血。猛地里那驴子四腿一软，翻身倒毙，洪凌波跃起身来，叫道："师父，咱们追！"但此时杨陆二人早已奔出半里之外，再也追赶不上了。

陆无双与杨过纵骑大奔一阵，回头见师父不再追来，叫道："傻蛋，我胸口好疼，抵不住啦！"杨过跃下马背，俯耳在地下倾听，并无蹄声追来，道："不用怕啦，慢慢走罢。"当下两人并辔而行。

陆无双叹了口气，道："傻蛋，怎么连我师父的拂尘也给你夺啦？"杨过道："我跟她胡混乱搞，她心里一乐，就将拂尘给了我。我老人家不好意思要她小姑娘的东西，又还了给她。"陆无双道："哼，她为什么心里一乐，瞧你长得俊么？"说了这句话，脸上微微一红。杨过笑道："她瞧我傻得有趣，也是有的。"陆无双道："呸！好有趣么？"

两人缓行一阵，怕李莫愁赶来，又催坐骑急驰。如此快大一阵、慢一阵的行到黄昏。杨过道："媳妇儿，你若要保全小命，只好挤着伤口疼痛，再跑一晚。"陆无双道："你再胡说八道，瞧我理不理你？"杨过伸伸舌头，道："可惜是坐骑累了，再跑得一晚准得拖死。"此时天色渐黑，猛听得前面几声马嘶，杨过喜道："咱们换马去罢。"两人催马上前，奔了里许，见一个村庄外系着百余匹马，原来是日间所见的那队蒙古骑兵。杨过道："你待在这儿，我进村探探去。"当下翻身下马，走进村去。

只见一座大屋的窗中透出灯光，杨过闪身窗下，向内张望，见一个蒙古官员背窗而坐。杨过灵机一动："与其换马，不如换人。"待了片刻，只见那蒙古官站起身来，在室中来回走动。这人约莫三十来岁，正是日间所见的那锦袍官员，神情举止，气派甚大，看来官职不小。杨过待他背转身时，轻轻揭起窗格，纵身而入。那官员听到背后风声，里地抢上一步，左臂横挥，一转身，双手十指犹似两把鹰爪，猛插过来，竟是招数凌厉的"大力鹰爪功"。杨过微感诧异，不意这个蒙古官员手下倒也有几分功夫，当下侧身从他双手间闪过。那官员连抓数下，都被他轻描淡写的避开。

那官员少时曾得鹰爪门的名师传授，自负武功了得，但与杨过交手数招，竟是全然无法施展手脚。杨过见他又是双手恶狠狠的插来，突然纵高，左手按他左肩，右手按他右肩，内力直透双臂，喝道："坐下！"那官员双膝一软，坐在地下，但觉胸口郁闷，似有满腔鲜血急欲喷出。杨过伸手在他乳下穴道上揉了两揉，那官员胸臆登松，一口气舒了出来，慢慢站起，怔怔的望着杨过，隔了半晌，这才问道："你是谁？来干么？"这两句汉话倒是说得字正腔圆。

杨过笑了笑，反问："你叫什么名字？做的是什么官？"那官员怒目圆睁，又要扑上。杨过毫不理睬，却去坐在他先前坐过的椅中。那官员双臂直上直下的猛击过来，杨过随手推卸，毫不费力的将他每一招都化解了去，说道："喂，你肩头受了伤，别使力才好。"那官员一怔，道："什么受了伤？"左手摸摸右肩，有一处隐隐作痛，忙伸右手去摸左肩，同样部位也是一般的隐痛，这处所先前没去碰动，并无异感，手指按到，却有细细一点地方似乎直疼到骨里。那官员大惊，忙撕破衣服，斜眼看时，只见左肩上有个针孔般的红点，右肩上也是如此。他登时醒悟，对方刚才在他肩头按落之时，手中偷藏暗器，已算计了他，不禁又惊又怒，喝道："你使了什么暗器？有毒无毒？"

杨过微微一笑，道："你学过武艺，怎么连这点规矩也不知？大暗器无毒，小暗器自然有毒。"那官员心中信了九成，但仍盼他只是出言恐吓，神色间有些将信将疑。杨过微笑道："你肩头中了我的神针，毒气每天伸延一寸，约莫六天，毒气攻心，那就归天了。"

那官员虽想求他解救，却不肯出口，急怒之下，喝道："既然如此，老爷跟你拚个同归于尽。"纵身扑上。杨过闪身避开。双手各持了一枚玉蜂针，待他又再举手抓来，双手伸出，将两枚玉蜂针分别插入了他的掌心。那官员只感掌心中一痛，当即停步，举掌见到掌心中的细针，随即只觉两掌麻木，大骇之下，再也不敢倔强，过了半晌，说道："算我输了！"

杨过哈哈大笑，问道："你叫什么名字？"那官员道："下官耶律晋，请问英雄高姓大名？"杨过道："我叫杨过。你在蒙古做什么官？"耶律晋说了。原来他是蒙古大丞相耶律楚材的儿子。耶律楚材辅助成吉思汗和窝阔台平定四方，功勋卓著，是以耶律晋年纪不大，却已做到汴梁经略使的大官，这次是南下到河南汴梁去就任。

杨过也不懂汴梁经略使是什么官职，只是点点头，说道："很好，很好。"耶律晋道："下官不知何以得罪了杨英雄，当真胡涂万分。杨英雄但有所命，请吩咐便是。"杨过笑了笑，道："也没什么得罪了。"突然一纵身，跃出窗去。耶律晋大惊，急叫："杨英雄……"奔到窗边，杨过早已影踪全无。耶律晋惊疑不定："此人里忽而来，里忽而去，我身上中了他的毒针，那便如何是好？"忙拔出掌心中的细针，肩头和掌心渐感麻里难当。

正心烦意乱间，窗格一动，杨过已然回来，室中又多了一个少女，正是陆无双。耶律晋道："啊，你回来了！"杨过指着陆无双道："她是我的媳妇儿，你向她磕头罢！"陆无双喝道："你说什么？"反手就是一记巴掌。杨过若是要避，这一记如何打他得着？但不知怎的，只觉受她打上一掌、骂得几句，实是说不出的舒服受用，当下竟不躲开，拍的一响，面颊上热辣辣的吃了一掌。

耶律晋不知二人平时闹着玩惯了的，只道陆无双的武功比杨过还要高强，呆呆的望着二人，不敢作声，杨过抚了抚被打过的面颊，对耶律晋笑道："你中了我神针之毒，但一时三刻死不了。只要乖乖听话,我自会给你治好。"耶律晋道:"下官生平最仰慕的是英雄好汉,只可惜从来没见过真正有本领之人,今日得能结识高贤,实慰平生之望。杨英雄纵然不叫下官活了,下官死亦瞑目。"这几句话既自高身分,又将对方大大的捧了一下。

杨过从来没跟官府打过交道,不知居官之人最大的学问就是奉承上司,越是精通做官之道的,谄谀之中越是不露痕迹。蒙古的官员本来粗野诚里,但进入中原后,渐渐也沾染了中国官场的习气。杨过给他几句上乘马屁一拍,心中大喜,翘起拇指赞道:"瞧你不出,倒是个挺有骨气的汉子。来,我立刻给你治了。"当下用吸铁石将他肩头的两枚玉蜂针吸了出来,再给他在肩头和掌心敷上解药。

陆无双从未见过玉蜂针,这时见那两口针细如头发,似乎放在水面也浮得起来,心想:"一阵风就能把这针吹得不知去向,却如何能作为暗器?"对杨过佩服之心不由得又增了一分,口中却道:"使这般阴损暗器,没点男子气概,也不怕旁人笑话。"

杨过笑了笑,却不理会,向耶律晋道:"我们两个,想投靠大人,做你的侍从。"耶律晋一惊,忙道:"杨英雄说笑话了,有何嘱咐,请说便是。"杨过道:"我不说笑话,当真是要做大人的侍从。"耶律晋心想:"原来这二人想做官,图个出身。"不由得架子登时大了起来,咳嗽一声,正色道:"嗯,学了一身武艺,卖与帝皇家,那才是正途啊。"杨过笑道:"这个你又想错了。我们有个极厉害的仇家对头,一路在后追赶,咱俩打她不过,想装成你的侍从,暂时躲她一躲。"耶律晋好生失望,一张板了起来的脸重又放松,陪笑道:"想两位这等武功,区区仇家,何足道哉。若是他们人多势众,下官招集兵勇,将他们拿来听凭处置便是。"杨过道:"连我也打她不过,大人那就不必费事啦。快吩咐侍从,给我们拿衣服更换。"

他这几句话说得甚是轻松,但语气中自有一股威严,耶律晋连声称是,命侍从取来衣服。杨陆二人到另室去更换了。陆无双取过镜子一照,镜中人貂衣锦袍,明眸皓齿,居然是个美貌的少年蒙古军官,自觉甚是有趣。

次晨一早起程。杨过与陆无双各乘一顶轿子,由轿夫抬着,耶律晋仍是骑马,未到午时,但听得鸾铃之声隐隐响起,由远而近,从一行人身边掠了过去。陆无双大喜,心道:"在这轿中舒舒服服的养伤,真是再好不过。傻蛋想出来的傻法儿倒也有几分道理。我就这么让他们抬到江南。"

如此行了两日,不再听得鸾铃声响,想是李莫愁一直追下去,不再回头寻找。向陆无双寻仇的道人、丐帮等人,也没发觉她的纵迹。

第三日上,一行人到了龙驹寨,那是秦汴之间的交通要地,市肆颇为繁盛。用过晚饭后,耶律晋踱到杨过室中,向他请教武学,高帽一顶顶的送来,将杨过奉承得通体舒泰。杨过也就随意指点一二。耶律晋正自聚精会神的倾听,一名侍从匆匆进来,说道:"启禀大人,京里老大人送家书到。"耶律晋喜道:"好,我就来。"正要站起身向杨过告罪,转念一想:"我就在他面前接见信使,以示我对他丝毫无见外之意,那么他教我武功时也必尽心。"于是向侍从道:"叫他到这里见我。"

那侍从脸上有异样之色,道:"那……那……"耶律晋将手一挥,道:"不碍事,你带他进来。"那侍从道:"是老大人自己……"耶律晋脸一沉道:"有这门子罗唆,快去……"话未说完,突然门帷掀处,一人笑着进来,说道:"晋儿,你料不到是我罢。"

耶律晋一见,又惊又喜,急忙抢上里倒。叫道:"爹爹,怎么你老人家……"那人笑道:"是啊!是我自己来啦。"那人正是耶律晋的父亲,蒙古国大丞相耶律楚材。当时蒙古官制称为中书令。

杨过听耶律晋叫那人为父亲,不知此人威行数万里,乃是当今一人之下、万人之上,最有权势的大丞相,向他瞧去,但见他年纪也不甚老,相貌清雅,威严之中带着三分慈和,心中不自禁的生了敬重之意。

那人刚在椅上坐定，门外又走进两个人来，上前向耶律晋见礼，称他"大哥"。这两人一男一女，男的二十三、四岁，女的年纪与杨过相仿。耶律晋喜道："二弟，三妹，你们也都来啦。"向父亲道："爹爹，你出京来，孩儿一点也不知道。"耶律楚材点头道："是啊，有一件大事，若非我亲来主持，实是放心不下。"他向杨过等众侍从望了一眼，示意要他们退下。

耶律晋好生为难，本该挥手屏退侍从，但杨过却是个得罪不得之人，不由得脸现犹豫之色。杨过知他心意，笑了一笑，自行退了出去。耶律楚材早见杨过举止有异，自己进来时，众侍从拜伏行礼，只这一人挺身直立，此时翩然而出，更有独来独往、傲视公侯之概，不禁心中一动，问耶律晋道："此人是谁？"

耶律晋是开府建节的封疆大吏，若在弟妹之前直说杨过的来历，未免太过丢脸，当下含糊答道："是孩儿在道上结识的一个朋友。爹爹亲自南下，不知为了何事？"耶律楚材叹了口气，脸现忧色，缓缓说明情由。

原来蒙古国大汗成吉思汗逝世后，第三子窝阔台继位。窝阔台做了十三年大汗逝世，他儿子贵由继位。贵由胡涂酗酒，只做了三年大汗便短命而死，此时是贵由的皇后垂里听政。皇后信任群小，排挤先朝的大将大臣，朝政甚是混乱。宰相耶律楚材是三朝元老，又是开国功臣，遇到皇后措施不对之处，时时忠言直谏。皇后见他对自己谕旨常加阻挠，自然甚是恼怒，但因他位高望重，所说的又都是正理，轻易动摇不得。耶律楚材自知得罪皇后，全家百口的性命直是危如累卵，便上了一道奏本，说道河南地方不靖，须派大臣宣抚，自己请旨前往。皇后大喜，心想此人走得越远越好，免得日日在眼前惹气，当即准奏。于是耶律楚材带了次子耶律齐、三女耶律燕，迳来河南，此行名为宣抚，实为避祸。

杨过回到居室，跟陆无双胡言乱语的说笑，陆无双偏过了头不加理睬。杨过逗了她几次全无回答，当即盘膝而坐，用起功来。

陆无双却感没趣了，见他垂首闭目，过了半天仍是不动，说道："喂，傻蛋，怎么这当儿用起功来啦？"杨过不答。陆无双怒道："用功也不急在一时，你陪不陪我说话儿？"正要伸手去呵他里，杨过忽然一跃而起，低声道："有人在屋顶窥探！"陆无双没听到丝毫声息，抬头向屋顶瞧了一眼，低声道："又来骗人？"杨过道："不是这里，在那边两间屋子之外。"陆无双更加不信，笑了笑，低低骂了声："傻蛋。"只道他是在装傻说笑。

杨过扯了扯她的衣袖，低声道："别要是你师父寻来啦，咱们先躲着。"陆无双听到"师父"两字，背上登时出了一片冷汗，跟着他走到窗口。杨过指向西边，陆无双抬起头来，果见两间屋子外的屋顶上黑黝黝的伏着一个人影。此时正当月尽夜，星月无光，若非凝神观看，还真分辨不出，心中佩服："不知傻蛋怎生察觉的？"她知师父向来自负，夜行穿的还是杏黄道袍，决不改穿黑衣，在杨过耳边低声道："不是师父。"

一言方毕，那黑衣人突然长身而起，在屋顶飞奔过去，到了耶律父子的窗外，抬腿踢开窗格，执刀跃进窗中，叫道："耶律楚材，今日我跟你同归于尽罢。"却是女子声音。

杨过心中一动："这女子身法好快，武功似在耶律晋之上，老头儿只怕性命难保。"陆无双叫道："快去瞧！"两人奔将过去，伏在窗外向内张去。

只见耶律晋提着一张板凳，前支后格，正与那黑衣女子相斗。那女子年纪甚轻，但刀法狠辣，手中柳叶刀锋利异常，连砍数刀，已将板凳的四只凳脚砍去。耶律晋眼见不支，叫道："爹爹，快避开！"随即纵声大叫："来人哪！"那少女忽地飞起一腿，耶律晋猝不及防，正中腰间，翻身倒地。那少女抢上一步，举刀朝耶律楚材头顶劈落。

杨过暗道："不好！"心想先救了人再说，手中扣着一枚玉蜂针，正要往少女手腕上射去，只听得耶律楚材的女儿耶律燕叫道："不得无礼！"右手出掌往那少女脸上劈落，左手以空手夺白刃手法去抢她刀子。这两下配合得颇为巧妙，那少女侧头避开来掌，手腕已被耶律燕搭住，百忙中飞腿踢出，教她不得不退，手中单刀才没给夺去。杨过见这两个少女都是出手迅捷，心中暗暗称奇。霎时之间，两人已砍打闪劈，拆解了七八招。

这时门外拥进来十余名侍卫，见二人相斗，均欲上前。耶律晋道："慢着！三小姐不用你们帮手。"

杨过低声向陆无双道："媳妇儿，这两个姑娘的武功胜过你。"陆无双大怒，侧身就是一掌。杨过一笑避开，道："别闹，还是瞧人打架的好。"陆无双道："那么你跟我说真个的，到底是我强，还是她们强？"杨过低声道："一个对一个，这两个姑娘都不如你。你一个打她们两个呢，单论武功你就要输。只不过她们的打法也太老实，远不及你诡计多端、阴险毒辣，因此毕竟还是你赢。"陆无双心下喜欢，低声道："什么'诡计多端、阴险毒辣'的，可有多难听！说到诡计多端，世上没人及得上咱们的傻蛋傻大爷。"杨过微笑道："那你岂不成了傻大娘？"陆无双轻轻啐了一口。

只见两女又斗一阵，耶律燕终究没有兵刃，数次要夺对方的柳叶刀没能夺下，反给逼得东躲西闪，无法还手。耶律齐道："三妹，我来试试。"斜身侧进，右手连发三掌。耶律燕退在墙边，道："好，瞧你的。"

杨过只瞧了耶律齐出手三招，不由得暗暗惊诧。只见他左手插在腰里，始终不动，右手一伸一缩，也不移动脚步，随手应付那少女的单刀，招数固然精妙，而时刻部位拿捏之准，更是不凡，心道："此人好生了得，似乎是全真派的武功，却又颇有不同。"

陆无双道："傻蛋，他武功比你强得多啦。"杨过瞧得出神，竟没听见她说话。

李莫愁见杨过剑法精奇，自己每招每式都在他意料之中，心下怨恨师父偏心，突然纵身跃到桌上，右足斜踢，左足踏在桌边，身子前后晃动，飘逸有致。

第十回　少年英侠

　　耶律齐道:"三妹,你瞧仔细了。我拍她臂儒穴,她定要斜退相避,我跟着拿她巨骨穴,她不得不举刀反砍。这时出手要快,就能夺下她的兵刃。那黑衣少女怒道:"呸,也没这般容易。"耶律齐道:"是这样。"说着右掌往她"臂儒穴"拍去。这一掌出手歪歪斜斜,却将她前后左右的去路都封住了,只留下左侧后方斜角一个空隙。那少女要躲他这一拍,只得斜退两步。耶律齐点了点头,果然伸手拿她"巨骨穴"。那少女心中一直记着:"千万别举刀反砍。"但形格势禁,只有举刀反砍才是连消带打的妙着,当下无法多想,立时举刀反砍。耶律齐道:"是这样!"人人以为他定是要伸手夺刀,那知他右手也缩了回来,与左手相拱,双手笼入袖筒。那少女一刀没砍着,却见他双手笼袖,微微一呆。耶律齐右手忽地伸出,两根手指夹着刀背一提,那少女握刀不住,给他夺了过去。

　　众人见此神技,一时呆了半晌,随即一个哄堂大采。那黑衣少女脸色沮丧,呆立不动。众人都想:"二公子不出手擒你,明明放你一条生路。你还不出去,更待何时?"

　　耶律齐缓步退开,向耶律燕道:"她也没了兵刃,你再跟她试试,胆子大些,留心她的掌中腿。"耶律燕踏上两步,说道:"完颜萍,我们一再饶你,你始终苦苦相逼,难道到了今日还不死心么?"

　　完颜萍不答,垂头沉吟。耶律燕道:"你既定要与我分个胜负,咱们就爽爽快快动手罢!"说着冲上去迎面就是两拳。完颜萍后跃避开,凄然道:"刀子还我。"耶律燕一怔,心道:"我哥哥夺了你兵刀,明明是要你和我平手相斗,怎地你又要讨还刀器?"说道:"好罢!"从哥哥手中接过柳叶刀抛给了她。一名守卫倒转手中单刀递过,说道:"三小姐,你也使兵刃。"耶律燕道:"不用。"但转念一想:"我空手打不过她,咱们就比刀。"接刀虚劈两下,觉得稍微沉了一点,但勉强也可使得。

完颜萍脸色惨白,左手提刀,右手指着耶律楚材道:"耶律楚材,你帮着蒙古人,害死我爹爹妈妈,今生我是不能找你报仇的了。咱们到阴世再算帐罢!"说话甫毕,左手横刀就往脖子中抹去。

杨过听她说这几句话时眼神凄楚,一颗心怦的一跳,胸口一痛,失声叫道:"姑姑!"

就在此时,完颜萍已横刀自刎。耶律齐抢上两步,右手长出,又伸两指将她柳叶刀夺了过来,随手点了她臂上穴道,说道:"好端端的,何必自寻短见?"横刀自刎、双指夺刀,都只一霎间之事,待众人瞧得清楚,刀子已重入耶律齐之手。

其时室内众人齐声惊呼,杨过的一声"姑姑"无人在意,陆无双在他身旁却听得清楚,低声问道:"你叫什么? 她是你姑姑?"杨过忙道:"不,不! 不是。"原来他见完颜萍眼波中流露出一股凄恻伤痛、万念俱灰的神色,恰如小龙女与他决绝分手时一模一样。他斗然间见到,不由得如痴如狂,竟不知身在何处。

耶律楚材缓缓说道:"完颜姑娘,你已行刺过我三次。我身为大蒙古国宰相,灭了你大金国,害你父母。可是你知我的祖先却又是为何人所灭呢?"完颜萍微微摇头,道:"我不知道。"耶律楚材道:"我祖先是大辽国的皇族,大辽国是给你金国灭了的。我大辽国耶律氏的子孙,被你完颜氏杀戮得没剩下几个。我少时立志复仇,这才辅佐蒙古大汗灭你金国。唉,怨怨相报,何年何月方了啊?"说到最后这两句话时,抬头望着窗外,想到只为了几家人争为帝王,以致大城民居尽成废墟,万里之间尸积为山,血流成河。

完颜萍茫然无语,露出几颗白得发亮的牙齿,咬住上唇,哼了一声,向耶律齐道:"我三次报仇不成,自怨本领不济,那也罢了。

我要自尽，又干你何事?"耶律齐道:"姑娘只要答应以后不再寻仇，你这就去罢!"完颜萍又哼了一声，怒目而视。耶律齐倒转柳叶刀，用刀柄在她腰间轻轻撞了几下，解开她的穴道，随即将刀递了过去。完颜萍欲接不接，微一犹豫，终于接过，说道:"耶律公子，你数次手下容情，以礼相待，我岂有不知? 只是我完颜家与你耶律家仇深似海，凭你如何慷慨高义，我父母的血海深仇不能不报。"

耶律齐心想:"这女子始终纠缠不清，她武艺不弱，我总不能寸步不离爹爹，若有失闪，如何是好? 嗯，不如用言语相迫，教她只能来找我。"朗声说道:"完颜姑娘，你为父母报仇，志气可嘉。只是老一辈的帐，该由老一辈自己了结。咱们做小辈的自己各有恩怨。你家与我家的血帐，你只管来跟我算便是，若再找我爹爹，在下此后与姑娘遇到，可就十分为难了。"

完颜萍道:"哼，我武艺远不及你，怎能找你报仇? 罢了，罢了。"说着掩面便走。

耶律齐知她这一出去，必定又图自尽，有心要救他一命，冷笑道:"嘿嘿，完颜家的女子好没志气!"完颜萍霍地转过身来，道:"怎地没志气了?"耶律齐冷笑道:"我武功高于你，那不错，可这又有什么希罕? 只因我曾遇明师指点，并非我自己真有什么过人之处。你所学的铁掌功夫，本来也是掌世一门了不起的武功，只是教你的那位师父所学未精，你练的时日又浅，难以克敌致胜，原是理所当然。年纪轻轻，只要苦心去另寻明师，难道就找不着了?"完颜萍本来满腔怨怒，听了这几句话，不由得暗暗点头。

耶律齐又道:"我每次跟你动手，只用右手，非是我傲慢无理。只因我左手力大，出手往往便要伤人。这样罢，等你再从明师之后，随时可来找我，只要逼得我使用左手，我引颈就戮，决无怨言。"他知完颜萍的功夫与自己相差太远，纵得高人指点，也是难以胜得过自己单手;料想一个人欲图自尽，只是一时忿激，只要她去寻师学艺，心有专注，过得若干时日，自不会再生自杀的念头。

完颜萍心想:"你又不是神仙，我痛下苦功，难道两只手当真便胜不了你单手?"提刀在空中虚劈一下,沉着声音道:"好!君子一言……"耶律齐接口道:"快马一鞭!"完颜萍向众人再也不望一眼,昂首而出,但脸上掩不住流露出凄凉之色。

众侍卫见二公子放她走路,自然不敢拦阻,纷纷向耶律楚材道惊请安,退出房去。耶律晋见此处闹得天翻地覆,但杨过始终并不现身,心中暗感奇怪。耶律燕道:"二哥,你怎么又放了她走?"耶律齐道:"什么?"耶律燕笑道:"你既要她作我嫂子,就不该放她啊。"耶律齐正色道:"别胡说!"耶律燕见他认真,怕他动怒,不敢再说笑话。

杨过在窗外听耶律燕说到"要她做我嫂子"几字,心中突然缘无故的感到一阵酸意,见完颜萍上高向东南方而去,当下向陆无双道:"我瞧瞧去。"陆无双道:"瞧什么?"杨过不答,展开轻功追了出去。

完颜萍武功并不甚强,轻功却甚高明,杨过提气直追,直到龙驹寨镇外,才见到她的后影。只见她落入一座屋子的院子,推门进房。杨过跟着跃进,躲在墙边。过了半晌,西厢房中传出灯火,随即听到一声长叹。这一声叹息中直有千般怨愁,万种悲苦。

杨过在窗外听着,怔怔的竟是痴了,触动心事,不知不觉的也长叹一声。完颜萍听得窗外有人叹息,大吃一惊,急忙吹熄灯火,退在墙壁之旁,低声喝问:"是谁?"杨过道:"跟你一般,也是伤心之人。"完颜萍更是一怔,听他语气中似乎并无恶意,又问:"你到底是谁?"杨过道:"常言道:君子报仇,十年未晚。你几次行刺不成,便想自杀,可不是将自己性命看得忒也轻了?更将这番血海深仇看得忒也轻了?"

呀的一声,两扇门推开,完颜萍点亮烛火,道:"阁下请进。"杨过在门外双手一拱,走进房去。完颜萍见他身穿蒙古军官装束,年纪甚轻,微感惊讶,说道:"阁下指教得是,请问高姓大名。"

杨过不答,双手笼在袖筒之中,说道:"耶律齐大言不惭,自以为只用右手就算本领了得，其实要夺人之刀，点人穴道，一只手也不用又有何难？"完颜萍心中不以为然，只是未摸清对方的底细，不便反驳。杨过道："我教你三招武功，就能逼那耶律齐双手齐用。现下我先和你试试，我既不用手，又不使脚，跟你过几招如何？"完颜萍大奇，心道："难道你有妖法，一口气便能将我吹倒了？"杨过见她迟疑，道："你只管用刀子砍我，我要是避不了，死而无怨。"完颜萍道："好罢，我也不用刀，只用拳掌打你。"杨过摇头道："不，我不用手脚而夺下你刀子，你方能信服。"

完颜萍见他似笑非笑的神情，心头微微有气，道："阁下如此了得，真是闻所未闻。"说着袖出单刀，往他肩头劈去。她见杨过双手笼袖，浑若无事，只怕伤了他，这一刀的准头略略偏了些。杨过瞧得明白，动也不动，说道："不用相让，要真砍！"柳叶刀从他肩旁直劈而下，与他身子相离只有寸许。完颜萍见他毫不理会，好生佩服他的胆量，又想："难道这是个浑人？"柳叶刀一斜，横削过去，这次却不容情。杨过斗地矮身，刀锋从他头顶掠过，相差仍然只有寸许。

完颜萍打起精神，提刀直砍。杨过顺着刀势避过，道："你刀中还可再夹掌法。"完颜萍道："好！"横刀砍出，左掌跟着劈去。杨过侧身闪避，道："再快些不妨。"完颜萍将一路刀法施展开来，掌中夹刀，愈出愈快。杨过道："你掌法凌厉，好过刀法。耶律齐说这是铁掌功夫，是不是？"完颜萍点点头，出手更是狠辣。杨过双手始终笼在袖中，在掌影刀锋间飘舞来去。完颜萍单刀铁掌，连他衣服也碰不到半点。

她一套刀法使了大半，杨过道："小心啦，三招之内，我夺你刀。"完颜萍此时对他已甚是佩服，但说要在三招之内夺去自己兵刃，却仍是不信，只是不由自主的将刀柄握得更加紧了，说道："你夺啊！"横刀使一招"云横秦岭"，向他头颈削去。杨过一低头，从刀底下钻了过去，侧过头来，额角正好撞正她右手肘弯"曲池穴"。完颜萍手臂酸软，手指无力。杨过仰头张口，咬住刀背，轻轻巧巧的便将刀子夺过，跟着头一侧，刀柄在她胁下，已点中了穴道。

杨过抬头松齿，向上甩去，柳叶刀飞了上去，他将刀抛开，为的是要清清楚楚说话，当下说道："怎么样，服了么？"说了这六个字，那刀落将下来，杨过张口咬住，笑嘻嘻的瞧着她。完颜萍又惊又喜，点了点头。

杨过见她秋波流转，娇媚动人，不自禁想抱她一抱，亲她一亲，只是此事太过大胆荒唐，咬住刀背，一张脸胀得通红。完颜萍那知他的心事，但见他神色怪异，心中微感惊奇，自觉全身酸麻，双腿软软的似欲摔倒。杨过踏上一步，距她已不过尺许，正想抛去刀子，把嘴唇凑到她眼皮上去亲一个吻，猛地想起："她好生感激那耶律齐以礼相待，难道我就不如他了？哼，我偏要处处都胜过他。"于是低下头来，下颚一摆，将刀柄在她腰间一撞，解开她的穴道，将刀柄递了过去。

完颜萍不接刀子，双膝跪地，说道："求师父指点，小女子得报父母深仇，永感大德。"杨过大为狼狈，急忙扶起，伸手从口中取下单刀，说道："我怎能做你师父？不过我能教你一个杀死那耶律齐的法门。"完颜萍大喜，道："只要能杀了耶律齐，他哥哥和妹子我都不怕，自能再杀他父亲……"说到此处，忽然想起一事，黯然道："唉，待得我学到能杀他的本事，那耶律老儿怎能还在世上？我父母之仇，终究是报不了的啦。"杨过笑道："那耶律老儿一时三刻之命，总还是有的。"完颜萍奇道："什么？"杨过道："要杀耶律齐又有何难？现下我教你三招，今晚就能杀了他。"

完颜萍曾三次行刺耶律楚材，三次都被耶律齐行若无事的打败，知他本领高于自己十倍，心想眼前这蒙古少年军官武功虽强，未必就胜过了耶律齐，纵使胜得，也决不能只教自己三招，就能用之杀了他，而今晚便能杀他，更是万万不能的了。她怕杨过着恼，不敢出言反驳，只是微微摇头，眼中那股叫他瞧了发痴发狂的眼色，不住滚来滚去。

杨过明白她的心意，说道："不错，我武功未必在他之上，当真动手,说不定我还是输多赢少。但要教你三招,今晚去杀了他,却决非难事。就只怕他曾饶你三次,你下不了手而已。"完颜萍心中一动,随即硬着心肠道:"他虽有德于我,但父母深仇,不能不报。"杨过道:"好,这三招我便教你。你若能杀他而不愿下手,那便如何?"完颜萍道:"凭你处置便了。反正你这么高的本领,要打要杀,我还能逃得了么?"杨过心道:"我怎舍得打你杀你?你杀不杀他,跟我又有什么相干?"于是微微一笑,说道:"其实这三招也没什么了不起。你瞧清楚了。"

当下提起刀来,缓缓自左而右的砍去,说道:"第一招,是'云横秦岭'。"完颜萍心道:"这一招我早就会了,何用你教?"见刀锋横来,侧身而避。杨过突出本手,抓住她的右手,说道:"第二招,是你刚才使用过两次的'枯藤缠树'。"完颜萍点头道:"是,这是我铁掌擒拿手中的一招。"杨过握着她又软又滑的手掌,心中一荡,笑道:"你该学半脂玉掌功才是,怎么去学铁掌擒拿手了?"完颜萍不知他是出言调笑,道:"有半脂玉掌功么?这名儿倒挺美。"只觉他捏住自己手掌,一紧一放,使力极轻,觉得这手法还不及自己所学以铁掌功为基的擒拿手厉害,心想:"你第一招与第二招都是我所会的功夫,难道单凭第三招一招,就能杀了耶律齐?"杨过凝视她眼睛,叫道:"看仔细了!"突然手腕疾翻,横刀往自己项颈中抹去。

完颜萍大惊,叫道:"你干什么?"她右手被杨过牢牢握住,忙伸左手去夺他单刀。虽在危急之中,她的铁掌擒拿手仍是出招极准,一把抓住杨过手腕,往外力拗,叫他手中刀子不能及颈。杨过松开了手,退后两步,笑道:"你学会了么?"

完颜萍惊魂未定,只吓得一颗心怦怦乱跳,不明他的用意。杨过笑道:"你先使'云横秦岭'横削,再使'枯藤缠树'牢牢抓住他右手,第三招举刀自刎,他势必用左手救你。他向你立过誓,只要你逼得他用了左手,任你杀他,死而无怨。这不成了么?"完颜萍一想不错,怔怔的瞧着他。杨过道:"这三招万无一失,若不收效,我跟你磕头。"完颜萍微微摇头,说道:"他说过不用左手,一定不会用的。那便怎地？"杨过道："那又怎地？你永世报不了仇啦，自己死了不就乾净？"完颜萍凄然点头，道："你说得对。多谢指点迷津。阁下到底是谁？"

杨过还未回答，窗外忽然有个女子声音叫道："他叫傻蛋，你别信他的鬼话。"杨过听得是陆无双的声音，只笑了笑，并不理会。完颜萍纵向窗边，只见黑影一闪，一个人影跃出了围墙。

完颜萍待要追出，杨过拉住她手，笑道："不用追了，是我的同伴。她最爱跟我过不去。"完颜萍望着他，沉吟半晌，道："你既不肯说自己姓名，那也罢了。我信得过你对我总是一番好意。"杨过见她秋波一转，神色楚楚，不由得心生怜惜，当下拉着她手，和她并肩坐在床沿，柔声道："我姓杨名过，我是汉人，不是蒙古人。我爹爹妈妈都死啦，跟里身世一般……"

完颜萍听他说到这里，心里一酸，两滴泪珠夺眶而出。杨过心情激里，忽然哇的一声，哭了出来。完颜萍从怀里袖出一块手帕，掷给了他。杨过拿到脸上拭抹，想到自己身世，眼泪却愈来愈多。

完颜萍强笑道："杨爷，你瞧我倒把你招哭啦。"杨过道："别叫我杨爷。你今年几岁啦？"完颜萍道："我十八岁，你呢？"杨过道："我也是十八。"心想："我若是月份小过她，给她叫一声兄弟，可没味儿。"说道："我是正月里的生日，以后你叫我杨大哥得啦。我也不跟你客气，叫你完颜妹子啦。里完颜萍脸上一红，觉得此人做事单刀直入，好生古怪，但对自己确是并无恶意，于是点了点头。

杨过见她点头，喜得心里难搔。完颜萍容色清秀，身材瘦削，遭逢不幸，似乎生来就叫人怜惜，而最要紧的是她盈盈眼波竟与小龙女极为相似。他可没想到一个人心中哀伤，眼色中自然有凄苦之意，天下之人莫不皆然，说她眼波与小龙女相似，那也只是他自欺自慰的念头而已。他凝视着她眼睛，忽而将她的黑衣幻想而为白衣，将她瘦瘦的瓜子脸幻想成为小龙女清丽绝俗的容貌，痴痴的瞧着，脸上不禁流露出了祈求、想念、爱怜种种柔情。

完颜萍有些害怕，轻轻挣脱他手，低声道："你怎么啦？"杨过如梦方醒,叹了口气,道:"没什么。你去不去杀他?"完颜萍道:"我这就去。杨大哥,你陪不陪我?"杨过待要说"自然陪你去",转念一想:"若我在旁,她有恃无恐,自刎之情不切,耶律齐就不会中计。"说道:"我不便陪你。"

完颜萍眼中登时露出失望之色,杨过心里一软,几乎便要答应陪她,那知完颜萍幽幽的道:"好罢,杨大哥,只怕我再也见不到你啦。"杨过忙道:"那里?那里?我……"

完颜萍凄然摇头,迳自奔出屋去,片刻之间,又已回到耶律晋的住处。

这时耶律楚材等各已回房,正要安寝。完颜萍在大门上敲了两下,朗声说道:"完颜萍求见耶律齐耶律公子。"早有几名侍卫奔过来,待要拦阻,耶律齐打开门来,说道:"完颜姑娘有何见教?"完颜萍道:"我再领教你的高招。"耶律齐心中奇怪:"怎地你如此不自量力?"于是侧身让开,右手一伸,说道:"请进。"

完颜萍进房拔刀,呼呼呼连环三招,刀风中夹着六招铁掌掌法,这"一刀夹双掌"自左右分进合击。耶律齐左手下垂,右手劈打戳拿,将她三刀六掌尽数化解,心想:"怎生寻个法儿,叫她知难而退,永不再来纠缠?"

二人斗了一阵,完颜萍正要使出杨过所授的三招,门外忽有一女子声音叫道:"耶律齐,她要骗你使用左手,可须小心了。"正是陆无双出声呼叫。耶律齐一怔,完颜萍不等他会过意来,立时一招"云横秦岭"削去,待他侧身闪避,斗地伸出左手,"枯藤缠树",已抓住他右手,自己右手回转,横刀猛往颈中抹去。

在这电光石火的一瞬之间,耶律齐心中转了几转:"定须救她?但她是在骗我用左手,我一使上左手,这条命就是交给她了。大丈夫死则死耳,岂能见死不救?"杨过逆料耶律齐的心思,只要突然出此三招,他非出手相救不可,那知陆无双从中捣乱,竟尔抢先提醒。本来这法子已然不灵,但耶律齐慷慨豪侠,明知这一出手相救,乃是自舍性命,危急之际竟然还是伸出左手,在完颜萍右腕上一挡,手腕翻处,夺过了她的柳叶刀来。

二人交换了这三招,各自跃后两步。耶律齐不等她开口,将刀掷了过去,说道:"你已迫得了我用左手,你杀我便是,但有一事相求。"完颜萍脸色惨白,道:"什么事?"耶律齐道:"求你别再加害家父。"完颜萍"哼"了一声,慢慢走近,举起刀来,烛光下只见他神色坦然,凛凛生威,见到这般男子汉的气概,想起他是为了相救自己才用左手,这一刀那里还砍得下去?她眼中杀气突转柔和,将刀子往地下一掷,掩面奔出。

她六神无主,信步所之,直奔郊外,到了一条小溪旁,望着淡淡的星光映在溪中,心中乱成一团。过了良久良久,叹了一口长气。

忽然身后也发出一声叹息。完颜萍一惊,转过身来,只见一人站在身后,正是杨过。她叫了声"杨大哥",垂首不语。杨过上前握住她双手,安慰她道:"要为父母报仇,原非易事,那也不必性急。"完颜萍道:"你都瞧见了?"杨过点点头。完颜萍道:"以我这般无用之辈,报仇自然不易。我只要有你一半功夫,也不会落得如此下场。"

杨过携着她手,和她并排坐在一棵大树下,说道:"纵然学得我的武功,又有何用?你眼下虽不能报仇,总知道仇人是谁,日后岂无良机?我呢?连我爹爹是怎样死的也不知,是谁害死他也不知,什么报仇雪恨,全不用提。"

完颜萍一呆,道:"你父母也是给人害死的么?"杨过叹道:"我妈是病死的,我爹爹却死得不明不白。我从来没见过我爹爹一面。"完颜萍道:"那怎么会?"杨过道:"我妈生我之时,我爹已经死了。我常问我妈,爹爹到底是怎么死的,仇人是谁?我每次问起,妈妈总是垂泪不答,后来我就不敢再问啦。那时候我想,等我年纪大些再问不迟,那知道妈妈忽然一病不起。她临死时我又问起。妈妈只是摇头,说道:'你爹爹……你爹爹……唉,孩儿,你这一生一世千万别想报仇。你答允妈,千万不能想为爹爹报仇。'我又是悲伤,又是难过,大叫:'我不答允,我不答允!'妈一口气转不过来,就此死了。唉,你说我怎生是好啊?"他说这一番话原意是安慰完颜萍,但说到后来,自己也伤心起来。常言道:"杀父之仇,不共戴天",人若不报父仇,乃是最大的不孝,终身蒙受耻辱,为世人所不齿。杨过连杀父仇人的姓名都不知道,这件恨事藏在心中郁积已久,此时倾吐出来,语气之中自是充满了伤心怨愤。

完颜萍道:"是谁养大你的?"杨过道:"又有谁了? 自然是我自己养自己。我妈死后,我就在江湖上东游西荡,这里讨一餐,那里挨一宿,有时肚子饿得抵不住,偷了人家一个瓜儿薯儿,常常给人抓住,饱打一顿。你瞧,这里许多伤疤,这里的骨头突出来,都是小时给打的。"一面说,一面卷起衣袖裤管给她看,星光朦胧下完颜萍瞧不清楚,杨过抓住了她手,在自己小腿的伤疤上摸去。完颜萍抚摸到他腿上凹凹凸凸的疤痕,不禁心中一酸,暗想自己虽然国破家亡,但父亲留下不少亲故旧部,金银财宝更是不计其数,与他的身世相较,自己又是幸运得多了。

二人默然半晌,完颜萍将手轻轻缩转,离开了他小腿,但手掌仍是让他握着,低声问道:"你怎么学了这一身高强武功? 怎地又做了蒙古人的官儿?"杨过微微一笑,道:"我不是蒙古的官儿。我穿蒙古衣衫,只是为了躲避仇家追寻。"完颜萍喜道:"那好啊。"杨过道:"好什么?"完颜萍脸上微微一红,道:"蒙古人是我大金国的死对头,我自然盼望你不是蒙古的官儿。"杨过握着她温软滑腻的手掌,大是心神不定,说道:"若是我做大金的官儿,你又对我怎样?"

完颜萍当初见他容貌英俊,武功高强,本已有三分喜欢,何况在患难之际,得他诚心相助,后来听了他诉说身世,更增了几分怜惜,此时听他说话有些不怀好意,却也并不动怒,只叹道:"若是我爹爹在世,你想要什么,我爹爹总能给你。现下我爹娘都不在了,一切还说什么?"

杨过听她语气温和，伸手搭在她的肩头，在她耳边低声道："妹子，我求你一件事。"完颜萍芳心怦怦乱跳，已自料到三分，低声问："什么？"杨过道："我要亲亲你的眼睛，你放心！我只亲你的眼睛，别的什么也不犯你。"

完颜萍初时只道他要出口求婚，又怕他要有肌肤之亲，自己若是拒却，他微一用强，怎能是他对手？何况她少女情怀，一只手被他坚强粗厚的手掌握着，已自意乱情迷，别说他用强，纵然毫不动粗，实在也是难以拒却，那知他只说要亲亲自己的眼睛，不由得松了一口气，可是心中却又微感失望，略觉诧异，当真是中心栗六，其乱如丝了。她妙目流波，怔怔的望着他，眼神中微带娇羞。杨过凝视她的眼睛，忽然想起小龙女与自己最后一次分别之前，也曾这般又娇羞又深情的望着自己，不禁大叫一声，跃起身来。

完颜萍被他吓了一跳，想问他为了什么，又觉难以启齿。

杨过心中混乱，眼前幌来幌去尽是小龙女的眼波。那日他见此眼波之时，尚是个混沌未凿的少年，对小龙女又素来尊敬，以致全然不知其中含意，但自下得山来，与陆无双共处几日，此刻又与完颜萍耳鬓厮磨，蓦地里心中灵光一闪，恍然大悟，对小龙女这番柔情密意，方始领会，不由得懊丧万端，几欲在大树上就此一头撞死，心想："姑姑对我如此一片深情，又说要做我妻子，我竟然辜负她的美意，此时却又往何处寻她？"突然间大叫一声，扑上去一把抱住完颜萍，猛往她眼皮上亲去。

完颜萍见他如痴如狂，心中又惊又喜，但觉他双臂似铁，紧紧箍在自己腰里，当下闭了眼睛，任他恣意领受那温柔滋味，只觉他嘴唇亲来亲去，始终不离自己的左眼右眼，心想此人虽然狂暴，倒是言而有信，但不知他何以只亲自己的眼睛？忽听得杨过叫道："姑姑，姑姑！"声音中热情如沸，却又显得极是痛楚。完颜萍正要问他叫什么，忽然背后一个女子声音说道："劳您两位的驾！"

杨过与完颜萍同时一惊，离身跃开，见大树旁站着一人，身穿青袍。完颜萍心下怦怦乱跳，满脸飞红，低头抚弄衣角，不敢向那人再瞧上一眼。杨过却认得清楚，正是当日在小客店中盗驴引开李莫愁的那人，于自己和陆无双实有救命之恩，见这人头垂双鬟，是个女郎，当即深深一躬，说道："日前多蒙姑娘援手，大德难忘。"

那女郎恭恭敬敬的还礼，说道："杨爷此刻，还记得那一同出死入生的旧伴么？"杨过道："你说是……"那女郎道："李莫愁师徒适才将她擒了去啦！"杨过大吃一惊，颤声道："当真？她……她现下不碍事么？"那女郎道："一时三刻还不碍事。陆姑娘咬定那部秘本给丐帮拿了去，赤练魔头便押着她去追讨。谅来她性命一时无妨，折磨自然是免不了。"杨过叫道："咱们快救她去。"那女郎摇头道："杨爷武功虽高，只怕还不是那赤练魔头的对手。咱们枉自送了性命，却于事无补。"

杨过在淡淡星光之下，见这青衣女郎的面目竟是说不出的怪异丑陋，脸上肌肉半点不动，倒似一个死人，教人一见之下，不自禁的心生怖意，向她望了几眼，便不敢正视，心想："这位姑娘为人这么好，却生了这样一副怪相，实是可惜。我再看她面貌，难免要流露惊诧神色，那可就得罪她了。"问道："不敢请教姑娘尊姓？"

那女郎道："贱姓不足挂齿，将来杨爷自会知晓，眼下快想法子救人要紧。"她说话时脸上肌肤丝毫不动，若非听到声音是从她口中发出，真要以为他是一具行里走肉的僵里。但说也奇怪，她话声却极是柔娇清脆，令人听之醒倦忘忧。杨过道："既然如此，如何救人一凭姑娘计议。小人敬听吩咐便是。"那女郎彬彬有礼，说道："杨爷不必客气，你武功强我十倍，聪明才智，我更是望尘莫及。你年纪大过我，又是堂堂男子汉，你说怎么办，便怎么办，小女子听从差遣。"

杨过听了她这几句又谦逊、又诚恳的话，心头真是说不出的舒服，心想这位姑娘面目可怖，说话却如此的温雅和顺，真是人不可以貌相了，当下想了一想，说道："那么咱们悄悄随后跟去，俟机救人便了。"那女郎道："这样甚好。但不知完颜姑娘意下如何？"说着走了开去,让杨过与完颜萍商议。

杨过道:"妹子,我要去救一个同伴,咱们后会有期。"完颜萍低头道:"我本事虽低,或许也能出得一点力。杨大哥,我随同你去救人罢。"杨过大喜,连说:"好,好!"当下提高声音,向那青衣女郎说道:"姑娘,完颜姑娘愿助我们去救人。"

那女郎走近身来,向完颜萍道:"完颜姑娘,你是金枝玉叶之体,行事还须三思。我们的对头行事毒辣无比,江湖上称作赤练魔头,当真万般的不好惹。"语气甚是斯文有礼。完颜萍道:"且别说杨大哥于我有恩,他的事就是我的事。单凭姐姐你这位朋友,我完颜萍也很想交交。我跟姐姐去,一切小心便是。"那女郎过来携住她手,柔声道:"那再好也没有。姐姐,你年纪比我大,还是叫我妹子罢。"

完颜萍在黑暗之中瞧不见她丑陋的容貌,但听得她声音娇美,握住自己手掌的一只手也是又软又嫩,只道她是个美貌少女,心中很是喜欢,问道:"你今年几岁?"那女郎轻轻一笑,道:"咱们不忙比大小。杨爷,还是救人要紧,你说是不是?"杨过道:"是了,请姑娘指引路途。"那女郎道:"我见到她们是向东南方而去,定是直奔大胜关了。"

三人当即施展轻功,齐向东南方急行。古墓派向以轻功擅长,称得上天下第一。完颜萍武艺并不如何了得,轻功却着实不弱。岂知那青衣女郎不疾不徐的跟在完颜萍身后。完颜萍奔得快,她跟得快,完颜萍行得慢了,她也放慢脚步,两人之间始终是相距一两步。杨过暗暗惊异:"这位姑娘不知是那一派弟子,瞧她轻功,实在完颜妹子之上。"他不愿在两个姑娘之前逞能,是以始终堕后。

行到天色大明,那女郎从衣囊中取出乾粮,分给二人。杨过见她所穿青袍虽是布质,但缝工精巧,裁剪合身,穿在身上更衬得她身形苗条,婀娜多姿,实是远胜锦衣绣服,而乾粮、水壶等物,无一不安排妥善,处处显得她心细如发。完颜萍见到她的容貌,甚是骇异,不敢多看,心想:"世上怎会有如此丑陋的女子?"

那女郎待两人吃完，对杨过道："杨爷，李莫愁识得你，是不是？"杨过道："她见过我几次。"那女郎从衣囊中取出一块薄薄的丝巾般之物，道："这是张人皮面具，你戴了之后，她就认不得你了。"杨过接过手来，见面具上露出双眼与口鼻四个洞孔，便贴在脸上，高低凹凸，处处吻合，就如生成一般，当下大喜称谢。

完颜萍见杨过戴了这面具后相貌斗变，丑陋无比，这才醒悟，说道："妹子，原来你也戴着人皮面具，我真傻，还道你生就一副怪样呢。真对不起。"那女郎微笑道："杨爷这副俊俏模样，戴了面具可就委屈了他。我的相貌哪，戴不戴却都是一样。"完颜萍道："我才不信呢！妹子，你揭下面具给我瞧瞧，成不成？"杨过心中好奇，也是急欲看一看她的容貌，但那女郎退开两步，笑道："别瞧，别瞧，我一副怪相可要吓坏了你。"完颜萍见她一定不肯，只得罢了。

中午时分，三人赶到了武关，在镇上一家酒楼上拣个座头，坐下用饭。店下见杨过是蒙古军官打扮，不敢怠慢，极力奉承。

三人吃得一半，只见门帷掀处，进来三个女子，正是李莫愁师徒押着陆无双。杨过心想此时李莫愁虽然决计认不出自己，但一副如此古怪的容貌难免引起她疑心，行事诸多不便，当下转过头去只是扒饭，倾听李莫愁她们说话。那知陆无双固然默不作声，李莫愁、洪凌波师徒要了饭菜后也不再说话。

完颜萍听杨过说过李莫愁师徒三人的形貌，心中着急，倒转筷子，在汤里一沾，在桌上写道："动手么？"杨过心想："凭我三人之力，再加上媳妇儿，仍难敌她师徒。此事只可智取，不能力敌。"将筷子缓缓摇了几摇。

楼梯脚步声响，走上两人。完颜萍斜眼看去，却是耶律齐、耶律燕兄妹。二人忽见完颜萍在此，均觉惊奇，向她点了点头，找了个座位坐下。他兄妹二人自完颜萍去后，知她不会再来行刺，于是别过父兄，结伴出来游山玩水，在此处又遇见她，心下更是宽慰。

李莫愁因"五毒秘传"落入丐帮之手，好生愁闷，这几日都是食不下咽，只吃了半碗面条，就放下筷子，抬头往楼外里眺，忽见街角边站着两个乞丐，背上都负着五只布袋，乃是丐帮中的五袋弟子，心念一动，走到窗口，向两丐招手道："丐帮的两位英雄，请上楼来，贫道有一句话，相烦转达贵帮帮主。"她知若是平白无端的呼唤，这二人未必肯来，若说有话转致帮主，丐帮的弟子却是非来不可。

陆无双听师父召唤丐帮人众，必是质询"五毒秘传"的去处，不由得脸色惨白。耶律齐知丐帮在北方势力极大，这个相貌俊美的道姑居然有言语传给他们帮主，不知是何等身分来历，不由得好奇心起，停杯不饮，侧头斜睨。

片刻之间，楼梯上踏板微响，两名化子走了上来，向李莫愁行了一礼，道："仙姑有何差遣，自当遵奉。"两人行礼后站直身子。一名化子见陆无双在侧，脸上里地变色，原来他曾在道上拦截过她，当下一扯同伴，两人跃到梯口。

李莫愁微微一笑，说道："两位请看手背。"两丐的眼光同时往自己手背上瞧去，只见每只手背上都抹着三条朱砂般的指印，实不知她如何竟用快捷无伦的手法，已神不知鬼不觉的使上了五毒神掌。她这下出手，两丐固然一无所知，连杨过与耶律齐两人也未瞧得明白。两丐一惊之下，同声叫道："你……你是赤练仙子？"

李莫愁柔声道："去跟你家帮主言道，你丐帮和我姓李的素来河水不犯井水，我一直仰慕贵帮英雄了得，只是无缘谋面，难聆教益，实感抱憾。"两丐互望了一眼，心想："你说得倒好听，怎又无缘无故的突下毒手？"李莫愁顿了一顿，说道："两位中了五毒神掌，那不用担心，只要将夺去的书赐还，贫道自会替两位医治。"一丐道："什么书？"李莫愁笑道："这本破书，说来嘛也不值几个大钱，贵帮倘若定是不还，原也算不了什么。贫道只向贵帮取一千条叫化的命儿作抵便了。里

两丐手上尚未觉得有何异样，但每听她说一句，便不自禁往手背望上一眼，久闻赤练神掌阴毒无比，中了之后，死时剧痛奇里，这时心生幻象，手背上三条殷红指印似乎正自慢慢扩大，听她说得凶

恶，心想只有回去禀报本路长老再作计较，互相使个眼色，奔下楼去。

李莫愁心道："你帮主若要你二人性命，势必乖乖的拿五毒秘传来求我……啊"不好，若是他抄了个副本留下，却将原本还我，那便如何？"转念又想："我神掌暗器诸般毒性的解法，全在书上载得明白，他们既得此书，何必再来求我？"想到此处，不禁脸色大变，飞身抢在二丐头里，拦在楼梯中路，砰砰两掌，将二丐击回楼头。她里下里上，只见黄影闪动，已回上楼来，抓住一丐手臂一抖，喀喇声响，那人臂骨折断，手臂软软垂下。另一个化子大惊，但他甚有义气，却不奔逃，抢上来护住受伤的同伴，眼见李莫愁抢上前来，急忙伸拳直击。李莫愁随手抓住了他手腕，顺势一抖，又折断了他臂骨。

二丐都只一招之间就身受重伤，心知今日已然无幸，两人背靠着背，各举一只未伤手臂，决意负隅拚斗。李莫愁斯斯文文的道："你二位便留着罢，等你们帮主拿书来赎。"二丐见她回到桌边坐下喝酒，背向他们，于是一步步的挨向梯边，欲待候机逃走。李莫愁转身笑道："瞧来只有两位的腿骨也都折断了，这里能屈留大驾。"说着站起身来。

洪凌波瞧着不忍，道："师父，我看守着不让他们走就是了。"李莫愁冷笑道："哼，你良心倒好。"缓缓向二丐走近。二丐又是愤怒，又是害怕。

耶律齐兄妹一直在旁观看，此时再也忍不住，同时霍然站起。耶律齐低声道："三妹，你快走，这女人好生厉害。"耶律燕道："你呢？"耶律齐道："我救了二丐，立即逃命。"耶律燕只道二哥于当世已少有敌手，听他说也要逃命，心下难以相信。

就在此时，杨过在桌上用力一拍，走到耶律齐跟前，说道："耶律兄，你我一起出手救人如何？"他想要救陆无双，迟早须跟李莫愁动手，难得有耶律齐这样的好手要仗义救人，不拉他落水，更待何时？

耶律齐见他穿的是蒙古军装,相貌十分丑陋,生平从未遇见此人,心想他既与完颜萍在一起,自然知道自己是谁,但李莫愁如此功夫,自己都绝难取胜,常人出手,只有枉自送了性命,一时踌躇未答。

李莫愁听到杨过说话,向他上下打量,只觉他话声甚是熟悉,但此人相貌一见之后决难忘记,却可断定素不相识。

杨过道:"我没兵刃,要去借一把使使。"说着身形一幌,在洪凌波身边一掠而过,顺手在她衣带上摘下了剑鞘,在她脸颊上一吻,叫道:"好香!"洪凌波反手一掌,他头一低,已从她掌底钻过,站在二丐与李莫愁之间。这一下身法之决,异乎寻常,正是在古墓斗室中捉麻雀练出来的最上乘轻功。李莫愁心中暗惊。耶律齐却是大喜过望,叫道:"这位兄台高姓大名?"

杨过左手一摆,说道:"小弟姓杨。"举起剑鞘道:"我猜里面是柄断剑。"拔剑出鞘,那口剑果然是断的。洪凌波猛然醒悟,叫道:"好小子。师父,就是他。"杨过揭下脸上面具,说道:"师伯,师姊,杨过参见。"

这两声"师伯、师姊"一叫,耶律齐固是如堕五里雾中,陆无双更是惊喜交集:"怎地傻蛋叫她们师伯、师姊?"李莫愁淡淡一笑,说道:"嗯,你师父好啊?"杨过心中一酸,眼眶儿登时红了。

李莫愁冷冷的道:"你师父当真调教得好徒儿啊。"日前杨过以怪招化解了她的生平绝技"三无三不手",最后更以牙齿夺去她的拂尘,武功之怪,委实匪夷所思,虽然终于夺回了拂尘,也知杨过武功与自己相距尚远,此后回思,仍是禁不住暗暗心惊:"这坏小里进境好快,师妹可更加了不得啦。原来玉女心经中的武功道然这般厉害。幸好师妹那日没跟他联手,否则……否则……"此刻见他又再现身,心下立感戒惧,不由自主的四下一望,要看小龙女是不是也到了。

杨过猜到了她的心意,笑嘻嘻的道:"我师父请问师伯安好。"李莫愁道:"她在那里呢? 咱姊妹俩很久没见啦。"杨过道:"师父就文有礼,说这些言语实是大违本性,只是她担心小龙女窥伺在侧,若是突然抢出来动手,那就难以抵挡,是以污言秽语,滔滔不绝,要骂得小龙女不敢现身。

杨过听她越说越是不堪,若是谩骂自己,那是毫不在乎,但竟然如此侮辱小龙女,狂怒之下,手脚颤抖,头脑中忽然一晕,只觉眼前发黑,登时站立不稳,大叫一声,从桌上摔了下来。李莫愁举起拂尘,往他天灵盖直击下去。

耶律齐眼见势急,在桌上抢起两只酒杯往李莫愁背上打去。李莫愁听到暗器风声,斜眼见是酒杯,当即吸口气封住了背心穴道,定要将杨过打死再说,心想两只小小酒杯何足道哉。那知酒杯未到,酒先泼至,但觉"至阳""中枢"两穴被酒流冲得微微一麻,暗叫:"不好!师妹到了。酒已如此,酒杯何堪?"急忙倒转拂尘,及时拂开两只酒杯,只觉手臂一震,心中更增烦忧:"怎么这小妮子力气也练得这么大了?"

待得转过来,见扬手掷杯的并非小龙女,却是那蒙古装束的长身少年,她大为惊讶:"后辈之中竟有这许多好手?"只见他拔出长剑,朗声说道:"仙姑下手过于狠毒,在下要讨教几招。"李莫愁见他慢慢走近,脚步凝重,看他年纪不过二十来岁,但适才投掷酒杯手劲,以及拔剑迈步的姿式,竟似有二余年功力一般,当下凝眸□□阁下是谁? 尊师是那一位?"耶律齐恭身道:"在下耶律齐,□□下。"

□□□然避在一旁,听得耶律齐说是全真派门下,心道:"□□,难道是刘处玄的弟子? 料得郝大通也教不出

□□□□钰,还是丘处机?"耶律齐道:"不是。"

□□□□一位?"耶律齐道:"都不是。"李莫愁□□□□□王重阳的弟子,那你和他是师兄□□□□真人谢世已久,这位兄台那□□□下尽是撒谎不眨眼的

在左近,稍待片刻,便来相见。"他知自己远不是李莫愁的对手,纵然加上耶律齐,仍是难以取胜,于是摆下"空城计",抬出师父来吓她一吓。李莫愁道:"我自管教我徒儿,又干你师父什么事了?"杨过笑道:"我师父向师伯求个情,请你将陆师妹放了罢。"李莫愁微微一笑,道:"你乱伦犯上,与师父做了禽兽般的苟且之事,却在人前师父长,师父短的,羞也不羞?"

杨过听她出言辱及师父,胸口热血上涌,提起剑鞘当作剑使,猛力急刺过去。李莫愁笑道:"你丑事便做得,却怕旁人说么?"杨过使开剑鞘,连环急攻,凌厉无前,正是重阳遗刻中克制林朝英玉女剑法的武功。李莫愁不敢怠慢,拂尘摆动,见招拆招,凝神接战。

李莫愁拂尘上的招收皆是从玉女剑法中化出,数招一过但觉对方的剑法精奇无比,自己每一招每一式都在他意料之中,竟给他着着抢先,若非自己功力远胜,竟不免要落下风,心中恨道:"师父好偏心,将这套剑法留着单教师妹。哼,多半是要师妹以此来克制我。这剑法虽奇,难道我就怕了?"招数一变,突然纵身而起,跃到桌上,右足斜踢,左足踏在桌边,身子前后幌动,飘逸有致,直如风摆荷叶一般,笑吟吟的道:"你姘头有没有教过你这一手? 料她自己也不会使罢?"

杨过一怔,怒道:"什么姘头?"李莫愁笑道:"我师妹曾立重若无男子甘愿为她送命,便一生长居古墓,决不下山。她既山,你两个又不是夫妻,那不是你姘头是什么?"杨过[话,挥动剑鞘纵身一涌,也上了桌子。只是他轻功踏在桌沿,双足踏碎了几只饭碗菜碗,却也稳李莫愁举拂尘挡开剑鞘,笑道:"你这轻功然很好,说得上有情有义。"

杨过怒气勃发,不可抑止,叫说人话不说?"挺剑鞘快刺急攻除非己莫为。我古墓派出了她手上招架,口中不住出小子，全真派乘早给我改名为'全假派'罢。看招！"拂尘轻扬，当头击落。

耶律齐左手捏着剑诀，左足踏开，一招"定阳针"向上斜刺，正是正宗全真剑法。这一招神完气足，劲、功、式、力，无不恰到好处，看来平平无奇，但要练到这般没半点瑕疵，天资稍差之人积一世之功也未必能够。杨过在古墓中学过全真剑法，自然识得其中妙处，只是他武功学得杂了，这招"定阳针"就无论如何使不到如此端凝厚重。

李莫愁见他此招一出，就知是个劲敌，于是跨步斜走，拂尘后挥。耶律齐但见灰影闪动，拂尘丝或左或右、四面八方的掠将过来，他接战经历甚少，此时初逢强敌，当下抖擞精神，全力应付。刹时之间二人拆了四十余招，李莫愁越攻越近，耶律齐缩小剑圈，凝神招架，眼见败象已成，但李莫愁要立时得手，却也不成。她暗暗赞赏："这小子果是极精纯的全真武功，虽然不及丘王刘诸子，却也不输于孙不二。全真门下当真是人才辈出。"

又拆数招，李莫愁卖个破绽。耶律齐不知是计，提剑直刺，李莫愁忽地飞出左脚，踢中他的手腕，耶律齐手上一疼，长剑脱手，但他虽败不乱，左手斜劈，右手竟用擒拿法来夺她拂尘。李莫愁一笑，赞道："好俊功夫！"只数招间，便察觉耶律齐的擒拿法中蕴有余意不尽的柔劲，却是刘处玄、孙不二等人之所无，心下更是暗暗诧异。

杨过破口大骂："贼贱人，今生今世我再不认你做师伯。"挺剑鞘上前夹攻。李莫愁见耶律齐的长剑落下，拂尘一起，卷住长剑，往杨过脸上掷去，笑道："你是你师父的汉子，那么叫我师姊也成。"杨过看准长剑来势，举起剑鞘迎去。陆无双、完颜萍等齐声惊呼，却听得刷的一声，长剑正好插入了剑鞘之中。这一下以鞘就剑，实是间不容发，只要剑鞘偏得厘毫，以李莫愁这一掷之势，长剑自是在他身上穿胸而过。可是他在古墓中勤练暗器，于拿捏时刻、力道轻重、准头方位各节，已练到实无厘毫之差的地步，细如毛发的玉蜂针尚能挥手必中,要接这柄长剑自是浑不当一回事。他拔剑出鞘,与耶律齐联手双战。

这时酒楼上凳翻抬歪,碗碎碟破,众酒客早已走避一空。洪凌波自跟师父出道以来,从未见她在战阵中落过下风,古墓中受挫于小龙女,只为了不识水性;拂尘虽曾被杨过夺去,转眼便即夺回,仍是逼得杨过落荒而逃,是以虽见二人向她夹攻,心中毫不担忧,只是站在一旁观战。三人斗到酣处,李莫愁招数又变,拂尘上发出一股劲风,迫得二人站立不定,霎时之间,耶律齐与杨过迭遇险招。

耶律燕与完颜萍叫声:"不好。"同时上前助战。只拆得三招,耶律燕左腿给拂尘拂中,登时跟跄跌出,腰间撞上桌缘,才不致摔倒。耶律齐见妹子受伤,心神微乱,被李莫愁几下猛攻,不由得连连倒退。

那青衣少女见情势危急,纵上前来扶起耶律燕退开。李莫愁于恶斗之际眼观六路,耳听八方,见那少女纵起时身法轻盈,显是名家弟子,挥拂尘往她脸上掠去,问道:"姑娘尊姓?尊师是那一位?"

二人相隔丈余,但拂尘说到就到,幌眼之间,拂尘丝已掠到她脸前。青衣少女吓了一跳,右手急扬,袖中挥出一根兵刃,将拂尘挡开。李莫愁见这兵刃甚是古怪,晶莹生光,长约三尺,似乎是根牙箫玉笛,心中琢磨:"这是那一家那一派的兵刃?"数下急攻,要逼她尽展所长。那少女抵挡不住,杨过与耶律齐忙抢上相救。但实在难敌李莫愁那东发一招、西劈一掌、飘忽灵动的战法,顷刻间险象环生。

杨过心想:"我们只要稍有疏虞,眼前个个难逃性命。"张口大叫:"好媳妇儿,我的好妹子、穿青衣的好姊姊、耶律好师妹,大家快下楼去散散心罢!这贼婆娘厉害得紧。"四个女子听他乱叫胡嚷,人人脱不了一个"好"字,都不禁皱起了眉头,眼见情势确是紧迫已极。陆无双首先下楼,青衣少女也扶着耶律燕下去。

两个化子见这几个少年英侠为了自己而与李莫愁打得天翻地

覆，有心要上前助战，苦于臂膀断折，动手不得。他两人甚有义气，虽然李莫愁无暇相顾，二人却始终站着不动，不肯先杨过等人逃命。

杨过与耶律齐并肩而斗，抵挡李莫愁愈来愈凌厉的招术，接着完颜萍也退下楼去。杨过道："耶律兄，这里手脚施展不开，咱们下楼打罢。"他想到了人多之处，就可乘机溜走。耶律齐道："好！"两人并肩从楼梯一步步退下。李莫愁步步抢攻，虽然得胜，心中却大为恼怒："我生平要杀谁就杀谁，今日却教这两个小子挡住了，若是陆无双这贱人竟因此逃脱，赤练仙子威名何存？"她一意要擒回陆无双，跟着追杀下楼。

众人各出全力，自酒楼斗到街心，又自大街斗到荒郊。杨过不住叫嚷："亲亲媳妇儿，亲亲好妹子，走得越快越好。耶律师妹、青衫姑娘，你们快走罢，咱两个男子汉死不了。"耶律齐却一言不发，他年纪只比杨过稍大几岁，但容色威严，沉毅厚重，全然不同于杨过的轻捷剽悍、浮躁跳脱。二人断后挡敌，耶律齐硬碰硬的挡接敌人毒招，杨过却纵前跃后，扰乱对方心神。

李莫愁见小龙女始终没有现身，更是放心宽怀，全力施展。杨过和耶律齐毕竟功力和她相差太远，战到此时，二人均已面红心跳，呼呼气喘。李莫愁见状大喜，心道："不用半个时辰，便可尽取这批小鬼的性命。"

正激斗间，忽听得空中几声唳鸣，声音清亮，两头大雕往她头顶疾扑下来，四翅鼓风，只带得满地灰沙飞扬，声势惊人。杨过识得这对大雕是郭靖夫妇所养，自己幼时在桃花岛上也曾与双雕一起玩耍，心想双雕既来，郭靖夫妇必在左近，自己反出重阳宫，可不愿再与他相见，忙跃后数步，取出人皮面具戴上。

双雕里左里右，上下翻飞，不住向李莫愁翅扑喙啄。原来双雕记心甚好，当年吃过她冰魄银针的苦头，一直怀恨在心，此时在空中远远望见，登时飞来搏击，但害怕她银针的厉害，一见她扬手，立即振翅上翔。

耶律齐瞧得好生诡异,见双雕难以取胜,叫道:"杨兄,咱们再上,四面夹击,瞧她怎地?"正要猛身抢上,忽听东南方马蹄声响,一乘马急驰而至。

那马脚步迅捷无比,甫闻蹄声,便已奔到跟前,身长腿高,遍体红毛,神骏非凡。李莫愁和耶律齐都是一惊:"这马怎地如此快法?"马上骑着个红衣少女,连人带马,宛如一块大火炭般扑将过来,只有她一张雪白的脸庞才不是红色。杨过见了双雕红马,早料到马上少女是郭靖、黄蓉的女儿郭芙。只见她一勒马里,红马里地立住。这马在急奔之中说定便定,既不人立,复不嘶鸣,神定气里。耶律齐自幼在蒙古长大,骏马不知见过多少,但如此英物却是从所未见,不由得更是惊讶。他不知此马乃郭靖在蒙古大漠所得的汗血宝马,当年是小红马,此时马齿已增,算来已入暮年,但神物毕竟不同凡马,年岁虽老,仍是筋骨强壮,脚力雄健,不减壮时。

杨过与郭芙多年不见,偶尔想到她时,总纪得她是个骄纵蛮横的女孩,那知此时已长成一个颜若春花的美貌少女。她一阵急驰之后,额头微微见汗,双颊被红衣一映,更增娇艳。她向双雕看了片刻,又向耶律齐等人瞥了一眼,眼光扫到杨过脸上时,见他身穿蒙古装束,戴了面具后又是容貌怪异,不由得双蛾微蹙,神色间颇有鄙夷之意。

杨过自幼与她不睦,此番重逢,见她仍是憎恶自己,自卑自伤之心更加强了,心道:"你瞧我不起,难道我就非要你瞧得起不可?你爹爹是当世大侠、你妈妈是丐帮帮主、你外公是武学大宗师,普天下武学之士,无一人不敬重你郭家。可是我父母呢?我妈是个乡下女子,我爹不知是谁,又死得不明不白……哼,我自然不能跟你比,我生来命苦,受人侮辱。你再来侮辱,我也不在乎。"他站在一旁暗暗伤心,但觉天地之间无人看重自己,活在世上了无意味。只有师父小龙女对自己一片真心,可是此时又不知去了何方?不知今生今世,是否还有重见她的日子?

心中正自难过，听得马蹄声响，又有两乘马驰来。两匹马一青一黄，也都是良种，但与郭芙的红马相形之下，可就差得太远。每匹马上骑着一个少年男子，均是身穿黄衫。

郭芙叫道："武家哥哥，又见到这恶女人啦。"马上少年正是武敦儒、武修文兄弟。二人一见李莫愁，她是杀死母亲的大仇人，数年来日夜不忘，岂知在此相见，登时急跃下马，各抽长剑，左右攻了上去。郭芙叫道："我也来。"从马鞍旁取出宝剑，下马上前助战。

李莫愁见敌人越战越多，却个个年纪甚轻，眼见两个少年一上来就是面红目赤，恶狠狠的情同拚命，剑法纯正，显然也是名家弟子，接着那红衣美貌少女也攻了上来，一出手剑尖微颤，耀目生光，这一剑斜刺正至，暗藏极厉害的后着，功力虽浅，剑法却甚是奥妙，心中一凛，叫道："你是桃花岛郭家姑娘？"

郭芙笑道："你倒识得我。"刷刷连出两剑，均是刺向她胸腹之间的要害。李莫愁举拂尘挡开，心道："小女孩儿骄横的紧，凭你这点儿微末本领，竟也敢来向我无礼，若不是忌惮你爹娘，就有十个也一起毙了。"拂尘回转，正想夺下她长剑，突然两胁间风声飒然，武氏兄弟两柄长剑同时指到。他哥儿俩和郭芙都是郭靖一手亲传的武艺，三人在桃花岛上朝夕共处，练的是同样剑法。三人剑招配合得紧密无比，此退彼进，彼上此落，虽非什么阵法，三柄剑使将开来，居然声势也大是不弱。

三人二雕连环搏击，将李莫愁围在垓心。若凭他三人真实本领，时刻稍长，李莫愁必能伺机伤得一人，其余二人就绝难自保。但她眼见敌方人多势众，若是一拥而上，倒是不易对敌，若再惹得郭靖夫妇出手，更是讨不了好去，当下拂尘回卷，笑道："小娃娃们，且瞧瞧赤练仙子而猴儿的手段！"呼呼呼连进六招，每一招都是直指要害，逼得郭芙与武氏兄弟手忙脚乱，不住跳跃避让，当真有些猴儿的模样。李莫愁左足独立，长笑声中，滴溜溜一个转身，叫道："凌波，去罢！"师徒俩向西北方奔去。

郭芙叫道："她怕了咱们，追啊！"提剑向前急追。武氏兄弟展开轻功,随后赶去。李莫愁将拂尘在身后一挥一拂,潇洒自如,足下微尘不起,轻飘飘的似是缓步而行。洪凌波则是发足急奔。郭芙和武氏兄弟用足力气,却与她师徒俩愈离愈远。只有两只大雕才比李莫愁更快,不断飞下搏击。武敦儒眼见今日报仇无望,吹动口哨,召双雕回转。

耶律齐等生怕三人有失,随后赶来接应,见郭芙等回转,当下上前行礼相见。众人都是少年心性,三言两语就说得极为投机。耶律齐忽然相起,叫道:"杨兄呢?"完颜萍道:"他一个儿走啦。我问他去那里,他理也不理。"说着垂下头来。

耶律齐奔上一个小丘,四下了望,只见那青衣少女与陆无双并肩而行,走得已远,杨过却是没半点影踪。耶律齐茫然若失,他与杨过此次初会,联手拒敌,为时虽无多久,但数次性命出入于呼吸之间,已大起敌忾同仇之心,见他忽然不别而行,倒似不见了一位多年结交的良友一般。

原来杨过见武氏兄弟赶到,与郭芙三人合攻李莫愁,三人神情亲密,所施展的剑法又是极为精妙,数招之间竟将李莫愁赶跑。他不知李莫愁是忌惮郭靖夫妇这才离去,还道三人的剑招之中暗藏极厉害的内力,逼得她非逃不可。当日郭靖送他上终南山学艺,曾大展雄威,打败无数全真道士,武功之高,在他小小心灵中留下了极深印痕,心想郭靖教出来的弟子,武功自然胜己十倍,有了这先入为主的念头,见郭芙等三人一招寻常剑法,也以为其中含奥妙后着。他越看越是不忿,想起幼时在桃花岛上被武氏兄弟两番殴打,郭芙则在旁大叫:"打得好,用力打!"又想起黄蓉故意不教自己武功,郭靖武功如此高强,却不肯传授,将自己送到重阳宫去受一群恶道折磨,只觉满腔怨愤,不能自已,眼见完颜萍、陆无双、青衣少女、耶律燕四女都是眼望自己,脸有诧异之色,心想:"李莫愁污言骂我姑姑,你们便都信了。你们瞧不起我,那也罢了,怎敢轻视我姑姑?我此刻脸色难看,那是我气不过武氏兄弟和郭芙,气不过郭伯伯、郭伯母,你们便当我跟姑姑有了苟且、因而内心有愧吗?"

突然发足狂奔，也不依循道路，只在荒野中乱走。此时他心神异常，只道普天下之人都要与自己为难，却没想自己戴着人皮面具，虽然满脸妒恨不平之色，完颜萍等又如何瞧得见？平白无端的，旁人又怎会笑他？李莫愁恶名满江湖，又是众人公敌，所说的言语谁能信了？

他本来自西北向东南行，现下要与这些人离得越远越好，反而折返西北。心中混乱，厌憎尘世，摘下面具，只在荒山野岭间乱走，肚子饥了，就摘些野果野菜裹腹。越行越远，不到一个月，已是形容枯槁，衣衫破烂不堪，到了一处高山丛中。他也不知这是天下五岳之一的华山，但见山势险峻，就发狠往绝顶上爬去。

他轻功虽高，但华山是天下之险，却也不能说上就上。待爬到半山时，天候骤寒，铅云低压，北风渐紧，接着天空竟飘下一片片的雪花。他心中烦恼，尽力折磨自己，并不找地方避雪，风雪越大，越是在里崖峨壁处行走，行到天色向晚，雪下得一发大了，足底溜滑，道路更是难于辨认，若是踏一个空，势必掉在万仞深谷中跌得粉身碎骨。他也不在乎，将自己性命瞧得极是轻贱，仍是昂首直上。

又走一阵，忽听身后发出极轻的嗤嗤之声，似有什么野兽在雪中行走，杨过立即转身，只见后面一个人影幌动，跃入了山谷。

杨过大惊，忙奔过去，向谷中张望，只见一人伸出三根手指钩在石上，身子却是凌空。杨过见他以三指之力支持全身，凭临万仞深谷，武功之高，实是到了不可思议的地步，于是恭恭敬敬的行了一礼，说道："老前辈请上来！"

那人哈哈大笑，震得山谷鸣响，手指一捺，已从山崖旁跃了上来，突然厉声喝问："你是藏边五丑的同党不是？大风大雪，半夜三更，鬼鬼祟祟在这里干什么？"

杨过被他这般没来出的一骂，心想："大风大雪，三更半夜，我鬼鬼祟祟的到底在这里干什么了？"触动心事，突然间放声大哭，想起一生不幸，受人轻贱，自己敬爱之极的小龙女，却又无端怪责，决绝而去，此生多半再无相见之日，哭到伤心处，真是愁肠千结，毕生的怨愤屈辱，尽数涌上心来。

那人起初见他大哭，不由得一怔，听他越哭越是伤心，更是奇怪，后来见他竟是哭得没完没了，突然之间纵声长笑，一哭一笑，在山谷间交互撞击，直震得山上积雪一大块一大块的往下掉落。

杨过听他大笑，哭声顿止，怒道："你笑什么？"那人笑道："你哭什么？"杨过待要恶声相加，想起此人武功深不可测，登时将愤怒之意抑制了，恭恭敬敬的拜将下去，说道："小人杨过，参见前辈。"那人手中拿着一根竹棒，在他手臂上轻轻一挑，杨过也不觉有什么大力逼来，却身不由自主的向后摔去。依这一摔之势，原该摔得爬也爬不起来，但他练过头下脚上的蛤蟆功，在半空顺势一个里斗，仍是好端端的站着。

这一下，两人都是大出意料之外。凭杨过目前的武功，要一出手就摔他一个里斗，虽是李莫愁、丘处机之辈也万万不能；而那人见他一个倒翻里斗之后居然仍能稳立，也不由得另眼相看，又问："你哭什么？"

杨过打量他时，见他是个须发俱白的老翁，身上衣衫破烂，似乎是个化子，虽在黑夜，但地下白雪一映，看到他满脸红光，神采奕奕，心中肃然起敬，答道："我是个苦命人，活在世上实是多余，不如死了的乾净。"

那老丐听他言辞酸楚，当真是满腹含怨，点了点头，问道："谁欺侮你啦？快说给你公公听。"杨过道："我爹爹给人害死，却不知是何人害他。我妈又生病死了，这世上没人怜我疼我。"那老丐"嗯"了一声，道："这是可怜哪。教你武功的师父是谁？"杨过心想："郭伯母名儿上是我师父，却不教我半点武功。全真教的臭道士们提起来就令人可恨。欧阳锋是我义父，并非师父。我的武功是姑姑教的，但她说要做我妻子，我如说她是我师父，她是要生气的。王重阳祖师、林婆婆石室传经，又怎能说是我师父？我师父虽多，却没一个能提。"那老丐这一问触动他的心事，猛地里又放声大哭，叫道："我没师父，我没师父！"那老丐道："好啦，好啦！你不肯说也就罢了。"杨过哭道:"我不是不肯说,是没有。"

那老丐道:"没有就没有,又用得着哭?你识得藏边五丑么?"杨过道:"不识。"那老丐道:"我见你一人黑夜行走,还道是藏边五丑的同党,既然不是,那便很好。"

此人正是九指神丐洪七公。他将丐帮帮主的位子传了给黄蓉后,独个儿东飘西游,寻访天下的异味美食。广东地气和暖,珍奇食谱最多。他到了岭南之后,得其所哉,十余年不再北返中原。

那百粤之地毒蛇作羹,老猫炖盅,斑鱼似鼠,巨虾称龙,肥里炒响螺,龙虱蒸禾里,烤小猪而皮脆,煨果里则肉红,洪七公如登天界,其乐无穷。偶尔见到不平之事,便暗中扶危济困,杀恶诛奸,以他此时本领,自是无人得知他来踪去迹。有时偷听丐帮弟子谈话,得知丐帮在黄蓉、鲁有脚主持下太平无事,内消污衣、净衣两派之争,外除金人与铁掌帮之逼,他老人家无牵无挂,每日里只是张口大嚼、开喉狂吞便了。

这一年藏边五丑中的第二丑在广东滥杀无辜,害死了不少良善。洪七公嫉恶如仇,本拟随手将他除去,但想杀他一人甚易,再寻余下四丑就难了,因此上暗地跟踪,要等他五丑聚会,然后一举屠绝,不料这一跟自南至北,千里迢迢,竟跟上了华山。此时四丑已集,尚有大丑一人未到,却在深夜雪地里遇到杨过。

洪七公道:"咱们且不说这个,我瞧你肚子也饿啦,咱们吃饱了再说。"于是扒开雪地,找些枯柴断枝生了个火堆。杨过帮他检拾柴枝,问道:"煮什么吃啊?"洪七公道:"蜈蚣!"

杨过只道他说笑,淡淡一笑,也不再问。洪七公笑道:"我辛辛苦苦的从岭南追赶藏边五丑,一直来到华山,若不寻几样异味吃吃,怎对得起它?"说着拍了拍肚子。杨过见他全身骨格坚朗,只这个大肚子却肥肥的有些累赘。洪七公又道:"华山之阴,是天下极阴寒之处,所产蜈蚣最为肥嫩。广东天时炎热,百物快生快长,蜈蚣肉就粗糙了。"杨过听他说得认真,似乎并非说笑,心中好生疑惑。

洪七公将四块石头围在火旁,从背上取下一只小铁锅架在石上,抓了两团雪放在锅里,道:"跟我取蜈蚣去罢。"几个起落,已纵到两丈高的峭壁上。杨过见山势陡峭,不敢跃上。洪七公叫道:"没中用的小子,快上来!"杨过最恨别人轻贱于他,听了此言,咬一咬牙,提气直上,心道:"怕什么?摔死就摔死罢。"胆气一粗,轻功施展时便更圆转如意,紧紧跟在洪七公之后,十分险峻滑溜之处,居然也给他攀了上去。

只一盏茶时分,两人已攀上了一处人迹一到的山峰绝顶。洪七公见他有如此胆气轻功,甚是喜爱,以他见识之广博,居然看不出这少年的武功来历,欲待查问,却又记挂着美食,当下走到一块大里石边,双手抓起泥土,往旁抛掷,不久土中露出一只死公鸡来。杨过大是奇怪,道:"咦,怎么有只大公鸡?"随即省悟:"啊,是你老人家藏着的。"

洪七公微微一笑,提起公鸡。杨过在雪光掩映下瞧得分明,只见鸡身上咬满了百来条七八寸长的大蜈蚣,红黑相间,花纹斑斓,都在蠕蠕而动。他自小流落江湖,本来不怕毒里,但蓦地里见到这许多大蜈蚣,也不禁怵然而惧。洪七公大为得意,说道:"蜈蚣和鸡生性相克,我昨天在这儿埋了一只公鸡,果然把四下里的蜈蚣都引来啦。"

当下取出包袱,连鸡带蜈蚣一起包了,欢天喜地的溜下山峰。杨过跟随在后,心中发毛:"难道真的吃蜈蚣?瞧他神情,又并非故意吓我。"这时一锅雪水已煮得滚热,洪七公打开包袱,拉住蜈蚣尾巴,一条条的抛在锅里。那些蜈蚣挣扎一阵,便都给烫死了。洪七公道:"蜈蚣临死之时,将毒液毒尿尽数吐了出来,是以这一锅雪水剧毒无比。"杨过将毒水倒入了深谷。

只见洪七公取出小刀,斩去蜈蚣头尾,轻轻一捏,壳儿应手而落,露出肉来,雪白透明,有如大虾,甚是美观。杨过心想:"这般做法,只怕当真能吃也未可知。"洪七公又煮了两锅雪水,将蜈蚣肉洗涤乾净,再不余半点毒液,然后从背囊中取出大大小小七八个铁盒来，盒中盛的是油盐酱醋之类。他起了油锅，把蜈蚣肉倒下去一炸，立时一股香气扑向鼻端。杨过见他狂吞口涎，馋相毕露，不佃得又是吃惊，又是好笑。

洪七公待蜈蚣炸得微黄，加上作料拌匀，伸手往锅中提了一条上来放入口中，轻轻嚼了几嚼，两眼微闭，叹了一口气，只觉天下之至乐，无逾于此矣，将背上负着的一个酒葫芦取下来放在一旁，说道："吃蜈蚣就别喝酒，否则糟蹋了蜈蚣的美味。"他一口气吃了十多条，才向杨过道："吃啊，客气什么？"杨过摇头道："我不吃。"洪七公一怔，随即哈哈大笑，说道："不错，不错，我见过不少英雄汉子，杀头流血不皱半点眉头，却没一个敢跟我老叫化吃一条蜈蚣。嘿嘿，你这小子毕竟也是个胆小鬼。"

杨过被他一激，心想："我闭着眼睛，嚼也不嚼，吞他几条便是，可别让他小觑了。"当下用两条细树枝作筷，到锅中夹了一条炸蜈蚣上来。洪七公早猜中他心意，说道："你闭着眼睛，嚼也不嚼，一口气吞他十几条，这叫做无赖撒泼，并非英雄好汉。"杨过过："吃毒里也算是英雄好汉？"洪七公道："天下大言不惭自称英雄好汉之人甚多，敢吃蜈蚣的却找不出几个。"杨过心想："除死无大事。"将那条蜈蚣放在口中一嚼。只一嚼将下去，但觉满嘴鲜美，又脆又香，清甜甘浓，一生之中从未尝过如此异味，再嚼了几口，一骨碌吞了下去，又去挟第二条来吃，连赞："妙极，妙极。"

洪七公见他吃得香甜，心中大喜。二人你抢我夺，把百余条大蜈蚣吃得乾乾净净。洪七公伸舌头在嘴边舔那汁水，恨不得再有一百条蜈蚣下肚才好。杨过道："我把公鸡再去埋了，引蜈蚣来吃。"洪七公道："不成啦，一来公鸡的猛性已尽，二来近处已无肥大蜈蚣留下。"忽地伸个懒腰，打个呵欠，仰天往雪地里便倒，说道："我急赶歹徒，已有五日五夜没睡，难得今日吃一餐好的，要好好睡他三天，便是天塌下来，你也别吵醒我。你给我照料着，别让野兽乘我不觉，一口咬了我半个头去。"杨过笑道："遵命。"洪七公闭上了眼，不久便沉沉睡去。

杨过心想："这位前辈真是奇人。难道当真会睡上三天？管他是真是假，反正我也无处可去，便等他三天就是。"那华山蜈蚣是天下至寒之物，杨过吃了之后，只觉腹中有一团凉意，于是找块里石坐下，用功良久，这才全身舒畅。此时满天鹅毛般的大雪兀自下个不停，洪七公头上身上盖满了一层白雪，犹如棉花一般。人身本有热气，雪花遇热即熔，如何能停留在他脸上？杨过初时大为不解，转念一想，当即醒悟："是了，他睡觉时潜行神功，将热气尽数收在体内。只是好端端一个活人，睡着时竟如僵里一般，这等内功，委实可惊可羡。姑姑让我睡寒玉床，就是盼望我日后也能练成这等深厚内功。唉，寒玉床哪寒玉床！"

　　眼见天将破晓，洪七公已葬身雪坟之中，惟见地下高起一块，却已不露人形。杨过并无倦意，但见四下里都是暗沉沉地，忽听得东北方山边有刷刷的踏雪声，凝神望去，只见五条黑影急奔而来，都是身法迅捷，背上刀光闪烁。杨过心念一动："多半是这位老前辈所说的藏边五丑。"忙在一块大岩石后边躲起。

　　不多时五人便奔到岩石之前。一人"咦"的一声，叫道："老叫化的酒葫芦！"另一人颤声道："他……他在华山？"五人脸现惊惶之色，聚在一起悄悄商议。忽然间五人同时分开，急奔下峰。山峰上道路本窄，一人只奔出几步，就踏在洪七公身上，只觉脚下柔软，"啊"的一声大叫。其余四人停步围拢，扒开积雪，见洪七公躺在地上，似已死去多时。五人大喜，伸手探他鼻息，已没了呼吸，身上也是冰凉一片。五人欢呼大叫，乱蹦乱跳，当真比拾到奇珍异宝还要欢喜百倍。

　　一人道："这老叫化一路跟踪，搞得老子好惨，原来死在这里。"另一人道："洪七公这老贼武功了得，好端端的怎会死了？"又一人道："武功再好，难道就不死了？你想想，老贼有多大年纪啦。"其余四人齐声称是，说道："天幸阎罗王抓了他去，否则倒是难以对付。"首先那人道："来，大多儿来剁这老贼几刀出出气！任他九指神丐洪七公英雄盖世，到头来终究给藏边五雄剁成了他妈的四七二十八块。"

杨过心道："原来这位老前辈便是洪七公,难怪武功如此了得。"洪七公的名头和"降龙十八掌"等绝技,他曾听小龙女在里谈时说过,但洪七公的形貌脾气,当年连林朝英也不大清楚,小龙女自然不会知道,他手中扣了玉蜂针,心想五人难以齐敌,只得俟机偷发暗器,伤得三两人后,余下的就好打发了。但随即听那人说要剁几刀出气,只怕他们伤了洪七公,不及发射暗器,立即大喝一声,从岩石后跃将出来。他没有兵刃,随手捡起两根树枝,快招连发,分刺五人。这五招迅捷异常,就可惜先行喝了一声,五丑有了提防,否则总会有一二人给他刺中。饶是如此,五丑也已经颇为狼狈,窜闪挡架,才得避开。

五人转过身来,见只是个衣衫褴褛的少年,手中拿了两段枯柴,登时把惊惧之心去了八九。那大丑喝道："臭小子,你是丐帮的小叫化不是? 你的老叫化祖宗西天去啦,快跪下给五位爷爷磕头罢。"

杨过见了五人刚才闪避的身法,已约略瞧出他们的武功。五丑均使厚背大刀,武功是一师所传,功夫有深浅之别,家数却是一般。若论单打独斗,自己必可胜得,但如五人齐上,却又抵敌不过,听大丑叫自己磕头,便道："是,小人给五位爷磕头。"抢上一步,拜将下去。他跪下拜倒的这一招"前恭后踞",当年孙婆婆便曾使过,于全真道人张志光出其不意之际掷出瓷瓶,差一点便打瞎了他眼睛,此刻杨过"前恭后踞"之后,接着是一招"推窗望月",突然双手横扫,两根枯柴分左右击出。

他左边是五丑,右边是三丑。这一招"推窗望月"甚是阴毒,三丑功夫较高,急忙竖刀挡架,被他枯柴打在刀背上,虎口发热,大刀险些脱手。五丑却被扫中了脚骨,喀喇一声,脚骨虽不折断,却已痛得站不起身。甚余四丑大怒,四柄单刀呼呼呼呼的劈来。杨过身法灵便,东西闪避,四丑一时奈何不了他。斗了一阵,五丑一跷一拐加入战团,恼怒异常,出手犹似拚命。

杨过轻功远在五人之上，若要逃走，原亦不难，但他挂念着洪七公，只怕一步远离，五人就下毒手。可是敌不过五人联手，顷刻间便连遇险招，当即俯身抱起洪七公，右手舞动枯柴夺路而行，提一口气，发足奔出十余丈。藏边五丑随后赶来。

杨过只觉手中的洪七公身子冰冷，不禁暗暗着慌，心想他睡得再沉，也决无不醒之理，莫非真的死了？叫道："老前辈，老前辈！"洪七公毫不动弹，宛似死里无异，只是并非僵硬而已。杨过伸手去摸他心时，似乎尚在微微跳动，鼻息却是全无。

这稍一停留，大丑已然追到，只是他见杨过武功了得，心存忌惮，不敢单独逼近，待得等齐二丑、四丑，杨过又已奔出十余丈外。藏边五丑见他只是往峰顶攀上，眼见那山峰只此一条通路，心想你难道飞上天去？倒也并不着急，一步步的追上。

山道越行越险，杨过转过一处弯角，见前面山道狭窄之极，一人通行也不大容易，窄道之旁便是万丈深渊，云缭雾绕，不见其底，心想："此处最好，我就在这里挡住他们。"当下加快脚步冲过窄道，将洪七公放在一块大岩石畔，立即转身，大丑已奔到窄道路口。杨过直冲过去，喝道："丑八怪，你敢来吗？"

那大丑真怕给他一撞之下，一齐掉下深谷，急忙后退。杨过站在路口，是时朝阳初升，大雪已止，放眼但见琼瑶遍山，水晶匝地，阳光映照白雪，更是瑰美无伦。

杨过将人皮面具往脸上一罩，喝道："你丑还是我丑？"藏边五丑的相貌固然难看，可也不是怪异绝伦，那一个"丑"字，倒是指他们的行迳而言的居多。这时见杨过双手往脸上一抹，突然变了一副容貌，脸皮腊黄，神情木然，竟如坟墓中钻出来的僵里一般，五丑面面相觑，无不骇然。

杨过慢慢退到窄道的最狭隘处，使个"魁星踢斗势"，左足立地，右足朝天踢起，身子在晓风中轻轻幌动。瞬时之间，只觉英雄之气充塞胸臆，敌人纵有千军万马冲来，我便也是这般一夫当关。

五丑心中嘀咕："丐帮中那里钻出来这样一个古怪少年？"眼见

地势奇险,不敢冲向窄道,聚首相议:"咱们守在这里,轮流下山取食,不出两日,定教他饿得筋疲力尽。"当下四人一字排在桥头,由二丑下山去搬取食物。

双方便如此僵持下来,杨过不敢过去,四丑也不敢过来。

到第二日上,二丑取来食物,五人张口大嚼,食得嗒嗒有声。杨过早已饥火中烧,回首看洪七公时,只见他与一日之前的姿势丝毫无变,心想:"他若是睡着,睡梦中翻个身也是有的,如此一动不动,只怕当真死了。再挨一日,我饿得力弱,更加难以抵敌,不如立即冲出,还能逃生。"缓缓站起身来,又想:"他说过要睡三日,吩咐我守着照料,我已亲口答应过了,怎可就此舍他而去?"当下强忍饥饿,闭目养神。

到第三日上,洪七公仍与两日前一般僵卧不动,杨过越看越是疑心,暗想:"他明明已经死了,我偏守着不走,也太傻了。再饿得半日,也不用这五个丑家伙动手,只怕我自己就饿死了。"抓起山石上的雪块,吞了几团,肚中空虚之感稍见缓和,心想:"我对父母不能尽孝,对姑姑不起,又无兄弟姊妹,连好朋友也无一个,'义气'二字,休要提起。这个'信'字,好歹要守他一守。"又想:"郭伯母当年和我讲书,说道古时尾生与女子相约,候于桥下,女子未至而洪水大涨,尾生不肯失约,抱桥柱而死,自后此人名扬百世。我杨过遭受世人轻贱,若不守此约,更加不齿于人,纵然由此而死,也要守足三日。"

一夜一日眨眼即过,第四日一早,杨过走到洪七公身前,探他呼吸,仍是气息全无,不禁叹了一口气,向他作了一揖,说道:"洪老前辈,我已守了三日之约,可惜前辈不幸身故。弟子无力守护你的遗体,只好将你抛入深谷,免受奸人毁辱。"当下抱起他的身子,走向窄道。

五丑只道他难忍饥饿,要想逃走,当即大声吆喝,飞奔过来。杨过大喝一声,将洪七公往山谷中一抛,对着大丑疾冲过去。